插图本

名著名译
丛　书

插图本名著名译丛书

格列佛游记

Gulliver's Travels

Jonathan Swift

〔英〕斯威夫特 著

张健 译

人民文学出版社

Jonathan Swift
GULLIVER'S TRAVELS
据 The Modern Library, New York 翻译；
据 The Ronald Press, New York 校订。

图书在版编目(CIP)数据

格列佛游记/(英)斯威夫特著；张健译.—2版.—北京：人民文学出版社，2017

(插图本名著名译丛书)

ISBN 978-7-02-013118-1

Ⅰ.①格… Ⅱ.①斯…②张… Ⅲ.①长篇小说—英国—近代 Ⅳ.①I561.44

中国版本图书馆 CIP 数据核字(2017)第 170979 号

责任编辑	马爱农　张海香
装帧设计	刘　静
责任印制	王重艺

出版发行	人民文学出版社
社　　址	北京市朝内大街 166 号
邮政编码	100705
网　　址	http://www.rw-cn.com
印　　刷	三河市博文印刷有限公司
经　　销	全国新华书店等
字　　数	241 千字
开　　本	880 毫米×1230 毫米　1/32
印　　张	9.125　插页 3
印　　数	1—10000
版　　次	1962 年 3 月北京第 1 版　1979 年 12 月北京第 2 版
印　　次	2018 年 4 月第 1 次印刷
书　　号	978-7-02-013118-1
定　　价	25.00 元

如有印装质量问题，请与本社图书销售中心调换。电话：010-65233595

出 版 说 明

人民文学出版社自上世纪五十年代建社之初即致力于外国文学名著出版，延请国内一流学者论证选题，优选专长译者担纲翻译，先后出版了"外国文学名著丛书""世界文学名著文库""二十世纪外国文学丛书""名著名译插图本"等大型丛书和外国著名作家的文集、选集等，这些作品得到了几代读者的认可。丰子恺、朱生豪、傅雷、杨绛、汝龙、梅益、叶君健等翻译家，以优美传神的译文，再现了原著风格，为这些不朽之作增添了色彩。

2015年，精装本"名著名译丛书"出版，继续得到读者肯定。为了惠及更多读者，我们推出平装版"插图本名著名译丛书"，配以古斯塔夫·多雷、约翰·吉尔伯特、乔治·克鲁克香克、托尼·若阿诺、弗朗茨·施塔森等各国插画家的精彩插图，同时录制了有声书。衷心希望新一代读者朋友能喜爱这套书。

人民文学出版社
2018年1月

译 本 序

一

《格列佛游记》是十八世纪英国杰出的讽刺作家江奈生·斯威夫特的代表作。这本书约在一七二一年开始写作,一七二六年出版。

斯威夫特生活的时代正是英国政治形势变化较多的时代。一六八八年英国发生政变,资产阶级历史学者美其名曰"光荣革命",而实际上这次政变的结果不过造成了贵族和资产阶级的妥协。马克思说:"'光荣革命',把奥兰治的威廉拥上统治者的地位时,又把地主式的和资本家式的货殖家,拥上统治者的地位。"① 英国的君主立宪制度从此确立,议会和内阁成为统治阶级剥削压榨本国人民和殖民地人民的有力工具。贵族和大资产阶级推行的土地、税收和殖民政策加速了资本主义原始积累的过程。这是英国近代史上的一个急剧变化的时代,在这个时代的英国存在着种种矛盾:有人民群众和统治阶级(资产阶级和地主贵族)之间的矛盾,有各个统治集团之间的矛盾,有作为宗主国的英国和殖民地之间的矛盾等等。这种种矛盾相互联结,情形极为复杂。第一,英国劳动人民特别是农民的处境在当时是更加恶化了。英国的圈地运动早在十五世纪就已开始,继续进行了两百多年。十八世纪初年,新地主利用议会颁布的"共有地圈围法案"把民众土地当作私有财产赠送给了自己②。农民被赶出土地,沦为贫民。

---

① 马克思:《资本论》,人民出版社 1953 年版,第 1 卷第 914 页。
② 参阅《资本论》第 1 卷第 916 页。

农民在苦难的岁月中,进行了斗争,顽强勇敢地抵抗议会圈地运动。

第二,英国统治阶级的内部也充满了矛盾。一六八八年政变后,掌握统治大权的是议会和执政党。十八世纪的英国议会是极端反动的,贪污腐化,黑幕重重。当时英国议会的两个政党,托利党和辉格党,都直接代表土地贵族、金融贵族、大资产阶级的利益,不过辉格党人和金融资产阶级更为接近,托利党和土地贵族更为接近罢了。两党轮流执政,争权夺利。在安女王(1702—1714)当政期间,最初由辉格党人执政,推行了十分好战的对外政策。托利党人利用英国人民要求和平的愿望,在一七一〇年末获得议会选举的胜利。以哈利和波陵布洛克为首的托利党人上台执政。从一七一四年起辉格党人重新执政,长达七十五年之久。两党之间和辉格党内都存在着种种矛盾。英国的第一位首相辉格党党魁渥尔坡尔(据说小人国的财政大臣就是影射渥尔坡尔的)利用贿赂分赃的手段维持其长期的统治;他弄权忌才,排斥异己,在辉格党内形成一个集团。于是辉格党开始分化,一部分和渥尔坡尔结合,组成"在朝党",另一部分跟托利党人合流,成为"在野党"。两党互相攻讦,矛盾很深。其实这些派系斗争并不是由于在政治见解上有什么原则的不同,而是由于争权夺利。

第三,宗主国和殖民地的矛盾也日益激化。英国在十七世纪后半叶打败了荷兰,大事扩张海外殖民地,先后占领了东印度群岛的牙买加和巴巴多斯等岛屿。马德拉斯、孟买和加尔各答也先后成为英国在印度的据点。格列佛在航海途中也到过这些地方。十八世纪初叶英法两大殖民主义国家在世界各地冲突起来。一七〇一至一七一三年间进行的西班牙王位继承战争使英国占领了地中海的门户直布罗陀和北美洲的重要领土,开始建立殖民帝国,对殖民地人民进行疯狂掠夺。在英国国内,由于连年征战,国债增加,人民负担十分沉重。统治阶级贪污腐化,劳动人民日益贫困,两者之间的矛盾加深了。爱尔兰是英国的"第一个殖民地"(恩格斯语)。在十七世纪初年,英国就开始奴役爱尔兰。一六四九年爱尔兰的人民起义遭到克伦威尔军队的残酷镇压,经过疯狂的烧杀淫掠,爱尔兰遍地疮痍,民不聊生。在斯威夫特的时代,英国的政策是破坏爱尔兰工业的发展,使其沦为附庸国家,所以爱尔兰的经济陷于停滞,工商业凋敝,人民极为穷困。斯威夫特虽然是英国人,但他是在爱尔兰长大的,后来为了爱尔兰人民的利益,始终对英国的统治阶级进行了尖锐的斗争。

斯威夫特的《格列佛游记》直接地或间接地反映了上述的矛盾。斯威夫特的讽刺杰作之所以深刻有力,就在于他对英国议会中毫无意义的党派斗争,统治集团的昏庸腐朽和唯利是图,殖民战争的残酷暴戾,进行了揭露和批判;同时也在于他能在一定程度上歌颂了殖民地人民反抗统治者的英勇斗争。

二

江奈生·斯威夫特一六六七年十一月三十日出生于爱尔兰的都柏林。父母都是英国人,父亲在他诞生前七个月逝世。他的生平和创作道路可以分为三个时期:

早期(1667—1710)。斯威夫特早年生活贫苦,寄居伯父家中。十四岁入都柏林的三一学院学习哲学和神学。他对这些科目都不感兴趣,却喜爱历史和诗歌,所以在校学习成绩不好。他毕业时,学院当局"特别通融",才取得学位。一六八八年政变后,他回到英国,依靠亲戚情面才能够在吞浦尔爵士家中作私人秘书。吞浦尔是一位退休的大臣和外交家,住在发恩汉附近的穆尔庄园,栽花植树,著书立说,过着闲适的贵族阶级的剥削生活。斯威夫特由于自己没有社会地位,时常感到苦恼和屈辱。一六九四年斯威夫特回到爱尔兰,在奇尔路特作了不到两年的穷牧师,又回到了穆尔庄园,一直到一六九九年吞浦尔逝世那一年。

斯威夫特在早年就接触了当时的社会政治,开始养成分析事物的才能和敏锐的观察力。对于一位讽刺作家来说,这都是不可缺少的条件。他在穆尔庄园读了不少古典名著。但是他也受到吞浦尔"崇古非今"倾向的影响。他在这时期写了《书的战争》和《桶的故事》两部作品。它们是在一六九七至一六九八年间写的,但一直到一七〇四年才同时发表。

《书的战争》的写作经过是这样的:古今作品孰优孰劣这个问题在十七世纪末年的英国学术界引起过一场争论。一六九二年吞浦尔发表一篇叫作《论古今学术》的论文。他推崇古代作品《伊索寓言》和《发拉利斯书简》，认为远非近代作品所能企及。威廉·渥顿著文驳斥吞浦尔的主张，他认为时代进步，今人作品胜古人，况且吞浦尔所推崇的《发拉利斯书简》系后人所伪托。当时学者查理·包义耳和理查·本特立分别加入古今学派展开论战。斯威夫特受了吞浦尔的影响，倾向于古学，才写了《书的战争》。吞浦尔崇古非今是十八世纪英国假古典派复古拟古反动文学主张的先声，事实上这种倾向代表当时封建贵族保守的要求，企图标榜古人作品和新文学相对抗。《书的战争》是在这种思想的影响下写成的，就内容而言并没有进步意义；但是斯威夫特在这部作品中初次显示了他的讽刺才能，他对当时学究式的烦琐考证和脱离实际的学术研究予以尖锐的批评。他借用了培根在《新工具》中的关于蜘蛛和蜜蜂的比方，提出文艺和科学应该为人类服务，它们应该像蜜蜂一样为人类带来蜜和光，而不应该是一面肮脏无益的蛛网。

和《书的战争》同时发表的《桶的故事》却是一部意义深远的杰出的讽刺作品。斯威夫特这次把矛头指向教会，同时对于当时贫乏的学术、浅薄的文学批评和社会恶习也予以抨击。他通过三兄弟的形象淋漓尽致地讽刺了天主教会、英国国教和喀尔文教派（英国清教徒）。他讽刺这些教派都自认为是基督教的正宗，遵照《圣经》的指示行事，事实上却阳奉阴违。虽然斯威夫特本人是英国国教的牧师，他却能大胆地批评了基督教徒的虚伪和无耻。《桶的故事》是英国启蒙主义者批评教会的重要作品之一，也是斯威夫特第一部重要的文学作品。

中期(1710—1714)。吞浦尔爵士逝世后，斯威夫特回到了爱尔兰，担任都柏林附近拉腊柯尔地区的牧师。他为了教会事务时常到伦敦去，一七一○至一七一三年间在伦敦住了两年半。他在伦敦期间卷入了党派的斗争，很受托利党首领的器重。一七一○年托利党人上台执政后，他担任了该党报纸《考察报》的主编。托利党人为大土地所有者，战争对于他们是没有好处的，因此他们为了迎合英国人民厌恶战争的心理，猛烈攻击辉格党人的好战政策。斯威夫特写了许多揭露辉格党人的贪婪和反对战争的小册子。其中最有名的一篇是《同盟国和前任内阁在发动和进行这次战争的行为》(1711)。辉格党人在十八世纪初叶执掌内阁政权,推行反人民的战争政策。英国和荷兰、瑞典同盟对法国进行长期的战争——西班牙王位继承战争。战争给人民带来沉重的负担,却给资产阶级带来巨额利润。斯威夫特的小册子唤起英国人民反对战争,坚决要求统治集团和法国缔结和约,对反对战争的英国舆论起了重大的影响。斯威夫特当时所写的政论虽然是为托利党人服务的,但他反对几个殖民主义国家统治阶级争夺权益的战争,却是符合人民利益的。他这一段政治经验使他对英国统治集团的贪污腐化和资产阶级的丑恶有了进一步的认识。一七一四年托利党人失势以后,他回到爱尔兰,在都柏林作圣派得立克教堂教长,终其一生。

晚期(1714—1745)。一七一四年斯威夫特回到爱尔兰,他对爱尔兰人民的苦难有了进一步的了解,于是积极地号召爱尔兰人民为自由独立而斗争。一七二〇年他发表了《普遍使用爱尔兰的工业产品的建议》,主张爱尔兰人民发展自己的工业,拒绝使用英国货,以抵制英国殖民者的残酷剥削。一七二三年英王的情妇肯德尔公爵夫人获得了在爱尔兰铸造半便士铜币的特许状,又把它卖给了英国商人威廉·伍德,赚了一万英镑。伍德只要用价值六万英镑的铜就可以铸造价值十万零八百英镑的半便士铜币,可获暴利四万英镑。这对于贫困的爱尔兰人民是严重的威胁。斯威夫特就化名垂皮尔发表了几封公开信。他号召爱尔兰人民坚持斗争,一致拒绝使用半便士铜币。为什么伍德敢于以暴利剥削爱尔兰人民呢?他说那是因为伍德是一个英国人,又有要人朋友。英国当局在爱尔兰人民的群起抵抗的压力下,被迫减少发行额至四万英镑来缓和局势,并派出一位大臣到爱尔兰来镇压。凶狠的英国统治者是不肯轻易让步的,据说反动的英国首相渥尔坡尔曾经发誓要把半便士铜币塞下爱尔兰人民的咽喉。斯威夫特对爱尔兰人民说:"……你们要知道根据上帝的、自然的、各国的和你们本国的法律,你们是也应该是和你们的英国弟兄一样的自由人民。"爱尔兰人民在斯威夫特的领导和鼓舞下终于取得了胜利,英国当局被迫收回成命。但是《垂皮尔书简》却具有更为深广的意义,它发出了爱尔兰人民争取自由独立、摆脱英国殖民统治的雄伟的呼声。斯威夫特在这一事件后受到广大人民群众的热烈爱戴,成为爱尔兰人民的英雄。

一七二六年他最后一次访问英国归来,都柏林人民为他鸣钟举火,并组织仪仗队把他送回寓所。

斯威夫特在晚期的作品中,斥责了英国统治集团的腐朽政治,并在一定程度上揭露了资产阶级唯利是图的剥削本质。就在这个时期,斯威夫特完成了他的不朽的讽刺杰作《格列佛游记》(1726)。此后他还写了许多满怀忧愤的讽刺作品。最著名的一个小册子叫作《一个使爱尔兰的穷孩子不致成为他们父母的负担的平凡的建议》(1729)。斯威夫特用"反语法"提出了一个"公平、便宜而可行的建议",指出爱尔兰人民已经贫困到什么地步,对残酷剥削爱尔兰人民的英国统治者提出了有力的控诉。

斯威夫特晚景凄凉。他年轻时就患脑病,晚年耳聋头痛日益加剧,最后几年精神失常,时常昏睡。这位杰出的讽刺作家于一七四五年十月十九日逝世。

三

《格列佛游记》是一部杰出的讽刺小说。它的主题思想是:通过格列佛在利立浦特、布罗卜丁奈格、勒皮他和慧骃国的奇遇,反映了十八世纪前半期英国社会的一些矛盾,揭露批判了英国统治阶级的腐败和罪恶,和英国资产阶级在资本主义原始积累时期的疯狂掠夺和残酷剥削。

《格列佛游记》分为四个部分。第一卷利立浦特(小人国)游记的主要讽刺对象是英国统治阶级的腐败政治和各个统治集团之间的矛盾。利立浦特的宫廷也就是具体而微的英国朝廷。小人国的统治阶级也和英国的统治阶级一样扩军备战,明争暗斗。高跟党和低跟党的差别仅在于他们穿的皮靴后跟有高有低[1],实际上是一丘之貉。斯威夫特借此对英国议会中无原则的党派斗争予以无情的嘲笑。小人国的宫廷还利用宗教争端发动对外战争。利立浦特和另一小人国不来夫斯古之间的战争就是由于人们吃鸡蛋时应该先打破大端还是小端意见分歧所引起的[2],作者把

---

[1][2] 见本书第1卷第4章。

天主教和新教的斗争比作大端派和小端派的斗争；利立浦特和不来夫斯古也就是英国和法国的缩影。两派都分别按照自己的意图解释他们的《圣经》①，本来《圣经》说的就是模棱两可，糊里糊涂，在这里斯威夫特表现了他对教会的批判态度。小人国的统治阶级也贪污腐化，争权夺利。利立浦特用比赛绳技的方法选拔官员。候选人冒着跌断脖颈的危险表演绳技以达到爬上去的目的，爬上去以后他们的所作所为也就可想而知了。朝廷官员也时常奉命在皇帝面前表演，按照技术高低获得各色丝线。小人国的官员腰里几乎没人不缠着丝线的②，这说明他们全是谄佞之徒。斯威夫特借此讽刺了英国宫廷和大臣的无能，全靠钻营奉承取得高官厚爵。小人国的大皇帝也并不是什么了不起的大人物，只因他比臣子们高一个手指甲，就令人望之肃然起敬③，他也跟欧洲的君王一样野心勃勃，妄想称霸世界。在对不来夫斯古战争中，格列佛涉过海峡把敌国舰队的大部分舰只俘虏过来，迫使敌国遣使求和。但是利立浦特皇帝还是贪心不足，要格列佛把不来夫斯古的残余舰只全部俘获，使该国变为利立浦特的行省，并强迫该国人民吃鸡蛋时先打破小端。格列佛断然拒绝，表示他"永远不愿做人家的工具，使一个自由、勇敢的民族沦为奴隶"④。从此格列佛失去了皇帝的恩宠，又因为他用小便浇灭了皇后寝宫大火，皇后引为奇耻大辱，怀恨在心⑤。海军大臣妒贤嫉能。财政大臣怀疑他跟自己的夫人通奸。于是皇帝就和大臣密谋陷害他，准备了一篇冠冕堂皇的弹劾状，诬蔑他是大端派，要将他处死。经过国务会议讨论才决定采取比较"宽大公正"的刑罚：刺瞎两眼，慢慢把他饿死。格列佛事先得到消息，才逃往不来夫斯古⑥。不来夫斯古皇帝也想利用他，向他表示如果他愿意效劳，就可以保护他。但这时格列佛对于帝王大臣已存有戒心，不敢再和他们推心置腹了⑦。

① 见本书第1卷第4章。
② 见本书第1卷第3章。
③ 见本书第1卷第2章。
④⑤ 见本书第1卷第5章。
⑥ 见本书第1卷第7章。
⑦ 见本书第1卷第8章。

斯威夫特通过格列佛的遭遇揭露了小人国统治集团的阴险毒辣,假仁假义,通过对小人国官廷的解剖挖苦鞭挞了英国的统治阶级,揭露了统治集团之间的内部矛盾。字里行间极尽嬉笑怒骂之能事。刻画真实,入木三分。虽然斯威夫特在第一卷中并没有直接描写统治阶级和人民群众之间的矛盾,但是从小人国政治腐败,"国库券的价值比票面价值低百分之九才能流通"①,连年进行对外战争,老百姓"必须跟随皇帝出征,生活费用要由他们自己负担"②,政府发许可证时,大臣们就可以获得相当数量的税款③等等情况看来,利立浦特的人民在统治阶级的压榨下生活是极为困苦的。

斯威夫特在第二卷布罗卜丁奈格(大人国)游记中提出他的理想中的开明君主。布罗卜丁奈格是一个巨人国家,格列佛在巨人中间就像一个利立浦特人置身于我们人类中间一样。布罗卜丁奈格国王博学多识,性情善良,他用理智和常识、公理和仁慈来治理他的国家。因此在大人国中法律仅有简单的几条,只由纪律严明的民兵来维持治安。国王说:"谁要能使本来只出产一串谷穗、一片草叶的土地长出两串谷穗、两片草叶来,谁就比所有的政客更有功于人类,对国家的贡献就更大。"④这句话足以表明斯威夫特对于政客们的鄙夷。当然,斯威夫特的理想是有其局限性的。许多年前在这个国家,"贵族争权夺势,人民争取自由,君王却要求绝对专制。这种种斗争虽然受到王国法律的制裁,但是有时三个方面中间就会有一个出来破坏法律,因此酿成内战已经不止一次。最近一次的内战幸而被当今国王的祖父平定了。于是三方面订立了一项公约。大家一致同意今后设置民兵团,严格执行它的职责。"⑤这一段话正是斯威夫特在许多文章和信件中所提出的政治主张。他的理想国家就是开明君主、贵族和人民三方面保持势力均衡的法治国家。他的政治主张是资产阶级的,即在开明君主的治理下贵族和资产阶级妥协的政体。斯威夫特

---

① 见本书第1卷第6章。
②③ 见本书第1卷第2章。
④⑤ 见本书第2卷第7章。

8

受时代和阶级的限制,也只能提供这样的理想。

但是第二卷的主要内容依然是对英国统治阶级的腐化败坏和不合理的政治社会制度的批判和抨击。格列佛和国王谈了五次话才把英国的议会、法庭、教会、财政等方面的情况介绍了出来。格列佛自以为已经把足以为国争光的事都说完了,洋洋得意。但是明察秋毫的国王在第六次召见他的时候,向他提出了一系列的问题,从而揭穿了英国政治的黑暗和残暴①,揭露了人民和统治阶级之间的矛盾。斯威夫特在这里表达了他对英国统治集团和直接危害人民的走狗的极端痛恨。

在第二卷中斯威夫特更进一步表达了他的反战思想。十七八世纪英国统治者为了争夺海外殖民地,一向违反人民的意志扩军备战,斯威夫特则坚决反对战争。他借大人国国王之口表达了他对战争的痛恨。格列佛向国王介绍火药枪炮的威力,并愿把制造方法献给国王,竟受到严词申斥;国王"很惊异像我这样一个卑鄙无能的昆虫竟能有这样不人道的想法,谈起来还随随便便,似乎对于我所描写的那种杀人机器所造成的最普通的结果和流血破坏的情景全然无动于衷。最先发明这种武器的人一定是魔鬼之流,人类公敌"②。格列佛慨叹地说:国王拒绝接受这个建议真令人难以置信。心胸狭隘,目光短浅竟会产生这样的影响。"……如果他不放过这个机会,他很可能会成为他属下人民的生命、自由和财产的绝对主宰。"③斯威夫特用反语法谴责了贪婪好战的统治阶级。

第三卷勒皮他(飞岛)游记结构比较松散,但是讽刺的范围却更为广泛。斯威夫特在写作这一卷时参加爱尔兰人民争取独立自由的斗争,因此揭露宗主国和殖民地之间的矛盾也更为尖锐。斯威夫特借飞岛上的统治者来讽刺英国的统治集团——国王和大臣。他们高高在上,脱离土地和人民,终日沉思默想,不事生产,脱离实际,却依靠下方人民来养活自己。如果人民抗缴捐税,国王就把飞岛停在他们的头上,剥夺他们享受雨水和阳光的权利。如果人民继续抗拒,国王就下令以泰山压顶之势用金

---

① 见本书第2卷第6章。
②③ 见本书第2卷第7章。

刚石岛底把他们压碎。统治集团对于起义人民的镇压是多么残酷,但是英雄不屈的人民,像林达里诺的人民那样团结一致,抗拒到底,发挥群众力量,用种种方法反抗,飞岛上的统治者也就无计可施。勒皮他国王为了飞岛的安全,最后还是被迫和人民妥协①。关于林达里诺人民起义的这一段描写②,在某种程度上反映了爱尔兰人民反抗英国统治者压迫的斗争。斯威夫特当时积极参加爱尔兰人民的斗争,受到人民的鼓舞和支持,因此才能写出这样尖锐的讽刺作品,揭穿了英国统治集团色厉内荏的真面目。

斯威夫特在第三卷中对于科学研究脱离实际、脱离生产的倾向也给予无情的嘲笑。拉格多设计家科学院的设计家们研究的是:从黄瓜中提取阳光来取暖,把粪便还原为食物,繁殖无毛绵羊,软化大理石等等想入非非的呆事③。这样的科学研究不但不能促进科学的发展,而且严重地影响了人民的生产。斯威夫特在叙述政治设计家科学院的情况的一章里又对英国的政治制度、首相大臣、议员法官进行了绝妙的讽刺,同时格列佛也向设计家介绍了兰敦国(影射英国)的特务政治④。在这一卷里斯威夫特还讽刺了牵强附会的评注家、历史家和世人长生不老的妄想;淋漓尽致地揭露了贵族政客道德败坏的丑史。第三卷的主要讽刺对象是残酷压榨殖民地人民的英国统治阶级和一些脱离实际、想入非非的伪科学家。

第四卷慧骃国游记叙述格列佛在马国的经历。这个国家统治者是有理性的、公正而诚实的马。供马驱使的耶胡——指人——却是一群丑陋龌龊、贪婪淫荡、残酷好斗的畜类。资产阶级学者常常认为耶胡是丑化人类,企图证明斯威夫特仇恨人类。但从斯威夫特晚年的言行来看,他是热爱人民的,而第四卷又是在他最接近人民的时期写成的,仇恨人类的说法是没有根据的。耶胡好吃懒做,贪得无厌,特别喜欢在田间寻找一种发亮的石头。为了争夺石头,它们就会搏斗起来,甚至发动大规模的战争。它们喜欢吮吸一种草根,吃多了以后就互相搂抱厮打,丑态百出。它们也有

---

①② 见本书第3卷第3章。
③ 见本书第3卷第5章。
④ 见本书第3卷第6章。

自己的头目,头目还有宠臣。这些宠臣被主子抛弃以后却会受到全族类的凌辱。从耶胡的种种特性来看,当时的社会罪恶诸如贪财好斗、酗酒荒淫都集中在耶胡的身上。斯威夫特所创造的耶胡无非是对当时英国的社会政治生活和恶劣风尚的集中讽刺。当格列佛向马主人批判介绍了英国统治集团的种种腐化堕落情况以后,马主人也肯定格列佛所说的"人"(即英国的统治集团和当时社会上的坏人)就是耶胡,虽然"人"具有几分理性,却适足以助长"耶胡"的腐化堕落。

斯威夫特只是通过耶胡和慧骃的对比来批判英国的统治集团的罪恶和社会恶习。慧骃国虽不能说是斯威夫特的理想国家,但这里确也反映出他的思想中的保守成分。由于时代和阶级的限制,他看不到贵族和资产阶级终于会死亡。他认为现有社会是不合理的,但找不到彻底改变社会制度的办法,所以他对人生的态度渐渐趋向于阴暗和失望。他在《格列佛游记》里表达的正面理想是不符合社会发展规律的。他向往的慧骃国与大人国的社会制度都表现了他的复古主义的倾向。在第三卷中他曾赞扬过古希腊的民主制度[1],也是他这种思想的反映。

《格列佛游记》也还存在另外一些缺点和保守思想。例如第一卷中谈到利立浦特的学校男女有别,贵族和平民的制度不同,农民的孩子和社会关系不大,可以留家自养[2];第四卷中谈到慧骃国有的马毛色不同,智能也远逊于马主人,所以永远居于仆人的地位,不能也不会发生僭越的事[3]。这些都说明斯威夫特有封建的尊卑等级观念。

《格列佛游记》是一部爱憎分明的杰出讽刺文学作品,它不但帮助我们认识十八世纪初英国统治阶级的残酷和无耻,而且帮助我们认识资本主义社会的某些方面,从而使我们更加憎恨万恶的资本主义制度。但是由于时代和阶级的局限,斯威夫特的理想是很不现实的。他虽然揭露资产阶级的某些丑恶本质,却找不到正确的出路,因而产生一些消极的、保守的,甚至是悲观的思想。

---

[1] 见本书第3卷第7章。
[2] 见本书第1卷第6章。
[3] 见本书第4卷第6章。

四

《格列佛游记》不但具有深刻的思想内容,而且具有比较完美的艺术形式。斯威夫特的艺术技巧有许多地方是值得我们借鉴的。首先,斯威夫特利用虚构的情节和幻想手法刻画了当时英国的现实。同时他也是根据当时英国的现实才创造出一个丰富多彩的、童话般的幻想世界。斯威夫特的幻想世界是以现实为基础的,而现实的矛盾在幻想世界中则表现得更为集中突出。比如一六八八年政变后,托利党和辉格党争权夺利,互相攻讦,而实际上他们都代表贵族和资产阶级的利益。斯威夫特抓住了议会党派斗争的本质特点,创造了小人国的高跟党和低跟党。这些虚构的情节就把现实表现得更为强烈、更为集中、更为典型,而且更带普遍性。十八世纪初年的英国虽然距今有二百多年,可是我们今天读了《格列佛游记》,还深深地感到它的许多情节仍有现实意义。现在资本主义国家也有形形色色的资产阶级政党争权夺利,揭开它们的外衣来看,还不都是代表着反人民的统治阶级。帝国主义表面上侈谈和平而事实上是在扩军备战等等,和小人国的情形又有什么不同呢?《格列佛游记》的艺术魅力也就在这里。斯威夫特的幻想和现实是和谐的、统一的,格列佛在小人国、大人国、飞岛、马国的遭遇各不相同,但都安排得合情合理,毫无破绽。他每到一个幻想国度都受到不同的待遇,绘声绘影,使作品具有艺术的真实感,这种真实感具有巨大的感染力,从而使讽刺达到高度的效果。

《格列佛游记》的讽刺艺术是杰出的,作者的讽刺手法也是多种多样的,他以漫画的夸张技巧塑造了一些可恶的、怪诞的像耶胡、勒皮他人和长生不老的人等等形象。他还以一本正经的严肃态度、细致逼真的细节描写刻画了小人国的生活和斗争,极为成功地反映出当时英国的现实。斯威夫特在本书中巧妙地运用反语进行讥讽。例如作者本来是反对设计家废除口语以物示意的办法的,但他却以愤慨的心情谈到妇女怎样和俗人、文盲联合起来反对取消日常的语言。他说:"俗人常常是与科学势不两立的敌人。"[①]他分明是

[①] 见本书第3卷第5章。

在批评英国的殖民政策,却偏偏要声明这和大不列颠民族无关。反语使读者能更深刻地体会到作者的本意。斯威夫特还善于用严肃认真的口吻叙述渺小无聊的事情。例如关于利立浦特的历史的叙述就是极好的例子。特别值得提出的是斯威夫特的讽刺艺术具有高度的概括性。他善于通过具体的情节,鲜明地深刻地揭露社会的丑恶现象和矛盾关系,并且往往能指出封建主义和资本主义的某些本质。小人国的大臣的绳技表演,拉格奈格的臣子谒见国王时要舔地板,刻画出了贵族大臣的种种谄媚丑态;国王把毒粉撒在地上毒死舔地的廷臣又是何等残暴。耶胡为了争夺发亮的石头而打得头破血流,这和今天资本主义国家的资本家为了利润而互相倾轧又有什么区别?

《格列佛游记》自一七二六年出版后就受到英国人民的热烈欢迎。二百三十多年以来它被译成几十种语言,在世界各国流传甚广,深入人心,特别是小人国和大人国的故事更是家喻户晓,妇孺皆知。伏尔泰、拜伦、高尔基、鲁迅都非常推崇斯威夫特的讽刺作品。各国读者对于《格列佛游记》给予很高的评价。它不仅是英国文学史上的一部伟大的讽刺小说,也在世界文学史上揭开了光辉的一页。

张 健

目　次

格列佛船长给他的亲戚辛浦生的一封信 ·················· 1
出版者致读者 ······································ 1

第一卷　利立浦特游记

第 一 章 ·· 3
　　　作者略述自己的家世和出游时最初的动机。他在海上覆舟遇险,泅水逃生,在利立浦特境内安全登陆;他当了俘虏,被押解到内地。

第 二 章 ·· 12
　　　利立浦特大皇帝在几位贵族陪同下来看在押的作者。皇帝的仪容和服饰。学者们奉命教授作者当地语言。他的温顺性格博得了皇帝的欢心。他的衣袋受到搜查,腰刀、手枪被没收。

第 三 章 ·· 20
　　　作者表演一种不同寻常的游戏给皇帝和男女贵族解闷。利立浦特宫廷中举行的各种游戏。作者接受某些条件才获得了自由。

第 四 章 ·· 28
　　　关于利立浦特京城密尔顿多和皇宫的描写。作者和一位大臣谈论帝国大事。作者表示愿为皇帝效劳对敌作战。

第 五 章 ·· 33
　　　作者采用特殊战略阻止了敌人的侵略。他获得了高级爵位。不来夫斯古皇帝遣使求和。皇帝的寝宫失火;

1

作者想办法挽救了其余的宫殿。

第六章 ··· 40
　　关于利立浦特人民的情况：他们的学术、法律、风俗和教育儿童的方法。作者在这个国家的生活方式。他为某贵妇辩护。

第七章 ··· 49
　　作者得到消息，有人阴谋控告他犯了叛国罪行，只好逃到不来夫斯古去。他在那儿受到欢迎。

第八章 ··· 56
　　作者侥幸有了办法，离开了不来夫斯古。他经历了一些困难安全地回到了祖国。

第二卷　布罗卜丁奈格游记

第一章 ··· 63
　　关于一次大风暴的描写。船长派出长舢板去取淡水，作者也上了这只舢板，想去看看是什么地方。他被丢弃在岸上，被一个当地人捉住。那人把他带到一个农民的家里。他受到了招待，就在那时发生了几件大事。关于当地居民的描写。

第二章 ··· 74
　　关于农民的女儿的描写。作者被带到一座市镇，后来又到了首都。旅途中的详情。

第三章 ··· 80
　　作者奉召入宫。王后从他的主人的手里把他买了下来献给了国王。他跟皇家大学者们辩论。朝廷供给作者一间房间。他得到王后的宠幸。他为祖国的荣誉辩护。他和王后的侏儒吵嘴。

第四章 ··· 89
　　关于这个国家的描述。修改现代地图的建议。国王的官

2

殿。首都概况。作者的旅行方式。主要庙宇的描述。

第五章 ························· 93
作者经历了几件险事。罪犯被执行死刑的情形。作者表演航海技术。

第六章 ························· 103
作者讨好国王和王后的几种方法。他表现了他的音乐才能。国王询问关于英国的情况。作者叙述了一番。国王的意见。

第七章 ························· 110
作者热爱祖国。他提出一项对国王极为有利的建议,竟遭到拒绝。国王对于政治一无所知。这个国家的学术很不完善,而且范围狭仄。他们的法律、军事和国内政党的情况。

第八章 ························· 116
国王和王后巡行边境。作者随侍。他离开这个国家的详情。他回到了英国。

第三卷　勒皮他、巴尔尼巴比、拉格奈格、格勒大锥、日本游记

第一章 ························· 127
作者第三次外出航海,为海盗劫走。一个心肠毒辣的荷兰人。他到达一座小岛。他被接入勒皮他。

第二章 ························· 132
勒皮他人的性格和脾气。他们的学术。国王和他的朝廷。作者受到招待。居民个个恐惧不安。妇女的情形。

第三章 ························· 140
在现代哲学和天文学中已经解决了的一种现象。勒皮他人在天文学上的伟大进展。国王镇压叛乱的方法。

第 四 章 …………………………………… 147
　　作者离开了勒皮他,被送到了巴尔尼巴比,到达巴尔尼巴比的首都。关于首都及其近郊的描写。作者受到一位贵族的殷勤接待。他跟贵族的谈话。

第 五 章 …………………………………… 152
　　作者得到许可去参观伟大的拉格多科学院。科学院概况。教授们所研究的学术。

第 六 章 …………………………………… 160
　　科学院概况(续)。作者提出几项改进意见,都光荣地被采纳了。

第 七 章 …………………………………… 165
　　作者离开了拉格多,到达马尔当纳达。当时没有便船可搭,到格勒大锥去作一次短途航行。他受到当地长官的接待。

第 八 章 …………………………………… 169
　　格勒大锥概况(续)。古今历史订正。

第 九 章 …………………………………… 174
　　作者回到马尔当纳达。他乘船到拉格奈格王国去。作者被捕。他被押解到朝廷。他被引见时的情形。国王对于臣民非常宽大。

第 十 章 …………………………………… 177
　　拉格奈格人民受到作者的称赞。关于"斯特鲁布鲁格"的详细描写。作者和一些著名人士谈论这件事。

第十一章 …………………………………… 185
　　作者离开拉格奈格,乘船到日本去。他又从那儿乘荷兰船到阿姆斯特丹,再从阿姆斯特丹回到英国。

第四卷　慧骃国游记

第 一 章 …………………………………… 191
　　作者出外航海,当了船长。他的部下共谋不轨,把他

4

长期禁闭在舱里,后来又把他抛弃在不知名的陆地上。他进入这个国家。关于"耶胡"——一种奇怪的动物的描写。作者遇见了两只"慧骃"。

第二章 …………………………………………………… 197
　　一只"慧骃"把作者领到家里。房屋的情形。作者受到接待。"慧骃"的食物。作者因吃不到肉很感痛苦,后来才想出了解决办法。他在这个国家里吃饭的方式。

第三章 …………………………………………………… 202
　　作者得到"慧骃"主人的帮助和教导,专心学习它们的语言。关于这种语言的说明。有几位"慧骃"贵族由于好奇来访问作者。他向主人简单报告航行经过。

第四章 …………………………………………………… 207
　　"慧骃"关于"真"、"假"的概念。主人不赞成他的说法。作者又更为详尽地叙述了个人身世和旅途经历。

第五章 …………………………………………………… 211
　　主人命令作者向它报告关于英国的情况。欧洲君主之间发生战争的原因。作者开始说明英国宪法。

第六章 …………………………………………………… 217
　　关于安女王治理下的英国概况(续)。欧洲宫廷中一位首相大臣的性格。

第七章 …………………………………………………… 222
　　作者热爱祖国。主人根据作者的叙述批评了英国的宪法和行政,并且提出相同的情形加以比较。主人对于人性的看法。

第八章 …………………………………………………… 228
　　作者叙述关于"耶胡"的几种情况。"慧骃"的优秀品质。它们的青年的教育和运动。它们的全国代表大会。

第九章 …………………………………………………… 233
　　"慧骃"全国代表大会进行大辩论,辩论结果是怎样决定的。"慧骃"的学术。它们的建筑。埋葬的方法。它们的语言的缺点。

第 十 章 ·· 238

作者的日常生活安排,他跟"慧骃"在一起生活得很快乐。由于经常和它们谈话,他在道德方面有很大的进步。他们的谈话。作者接到主人通知,他必须离开这个国家。他昏晕倒地十分伤心,但后来还是顺从了。他在一位仆人的帮助下设法制造了一艘小船。他冒险出海航行。

第十一章 ·· 245

作者的危险航程。他到达新荷兰,打算在那儿定居。他被当地土人用箭射伤。他被葡萄牙人捉住,并被强掠到一艘船上。他受到船长的殷勤招待。作者回到英国。

第十二章 ·· 252

作者记事信实可靠。他计划出版这部著作。他谴责一些歪曲事实的旅行家。作者声明自己著书并没有什么坏心思。有人非难作者,他提出答辩。开拓殖民地的方法。作者对祖国的赞美。他认为国王对于作者所描述的几个国家有权占领。征服这些国家会遇到的困难。作者向读者告别。他谈到将来准备怎样过日子。他向读者提出忠告,并结束了这部游记。

格列佛船长
给他的亲戚辛浦生的一封信

如果有人要求你加以说明,我希望你会立即公开承认,由于你三番两次竭力地催促,你终于说服了我同意出版这一部非常凌乱、错误百出的游记。我曾嘱咐你聘请几位年轻的大学生把稿子整理一下,润色润色文字。我的亲戚丹皮尔发表他的《环球航行记》①时,就是听从我的劝告这样办的。但是我却不记得曾经答应过你可以删去任何章节,更没有同意你增添任何内容。因此我要郑重声明我决不承认你添上去的那些东西,特别是关于流芳百世的已故安女王②陛下的那一段,虽然我敬重她超过我敬重任何人。你或者你聘请的那位窜改文章的人应该考虑到我绝对不会在我的"慧骃"主人面前称赞我们这一类动物中的任何一位,因为这是很不礼貌的,同时那一段记叙也是十足的捏造,据我所知,安女王在位期间,确曾任用过一位首相执掌国政,不,不止一位,而是接连两位。第一位是葛多尔芬伯爵③,第二位是牛津伯爵④。因此你要我说了乌有之事。此外,在关于设计家科学院的情况的叙述中,和在我和我的"慧骃"主人的几段谈话中,你不是删去了一些重要情节,就是窜改了内容,以至连我自己也认不出这是我自己写的文章。我以前曾写信给你,暗示你别这样做,你却回信说,你害怕触犯忌讳,说什么当权者非常注意出版界,他们不但会曲解内容,并且还可能处罚任何有点像"讽刺"(我想当时你是这样说的)的

---

① 丹皮尔(1652—1715)是英国航海家。他的《环球航行记》出版于一六九七年。
② 安女王是在一七〇二年至一七一四年统治英国的女王。
③ 葛多尔芬伯爵(1645—1712)是一七〇二至一七一〇年的英国首相。
④ 牛津伯爵(1661—1724)是一七一〇至一七一四年的英国首相。

东西。但是请问,许多年前我在大约五千里格①以外的外国说过的一些话,跟现在统治着小民的任何"耶胡"又有什么关系呢;何况那时我根本没有想到会有这么一天,更说不上害怕,在他们的统治下过不幸的生活。当我看到这些"耶胡"坐在"慧骃"拉着的车上,好像"慧骃"是畜类,而"耶胡"却是理性动物,难道我就没有理由来发发牢骚吗?老实说,我退休以后住在这儿的主要动机之一就是为了避免看到这种丑恶可厌的形象。

因为我信任你,所以我认为应该对你说这许多话。

其次,我只有埋怨自己太没有见识,听信了你和别人的劝告和错误的论证,大大违背了自己的本意,把我的游记公开发表。请你想想,当你借口为了公众利益坚持要发表这游记的时候,我不是再三地希望你考虑考虑。我不是一再说过"耶胡"这种动物是完全不能用教训或者实例来加以教育的;现在这点已经得到了证明。我本来希望能够看到,至少在这一个小岛上,一切弊端和腐化的情况可以消除,但是你看六个多月以来,我却不知道我的书对人们提出的警告到底起了什么我希望达到的效果。起先我还盼望你会给我一封信,让我知道政党的纷争已经销声匿迹;法官已经变成有学问而正直的人;辩护律师已经变得诚实、谦虚,而且懂得了一点道理;成堆的法律书籍在斯密斯费尔德②化作熊熊火焰;青年贵族的教育也完全变了样;医生们都被放逐了;女"耶胡"们都具有德行、贞操、忠实和理性;大臣们的庭院已经拔除了杂草,打扫得干干净净;聪明的、有功劳的和有学问的人都受到了奖励;一切堕落文人,不管是写散文的还是写韵文的,都判了罪,只准他们吃身上穿的棉花充饥,喝墨水解渴。由于你的鼓励,我十分指望这些和其他方面的上千件改革能够实现;因为这些事情的确很可以从我的书里找到教训而得到改革。应该承认改正"耶胡"的一切罪行和过失,如果他们还有接受道德和智慧的可能,七个月的时间

---

① 里格是英国长度名。一里格等于三英里。
② 斯密斯费尔德是伦敦旧城垣外的一个广场,在圣保罗教堂以北约半英里,广场四周书肆林立。

2

是足够的。但是你一次次来信却总没有使我得到我所期望的答复。正跟我的希望相反,你每星期都让信差给我带来大批的诽谤性的文章、指南、随感、回忆录和续篇,我在这些文件里看到人家非难我不该诽谤国家大臣,糟蹋人性(他们还自信可以这样说),辱骂妇女。我也发现这许多捆文件的作者意见并不一致;有的人不肯承认游记是我作的,有的人却说许多跟我完全无关的书是我写的。

我还发现你的印刷者非常疏忽大意,他们把时间都搞乱了,我几次航行和归来的日期都是错误的;年份、月份、日子都不对。听说我的著作出版以后,原稿已经全部毁掉。我也没有留下什么底稿。但是我还是寄给你一张勘误表,如果还有再版的机会,希望你加以改正。但是我不能坚持己见,还是让公正、坦率的读者瞧着办吧。

我听说有几位海上的"耶胡"对我使用的航海术语吹毛求疵,说什么许多地方不恰当,并且说这些术语现在已经不通行了。这可实在没有办法。在我最初的几次航行中,我还很年轻,我接受最老的水手的教导,他们怎么说,我就学着怎么说,但是后来我也发现海上的"耶胡"和陆地上的一样,在用词方面标奇立异;陆地上的"耶胡"语言年年都有变化;因此我记得每次回国以后总发现他们的老方言起了变化,而我又听不大懂他们的新方言,我也发现从伦敦来的"耶胡"为了好奇到我家来访问的时候,我们双方都没有办法表达自己的意思使对方了解。

如果你问"耶胡"的责难可有什么地方使我介意,应该说我很有理由埋怨他们,他们有人居然认为我的游记是凭空捏造的假话;有的人甚至暗示:"慧骃"和"耶胡"就像乌托邦中的人物一样,是不存在的。

当然我应该承认,关于利立浦特、布罗卜丁赖格(这个词应该这样写,不应该错误地写成布罗卜丁奈格)和勒皮他的人民,我从来还没听见说过哪一个"耶胡"敢这样大胆怀疑这些人民和我叙述的关于他们的事实是不是真有其事,因为只要是真理,每个读者都会马上相信的。难道我说的关于"慧骃"或者"耶胡"的情形,都是不可能的吗?就拿后者来说,在这个城市里分明就有成千上万的"耶胡",他们除了说话叽叽喳喳、身上穿着衣服以外,跟他们在"慧骃国"里的同类又有什么区别呢。我写书的目的是为了教他们改邪归正，而并不是想得到他们的赞扬。他们全族对我的一致赞扬对我来说还赶不上我的马厩中养着的那两匹退化的"慧骃"的嘶鸣来得中听，因为，它们虽然退化了，但是我还可以从它们那儿学到一些德行，在它们的德行里没有丝毫罪恶掺杂在内。

难道这些可怜的动物竟认为我会堕落到这步田地，竟需要替自己辩护，证明自己所说的都是老实话吗？虽然我是一个"耶胡"，但我两年中在我那光明正大的主人的感召和教导下，已经摆脱了（虽然我承认这是极端困难的）扯谎、推诿、欺骗、蒙混种种可恶的习惯，这些习惯在我每一个同类的身上——尤其是欧洲人——都是根深蒂固的。

在这令人烦恼的情况下，我还有很多牢骚可发，但是我现在不再自讨苦吃，更不想麻烦你了。我应该坦白承认，这次回国以后，因为常跟你们这些同类谈话，尤其不可避免的是非和我家里的人说话不可，我的"耶胡"天性里的一些堕落性格在我身上复活了。不然我就不会想出这样荒谬的计划，企图改造这个王国里的"耶胡"种。但现在我已经完全放弃这样虚妄的计划了。[1]

一七二七年四月二日

---

[1] 这封信是作者假托格列佛船长的名义写的，最初刊印在爱尔兰出版商福克纳于一七三五年出版的《格列佛游记》上。本书由于影射讽刺英国现实社会的地方颇多，在出版时曾遇到不少困难。本书的第一版，是斯威夫特化名格列佛船长的亲戚理查·辛浦生，伪称此书系真实的游记，通过友人交给出版商摩特，经过摩特和他的朋友任意增删和修改后出版的。书出版后，斯威夫特对出版商所做的改动非常不满，曾委托友人查尔斯·福德向摩特交涉，要求在重版时将所改部分重行恢复，但第二版出版时摩特只根据福德的校正本作了部分修改，离原作依旧很远，因此作者写了此信，对出版商擅自窜改原书的内容和文体提出抗议。

出版者致读者

这部游记的作者勒末尔·格列佛先生是我的知心老友;同时从母亲一方面论起来,我们还算是亲戚。大约三年以前,因为经常有一群群好奇的人到格列佛先生瑞赘夫的家里去拜访他,他厌烦起来,就在故乡诺丁汉郡①的尼瓦克附近买了一小块田产,带着一座宽敞、舒适的房子。现在他就住在那儿过着退休生活,很受邻人敬重。

格列佛先生出生于诺丁汉郡,他的父亲是住在那儿的,但是我听他说过他的原籍是牛津郡②。我在牛津郡班波立的教堂墓园里也看见过好几座格列佛家的坟墓和纪念碑,可以作为证明。

他在离开瑞赘夫以前把游记原稿交给我保管,并且说我可以按照自己的意见加以处理。我把它仔细地读了三遍,觉得文章风格简洁明了;唯一的缺点是叙事太详细了一些,游记作者往往是这样的。全书叙事忠实可靠,本来作者一向以忠实出名;在瑞赘夫他的邻人中间流行着这样一句话:要是有人要证实一件什么事,总是说那件事千真万确,像是格列佛先生说的一样。

我得到作者的同意曾把这部文稿给几位可敬的先生看过。我听从他们的劝告现在想把这部书公开发表,希望至少在目前对于青年贵族尚不失为一本有趣的读物,它总比那些草率成书、谈论政治和政党的普通著作要好得多。

我大胆删去了许多段关于风向、潮流、历次航行的方向和方位、用航

---

① 诺丁汉郡是英格兰中部的一个郡。
② 牛津郡是英格兰中部的一个郡,在诺丁汉郡的西南。

海家的文体叙述的商船在风暴中的驾驶方法以及经纬度等烦琐的细节。如果不是这样,这部书的篇幅至少要比现在多一倍。我相信格列佛先生也许不大满意这种删节,但是我却决心要使这部作品尽量适合于一般读者阅读。如果由于我不熟悉海事,删改之处可能会有错误,我个人应负全责。如果有旅行家好奇想阅读作者的亲笔原稿的全文,我随时都可以使他满意。

关于作者生平的其他细节,读者从本书的开头几页里可以得到满意的答复。

理查·辛浦生

第一卷
利立浦特游记

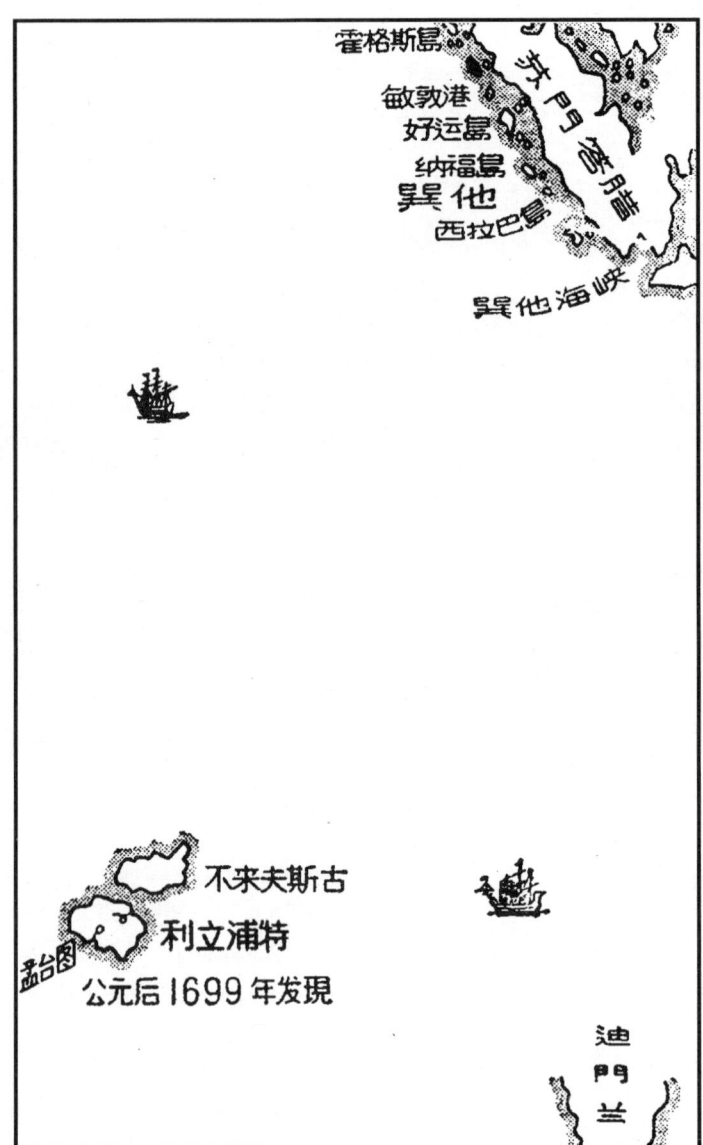

第 一 章

作者略述自己的家世和出游时最初的动机。他在海上覆舟遇险,泅水逃生,在利立浦特境内安全登陆;他当了俘虏,被押解到内地。

我父亲在诺丁汉郡有一份小小的产业;他有五个儿子,我排行第三。我十四岁那年,他把我送进了剑桥大学的意曼纽尔学院。我在那儿住了三年,一直是专心致志地学习。虽然家里只给我很少的学费,但是这项负担对于一个贫困的家庭来说还是太重了。于是我就到伦敦城著名外科医生詹姆斯·贝茨先生那儿去当学徒;我跟他学了四年。这期间父亲有时也寄给我小额款项,我就用来找人补习航海学和数学中的一些学科,对有志旅行的人说来这都很有用处,因为我总相信迟早总有一天我会交上好运出外去旅行的。我辞别了贝茨先生,回家去见父亲;亏了他老人家、约翰叔父和几个亲戚帮忙,我得到了四十镑,同时他们还答应以后每年给我三十镑使我能在莱顿①求学。我在莱顿学习医学,一共两年又七个月,因为我知道在长途航行中医学是有用处的。

我从莱顿回来后不久,恩师贝茨先生就荐我到"燕子号"商船去当外科医生,统率那艘船的是亚伯拉罕·潘耐尔船长。我跟他一起工作了三年半,曾几次航行到利凡特②和其他地方。我回来以后受到恩师贝茨先

---

① 莱顿是荷兰的一个城市,当时欧洲的医学研究中心。
② 利凡特指地中海东岸一带地方。

3

生的鼓励,决心留在伦敦,他给我介绍了几位病人。我租下了老周瑞街一座小房的一部分房间;那时大家劝我改变一下生活方式,我就跟新门街作袜子、内衣生意的爱德蒙·勃尔顿先生的二女儿玛丽·勃尔顿小姐结婚,我们得到了四百镑嫁资。

但是,两年以后贝茨恩师不幸逝世,我没有什么朋友,又不肯违背良心学我们许多同行那样胡来,所以生意渐渐萧条。我跟妻子和几位熟人商量了一下,决心再去航海。我先后在两艘船上当外科医生,六年中曾几次航行到东印度和西印度群岛①,我的财产从而有所增加。我身边总有许多书籍,闲时候我就读古代的和现代的最好作品;我到岸上去的时候,就观察各地人民的风俗、人情,也学习他们的语言,仗着自己记性好,所以学起来非常容易。

这几次航海的末一次却不怎么顺利,我对航海生活厌倦起来,就想待在家里和老婆孩子一起过日子。我从老周瑞街搬到脚镣巷,接着又搬到威平,希望能在水手帮里揽点生意,结果还是毫无用处。这样过了三年,时来运转已经绝望,我于是接受了"羚羊号"船主威廉·普利查船长的优厚待遇的聘请,那时他正要到南太平洋一带去航海。一六九九年五月四日,我们从布利斯脱②开船。我们的航行最初是很顺利的。

由于某些原因,把在这一带海上航行的详情细节告诉读者似乎不大恰当,只说说下面这些情形也就够了:在往东印度群岛去的途中,我们被一阵强风暴刮到了万迪门兰③的西北方。根据一次观测,我们发现所在地是南纬三十度零二分。我们船员中有十二个人因为操劳过度和饮食恶劣,受尽折磨而死,其余的人身体也很衰弱。十一月五日,那一带正是初夏时节,天气沉霾多雾,水手们在离船不到五十寻(三百英尺)的地方发现了礁石;但是风势那么猛烈,我们的船向礁石对直撞去,船身立刻触礁裂开。六个船员,连我在内,把救生艇放下海去,想尽办法脱离大船和礁石。据我估计,我们大约划出了三里格远,就再也划不动了,因为我们在

---

① 东印度泛指印度、印度支那半岛和马来半岛等地;西印度群岛在中美洲加勒比海。
② 布利斯脱是英国西部的海港。
③ 万迪门兰是指澳大利亚的西北部和塔斯马尼亚岛。

大船上时,就已经精疲力尽了。我们只得听任波涛摆布,过了半个多钟头,突然又从北方刮来一阵狂风,这就把小艇刮翻了。小艇上的同伴,以及那些脱险在礁石上或者留在大船上的人们后来怎样了,我说不上来,但是可以断定他们全完了。我自己呢,却听天由命地泅着,被风浪推向前方。我不时把腿沉下去,却总探不到底;当我再也挣扎不下去,快要完蛋时,我忽然觉得水深已经不能灭顶了,这时风暴也大大减弱。海底的坡度很小,我向前走了一英里多路,才走到岸上,我想那时大约是晚上八点钟。接着我又向前走了近半英里路,并没有发现什么房屋和居民的影踪;至少也是当时没有看到,因为那时我的身体是十分虚弱的。我非常疲乏,何况天气炎热,再加上离开大船前喝过半品脱①白兰地酒,很想睡觉。我在草地上躺了下来,草很短,软绵绵的,一觉睡去从来没睡得这样酣甜。据我估计,我睡了约莫九个钟头;因为我醒来时,恰好天亮。我打算起来,却动弹不得,我仰天躺着,这时才发现胳膊、腿都紧紧地被缚在地上;我的头发又长又密,也被缚在地上。我觉得从腋窝到大腿,身上横绑着几根细绳。我只能向上看,太阳渐渐热起来,阳光刺痛了眼睛。我听到周围人声嘈杂,可是我那样躺着,除了天空以外,什么也看不见。过了一会儿,只觉得有个活东西在我左腿上蠕动,它越过我胸脯,慢慢地走上前来,几乎来到我的下颌前了。我尽可能用眼睛朝下望,却原来是一个身长不到六英寸、手里拿着弓箭、背着一个箭袋的活人。同时,我觉得至少还有四十来个一模一样的人(我猜想)跟在他的后面。我非常吃惊,大吼了起来,吓得他们回头就跑。后来有人告诉我,他们中间有几个人因为从我的腰部往地下跳,竟跌伤了。但是他们不久又走了回来。有一个人竟敢走到他能看到我整个面孔的地方,他举起两手抬眼仰视,表示惊讶,用尖锐而清晰的声音高喊"海琴那·带古尔",其余的人也把这句话喊了几遍,但是那时我还不懂他们的意思。读者们可以相信,我一直这样躺着是非常不舒服的,最后终于挣扎起来,想挣脱绑缚。我很侥幸,一下子就挣断了绳索,并且拔出了地上那些缚住我左臂的木钉。我把左臂举到面前,才发现了他

---

① 品脱是英国液量单位,等于0.56825升。

们捆缚我的方法。这时我用力猛扯了一下,虽然十分疼痛,却把左边绑我头发的绳索挣松了一点,这样才稍稍能够把头转动两英寸光景。但是我还没来得及捉住他们,他们就跑掉了;他们齐声尖锐刺耳地大喊,喊声过后,我听到一个人高声喊道:"陶尔哥·奉纳克";一眨眼工夫,我觉得百来枝箭射中了我的左手,像针一样刺痛了我;接着他们又向天空射了一阵,就像我们欧洲人丢炸弹似的,我想有不少枝箭落在我身上(虽然我不觉得),有的还落在我脸上,我就赶忙用左手遮住了脸。这一阵箭雨过去以后,我不胜悲痛地呻吟起来,过了一会儿我又挣扎着要脱身,他们又放了一阵比刚才放的那些还长的箭,有些人还想用矛刺我的腰部;幸亏我穿着一件牛皮背心,他们刺不进去。那时我想最聪明的办法还是安安稳稳地躺着,我的打算是:如果这样挨到夜晚,我的左手既然已经松绑,是很容易就能够恢复自由的。至于那些当地居民,如果他们的身材全跟我看到的那人一样,我自信还可以跟他们调来作战的最强大的军队拼一下。但是命运却对我另有安排。这些人看到我静了下来,就不再放箭。但是就我听到的闹声来判断,我晓得人数又增多了。我听到正冲着我的右耳,离开我约有四码的地方,敲敲打打地足足闹了一个钟头,仿佛有人在干活。在木钉绳索允许的情况下我尽量把头转过去,这才看见新建成了一座大约一英尺半高的台子,刚好容得下四个小人,台旁还竖起两三条梯子以便攀登。台上有个人似乎是一位显要,正在对我发表长篇演说,可是我一个字也听不懂。说到这里我早该提一下,这位显要发表演说以前,喊了三声:"浪格罗·德胡尔·桑"(这句话跟前面提到的那些话后来他们都重新说给我听过,并且作了解释)。他一喊完,马上就有五十来个人走了上来,把我头左边的绳索割断,这样我就能把头转向右方,看到了要说话的人的风采和表情。看上去他是个中年人,身材比跟随他的另外三个人都高,其中一个人像是跟班,身材比我的中指略长些,正在替他牵着拖在身后的衣裳;还有两个人分站在他的两旁扶持着他。他十足表现了演说家的气派,可以看得出他用了许多威胁词句,同时又许下不少诺言,以表示怜悯和宽厚。我回答了几句,但是态度极为恭顺,我向太阳举起左手并举目注视,请它给我作证。我离开大船以后,已经十几个钟头没有吃一点东西,快要饿坏了;我感觉这种生理要求太强烈,实在没法再忍耐了(也许这不尽合乎礼仪),就不住把手指放在嘴上,表示我要东西吃。那位"赫够"(后来我才懂得,他们都这样称呼一位大老爷)很能领会我的意思。他走下台来,命令在我两胁左右竖上几条梯子,一百多个小人就走了上来,把满盛着肉的篮子送到我嘴边;这都是国王一听到我到来的消息以后,就下令准备好,送了来的。我看见里面盛的是好几种动物的肉,不过从味道上却辨别不出是什么肉来。其中有样子像羊的前肘、后肘和腰肉,烹调得很可口,但是大小比百灵鸟的翅膀还小。我一口要吃两三块;还有像枪弹那么大的面包,我一口也吃得下三个。他们尽快地供应,对我的身躯和食量表现了万分惊讶。我又做手势表示要水喝。他们从我吃东西的情形看出,知道给我一点点是不够的。他们是最聪明的人,非常敏捷地把一个头号大桶吊起来,然后把它滚到我的手边,并敲开桶盖。我一口气喝了下去,本来这是很容易的,因为一桶酒还不到半品脱,酒的味道很像勃艮地①的淡味酒,不过更香些。他们又送给我一桶,我又一口气喝了,并且做手势表示还要喝,但是他们却无法供应了。我表演了这几件奇迹以后,他们欢呼起来,在我胸脯上手舞足蹈,又跟起初一样,叫了几声"海琴那·带古尔",他们向我做了一个手势,要我把两只酒桶丢下去,但是他们先警告下面的人躲开,高声喊着"包拉赫·米渥拉",当他们看见酒桶飞在半空时,就一齐大喊:"海琴那·带古尔"。老实说,当他们在我身上走来走去的时候,我不止一次想一手抓住首先走近我手边的四五十个人,把他们摔在地上。但是想起我刚才吃到的苦头,也许那还不是他们对付我的最厉害的手段,同时我也曾慨然答应顺从他们(我这样解释我那卑躬屈节的态度),所以马上就打消了这种念头。同时我想这些人既然这样豪华地招待我、破费了很多,我自然也应该以客礼相待。然而,私下里我又不由惊奇这般小家伙竟如此大胆,在我一只手已经松缚以后,竟敢爬上来在我身上走来走去,在他们眼中我一定是一个庞然大物,可是他们一点也没有战栗。过了一些时候,他们看我不再要肉吃了,我面前就出现了

---

① 勃艮地是法国东部的一个省,盛产红葡萄酒。

一位皇帝派来的大官。钦差大人带着十二三位随员,从我右小腿那里走上来,一直走到我的脸前。他拿出盖着国玺的圣旨,递到我眼前,大约讲了十分钟话,虽然没有发怒的表示,但是说话时样子却很坚决;他不时用手指着前方,后来我才知道他指的是离开这里大约有半英里的京城,皇帝已经在御前会议上决定,要把我运到那儿去。我回答了几句,可是没有用处,我用那只松着的手做了个手势,把左手放在右手上(从钦差大人的头上掠过,恐怕伤了他和他的随员),又摸了一下头和身子,表示我希望得到自由。他似乎很能领会我的意思,因为他摇了摇头表示不同意,做了个手势告诉我,非把我当俘虏运走不可。不过他又做手势叫我放心,我一定会有肉吃,有酒喝,待遇非常好。这样一来我又起了挣脱束缚的念头,但是,我又感觉到手上脸上的箭伤在作痛,而且都已经起疱,因为有的箭头还扎在里面;同时又看到敌人人数增多,我只有做手势让他们明白,他们爱怎么处置我就怎么处置吧。这样,"赫够"和他的随员才恭敬地、和颜悦色地退了下去。不久以后,我听到大家一齐喊起来,连声喊着"派布龙·塞兰",我感觉到左边有许多人在为我松绑,使我能转身向右,撒泡尿舒服一下;我撒了很多,使他们大为吃惊,他们看到我的举动,猜想到我要干什么,就赶快向左右两边躲闪那股来得又响又猛的洪流。在我小解以前,他们在我手上、脸上涂了一种香味扑鼻的油膏,几分钟以后,箭伤就不痛了。我用了富于营养的饮食,精力恢复,又加上刚才的种种方便,不觉昏昏欲睡。后来人家告诉我,我大约睡了八个小时;实际上这也不足为奇,因为医生们奉了皇帝圣旨,事先曾在酒里掺了一种安眠药水。

大概我上岸以后躺在地上的时候,一被发现,就有专差报告了皇帝,所以他早就知道这件事了;于是立刻就开会决定把我用前面叙述的方式绑起来(这是夜里我睡着时干的),决定送给我丰盛的酒肉,又预备了一架机器要把我运到京城里去。

看起来这决定也许太胆大而危险,我相信在同样情形下,无论哪一位欧洲君王都不会效法他们的办法;不过我却认为这样做极为慎重而豁达,因为如果这些人在我睡着时想法用矛、箭把我杀死,那么我一感到疼痛,当然会惊醒过来,说不定会激怒我,使出蛮力,一定会挣断束缚;那时他们

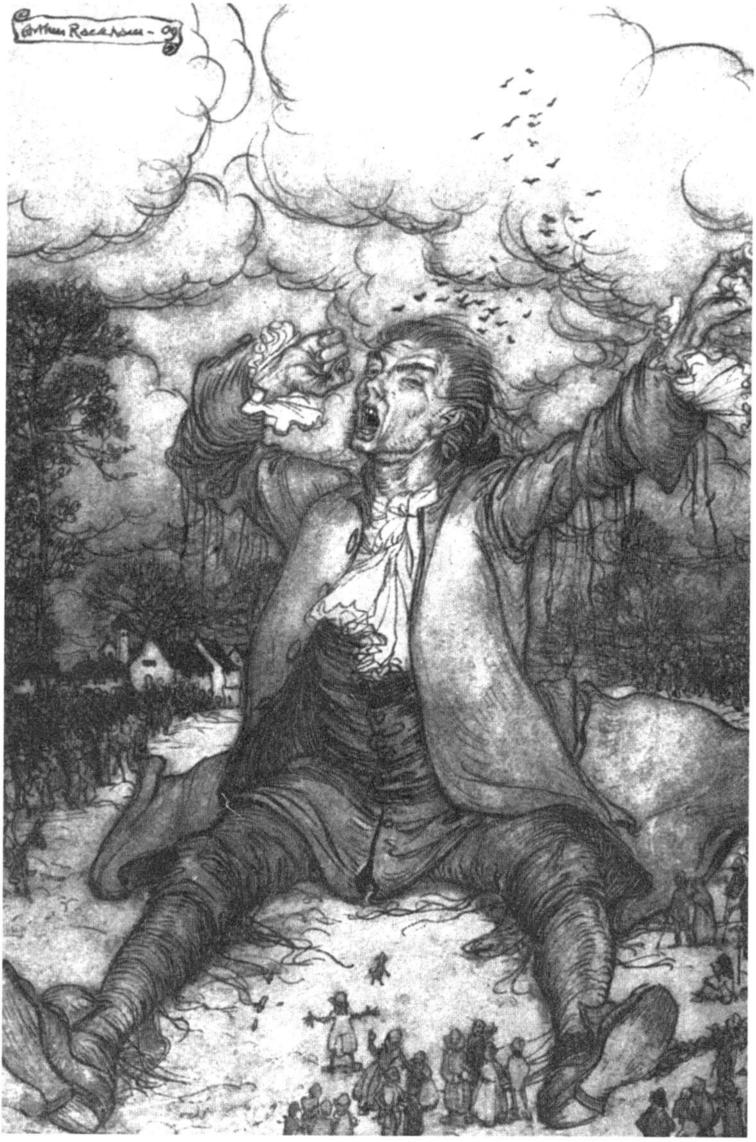
Arthur Rackham - 09

既不能抵抗,就更不能希冀我的慈悲了。

　　这些小人是最出色的数学家,由于皇帝的提倡和鼓励,他们的机械学也发展到了完善的程度。这位皇帝是一位有名的崇尚学术的君王。他有好几架装着轮子的机器,可以用来运送木材和其他沉重的东西。他经常在出产良材的树林里建造最大的战舰,有的长达九英尺,然后用这种机器把战舰运到三四百码以外的海上去。这一次五百个木匠、机器匠立刻动工建造他们最大的机器。这是一座木架,离地有三英寸高,大约有七英尺长四英尺宽,装着二十二个轮子。仿佛在我上岸以后四小时,他们才开始动工,我听到的那阵欢呼,就是因为机器运到了的缘故。他们把机器推到我身边,跟我的身子平行。但是主要的困难是怎样把我抬到车子上。为了达到这个目的,他们竖起了八十根一英尺高的柱子。工人们用带子捆绑住我的脖子、手、脚和身体;然后用像我们包扎物品用的绳子那么粗细的绳索,一头用钩子钩住绷带,一头缚在木柱顶端的滑车上。九百条大汉一齐动手拉这些绳索,不到三个小时,就把我抬上了机器,而且把我捆得紧紧的。这些事都是别人告诉我的,因为他们进行工作的时候,我正睡得昏昏沉沉,掺在酒里的迷药药性已经发作了。一千五百匹高大的御马,都有四英寸多高,拖着我向京城进发,前面我也说过,京城离这儿大约有半英里路程。

　　我们在路上走了四个小时以后,一件可笑的事件把我弄醒了。原来车子出了什么毛病需要修理,停了一会儿,有两三个年轻小伙子一时好奇,想看看我睡着了的模样,爬上了机器,悄悄地走到我的脸前,他们中间有个卫队军官把他的短枪尖深深地伸进了我的左鼻孔,像一根草一样弄得我鼻孔发痒,叫我大打喷嚏;此后他们也就偷偷地溜了,并没有被人看见,过了三星期,我才弄明白为什么那时会突然醒来。那一天,我们又走了不少路,夜里休息的时候,我的两旁各有五百名卫队,半数手持火把,半数带了弓箭,如果我要想动弹一下的话,他们马上就向我射击。第二天早上一出太阳我们又继续进发,大约在中午时分,离京城就不到两百码了。皇帝率领全朝官员都出来迎接;但是大将军们却无论如何不让皇帝亲身冒险走上我的身子。

停车的地方有一座古庙,据说是全王国最大的。几年前这庙里发生了一件大逆不道的凶杀案,就当地人虔诚的眼光看来,这是有污圣地的,所以他们把一切服饰文物都搬走了,只当作一般的公共场所使用。① 他们决定让我住在这座庙里。朝北的大门大约有四英尺高两英尺宽,我可以很方便地爬进爬出。大门两边都有一个小窗户,离地不过六英寸。御用铁匠从左边的窗口引进去九十一条链子(很像欧洲妇女用的表链子,大小也仿佛),用三十六把锁把链子锁在我的左腿上。这座庙的对面,大街的那一边,离开庙二十英尺的地方有一座至少有五英尺高的尖塔。皇帝率领着朝中显贵登上了高塔,以便瞻仰我的风采,这都是后来听人说起的,因为我不可能看到他们。据估计有十万以上市民也出城来看我,虽然我有卫队保护,但我相信有好几次,从梯子爬到我身上来的不下万人。过了不久就有告示禁止这种行为,违者处死。工人们看到我跑不掉了,就割断了一切捆缚我的绳子。我站了起来,生平从来没有这样沮丧过。人民看到我起来走动,惊讶喧闹的情形简直无法形容。锁在我左腿上的链子大约有两码长,所以我在一个半圆里可以自由前后走动;而且因为拴链子的地方离大门不到四英寸,所以我可以爬进庙去,伸直身子睡在里面。

---

① 影射威斯敏斯特大厅。英王查理一世(1625—1649)曾在此受审,并被判处死刑。

第 二 章

利立浦特大皇帝在几位贵族陪同下来看在押的作者。皇帝的仪容和服饰。学者们奉命教授作者当地语言。他的温顺性格博得了皇帝的欢心。他的衣袋受到搜查,腰刀、手枪被没收。

我站起来四下一望,应该承认我从来没有见过比这更好看的景色。周围的田野像一片连续不断的花园,圈起来的田地一般都是四十英尺见方,像许许多多花畦。田地间每每夹杂着树林,树林占地八分之一英亩,据我推断最高的树也不过七英尺高。我瞭望一下左面的城池,样子很像戏院里的城池布景。

几小时以来我就感到非大便不可。这本来不足为奇,因为我已经快两天没有大便了。我又急又羞非常难过。我能够想到的最好办法是爬进屋子里去,那就只好这样办了。我进屋以后就把大门关上,链子的长度能让我走多远,我就走多远,一直走到里面才把肚子里的不舒服的负荷解掉。但是这样不干不净的事我就做过这么一回;我只有希望公正的读者多少能包涵一些,能够不偏不倚、周密地考虑考虑当时我的处境和受到的痛苦。此后我经常在大清早起来就马上到室外尽可能扯着链子去办这件事。这也得到了适当的处理,每天早上在行人还没有出来以前就由两个特派的仆人用手推车把这讨人嫌的东西运走。因为这和我爱好清洁的癖性有关,所以我才认为有对大家辩明的必要;不然我就不会啰唆半天来讲这么一件乍看起来似乎无关宏旨的事了。不过据说我的敌人中竟有人利用这件事和别的事指责过我。

　　这件事结束了以后，我又走到门外，有必要呼吸一阵新鲜空气。这时皇帝已经从尖塔上下来，骑着马向我走来，他差点儿吃亏，因为那匹马虽然受过良好训练，见了我却一点也不习惯，它仿佛看见一座山在前面动来动去，不由惊得前蹄悬空站了起来，幸亏这位君王是一位出色的骑手，仍然能够骑在马上，这时侍卫赶过来按住辔头，皇帝才能及时跳下马来。下马以后，他怀着十分惊讶的神情，绕着我走了一圈仔细地观察，不过他却一直在链子长度的范围以外活动。他命令厨师和管家把酒菜送给我，他们早已有了准备，一听到命令就用一种轮车把饮食推到我手能够到的地方。我拿起这些车子，一会儿就吃得精光。二十辆车装着肉，十辆车盛着酒。每辆肉车上的肉足够我两三口吃的。每辆酒车上有十小坛酒，我把酒倒在一起，一口喝了下去；下余的几车，我也是这样吃的。皇后和年轻的亲王、郡主带着许多贵妇都坐在稍远的地方的轿子里；但是皇帝的马出了意外以后，他们就下了轿，来到皇帝跟前。① 现在我要描写一下皇帝的容貌。他比臣子们大约高出我的一个手指甲盖，就只这一点已经令人肃然起敬。他的仪表威武英俊，有着奥地利人的嘴唇，鹰钩鼻子，棕黄色面皮。他面貌端庄，身躯四肢匀称，举止文雅，态度严肃。他已经度过了青春时代，现年二十八岁零九个月。他在位已经七年，在他的治下国泰民安，一般说来也是所向无敌的。为了更方便地看他，我侧身躺着，脸对着他的脸，他站在离开我只有三码远的地方。后来我曾经多次把他托在手中，因此我的描写是不会错的。他的服装非常简单朴素，式样介乎亚洲式和欧洲式之间，但是他戴着一顶镶着珠宝的黄金轻盔，盔顶上插根羽毛。他手把着出鞘的剑，如果万一我挣脱束缚，他就可以用剑来防身。这把剑大约有三英寸长，剑柄和鞘都是金子的，上面还镶着钻石。他嗓音尖锐，但是嘹亮而清晰。我站起来也可以听得清楚。贵妇和朝臣们也穿得非常

---

① 利立浦特皇帝影射英王乔治一世，但是关于皇帝身体特征和思想特征的描写却完全与乔治一世的不同。斯威夫特一味说反话，进行冷嘲热讽，同时有意避开，以免遭到迫害。皇后影射安女王，而不是影射乔治一世的王后。

华丽,他们站在一起看起来就像铺在地上的一条绣满了金色、银色人物的女裙。皇帝时常跟我说话,我也回答他,不过彼此一个字也听不懂。还有几位牧师和律师在场(从服装来看,我猜想他们是这种人),他们奉命跟我谈话。我就用种种稍稍能讲一点的语言跟他们谈话,其中包括高地荷兰语和低地荷兰语①、拉丁语、法语、西班牙语、意大利语和利凡特等地通行的意、法、西、希腊混合语;但是毫无用处。大约过了两个小时,宫廷的人才全部离去。我身边驻扎了一支强大的卫队,以防止乱杂人众的无礼和恶意的举动;他们十分不耐烦地挤在我的周围,大着胆子尽可能地挨近我。我坐在房门口地上的时候,有些人竟敢用箭射我,有一枝差点儿射中了我的左眼。带队的上校下令逮捕了六个罪魁。他觉得最适当的处罚莫过于把他们捆起来送到我手里。几个兵士就照着他的话办了,他们用枪托把他们推上前来,让我能用手够到他们。我把他们全放在右手里,先把五个放进上衣袋里,轮到第六个,我做了个要生吃他的样子。那可怜虫拼命地狂叫,上校和军官都很不忍,尤其是他们看到我摸出小刀来的时候;但是我很快就让他们放了心。因为看来我很和善,马上用刀割断了绑缚他的绳子,轻轻地把他放在地上,他拔腿就跑。我用同样的手段处分了余下的五个人,把他们一个个地从衣袋里拿了出来,放走了他们。我注意到,无论兵士和老百姓对我这种宽大为怀的表现都非常感激,后来朝廷也听到了对我极为有利的报告。

到了傍晚时分,我好容易才爬进了房子,躺在硬地上,这样一直睡了约莫两个星期。在这期间皇帝下令给我准备一张床铺。他们用车子运来了六百张普通尺寸的床,就在我房里安置起来。他们将一百五十张小床缝在一块,做成一张长宽适度的床,其余的也照样缝好,四层叠在一起。但是我睡在上面也不见得比睡在平滑的石板地上好些。他们又用同样的计算方法给我准备了被单、毛毯和被子,对于像我这样的一个过惯了艰苦生活的人,这样的待遇也就很过得去了。

我来到的消息传遍了整个王国,引得无数有钱人、闲人和好奇的人来

---

① 高地荷兰语指德语;低地荷兰语指荷兰语。

看我。乡村差不多都走空了。要不是皇帝下了几道敕令,并且发表公告制止骚动,那一定会发生严重荒废耕作和家务的事情。他命令已经看过我的人必须回家,没有朝廷许可证,不准走近离我的房子五十码以内的地方。大臣们却因此获得了相当数量的税款。

同时,皇帝多次召开会议,讨论采取什么措施对待我。我有一位地位很高的好朋友,参与过这件机密大事,后来他告诉我,朝廷对我感到困难重重。他们怕我逃跑;我的伙食费用太大,可能引起饥荒。他们一度曾决定把我饿死或者用毒箭射我的脸和手,马上就可以把我处死。但是他们又考虑到这样一具庞大的尸体会发散臭气,在京城造成瘟疫,说不定还会传染到王国各地。① 他们正在商量着这件事,几位陆军军官来到了会议大厅的门口。他们中有两位军官被召见,向皇帝报告了我刚才处分六个罪犯的情形。我这种举动在皇帝和全体阁员的心上造成了良好印象。因此为了我的缘故,皇帝颁了一道命令:京城周围九百码以内的村庄,每天早晨必须交纳六头牛、四十口羊和其他食品作为我的给养;此外还要供给相当数量的面包、葡萄酒和其他酒类。这笔费用,皇帝指令由国库支付。原来这位君王主要靠自己领地上的收入过活,除非遇到重大事故,很少向老百姓征税,不过一遇战事发生,老百姓却必须跟随皇帝出征,生活费用要由他们自己负担。他又指定了六百人给我当差,发给他们维持生活的费用,并且在我的门口两旁搭了许多帐篷让他们住在里面。他又下令,派三百个裁缝,按照本国式样,给我做一身衣服;还派了六位最大的御用学者教我学习他们的语言。最后,还要他的御马,贵族的和卫队的马时常在我跟前操演,使它们对我习惯起来。所有这些命令都实行了,大约过了三星期,我在学习语言方面有了很大的进步。在这期间,皇帝常常来拜访我,并且很喜欢帮助学者教我。我们已经可以交谈几句了;我学会的第一句话就是表达自己的愿望,他可以不可以释放我。我天天跪在地上重复着这句话。根据我所能理解的,他的回答大概是:这必须经过长期的考

---

① 可能影射一七○八年内阁中辉格党的主要派系成员对待托利党少数派的态度。托利党人罗伯特·哈利当时在内阁中任国务大臣;他是斯威夫特的朋友。格列佛在本卷中的形象代表托利党领袖哈利和亨利·圣约翰。

查,没有内阁会议的决定,这是不必妄想的,而且首先我要"卢莫斯·凯尔敏·派骚·德丝玛尔·龙·恩普骚",这句话的意思就是:宣誓同他跟他的王国和好。不过,他们总会好好地待我;他又劝我用自己的耐心和谨慎小心来博得他自己跟他的臣下的欢心。他盼望我不要见怪,如果他命令几个主管官吏来搜查我。因为也许我身边会带着几件武器,如果它们的大小能配得上我这庞大的身躯,那一定是很危险的东西。我说我一定可以使陛下放心,我随时可以脱下衣服,把衣袋掏出来给他检查。① 我一面说话,一面做手势来表达这番意思。他回答说,按照王国的法律,我必须经过两位官吏的搜查;他也知道,如果不事先得到我的同意并且答应协助,这是行不通的;但是他对我的宽宏大度、为人正直一直抱有好评,所以才把两位官吏的安全托付给我。他们从我身上取去的物件,将来在我离开时一定归还,或者按照我规定的价格如数赔偿。我就把两位官吏取在手中,先把他们放在上衣袋里,然后又把他们放在我身上的其他口袋里,只有两只盛表的小袋和一只藏着几件必需的零用品的秘密口袋没有让他们搜查,因为我认为这没有搜查的必要,那些零星用品对别人是不关重要的。一只表袋里放着一只银表,另一只放着一个收存着少量金钱的钱包。这两位先生随身携带着钢笔、墨水和纸张,把他们所看到的一切东西编制了一份详细清单。他们搜查完毕以后,要我把他们放在地下,他们好把记录呈给皇帝。后来我把这份清单译成了英文,逐字抄录如下:

第一,我们在巨人山(对"昆布斯·夫来斯纯"一词,我是这样翻译的)的上衣的右边袋里,经过最严格的搜查,只找到了一大块粗布,大小足够作陛下大殿的地毯。在左边袋里,我们看到一口大银箱,盖子也是银的,可是我们负责搜查的人却打不开。我们请他打开,我们中间有一个人跳了进去,尘土一直没到他小腿的中部,尘埃扑了我们一脸,叫我们俩一齐打了好几个喷嚏。在背心的右边袋里,

---

① 安女王在位时,辉格党人组成委员会对哈利属下的一名官吏威廉·格莱格进行了长时间的调查。格莱格与法国人有书信往来,犯了叛国罪,但委员会并未查出哈利与此案有牵连。安女王在这一时期宠信哈利。

我们发现了一大捆薄薄的白东西,一层层地叠在一起,有三个人那么大,用一根粗壮的缆绳捆着,上面有黑色的图形,依我们的浅见,这大约就是他们的文字,每个字母有半个巴掌大小。在左边袋里有一部仿佛是机器的东西,背面伸出二十根长柱子,好像陛下大殿前的栏杆,我们推测这是巨人山用来梳头的。我们没有多拿一些问题去麻烦他,因为我们觉得要他了解我们的意思,是十分困难的。在他的中罩衣(我是这样翻译"栾佛—路"这个词的,他们说的是我的马裤)右边的大口袋里,我们看到一根中空的铁柱子,大约有一人高,固定在一块坚硬的木头上,这块木头比柱子来得粗大,柱子的一边伸出几块大铁片来,雕得奇形怪状的,我们不知道这是干什么用的。在左边的衣袋里也有同样的一部机器。在右边的小袋里有许多大小不同的、黄、红的圆扁金属板;白的似乎是银子,都又大又重,我的同伴跟我都搬不动。在左边袋里有两根形状不规则的黑柱子,我们站在他的口袋底,不费力气是摸不到柱子的顶端的。一根黑柱子有盖,实际上只是一件东西;但是另一根柱子的上端,有一个白色的圆东西,约有两个人头大小。这两根柱子都镶着一块极大的钢板。因为恐怕又是什么危险机器,我们就命令他拿出来给我们看了。他从盒子里把它们拿了出来,并且告诉我们,在他的本国,一般是用一件来剃胡子,一件来切肉。还有两只口袋我们进不去,他管它们叫作表袋;实际上是他的中罩衣上端的两个开叉口,因为肚子的压力大,所以这两只口袋很紧。右边的表袋口吊着一条大银链,另一头上拴着一部神奇的机器。我们命令他把链子上拴的东西拉出来;却是一个样子像球体的东西,半边是银的,半边是一种透明的金属,在透明的那边,我们看到一圈奇异的图形,想去摸一下,我们的手指却被透明的物质挡住了。他把这机器放在我们的耳朵上,它却发出不停的喧声,像一座水磨一样。我们猜想这不是一头叫不出名色的动物就是他崇拜的上帝;但是我们比较倾向于后一种说法,因为他对我们说(如果我们了解得不错的话,他总是说不十分明白),他无论做什么事,都要向它请教。他管它叫作先知,而且说他这一生不管做什么事,都由它来指定时间。他从左边表袋里拿出了一个网,大小差不多够渔夫用的,不过这东西可以像钱包一样开合,实际上这也就是他的钱包。我们在里面搜查到几大块黄色金属,如果真是金子的话,那么它的价值可就大了。

我们遵奉陛下命令,把他所有的口袋仔细搜查了一遍,我们又看到他腰间系着一条腰带,是用巨兽的皮革制成的。腰带的左边挂着一把有五人多高的长刀;右边挂着一只皮囊,里面又分成两个小袋,每个小袋足容得下三个陛下的臣民。一个里面装了些像脑袋一样大的重金属球,要一手好力气才拿得起来;另外一个里面盛了一堆黑色颗粒,个儿不大也不重,我们一把可以抓起五十多个来。

这是我们在巨人山身上搜查情形的详细清单。他对我们很有礼貌,对于陛下的命令表现了应有的尊重。陛下登基第八十九月初四日。签字盖章。

克来弗林·佛勒洛克
马 尔 西·佛勒洛克

这份清单读给皇帝听了以后,他虽然说话很婉转,但还是命令我把各项物品交出来。他首先要我交出腰刀,我就把刀连同刀鞘一齐摘了下来。当时他命令随侍的三千精兵,远远地包围住我,掌弓持箭准备放射。不过我并没有留神到这种情况,因为我两眼全神贯注在皇帝身上。他接着要我拔出腰刀,虽然刀受到海水淹浸生了点锈,大体上说还是雪亮的。我拔出刀来,大小三军又惊又怕,立刻齐声呐喊,我手拿腰刀舞来舞去;那时正当烈日当空,刀光使他们眼花缭乱。皇帝毕竟气概非凡,并没有像我想象的那样畏惧;他命令我把刀收鞘,轻轻地放在地上,约离开链子末端六英尺多远的地方。他要我交出的第二件东西,是那两根中空铁柱中的一根,他指的是我的袖珍手枪。我把手枪拔了出来,遵照他的希望,尽量把它的用途解释给他听。因为皮囊盖的很紧,火药幸而没有被海水浸湿(因为火药容易受潮,所以谨慎的航海家都特别小心,预为防备发生这种不方便的事情),我只装上了火药,并且事先警告皇上不要害怕,然后向空中放了一枪。他们这次吓得比看见我的腰刀时更厉害了。几百个人倒在地上,好像震死了一样。就是皇帝虽然站着没被吓倒,也半天不能恢复常态。跟交出腰刀时一样,我交出了两只手枪和弹药包;我请求他特别注意,不要让火药近火,因为星星之火就会引起燃烧,会把皇宫轰上天空。我又交出了表,皇上看了非常好奇,命令派两位个儿最高的卫兵用根杠子抬在肩上,就像英格兰的运酒车夫抬着一桶黄啤酒一样。对于表发出连续不停的闹声和分针的运转,他十分惊奇,因为他们的视力比我们锐敏得多,所以很快就看出分针是在动着。他征询了学者们的意见,虽然我不十分了解他们的话,不过也可以看出他们有各式各样的意见,分歧很大,这用不着我来饶舌,读者们也会想象到的。接着我又交出了银币和铜元,钱包和里面的九个大金币以及一些小金币;还有我的剃刀、小刀、梳子、银鼻烟盒、手帕和旅行日记。结果腰刀、手枪、弹药包都用车装走送进了皇帝的御库;下余的东西却都还给了我。

　　前面也曾提过,我另外还有一个秘密口袋逃过了检查,那里面有一副眼镜(因为我视力很差,有时要戴眼镜),一架袖珍望远镜,还有几件有用的小玩意儿。这些东西对于皇上是无关重要的,因此我也就认为不一定要献出来。而且我还担心,要是随便交了出去,说不定会被他们搞坏或者弄丢的。

第 三 章

作者表演一种不同寻常的游戏给皇帝和男女贵族解闷。利立浦特宫廷中举行的各种游戏。作者接受某些条件才获得了自由。

我的和蔼、善良的行为博得了皇帝和朝臣的欢心,军队和人民也普遍地喜欢我,所以我就抱着在短期间内可以获得自由的希望。① 我想尽一切办法来讨好他们。人民渐渐不大害怕我对他们会有什么危险了。有时候我躺在地上,让五六个人在我的手掌上跳舞。后来男孩子和女孩子也就敢走到我跟前来,在我的头发里捉迷藏了。我在听、说他们的语言这一方面,现在也有了很大的进步。有一天,皇帝想招待我看他们国内的几种表演。就演出的精妙和壮丽而言,他们的表演超过了我所知道的一切国家。我最高兴看的是绳上跳舞。他们在一根白色的细绳子上表演,那根绳子大约有两英尺长,离地面有十二英寸。我想把这件事详细描写一下,希望读者不要着急。

只有那些正在候补朝廷中的重要官职和希望得到皇帝宠幸的人才来表演这种技艺。他们从小就受这种杂技表演的训练。他们并不一定都是贵族出身或者是受过高等教育。一遇到重要官职出缺,不管哪位官员是病死还是失宠撤职(这都是常有的事),五六位候补人员就会呈请皇帝准许他们给皇帝和朝廷官员表演一次绳上跳舞,谁要是跳得最高,而且没有

---

① 一七一〇年,托利党人逐渐得势,超过了辉格党人。

跌下来，谁就接任这个官职。大官们也常常奉命表演这种技艺，使皇帝相信他们并没有忘掉自己的本领。大家都认为财政大臣佛林奈浦①在拉直的绳子上跳舞，跳得比全王国的任何大臣至少要高一英寸。我见过他在一只安装在绳子上的木盘里一连翻了好几个跟头，那根绳子只有英国普通的包扎绳那么粗。如果我并没有偏袒谁，那么据我看来，我的朋友内务大臣瑞颢沙②的本领仅次于财政大臣；其余大臣的本领也都不相上下。

举行这种游戏时往往发生致命的意外事件，过去发生过的许多不幸事件都有记录。我亲眼见过两三个候补人员跌断了胳膊和腿。但是大臣们奉命表演的时候，危险就更大了。因为他们想表现自己比以前更有本领，更想胜过同僚，过分卖弄自己，所以难得有不失事的，有的人甚至跌过两三次。听说在我来到这里以前一两年，佛林奈浦险些儿跌死。要不是皇帝的坐垫恰好摆在地上减轻了跌落的力量，他的脖子早就折断了。③

另外还有一种游戏，是在特别重大的节日专门表演给皇帝、皇后和首相看的。皇帝把三根六英寸长的精美丝线放在桌上。一根蓝的，一根红的，还有一根绿的。这三根丝线是皇帝预备下的奖品，用来表示他对一些人的特殊恩典。这种典礼在皇宫大殿上举行，候选人员都要在这里比试和前面完全不同的技艺，在新、旧大陆的各个国家中我都没有见过类似的玩意儿。皇帝手里拿着一根棍子，和地面平行，候选人员一个个依次跑上前去，有时候跳过横杆，有时候在横杆下面来回爬几遍，这完全要看横杆上升或者下降的情形而定。有时候皇帝和首相各拿着木棍的一头。有时候也由首相一个人拿着木棍。谁表演得最敏捷，跳来爬去的时间最长，就赏赐给他一根蓝丝线。第二名赏给红丝线；第三名赏给绿丝线④。他们

---

① 斯威夫特以佛林奈浦影射斯威夫特的仇敌、辉格党党魁罗波特·渥尔坡尔（1676—1745）。渥尔坡尔任陆军大臣、海军大臣，并曾两度任首相（1715—1717，1721—1742）。
② 唐申德子爵查理，于乔治一世在位时任国务大臣，长期与渥尔坡尔友善，是他的主要同盟者。
③ 一七一七年渥尔坡尔失势被免职，皇帝的坐垫可能指英王乔治一世的情妇肯德尔公爵夫人。一七二一年她帮助渥尔坡尔重新取得首相职位。
④ 蓝红绿三色丝线影射英国嘉德勋章、巴思勋章和蓟花勋章的绶带。

都把这些丝线缠两道围在腰间。你可以看到朝廷里的大人物几乎没有人不用这种腰带做装饰的。

军马和御马房里养的马天天被带到我的跟前。它们一点也不胆怯,一直走到我的脚边也不会惊跳起来。我把手放在地上,骑手们就纵马跳过去。皇帝手下的一名猎手骑着一匹高大的快马曾经跳过我穿着鞋子的脚面。这确乎是不同寻常的一跳。有一天,我很荣幸也能有机会表演一种非常特别的游戏供皇帝消遣。我请求他吩咐人给我抬几根两英尺长的木棍来,像普通手杖一样粗细的就行。皇帝就命令管理树林的官员照我的话去办。第二天早晨,六个伐木人驾着六辆由八匹马拉的车子运来了木棍。我拿了九根木棍,牢牢地插在地上,摆成一个两平方英尺半的四边形。我又拿了四根木棍,横绑在四边形的四角,离地面约有两英尺。然后,我又把手帕缚在那九根直立的木棍上,四面绷紧就像鼓面一样。那四根横木高出手帕五英寸当作四边的栏杆。我干完了这些活以后,就请求皇帝派一队二十四名精骑兵到这块平台上来操演。皇帝接受了这个建议,我就用手把这一队战马一匹匹地拿起来放在手帕上,马上骑着全副武装的军官,准备操演。他们一站好就分成两队,进行作战演习,一时锐箭齐发,刀剑出鞘,一队败走,一队追击,有的进攻,有的退却,总而言之,表现出他们是一支纪律严明的军队,这样的军队我从来还没有见过。平台四边的横木保护人马不至于从台上跌下来。皇帝高兴极了,下令要人马连续表演几天。有一次甚至愿意让我把他举起来,由他亲自发号施令。他还费了半天唇舌说服了皇后,让我也把她连同轿子一起举起来。她离开平台不到两码,从轿子里就可以看到操演的全部情况。也算是我的运气好,这几次表演都没有发生什么不幸事故。只有一次,一位队长骑着一匹性情凶猛的战马。它用马蹄刨地,把手帕踹了一个窟窿,马腿一滑,连人带马一齐倒了。但是我马上救起了人马,用一只手遮住破洞,又用另一只手按照原来他们上台时的办法,把这一队人马放到地上。失足的那一匹马扭伤了左前腿的肩胛,骑马的人却没有受伤。我把手帕尽量补好,可是我再也不敢相信这块手帕有这样坚牢,可以再玩这种危险的玩意儿了。

在我恢复自由的两三天以前,我正在表演这种战法给朝廷上下取乐的时候,忽然有一位专差来向皇帝报告说有几个老百姓骑马走近我原先被俘的地方,发现地上躺着一个黑色的大东西,样子很怪,圆圆的边边,占地面积有皇帝的寝宫那样大,中间突起有一个人高。他们最先还担心是一个活动物,但是它躺在草地上动也不动,原来并不是。有几个人绕着它走了几圈。后来几个人用叠罗汉的办法爬到顶上去。顶上平平坦坦,用脚一踹才发现里面是空的。依他们的浅见,这也许是巨人山的东西。如果皇上准许,他们用五匹马就可以把它拉来。一听他们说起,我就知道说的是什么了。听到这个消息,我真打心眼里高兴。大概在覆舟以后初上岸的时候,我是那样狼狈,以至在还没有走到睡倒的地方就把帽子掉了。我在划船时曾把帽子用绳子紧紧地系在头上,泅水时也还戴在头上。我想在上岸之后绳子是在我不知不觉中出了什么事故被弄断了,我还以为帽子掉在海里了呢。我向皇帝说明了帽子的特性和用途,就请求皇帝下命令赶快把它给我送来。第二天,车夫们把帽子运来了,可是已经不大完好了。他们在帽檐儿上离边边不到一英寸半的地方钻了两个孔,在孔里安上两个钩子,再用一根长绳把钩子系住接到马具上去,就这样把我的帽子拖了半英里多路。可是这个国家里的地面极为光滑平坦,它所受到的损伤并没有我想象的那样厉害。

这件事发生以后两天,皇帝命令驻在京城内外的军队准备演习,原来他又想出了一个非常奇怪的取乐办法。他要我把两腿尽量跨开,像一座巨大的石像一样站在那儿。然后他命令他的大将军(一位经验丰富的老年将领,也是我的大恩人)集合军队排成密集队形在我胯下进军。步兵二十四名一排,骑兵十六名一排,敲鼓打旗,手拿长枪挺进。这一支军队包括三千名步兵和一千名骑兵。皇帝发布命令,在进军中每一个军人都要严守纪律,尊敬我个人,违者处死刑。可是当他们走过我胯下的时候,这道命令并禁止不了几位年轻的军官抬起眼来看看。坦白地说,那时我的裤子已经破得太不成话了,那些军官们忍不住大笑起来,但同时也非常羡慕。

我上了许多奏章要求恢复自由,因此皇帝终于先在内阁会议上,然后又在国务会议上提出了这件事。除了斯开瑞士·鲍尔高兰以外,别人都没有反对。只有鲍尔高兰,我并没惹他,却偏偏要跟我作对。① 可是全体阁员一致反对他的意见,所以我的请求得到了皇帝的批准。这位大臣是当朝的"葛贝特",就是海军大将,他深得皇帝的信任,并且熟悉国家事务,但是面色阴郁而愠怒。② 最后他还是被说服了,只好同意。不过他坚持要起草我必须宣誓遵守的关于释放条件的文件。③ 斯开瑞士·鲍尔高兰带着两位次官和几位显贵,亲自把这文件交给我。宣读文件以后,他们命令我宣誓遵守文件所规定的条件。我先按照我国仪式,然后又按照他们国家法律规定的方式宣誓。他们的方式是:左手拿住右脚,再把右手的中指放在头上,大拇指放在右耳耳尖上。因为读者也许想知道这个民族的文章风格、表达方式,和我获得释放的条文,所以我现在把这文件的全部条文尽可能逐字翻译出来给大家看看。

利立浦特国至高无上的皇帝,举世拥戴、畏惧的君主高尔伯斯脱·莫马兰·爱夫拉姆·戈尔迪洛·舍芬·木利·乌利·古,领土广袤五千布拉斯鲁格(周界约十二英里),边境直抵地球四极;身高超过人类的万王之王;他脚踏地心,头顶太阳;他一点头,全球君王双膝抖战;他像春天那样快乐,像夏天那样舒适,像秋天那样丰饶,像冬天那样可怖。至高无上的我皇陛下,向最近来到天朝领土上的巨人山提出下列条件,他应该郑重宣誓遵守条文的规定:

第一条 巨人山如果没有加盖我国国玺的许可证,不得离开我国国境。

第二条 他没有得到命令许可,不得擅自进入首都;如经特许,居民应在两小时前接到通知躲在家里。

第三条 巨人山只准在我国主要大路上行走,不得随便在草地

---

① 指诺丁汉伯爵,一位"偏激"的托利党人。哈利于一七〇四年接替他而出任首相,因此诺丁汉敌视哈利。
② 诺丁汉在官场上绰号"阴沉"。
③ 哈利及其追随者于一七一〇年下半年执政。诺丁汉企图与之为难并限制其行动的自由。他在上议院通过一项对上国王奏表的修正案,规定如果西班牙与西印度群岛由波旁家族的任何一支所占有,英国就不能与法国缔结和约。

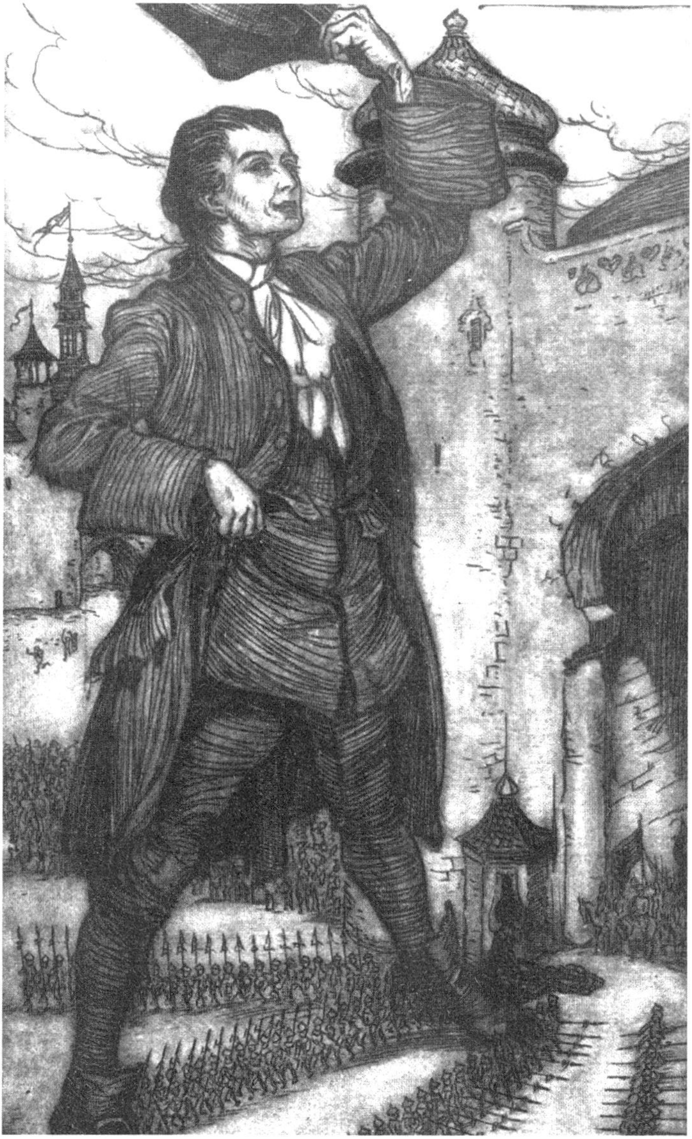

上或者庄稼地里来往坐卧。

　　第四条　他在上述大路上行走时,必须格外小心,避免践踏我国良民和他们的车马;没有得到本人同意,更不得把我国良民拿在手中。

　　第五条　如果有紧急公文需要从速寄递,巨人山应将专差,连人带马装在衣袋里,每月一次行走六天的路程。如有必要,还应该把这个专差安全地送回皇帝驾前。

　　第六条　他应该和我国联盟反对不来夫斯古岛上的敌人,并且竭尽全力毁灭现在正准备侵略我国的敌人舰队。

　　第七条　巨人山空闲的时候,应该协助我们的工匠抬运大石头,建造大公园的墙垣和其他皇家建筑。

　　第八条　巨人山应该用沿着海岸步行的计算方法,在两个月内呈献我国疆域精细测量图一份。

　　最后,巨人山如果郑重宣誓遵守上述各条,每天可以得到足够维持我国臣民一千七百二十八口的肉类和饮料,有随时谒见皇帝和享受皇帝其他恩典的权利。

　　我皇登极以来第九十一月十二日于伯尔法包拉克宫。

　　我心悦诚服地宣过了誓,并且在条约上签字。① 当然其中有几条不像我所希望的那么光彩,我想这完全是由于海军大将斯开瑞士·鲍尔高兰存心不良。我脚上的链子一开锁,就完全恢复了自由。皇帝也特别赏光,驾临参加了全部仪式。我俯伏在皇帝脚下表示感恩;但是他命令我站起来,并说了许多好话,为了免得别人批评我虚荣,就用不着再在这里说一遍了。他又说,他希望我能做一个有用的仆从,才不辜负他已经赏给我的和将来还可以赏给我的恩典。②

　　读者们也许会注意到,在我取得自由的条约的最后一条中,皇帝规定

---

① 托利党政府决定对诺丁汉怀有敌意的修正案置之不理,但没有直接加以反对。
② 一七一〇年年底,哈利及其追随者完全控制了政府。哈利出任财政大臣(实际上的首相),圣约翰任国务大臣,安女王对此甚为高兴。

每天供给我足够维持一千七百二十八个利立浦特人的肉类和饮料。以后不久我问在朝廷做官的一位朋友,他们怎样得出这样一个确定的数目。他告诉我,御用数学家用四分仪测定了我的身长,计算出我的身长和他们的比例是十二比一,由于他们的身体和我完全一样,因此得出结论:我的身体至少抵得上一千七百二十八个利立浦特人,我所需要的食物数量足够供给这么多的利立浦特人。读者可以想象到这个民族是多么聪明、敏捷,也可以想象到这位伟大的君王的经济原则是多么精明、准确。

第 四 章

关于利立浦特京城密尔顿多和皇宫的描写。作者和一位大臣谈论帝国大事。作者表示愿为皇帝效劳对敌作战。

我获得自由以后,首先要求获准参观密尔顿多京城①。这件事皇帝很痛快地答应了;只是特别关照我不得伤及京城居民和民房。人民也从告示里知道我要访问京城的计划了。环绕京城的城墙有两英尺半高,至少有十一英寸厚,因此一辆四轮马车可以很安全地在城上绕行一周。环城每隔十英尺就有一座坚固的城楼。我迈过了高大的西门慢慢地往前走,侧身穿过两条大街,一路上只穿一件短背心,因为我恐怕穿着上衣,衣边也许会挂坏屋顶和房檐。虽然皇帝的命令非常严厉,所有的居民都不准出门,不然就会有生命危险,但我一路上还是非常留神,免得踏坏了还在街心游荡的人们。不管是阁楼的窗口或者房顶上,都挤满了看热闹的人,我不由心里想,在我历次的旅行里从来还没有见过这样人烟稠密的地方。这座城是正方形的,每边城墙都有五百英尺长。城里的两条大街都有五英尺宽,十字交叉地把全城分作四个部分,其余的胡同巷子虽然我没法进去,不过路过时也从外面望过一下,大概有十二英寸到十八英寸宽。全城可以容纳五十万人。楼房有的三层,有的五层。商店和市场也都是百货齐全。

---

① 影射伦敦。

皇帝的宫殿在全城的中心，正当两条大街的交叉点。皇宫四周的皇城有两英尺高，墙里面二十英尺以外才有宫殿。我获得了皇帝的许可，举步迈过了皇城。城墙和宫殿中间的空地很大，所以我可以自由行动，绕着宫殿参观。外院是四十英尺见方，包括两座宫院。最里面的是皇宫内院，我很想看一看，不过感到非常困难，因为从一座宫院通往另一座宫院的大门都仅仅有十八英寸高，七英寸宽。外院的建筑至少有五英尺高，要是我跨过去，真无法不使这一建筑群受到极大的损害，尽管院墙十分坚固，有四英寸厚，而且是用石块砌成的。同时，皇帝也极希望我能去瞻仰一下他那富丽堂皇的宫殿，可是我却没有办法进去。我花了三天工夫用小刀在离城一百多码的御苑里伐了几棵最大的树木，然后用这几棵树木做成了两个大约有三英尺高并能承受起我的体重的凳子。市民们得到第二次通告以后，我又进了城，手里拿了两个凳子到皇宫去。我来到外院的近旁，就站在一个凳子上，拿着另外一个轻轻地递过屋顶把它放在第一院和第二院中间的那块宽广八英尺的空地上。接着我就很轻便地从一个凳子走到另一个凳子上跨过了外院，再用有钩的手杖把第一个凳子钩进来。我用这种方法进了皇宫内院。我斜躺在地上，脸贴近了宫楼中间几层特别为我打开的窗子。这样我才得参观人们所能想象到的最灿烂辉煌的内宫。我分别在他们寝宫里谒见了皇后和年轻的亲王们，当时他们都有亲从随侍。皇后陛下十分高兴，对我很和蔼地笑了笑，又从窗口伸出手来赐我亲吻。

但是现在我不想尽先把这一类的描写说给读者听了。因为我另外还有一本篇幅更大的著作就快要付印了。这些事情都留着在那本书里说吧。那部书概括地叙述这个帝国从创建时起历经各代帝王的长期历史；同时在那部书里，对这个国家的战争、政治、法律、学术、宗教、动植物、特殊的风俗习惯和其他稀奇有益的事物都有详细记载。现在我主要想在这部书里把我在这个帝国居留的九个月中对公众和我个人所发生的事件和种种事务描述一下。

我获得自由后大约两星期，一天早上瑞颙沙内务大臣（他们这样尊称他）仅仅带着一个仆从来到了我的寓所。他吩咐他的马车在远处等候,请我同他谈一小时。因为我一向敬仰他的身份和才干,又因为我向朝廷提出请求时,得到了他不少帮助,所以马上就答应了。我本来打算躺下来,听他说话比较方便些;可是他却愿意站在我的手里和我交谈。他首先祝贺我获得了自由。他说,就这件事来说,他自认为有点功劳;接着他又说,要不是朝廷处在现在这种情势下,也许我不会这样快就能得到自由。他说:在外国人看起来,我们的国势似乎还很兴隆,不过实际上我们有着两大危机。一方面国内党争激烈,一方面极其强大的外敌时时有入侵的危险。关于第一件,你要知道七十多个月以来,帝国有两大政党互不相让,一党叫作特拉迈克三,一党叫作斯拉迈克三①。因为一党的鞋跟高些,另一党的鞋跟低些,所以根据鞋跟的高低才分成两个党派。据说高跟是最合乎我们古代的制度,但是不管怎样,皇帝却决定一切行政官吏必须任用低跟党人。这你是不会不觉察到的,皇帝的鞋跟就特别来得低,至少要比任何朝廷官员的鞋跟低一都尔(都尔是一种长度,大约相当于一英寸的十四分之一)。② 两党间仇恨很深,以至他们绝对不在一起吃喝,更不在一起谈天。算起来特拉迈克三或高跟党的人数超过我们。但是一切权势却完全掌握在我们手中。我们怕的是皇太子殿下多少有点倾向于高跟党;至少我们可以清楚地看出,他有一只鞋跟比另一只高些,③所以他走起路来一拐一拐的。正当我们内患方殷,不来夫斯古岛④上的敌人却以发动侵略来威胁我们。这是宇宙间的另外一个大帝国,论面积和实力都可以和我皇统治的帝国抗衡。当然我们也听见你说过,世界上还有许多王国和国家,住着一些和你同样庞大的人类。不过我们的哲学家却十分怀疑,他们都猜想你是从月球或者是从其他星球上降落下来的。因为像你这样庞大身躯的人如果有一百个一定会在短期间内把皇帝境内的果

---

① 影射十八世纪英国的两大政党:辉格党和托利党(或称高教会党和低教会党)。十九世纪中叶以后分别改称自由党和保守党。
② 乔治一世宠信辉格党,他在位期间,辉格党人一直在执政。
③ 乔治二世还是威尔士亲王时就企图与两党同样交好。
④ 利立浦特影射英国;不来夫斯古影射法国。在西班牙王位继承战争(1701—1713)中,法国是英国的主要敌人。

实和牲畜全部吃光。况且,除了利立浦特和不来夫斯古两大帝国以外,我们六千个月以来的历史,从来没有提到过其他地方。我现在正要告诉你,这两大强国已经顽强苦战了三十六个月。战端的发生是由于下列原因。我们人人都认为吃蛋的时候,原始的方法是打破鸡蛋较大的一端。可是当今皇帝的祖父还是小孩子的时候,正要吃蛋,按照古法打破了蛋的大端,一不留神竟割伤了一个手指。① 因此他的父亲②,当时的皇帝,就颁了一道圣旨命令全体臣民,吃蛋时,先打破蛋较小的一端,违者重罚。人民对这条法律十分痛恨。历史告诉我们,这件小事曾引起过六次叛乱,一个皇帝送了命,③还有一个皇帝失去了王位。④ 这些内乱经常是由不来夫斯古国的君王煽动起来的。骚乱平定以后,亡命之徒总逃到那个帝国里去逃命藏身。据估计,先后几次有一万一千人情愿受死也不肯打破蛋较小的一端。关于这一争端,曾出版过好几百本大部著作。但是大端派的著作早就被禁止了,同时法律规定这一派的人不得做官。当这种争论闹得厉害的时候,不来夫斯古的君王们就常派大使来向我们提出抗议,责备我们在宗教上分立门户,责备我们违背伟大的先知拉斯特洛格在《波兰得克拉尔》(就是他们的《可兰经》)第五十四章里提出的一条基本教义。但是我们却以为这只是对经文的一种歪曲。因为原文是:"一切真正的信徒都要在比较方便的一端打破他们的蛋。"依我个人的浅见,到底哪一端比较方便呢,似乎只有听从个人的良知,或者至少也要由行政长官来决定。这一伙大端派亡命之徒很得不来夫斯古皇帝朝廷的信任,同时这伙人又受到了国内党羽的秘密援助和怂恿,因此掀起了两大帝国的血战。三十六个月以来,双方互有胜负。⑤ 在这期间我们损失了四十艘主力战舰和数目更多的小艇,我们还损折了三万精锐的水兵和陆军。可是

---

① 罗马正教教会认为伊丽莎白女王是私生女,因此不能继承王位。
② 亨利八世颁发圣旨,自封为英国国教领袖,否认罗马教皇的权威。
③ 查理一世于一六二九年即位,一六四九年被处决。
④ 詹姆士二世(1685—1688),一六八八年被逐出英国。
⑤ 西班牙王位继承战争中,同盟军作战是为了使信奉天主教和信奉新教的君主保持势力均衡。

估计一下敌人所受到的损失也许比我们还大。但是他们现在又建立了一支巨大的舰队,正准备向我们进攻。皇帝深信你有勇气和力量,所以才命令我把这件皇家大事告诉你。

我请求内务大臣替我回奏皇上:因为我是外国人,①所以不便干预党派的斗争,不过我情愿冒性命危险,时时准备抵抗所有的侵略者,以保卫皇帝陛下和他的国家。

---

① 暗示乔治一世是外国人,不应干涉英国政治。

第 五 章

作者采用特殊战略阻止了敌人的侵略。他获得了高级爵位。不来夫斯古皇帝遣使求和。皇帝的寝宫失火;作者想办法挽救了其余的宫殿。

不来夫斯古帝国是位于利立浦特北东北方的一个岛屿。两国只隔着一条八百码宽的海峡。我还不曾见过这个岛屿;我自从得到敌人企图发动侵略战争的消息以后就避免到那一带海岸去,恐怕被敌人的船只发现。战争期间两国间的来往一律严格禁止,违者处死;同时皇帝又下令封锁了大小船只,所以直到如今他们还没有得到任何关于我的情报。我向皇帝提出了我打算如何夺取敌人舰队全部船只的计划。根据我们侦察员的报告,敌人的舰队正停泊在港里,准备一有顺风就驶出港口。我向一位最有经验的海员打听海峡的深度。他说他们曾经用测铅测量过多次。海峡中部在满潮时期有七十"格兰格拉夫"深,大约相当于欧洲度量单位六英尺;别的地方最深也不过五十"格兰格拉夫"。我走到东北海岸,正对面就是不来夫斯古。我趴在一座小丘后面,拿出袖珍小望远镜来观察停泊在港内的,大约包括五十艘战舰和许多艘运输舰的敌人舰队。然后我回到家里,下令(皇帝颁发了一份委任状给我,所以我可以下令)赶办大量最结实的缆绳和铁棍。缆绳大约有包扎货物用的绳子那么粗细,铁棍的长短、粗细跟毛线针一样。我把三根缆绳搓成一根,这样就更结实了。为了同样的理由,我又把三根铁棍扭成一根,把两端弯成钩形。我在五十只钩子上拴上了五十根缆绳,就向东北海岸走去。我脱了上衣、皮鞋和袜子,穿着牛皮背心走下海去。大约这时离满潮还有半个钟头。我赶紧涉水而过,在海峡中部泅了三十来码两脚才能够到海底。不到半个钟头,我就到了舰队停泊的地方。敌人见了我都吓坏了,就从舰上跳到海里去,向岸边泅水逃命,一时跳下水去的不下三万人。我赶快拿出绳索、钩子,把钩子缚在每只船船头的一只孔里,接着又把所有绳子的另一头聚拢起来扎在一起。我正在这样做的时候,敌人就放了几千枝箭,有许多枝射中了我的手和脸。这时我不但感到箭创疼痛,工作也大大受到干扰。我最怕伤了眼睛,如果不是那时我忽然想到了应急的办法,难免弄得双目失明。我在我的秘密衣袋里藏着一些日常用品,其中有一副眼镜。这只密袋,我以前也提到过,当时没有受到钦委检查员的搜检。我把眼镜拿出来牢牢地戴在鼻子上。我有了这种防御,就继续大胆地工作起来。虽然敌人的箭仍旧不绝地射来,许多枝箭射中了眼镜玻璃片,可是这至多不过把玻璃片伤损一点罢了,并无大碍。现在我把所有的铁钩都拴好了,一手拿着绳结,用力一拉,可是一艘船也拉不动,原来船都抛了锚。这还有待我鼓起勇气做出最大努力。所以我就放下绳索,铁钩仍旧搭在船上。我拿出小刀决意把船上的锚索割断,这样一来我脸上手上又中了二百多枝箭。接着我又拾起搭着铁钩的绳结,很方便地把五十艘最大的敌舰拖走了。

不来夫斯古人一点也没有想到我要干什么,起初只是惊慌失措。接着他们看到我在割断缆绳,以为我也不过想叫兵舰随波逐流,互相撞沉。但是他们看见全队舰只秩序井然地开动起来,又看到我拉着一头,他们立刻尖叫起来。那种悲伤、绝望的喊声,实在令人难以形容,难以想象。我走出了危险地带,略停了一会儿,拔出了手上、脸上的箭,擦上了些药膏,这以前我也提到过,是我初到时利立浦特人给我的。然后摘下眼镜,大约等了一个小时,等到潮水稍落,就带着我的货物,涉水走过了海峡的中部,平安到达利立浦特本国的皇家港口。①

---

① 西班牙王位继承战争以英国取得胜利而告终。托利党内阁居功自傲。因为这次战争的英雄马尔巴勒公爵是辉格党人,所以斯威夫特故意说战争胜利决定于海军,因为托利党人强调和约规定法国停止使用敦刻尔克为海军港口,从而保证了英国海军的霸权地位。

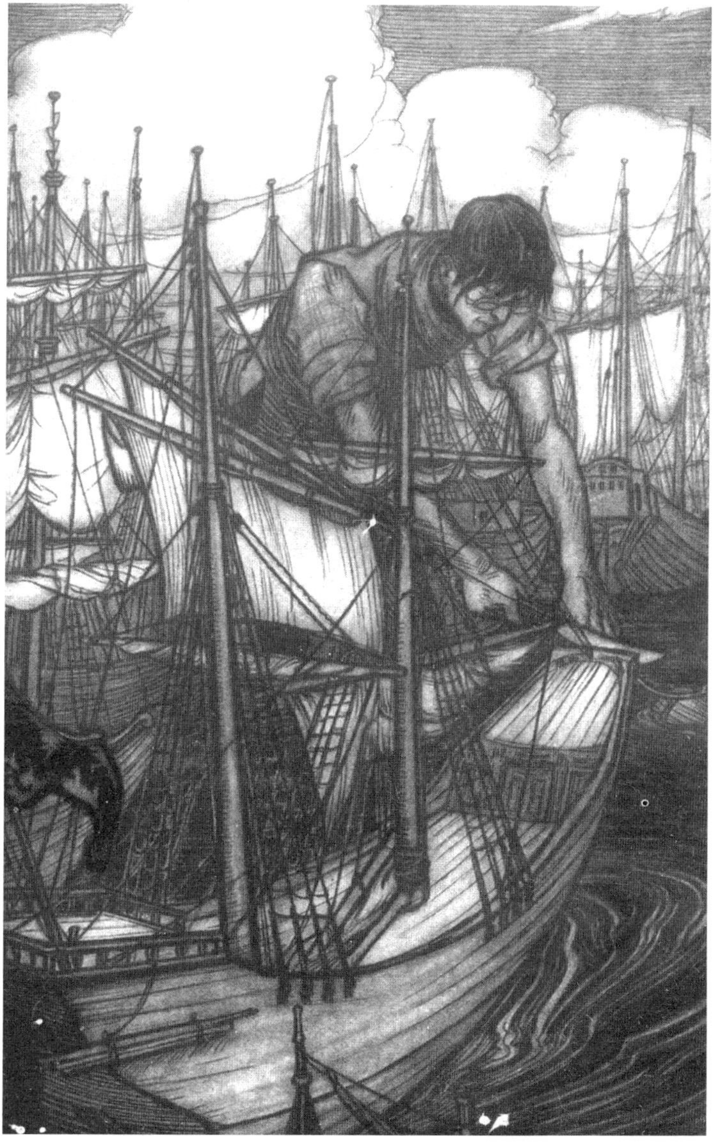

皇帝和全朝官员都站在岸上，等待着这一次伟大冒险的结果。他们只看到船只排成一个大半月形向前推进，却看不到我，因为这时水已经没过了我的胸脯。当我走到海峡中间时，他们更加愁闷，因为这时只有我的头是露在水面上的。皇帝断定我是溺死了，而敌人的舰队又来势汹汹地从对面开来。可是不久他就放心了。我越往前走，海峡也就越浅。不多一会儿我已经走近岸边，到了可以听见喊声的地方。我用手举着拖来舰队的绳索的一端，高声呼喊："最强大的利立浦特皇帝万岁!"这位伟大的君王迎接我上岸，对我说不尽地恭维，当场就封我作"那达克"，这是他们最尊贵的爵位。①

皇帝希望我另找一个机会把剩余的敌舰全部牵引到本国港口来。君王的野心总是无法测度的，他似乎一直在想把不来夫斯古帝国灭掉，化为自己的行省，派一位总督去统治。他要彻底铲除大端派亡命之徒，强迫该国人民也打破蛋的小端，这样他才可以算是全世界独一无二的君王。不过我却尽力设法使他打消这种念头，我提出了许多论据，从政策上、正义上论起来他都不该如此。我又直率地向他宣称："我永远不愿做人家的工具，使一个自由、勇敢的民族沦为奴隶。"这件事在国务会议上辩论的时候，最聪明的一部分阁员都赞成我的意见。②

我这个直率、大胆的声明是违背皇帝的计划和政策的，因此他永远也不能宽恕我。他很狡猾地在国务会议提出了这件事，据说会议上有几位最聪明的阁员似乎同意我的意见，因为至少他们对这事没有发言。但是有些阁员（都是我的仇人），免不了说一些中伤我的话。从此以后，皇帝就和一撮对我不怀好意的阁员开始制造阴谋来陷害我。不到两个月工夫，阴谋暴露了，几乎达到了把我消灭掉的目的。伟大的功绩在君王眼里能算什么，如果一时你拒绝满足君王的奢望，即使你从前立过大功也绝不能得到宽恕。

我立下了这件功劳以后大约三星期，不来夫斯古正式遣使求和。不久两国就缔结了对我们皇帝绝对有利的和约③。关于条约的内容就用不

---

① 一七一一年哈利被封为牛津伯爵，一七一二年圣约翰被封为波陵布洛克子爵。
② 辉格党人攻讦托利党内阁过早地与法国缔结和约，而且条件也太宽大了。
③ 经过两年交涉，一七一三年签订了乌特瑞支条约。

着再说给读者听了。他们一共派来了六位大使,随员不下五百人,他们的入境仪式非常隆重,不失他们的皇帝的尊严,也足以表示他们的使命重大。条约订完以后,有人私下里告诉这几位大使,说我是他们的朋友。至少在表面上我在朝廷里还有些声望,我仰仗当时的声望,确乎帮了他们不少的忙。因此他们就正式来拜访我。他们一开始就恭维我勇敢、慷慨,接着代表他们皇帝①邀请我去访问他们的国家。他们也曾听说我力大无穷,创造了不少奇迹,很希望我能表演一番,长长他们的见识。我立刻答应了他们,一切详情也就不必备述了。

我花了一些时间招待这几位贵客,使他们十分满意也十分惊奇,我希望他们答应我,能代我向他们的皇帝致以最诚恳的敬意。大皇帝仁德广被,举世同钦。在我回国之前,我决定要去专诚陛见。因此后来我谒见我们的皇帝的时候,就请皇帝准我去拜会不来夫斯古的君王。他当时虽然答应,我却可以看得出他的态度十分冷淡。我猜不出这到底是为什么来。后来有人私下告诉我:佛林奈浦和鲍尔高兰把我和大使交谈的情况奏明了皇帝,认为这是我怀有二心的表现。不过我问心无愧。② 这样我才对朝廷和大臣的真面目第一次有了一些不完全的认识。

有一点值得注意,大使们和我交谈是通过翻译的。这两大帝国的语言,和欧洲的任何两国的语言一样,差别很大。而每一国都夸耀自己的语言历史悠久,美丽而有力,对于邻国的语言公然蔑视,但是我们皇帝利用夺取了他们的全部舰队所取得的优势,强迫他们用利立浦特的语言呈递国书并致词。同时必须承认,因为两国间的贸易往来极盛,因为两国都常常庇护对方的亡命之徒,同时又因为两大帝国都有互派贵族名门子弟留学邻国以扩大眼界了解异乡风土人情的风尚,所以贵族名门,沿海居民中的商人、海员几乎无人不会说两国话的。几个星期以后,我去朝见不来夫斯古皇帝才发现了这个事实。尽管我的仇敌们不怀好意,使我连遭不幸,这次朝见究竟是一件快乐的事件,我将来还要在适当的地方加以描写。

---

① 指法王路易十四。
② 和约缔结以前,托利党人与法国进行了秘密谈判,辉格党则攻击托利党向法国人泄露了机密。

读者也许还记得,我在签订恢复自由条约时,我对于其中的几条很不满意,因为这几条太使我难堪了。因为那时我急需恢复自由所以我才勉强屈从。我现在是帝国地位最高的"那达克",再履行条约规定的义务未免有失身份,而凭良心讲,后来皇帝也从来没提起要我做那些事。过了不久,我就得到了一次为皇帝效劳的机会,至少我自以为是建立了一件非常的功业。一天半夜里,几百个人在我门前高声呼喊把我惊醒了。因为我突然惊醒,心里不免害怕。我听到外边不住地叫喊"布尔格伦"!接着几位朝廷大臣从人丛里挤了进来要求我马上赶到皇宫去。原来有一位女官不小心,晚上看传奇小说时睡着了,以致皇后的寝宫失火。我马上起来,当时已有命令叫行人都回避了,又幸亏是月明之夜,我一路小心赶到了皇宫并没有踏伤一个行人。我看到寝宫墙上已经竖好梯子,吊桶也预备齐全,但是水源却不在近处,吊桶只有大针箍那么大小,虽然那些可怜的人儿一桶桶地尽快供应我,可是火势太猛了就无济于事。我可以很容易地用上衣把火扑灭,可是一时慌张不曾带来,仅仅穿了一件皮背心就跑来了。看来情形已毫无希望。如果不是我当时心眼特别快,忽然想起了一条妙计,这一座富丽堂皇的宫殿免不了要烧成平地。头一天晚上我喝了不少一种叫作"格林格伦"的美酒(不来夫斯古人把这种酒叫作"福禄奈克",但是大家都认为我们的酒更好些),这酒有利小便的功用。真是天缘凑巧,我还没有解过小便。因为太靠近火了,又参加了救火的工作,身上吸收了热,酒就变成尿了。我撒了一大泡尿,又撒在适当的地方。所以不到三分钟火就全熄了。这才把费了多少年心血建造的其他宫殿救了下来。

天已经亮了,我没有向国王道贺就跑回家来。因为虽然我建了一件奇功,可是说不定皇帝会对这样的行为感到愤慨,根据这个国家的法令,任何人不管他的名位怎样,如果在皇宫院内小便一律处死。但是皇帝给了我一份通知稍稍地使我安心下来,他说:他要下令给司法部正式赦我无罪。不过我却没有得到这份赦书。① 后来有人私下里告诉我:皇后非常

---

① 一七一五年波陵布洛克被判处叛国罪。次年乔治一世向议会建议赦免他,但一直到一七二三年议会才赦免了他的部分罪行。

痛恨我的行为,早远远地搬到皇宫的另一边去了。她坚决不准修理这座寝宫,她再也不能住进去了。同时,她在心腹人面前发誓她一定要采取报复手段。①

---

① 影射安女王对牛津伯爵(哈利)不满,她认为哈利对她不敬。一七一四年安女王逝世前不久解除了哈利的职务。

第 六 章

关于利立浦特人民的情况：他们的学术、法律、风俗和教育儿童的方法。作者在这个国家的生活方式。他为某贵妇辩护。

虽然我还想另写一部专门著作描述这个帝国的形形色色，不过现在我愿意介绍一个大概的情形来满足我的好奇的读者。当地人民身高不到六英寸，所以其他动物、植物和树木的大小可以按照同样的比例推算出来。举例说吧，最高大的牛马都是四五英寸高，绵羊大约有一英寸半高；鹅也只有麻雀那么大，这样依次推下去，推到最小的东西，我简直就看不见了。不过大自然却能叫利立浦特人的眼睛能够看见一切东西。他们看得非常清楚，可是看不多远。有一次我感到十分高兴能看到一位厨师拿着一只还没有平常苍蝇大的百灵鸟在拌毛，又有一次看到一位年轻姑娘拿着一根细得看不见的丝线在穿一枚小得看不见的针。这都说明他们对近处的东西有着锐敏的视力。他们最高的树木大约有七英尺高，我指的是御花园里的那几棵大树，我举起攥着的拳头刚好能够到这几棵树的树顶。蔬菜的大小也可以同样的比例推算出来，就让读者自己去想象吧。

至于他们的学术，若干年代以来各门学术都非常发达，我现在就不必多说了。不过他们的书法却特别得很，他们写字既不像欧洲人那样由左而右，又不像阿拉伯人那样由右而左，也不像中国人那样从上而下，也不像加斯开吉人那样从下而上。他们却是从纸的一角斜着写到另一角，和英国的太太小姐们的习惯是一样的。

他们埋葬死人时,把死人的头一直朝下,因为他们相信一种说法,一万一千个月以后死人们都要复活。那时候地球(他们以为是扁平的)会上下颠倒。按照这样的埋法,他们复活以后就会安稳地站在地上了。当然他们的学者也承认这种说法荒谬,不过顺从世俗的习惯,这种办法还在继续采用。

这个帝国有几种非常特别的法律和风俗,如果这些法律和我的亲爱的祖国的法律不是完全相反的话,我真想替他们辩解几句。但愿我们也能执行这些法律。首先我要提到的是关于告密者的法律。背叛国家的罪行要受到最严厉的刑罚。但是被告如果能在开审的时候辩明自己无罪,原告就会立刻名誉扫地被处死刑。无辜的被告还可以从原告的财产或土地中得到四项赔偿,赔偿他时间上的损失,赔偿他所经历的危险,赔偿他在监禁中受到的折磨,赔偿他的辩护费用。如果原告的财产不够赔偿,那么大部分就由皇家来负担。皇帝还要公开赐给被告恩典,同时向全城宣布被告无罪。

他们认为欺诈罪比偷窃罪还来得严重,因此犯了这种罪行的人很少不被判处死刑的。他们认为只要小心谨慎,多加警惕,再有些常识,一个人就足以防备自己的财物被盗,但是老实人却没法防范老奸巨猾,人民既然需要不断地买卖,信用交易,如果我们纵容欺诈的行为而不加以法律制裁,那么诚实的商人就要破产,流氓坏蛋反倒会大发其财。我记得有一次我在国王面前曾为一个拐骗了主人大批款项的犯人讨情。他奉了主人命去收款,款收齐后竟携款潜逃,我对皇帝说,这不过是一种背信行为,希望皇帝能减轻对他的刑罚。皇帝觉得我太荒谬了,怎么会提出最能加重他的罪行的理由来替他辩解呢。我当时无言可对,只好支吾其词地说,各国有不同的习惯。必须承认,我那时感到非常惭愧。

虽然我们总认为赏与罚是政府行使职权的两个枢纽,然而除了在利立浦特以外,我却从来没有见过哪个国家能够实行这个原则。不管是谁,只要能提出充分证据,证明自己在七十三个月中严格遵守国家法律,就可以请求享受某种特权,按照他的地位或者生活条件的高下,从专门拨作这种用途的公款里领取一笔与之相称的款子,他还可以取得"斯尼尔普尔"

亦即"守法者"的称号,不过这种称号却不能传给后代。我告诉他们,我们的法律只有刑罚而没有奖励,他们认为这是我们的政策上的极大的缺点。因此,他们的裁判厅里的公理女神像有六只眼睛,前面两只,后面两只,左右各一只,表示公理女神谨慎周到。同时她右手里拿着一袋金子,袋口是开着的,左手里一把宝剑,剑却插在鞘里,这表示她的性格喜欢奖赏而不喜欢责罚。

他们选用各项事务人才时,优良的品行比卓越的才干更被重视。他们相信人类既然必须有政府,那么人类的普通才能就能够胜任各项职务,而且上帝也从来没有故意把公共事务的管理弄得非常神秘,使只有少数卓越的天才才能了解,而这样的天才在一个时代中也很难生出三个来。但是他们却认为人人都能掌握真诚、公正、克制自己等等美德。如果人人能实践这些美德,再加上经验和为善之心,人人就能为国服务,只不过还需要一段学习过程罢了。但是他们认为如果一个人缺德无行,即使他具有卓越的才能也无济于事,任何事务也不能委托这种危险分子去办。如果一个人品行端正,只是因为无知才犯错误,他对于公众利益不会发生什么严重的影响,绝不会像那些品质恶劣、存心贪污腐化的人一样会给社会带来致命的损失,正因为这种人手段高明,他们才能加倍地营私舞弊,而同时又能巧妙地掩饰他们的腐败行径。这种人为害社会之烈,远远超过由于无知而犯错误的人。

不相信上帝的人也同样不能为公众服务。利立浦特人认为:既然君王们自称是上帝的代表,他所任用的人竟不承认他所凭借的权威真是再荒唐也没有了。

大家应该明白我谈到的这几种法律和下面我要谈到的都是这个国家独创的制度,我并不推崇他们由于具有人类堕落的天性而产生的那些臭名远扬的腐败政治。读者要知道,那些凭借跳绳得宠而获得高官厚禄,和在御杖上下跳跃爬行以赢得皇恩殊荣的奖章等等卑劣行为都是由当今皇上的祖父而滥觞①,由于党派斗争越演越烈,所以目前这些劣迹才达到了

---

① 英王詹姆士一世在位时,卖官鬻爵甚为流行。

高潮。

在他们看来忘恩负义应判死罪,我们在书上也读到过,有些国家也有同样的法律。他们的理由是:以怨报德的人应该是人类的公敌,他对待人类可能比他对待自己的恩人还要恶毒,因为世人没有施恩于他,这样的人根本不配活在世上。

他们对于父母和子女之间的责任的看法,也和我们的完全不同。男女结合合乎伟大的自然规律,是为了传种接代,因此利立浦特人也必须有这种关系。他们认为像别的动物一样,男女结合的动机是出于淫欲,同时父母爱护儿女也出于同一的自然法则。根据这种认识,所以他们不承认,因为孩子是父亲的种子或者是母亲把他生在世上的,孩子就应该对父母有什么义务。如果仔细想一想人生的悲惨,那么生儿育女本身既没什么益处,做父母的也根本没有想到要生儿育女,在他们爱情结合时,他们的思想还用在别的上面呢。根据这种种理由,他们认为子女的教育绝不可以托付给他们的生身父母。因此每个市镇上都有公共学校。做父母的,除了村民和劳工以外,都必须把年满二十个月的儿女送到学校里去受教育,这样年龄的儿童在他们看来基本上听从教导。这样的学校有好多种,以适应于不同阶层和性别的儿童。学校里有许多位善于教导的教师,他们训练孩子们养成一种符合他们父母的地位和他们自己的智能和倾向的生活方式。我先谈一谈男学校的情形,然后再谈一谈女学校。

在收容贵族名门子弟的男学校里有许多位庄重博学的教师,他们手下还有几名助教。儿童们穿衣吃饭简单朴素。他们受到荣誉、正义、勇敢、谦虚、仁慈、宗教、爱国等原则的熏陶,除了短暂的吃饭、睡眠时间和两小时的娱乐、体育活动时间以外,他们总有些事情要做。四岁以前,男仆人给他们穿衣服,四岁以后,不管他们身份怎样高贵,都要自己穿衣服。女仆们,年纪大半都相当于我们的五十上下,只做一些最粗贱的工作。孩子们平日不准和仆人们交谈,只准一小伙或者一大群一块儿出去游戏,不过身边总有一位教师或者一位助教,这样他们就不会像我们的孩子一样在幼年时代感染上荒唐邪恶的习气。一年中间只准父母来看他们两次,访问时间也只有一小时。他们初见面时和分别时可以和孩子亲嘴,不过这时总有一位教师在旁,不准他们和孩子们喊喊喳喳,也不许他们对孩子表示抚爱,更不准他们带进玩具、糖果之类的礼物。

每家要付子女教养娱乐费,到期不缴由朝廷官吏征收。

收容一般绅士、商人、做小生意的和手艺人的子弟的学校也按照同样方法管理。不过那些准备去做生意的孩子满十一岁就放出去做学徒,而贵族子弟却继续在校学习到十五岁(相当于我们的二十一岁)。但是最后三年管教也就渐渐放松了。

在女学校里,贵族出身的女孩子所受的教育和男孩子的差不多,不过替她们穿衣服的却是一些行止端庄的女仆。每次也都有教师或者助教在跟前,一直到五岁她们自己会穿衣服时为止。如果发现这些女仆擅自讲一些恐怖、愚蠢的故事给女孩子们听,或者发现她们做出我们的侍女所惯于玩弄的把戏,就把她们用鞭子赶打着游街示众三次,处徒刑一年,然后终身被流放到这个国家最荒凉的地带去。所以女孩子和男孩子一样都不愿做懦夫和呆子,她们认为这是最可耻的事情。她们更轻视一切出乎整洁端庄范围以外的打扮。我也没有发现她们的教育由于性别不同而有差别,不过女子的运动不像男子的那样剧烈罢了。她们要学一些持家的原则,她们研究的学问的范围也比较小。他们有一句格言:富贵人家的主妇应该是一位和蔼而懂道理的伴侣,因为她不能永葆青春。女孩子到了十二岁,在他们看来是出嫁的年龄了,父母或者监护人就把她领回家去。他们向教师们表示万分感激,同时这位姑娘和同伴们离别的时候也免不了要掉几滴眼泪。

在比较低级的女学校里,女孩子也学到各种适于女性做的和合乎身份的工作。准备学习手艺的女孩子七岁就退学,其余的要到十一岁才退学。

把孩子寄在学校里的小户人家,除了每年要交低到不能再低的教养费以外,每月还要抽出一小部分收入缴给学校管事作为分配给孩子的财产,所以父母的开支受到法律限制。利立浦特人认为人们一时为了发泄性欲,生下小孩却要公众负担教养,也未免太不公平了。至于有身份的人,也要按照各人的情况,保证拨出一定款项来留给每一个孩子,并遵照勤俭原则极为公平地管理使用这部分基金。

村民和劳工都把孩子养在家里,他们的本分是耕种田地,所以他们的教育和公众没有多大关系。不过他们中间年老有病的由养老院来养活,因为这个帝国里没有乞丐这种行业。

我在这个国家住了九个月又十三天,读者也许喜欢听我讲讲我在这个国家里是怎样过日子的。我生来就有一个具有机械才能的头脑,同时由于生活上需要,我就用御花园里最大的树木给自己作了一套相当合用的桌椅。他们又雇了两百个女裁缝给我缝衬衣、被单和桌布,用的是他们最结实、粗厚的布料;然而还是要把几层布缝在一起,因为他们最厚的布也要比我们的细麻布来得薄一点儿。他们的亚麻布通常是三英寸宽,三英尺长算作一匹。我躺在地上,女工们就给我量尺寸,一个人站在我脖子那儿,一个人站在我的腿肚那儿,她俩每人扯着一根粗线的一头把线拉直,第三个人就拿着一根一英寸长的尺丈量长短。然后她们再量我右手的拇指,就不要再量别的了。因为按照数学方法来计算,拇指的两周等于手腕的一周,照这样推算下去就可以算出脖子和腰身的粗细。我又把一件旧衬衣摊在地上给她们做样子比照着做,所以她们给我做的衬衣非常合身。他们又雇了三百个男裁缝给我做外衣,但是他们却用另一种方法来给我量尺寸。我跪在地上,他们竖起一架梯子把它搭在我的脖子上。一个人爬到梯子上去,从我的衣领那儿把一根带锤的线垂到地上,这恰好是我的上衣的长短。但是腰身和手臂却都要我自己来量。这些衣服全是在我的房子里做的,因为他们最大的房子也放不下这样大的衣服。衣服做好以后,看上去像是英国太太们做的百衲衣,不过我的衣服全身是一种颜色罢了。

给我做饭的有三百位厨师,他们带了家眷住在我房子附近舒适的小茅屋里。每位厨师给我做两种菜。我用手拿起二十名招待员来把他们放在桌面上,还有一百名在地面上侍候,有的捧着一盘盘的肉,有的肩膀上扛着一桶桶的葡萄酒和各种酒类。如果我要吃东西可以叫桌面上的侍者用一种巧妙的方法把食品用绳子拉上来,就像在欧洲我们从井里拉上吊桶来一样。他们的一盘肉我可以吃一口。一桶酒也足够我喝一口的。他们的羊肉赶不上我们的,但是他们的牛肉味道却非常好。有一次我吃到一大块牛腰肉,非作三口吃不行,不过这是难得的。仆人们看到我连肉带骨一齐吞了下去,都很惊讶,但是这和我们吃百灵鸟的腿子又有什么两样呢?我常常一口吞下整只的鹅和火鸡,我还必须承认它们的味道远比我们的好。至于小家禽,我用刀尖一次可以挑起二三十只来。

有一天,皇帝陛下听人说起我过日子的情形,就要带着皇后、年轻的王子和公主到我家来跟我同享吃饭的快乐(他喜欢这样说)。他们果然来了。我请他们坐在摆设在桌面上的御椅上,面对着我,卫队站在他们的近旁。财政大臣佛林奈浦手里拿着他那根白棍子①也在一旁侍奉。我发现他时常酸溜溜地看着我,我却装作没有看见的样子,一来为了祖国的光荣,二来为了使全朝廷惊叹,这天我比平日吃的还多。我有理由相信皇帝这次驾幸又给了佛林奈浦在他的主子跟前害我的一个机会,这位大臣一向暗地里与我为敌,尽管表面上他也表示爱我,他的脾气本来很坏,对我这样敷衍是出乎寻常的。他向皇帝报告:目前国库空虚,他拨付款项不得不打折扣,现在国库券的价值比票面价值低百分之九才能流通。总之我已经花掉皇帝陛下一百五十多万"斯不路"了(这是他们最大的金币;大约有缝在衣服上的小金片那样大小),从各方面考虑,最好皇帝还是找个机会把我打发走。②

现在我必须为一位品质高尚的贵夫人的名誉辩护,她因为我蒙受了不白之冤。谁想财政大臣竟会猜忌他的妻子来呢。这完全是由于坏人从中挑拨,说这位夫人爱上了我。朝廷里一时把它当作一件丑闻传开了,说她有一次秘密到我家里来过。关于这件事我必须郑重声明,这真是无耻造谣,一点事实根据也没有,这位夫人只不过喜欢用天真无邪的坦率和友谊对待我罢了,我承认她常常到我家里来,不过每次都是公开地,有时带着她的妹妹和年轻的女儿,有时带一位亲密的朋友,总是三四个人一道坐马车来玩。这样的事对朝廷里的其他贵妇来说也是平常得很啊。这点

---

① 象征大臣的权力。
② 辉格党人批评托利党内阁奢侈。

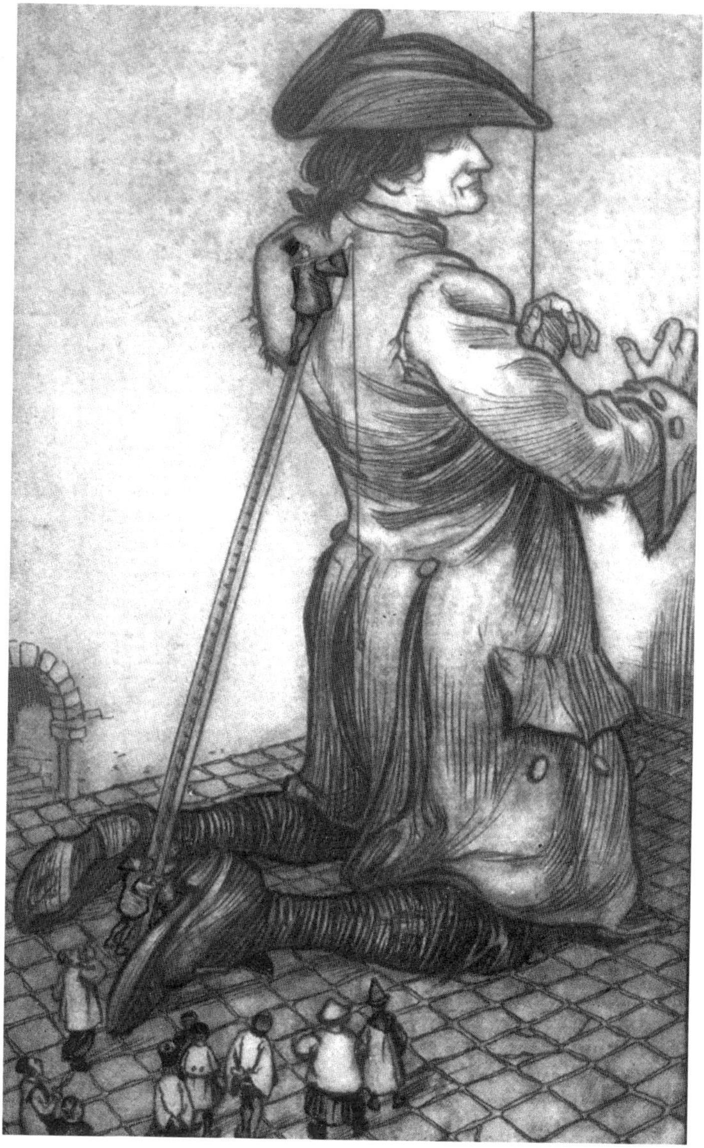

我要找我的仆人证明,什么时候他们曾经看见我门口停着一辆马车,却不知道里面坐的是什么人。每次有人来访,总是先由仆人通报,我照例马上就到门口去迎接。我向她请过安以后,就小心地用手拿起马车和两匹马来(如果车上驾着六匹马,车夫总要卸下四匹来)放在桌子上,在桌子的周围我设了一道五英寸高的活动桌边,防止万一出事。桌上往往同时有四辆马车,里面都坐满了客人,我就坐在椅子上把脸靠近她们。我先跟客人一起谈天,马夫就慢慢赶着其他的车子在桌上兜圈子。我在这种谈话中很愉快地度过了好多个下午。我要向财政大臣,或者向他的两个告密人挑战(我要说出他俩的名字,让他们想什么法子来对付我好了),这两个人就是克拉斯垂尔和德隆洛。我要他们提出证据来,除了我以前提到过,瑞颛沙内务大臣曾经奉了皇帝陛下的命令来过以外,还有谁隐姓埋名私下到我家里来过。如果不是这件事关系一位贵妇人的名誉,我就不会这样唠叨,破坏我自己的名誉倒是小事。我那时的爵位已经是"那达克"了,而财政大臣自己却不是。大家都知道他不过是一位"格冷格冷",①比我小一级,好像在英国侯爵比公爵低一等一样。但是有一点我必须承认,他因为职位的关系在朝廷中的地位比我重要。这些捏造谣言的告密者竟使得财政大臣一度对他的太太非常粗暴,而对我不用说就更坏了。这是后来我才偶然发现的。至于我是怎么偶然发觉的,最好还是不提吧。虽然财政大臣终于清醒了过来和他的夫人言归于好,我却永远失去了他的信任。不久皇帝对我的恩眷也就日渐疏远了,皇帝陛下的确太容易受这位幸臣的支配了。

---

① 渥尔坡尔一七四二年退出政界时才被封为贵族。

第 七 章

作者得到消息,有人阴谋控告他犯了叛国罪行,只好逃到不来夫斯古去。他在那儿受到欢迎。

在叙述我怎样离开这个王国的情形以前,我似乎还应该把两个月来就在发展着的一件反对我的阴谋告诉读者。

到那时为止,我对于朝廷里的事一点也不熟悉,地位寒微的我哪有资格知道这种事。我听说过,在书本里也读到过不少关于君王和大臣们的性格的叙述,但是却从来没有想到,在这样遥远的一个国度里,君王大臣也有这样可怕的权势。我本来以为这个国家所奉行的政治原则和欧洲国家的有所不同。

我正在准备去朝见不来夫斯古皇帝的时候,朝廷里有一位相当重要的人物①(有一次,他大大地触怒了皇帝,我曾为他出过一番力)夜里私下坐着一乘暖轿到我家里来见我。他没有通名报姓,就要求接见。他先打发走了轿夫,我就把这位老爷连轿子一齐放进上衣袋里。接着我就吩咐心腹仆人,如果有别人来拜访,就说我身上不大舒服,早睡下了。我闩上了大门,把轿子放在桌上,像平常一样自己坐在桌子旁边。我们寒暄了一阵,从这位老爷的脸上我看得出来他十分忧虑,我就询问原因,他希望我耐心听他讲一件跟我的荣誉和生命有重大关系的事情。他这次谈话的内容是这样的。他一走,我就把它记录了下来:

---

① 指马尔巴勒公爵。

49

"你知道,"他说,"最近国务会议的各个委员会都在极为秘密地商谈着你的事情,①不过直到两天以前,陛下才做出了决定。

"当然你很明白,差不多你一来到这里,斯开瑞士·鲍尔高兰(现任"葛尔贝",意思就是海军大将)就成了你的死敌。我不知道他为什么仇恨你。不过自从你打败了不来夫斯古建立了伟大的功勋以后,他就更加痛恨你了,因为你的功业使海军大将的威名黯然无光。这位大臣私下和财政大臣佛林奈浦勾结,佛林奈浦因为他太太的关系,对你仇恨极深,这件事是尽人皆知的。此外他还勾结了陆军大将林托克,侍卫大臣拉尔孔,大法官巴摩夫联名写了一份弹劾书,控告你犯了叛国和其他重大罪行。"

他这一段开场白就使我忍耐不住了。我认为自己有功无罪,不由想打断他的话头,可是他请求我不要讲话,接着又说了下去:

"为了报答你对我的恩惠,我才冒着杀头的危险探听到了这件事情的全部情况,并且弄到了一份弹劾书的原文。

对昆卜斯·夫来斯纯(巨人山)的弹劾书

第 一 条

大皇帝加林·戴法·普伦陛下在位时曾制定法令:规定凡在皇宫附近小便者一律以叛国罪论处。当事人昆卜斯·夫来斯纯公然违犯该项法令,借口扑救皇后寝宫火灾,胆敢解小便救火,并擅自进入皇宫内院起卧,实属居心叵测,罪大恶极。当事人不仅违犯该项法令,并有越职擅权情事。②

第 二 条

当事人昆卜斯·夫来斯纯曾俘获不来夫斯古皇家舰队,并将舰队押到皇家港口。此项任务完成后,皇帝陛下又命令他去夺取不来

---

① 一七一四年夏安女王逝世时,辉格党取代托利党执政。一七一五年辉格党人与托利党反对派组成委员会调查前内阁的活动。根据该委员会的调查报告对牛津伯爵和波陵布洛克子爵提出了弹劾。

② 弹劾牛津与波陵布洛克与法国非法谈判。

夫斯古国的残余船只,把该帝国降为行省,派总督统辖。凡亡命该国的大端派以及该国人民不愿放弃大端异说者,都要斩尽杀绝。当事人昆卜斯·夫来斯纯实系奸诈不法的叛徒,借口不愿违背良心去摧残一个无辜民族的自由和生命,竟敢抗拒洪福齐天的皇帝陛下,呈请免予执行上项任务。①

第 三 条

不来夫斯古国遣派使臣来朝求和,当事人夫来斯纯实系奸诈不法的叛徒,竟帮助、教唆、安慰、款待那些使臣,虽然该当事人知道他们是最近和皇帝陛下为敌、公开宣战的敌国国王的臣子。②

第 四 条

当事人昆卜斯·夫来斯纯不守忠顺臣民的天职,仅取得皇帝陛下的口头允许,就准备到不来夫斯古帝国去。现又借口已得口头允许,心怀叵测,想去援助、慰藉、教唆不来夫斯古皇帝。该国皇帝最近还跟皇帝陛下作对,并公然向陛下宣战,关于这件事,已在前项中提及。③

"此外,还有其他的条文,不过这几条是最重要的,我已经扼要地念给你听了。

"在关于这件弹劾案的几次辩论中,应该承认皇帝陛下多次表现宽大为怀,一再强调你建立的功绩,竭力想减轻你的罪名。财政大臣和海军大将却坚持要把你处死,而且叫你不得好死,死得极其痛苦,他们要在夜里放火烧你的房子;由陆军大将率领两万名士兵,用毒箭射你的脸和手。他们还要秘密命令你的几个仆人把毒汁洒在你的衬衣上,叫你抓裂自己的皮肉,极其惨痛地死去。陆军大将也赞成这个意见。因此许多天来大多数人都在反对你。不过皇帝陛下却决定尽可能留下你的性命,最后才劝住了侍卫大臣。

---

① 攻击对法和约条件宽大。
② 暗示托利党内阁与法国人有默契。
③ 暗示批准进行和谈的皇家授权令未经连署。

"皇帝还令内务大臣瑞颛沙就这件事发表意见。① 他一向自认为是你的忠实朋友,就发表了他的意见。从他的发言看来,他得到你的器重,是有道理的。他承认你罪名重大,不过却有可以宽恕的地方。宽恕是帝王最值得赞美的美德,而皇帝陛下在这方面更是举世闻名。他说大家都很知道他和你是好朋友,也许可敬的阁员会认为他偏袒你。为了服从命令,他愿意直率地表示自己的意见。倘若皇帝考虑一下你的功绩,并像往常那样慈悲为怀,一定会愿意饶你一命,只下令把你的两眼刺瞎。依照他的意见,这种办法可以说是相当公正,全世界一定会歌颂皇帝的仁慈,也一定会称赞他的可敬的阁员宽大公正的决定②。虽然你失掉了眼睛,体力却不会减弱,以后你还可以为皇帝效劳。盲目可以使你增加勇气,因为你看不到什么危险。你害怕眼睛被人射瞎,才不敢冒险去夺取敌人的舰队。那么你只依靠大臣们的眼睛去看也就够了,因为最伟大的君王就是这样办的。

"但是全体阁员坚决反对这个建议。海军大将鲍尔高兰按捺不住,怒冲冲地站起来说,他奇怪内务大臣怎么胆敢主张保全一个叛逆的性命。要是从政治上来考虑,你的功劳只能加重你的罪过。你既然能够撒尿扑灭皇后寝宫火灾(他提起这事惊骇万分),也许下次还能用同样办法使大水泛滥,淹没整个皇宫。既然你有俘获敌舰的膂力,一不得志你也有力量马上把敌舰送回。③ 他有充分理由认为,你打心眼儿里是一个大端派④。叛逆总是先在心里开始盘算,然后才会有公开行动,因此他控告你是叛徒,并且坚持要把你处死。

"财政大臣的意见也相同。他指出为了维持你的生活,皇家开支太

---

① 波陵布洛克要求英王赦免他的叛国罪,唐申德子爵深表同情。但几经延搁,达数年之久,波陵布洛克仍未获赦免;因此波陵布洛克及其友人终于认识到唐申德子爵(当时任国务大臣)是一个伪善者。
② 一七二三年波陵布洛克得到部分赦免,但并未恢复其出席议会的议员资格,所以仍无法从事政治活动。
③ 甚至部分赦免波陵布洛克,他的死敌都坚决反对,说什么如果准许波陵布洛克回国,他回国以后又要煽动造反。
④ 牛津伯爵和波陵布洛克子爵的政敌企图把他们说成是天主教徒。

大,财源已经到了多么窘迫的地步,这一笔维持费不久就要无法支付了。内务大臣提出的刺瞎你的眼睛的办法,绝对不是什么消灭这种罪恶的良策,说不定还会加重这种祸患,从一般刺瞎家禽眼睛的情况来看,就很明显,它们瞎了眼睛以后吃得更多,很快就会发胖。神圣的皇帝和阁员们就是你的审判官,他们凭着自己的是非心完全可以认为你有罪,把你处死这就是一个充分的理由,并不需要有什么法律明文规定的正式证据。①

"但是皇帝坚决反对把你处死。他仁慈地说:既然阁员们认为刺瞎眼睛的刑罚太轻,那么,以后还可以用其他刑罚处罚你。你的朋友内务大臣谦逊地要求再得到发言的机会,来答复财政大臣提出的反对理由:皇帝为了维持你的生活而付出浩大的费用。他说,阁下既有全权处理皇帝的财政,就可以逐渐减少你的给养,很容易就可以防止这种祸患。你既然缺乏足够的食物,自然会瘦弱下去,食欲减退,不到几个月就会死去。② 那时候你的尸体的臭气也不至于十分危险了,因为那时你的身体至少轻了一半,你一死,五六千个老百姓,在两三天内,把你的肉从骨头上割下来,用货车运走,远远地埋起来,免得传染疾病,并且可以把你的骨骼留下作为纪念物供后人瞻仰。

"就这样,仰仗内务大臣对你的伟大友情,全部事情才算解决了。皇帝严令:逐步饿死你的计划还必须保密,但刺瞎你的眼睛的判决却记录了下来,除了海军大将鲍尔高兰以外,别人都没有反对。鲍尔高兰是皇后的亲信,皇后陛下一直在唆使他坚持要把你处死。那次你用那样丑恶的非法手段扑灭了皇后寝宫的火灾,所以她一直怀恨在心。

"再过三天,你的朋友内务大臣就会奉命到你家里来,向你宣读弹劾状③。同时还要向你表明皇帝和阁员们的宽大和恩典,因为他们只判决刺瞎你的两眼。皇帝毫无疑问也认为你会感激涕零,低声下气地接受这种刑罚,接着就会有二十位御用外科医生到你这儿来在一旁监督着给你

---

① 搜集证据为这两位大臣定罪是很困难的,后来波陵布洛克被判处叛国罪,但严格说来法律根据不足。
② 暗示辉格党人阴谋先从政治上搞垮这两位大臣,然后依"法"予以严惩。
③ 唐申德子爵作为国务大臣负责颁发逮捕牛津和波陵布洛克的逮捕状。

好好地施行手术,你躺在地上时,他们就用十分尖锐的箭射进你的眼球。

"现在我让你自己考虑采取什么应付的办法吧。为了避免嫌疑,我马上就得像来时一样秘密地回去。"

这位老爷走了,只剩下我一个人心中感到十分疑惑、慌乱。

这位君王和他的内阁采用了一种惯例(有人告诉我,这和从前的规矩大不相同),朝廷判决执行残酷的刑罚以后,不管这是替皇帝泄愤或是为宠臣报怨,皇帝总要在内阁会议上发表演说表明他宽大、仁慈。他这些品质都是世界闻名,举世公认的。这篇演说马上就会刊行全国。再没有比宣扬王恩的颂词更叫老百姓害怕的了。① 大家都知道,如果颂词越来得夸张肯定,刑罚一定会更加惨无人道,而犯人就更加冤枉了。至于我本人,老实说,就自己的出身和教养而论,都没有做朝臣的资格,我不善于判断事物,因此,我简直想不出他这判决有什么宽大和恩典可言,我却认为(这也许是错的)这与其说是宽厚倒不如说是苛刻。我一度想去受审,虽然我不能否认弹劾状上列举的事实,我却希望他们能够减轻刑罚。但是我过去也阅读过许多关于审判政治犯的判决书,结果总是由审判官们自以为是地结了案。在这种紧要关头,面对这样有权势的敌人,我不敢依赖这样危险的决定。我一度也很想反抗,因为我还有行动自由,整个帝国的力量都没有办法制伏我,我很容易就可以用石子把京城打得粉碎,不过想到我曾对皇帝宣过誓,又想到他赐给的恩典,和他亲自赏给我的"那达克"爵号,我立刻就惶恐地放弃了这种打算。② 我也还没有学会朝臣们报恩的办法,让我自圆其说:既然现在皇帝对我这样严酷,我就可以取消以前一切应履行的义务。

最后我才做出了决定,这也许会受到一些人的谴责,当然这些谴责也不能说是不公平的。老实说,由于我自己浮躁、缺乏经验,我才保全了眼睛,获得了自由。因为,如果那时我就了解帝王们和大臣们的性格(这是

---

① 一七一六年上议院会议开幕时,发表了致国王演说,颂扬英王"仁慈、宽大、深得人心"。但不久以后,一七一五年造反起义而被逮的一些保皇党人被处决了。
② 暗示如果牛津和波陵布洛克对英王不忠,他们本来可以在一七一四年发动反对英王的政变。

后来我在其他的朝廷里观察得来的），和他们对待罪名比我还轻的犯人的办法，我一定会甘心情愿接受这样便宜的刑罚。但是那时由于自己年轻急躁，而且又得到了皇帝的许可，准我去朝见不来夫斯古皇帝。我就利用机会趁着三天限期还没有过去送了一封信给我的朋友内务大臣，说明我按照已经得到的许可，决心当天早晨动身去不来夫斯古。我不等接到回信，就走到停泊舰队的海边。我抓住一艘大战舰，在船头上拴上一根缆绳，拔起船锚，脱掉衣服，把衣服连我臂下挟来的被子，一齐放在船上。我拖着船前进，半泅半涉地到了不来夫斯古的皇家海港，那里的人民盼望我来已经很久了①。他们派了两名向导领我到首都去，他们的首都的名称和国名是相同的。一路上我把他们携在手中，一直走到离城门不到两百码的地方，我要他们去把我到来的消息报告一位官员，让他知道我在这里等候皇帝的命令。约莫过了一个钟头，我得到了回报，说是皇帝率领皇室和大臣出来迎接我了。我又前进了一百码，皇帝和随从们都下了马，皇后和贵妇们也下了车，我看不出他们有什么惊惶忧虑的表现。我卧在地上吻了皇帝和皇后的手。我告诉皇帝：我是来践约的，我为得到我们皇上的许可来朝见这位伟大的帝王感到荣幸。我愿意为他效劳，因为这与我对自己的君王应尽的职责并没有矛盾。关于我失宠的事，却只字没提，因为我那时一直还没有接到正式通知，可以装作完全不知道这回事的样子。我推想我不在他的势力范围之内，他是不会马上就宣布这件密谋的。但是不久以后我就发现我这种想法错了。

我不想把朝廷中接待我的情形特别提出来讲给读者们听了，总之这种招待是和这位伟大君王的慷慨气度相称的。我也不想多说什么既没有房屋又没有床，不得不拿被子裹了身子睡在地上等等困难的情形了。②

---

① 波陵布洛克在受审前夕逃往法国，对他的判决是在缺席裁判的情况下做出的。牛津坚持自己的立场；过了两年，由于政局有所变化，对他的指控被取消了。
② 逃亡法国的许多保皇党人经历了艰难困苦。

第 八 章

作者侥幸有了办法,离开了不来夫斯古。他经历了一些困难安全地回到了祖国。

我到达以后三天,好奇心驱使我信步走到了这座岛的东北海岸。在大约离岸有半里格的海面上,我看见一件东西,样子像是一艘翻了的小船。我脱了鞋袜,涉水走了两三百码,发现那件东西被潮水冲得更靠近了。我看得清清楚楚,那真的是一艘小船,我猜想它大概是在暴风雨中从大船上吹下来的。马上我就回到城里,请求皇帝陛下把舰队损失以后剩余下来的二十艘最大的军舰,以及由海军中将统率下的三千名水兵都借给我。这一支舰队向那地方进发,我就抄近路回到了我原先发现小船的海边。我发现潮水又把小船推得离岸近了一些。水手们随身带着绳索,那都是事先我结结实实地拧在一起的。大军舰都开到了,我就脱了衣服涉水走到离小船不到一百码的地方,我的脚够不到海底了,就只好泅水向前,一直泅到小船跟前。水手们把绳的一头丢给我,我就把它系在小船前部的一个小孔里,另一头缚在一只战舰上。但是我这样做并没有什么用,因为我的脚够不到海底,简直无法工作。我不得已只好泅到船后面去,不时尽量用一只手把船推向前去。顺着潮水水势,我前进很快,不久就可以把下巴颏露在水面上,两脚也探得到海底了,我休息了两三分钟,又推了半天船,一直把船推到海水只能够到我的腋窝的地方。最艰巨的工作总算完成了,我又从一艘军舰上拿出另外的一些绳索来,先把绳索系在小船上,再系在我带来的九艘军舰上。这时是顺风,水手们在前面拉,我在后面推,一直推进到离岸才四十码的地方。等到潮水退了,这船才完全出水。亏了有两千人帮忙,又借助于绳索和机械,好容易才把它翻了个身,这才发现这只小船只受了一点微伤。

我不想把我遇到的困难讲给读者听了,总之,我花了十天工夫,做好了几只桨,总算把小船划进了不来夫斯古的皇家港口。我一到达就看见群众人山人海地聚在那里,他们看到这样大的一艘船,都非常惊奇。我告诉皇帝:我的运气太好了,天赐给了我这一艘船,它可以把我载到别的地方去,以后我也许能够再从那儿返回祖国。我请求皇帝下令供给我材料以便把船修好,同时还请他发给离境许可证。他好心地劝了我半天以后,才高高兴兴地答应了。

我很奇怪,在这些日子里,都没有听说我们的皇帝给不来夫斯古朝廷来过什么紧急文书。但是后来才有人暗地里告诉了我,原来皇帝做梦也没想到我会晓得他的计划;他还以为我不过是得到了他的许可(本来在朝廷中大家都知道这件事)到不来夫斯古来践约的。等我朝见完毕,过几天我就会回去的,但是我长久不回,他终于苦恼起来。他和财政大臣和他的党羽商量了一下,就派了一位要员带着弹劾状的复本受命来向不来夫斯古的皇帝申明他的主公宽大为怀,他只判处我刺瞎两眼的刑罚,而我却逃避这公平的制裁。如果两小时后我不回去,他就要取消我的"那达克"爵衔,并且宣布我是叛国犯。这位使臣还说:为了维持两大帝国的和平友好,他的主公希望不来夫斯古皇兄下令把我手脚绑起,送回利立浦特,处以叛国罪。①

不来夫斯古皇帝和他的大臣们商议了三天,才回了一封信,里面说了不少请求原谅的客气话。他说:王兄也知道把我缚起来送回去是办不到的。虽然我夺走了他的舰队,不过他也很感激我在议和时帮了他不少忙。而且两国君王不久就可以放心,因为我在海边上找到一艘巨大的船能够载我出海,他现在已经下令,在我的帮助和指导下把它修理好。他希望几星期以后,两国就可以摆脱这个负担不起的累赘。

---

① 英国政府多次抗议法国人庇护保皇党人。

使臣带着回信回利立浦特去了,不来夫斯古皇帝就把事情的全部经过告诉了我,同时在严格保密的情况下对我说,如果我愿意继续替他出力的话,他可以保护我。虽然当时我相信他出于至诚,但我已经下了决心,如果有法避免的话,不要再和帝王、大臣们推心置腹。我十分感谢他那一番好意,谦卑地请他原谅。我告诉他:既然命运做好做歹赐给我一艘船,我决心要去漂洋冒险,不愿意再叫这两位伟大君王发生什么争执了。我并不觉得皇帝有什么不高兴;后来一个偶然的机会使我发现他原来十分高兴我的决定,就是大臣们大部分也是这样的。

　　这层层考虑催着我提前离开,朝廷中人也巴不得我走,愿意帮我的忙。我指挥着五百个工人把十三层最结实的亚麻布缝在一起,给小船造了两面帆。我煞费苦心把十根、二十根或者三十根最粗最结实的缆绳拧成一根根的绳索,又找了好久才在海边上发现了一块巨石,就拿来当作船锚。我得到了三百头牛的脂油用来涂抹船身和做其他用处。我不辞劳苦伐了几棵最大的树木用来作桨和桅杆。不过,这些事都亏了皇家船匠帮忙,我做好笨重工作以后,他们就帮我把它们刨光。

　　大约过了一个月,一切都准备好了。我就派人向皇帝请示,并且向他告别。皇帝和皇室都出了皇宫。我趴在地上,他诚恳地伸出手来叫我亲吻,皇后和皇子们也让我吻了手。皇帝赐给我五十只钱袋,每只袋里盛着两百个"斯不路",还送了我一幅皇帝的全身画像,①我马上就把它放在一只手套里,免得弄坏。拜访的仪式太繁复了,就不必再向读者们啰唆了。

　　我在船里装了一百头牛和三百只羊的肉,相当数量的面包和饮料,和许多烹调好了的肉食,这要用四百位厨师才办得来。我又随身带了六头活母牛和两头活公牛,六只活母羊和两只活公羊,想把它们带回祖国繁殖。我又带了一大捆干草和一袋谷类,准备在船上喂它们。我本来很想带走一打本地人,但是这件事皇帝无论如何也不答应。除了仔细搜查我的衣袋不算,皇帝还要我以人格担保不带走他的任何臣民,就是他们自己愿意也不行。

---

① 路易十四世多次对波陵布洛克给以优遇。

我尽可能把一切事情准备好,就在一七〇一年九月二十四日早晨六点钟开船,向北驶行了大约有四里格远的时候,海上吹着东南风,晚上六点钟我在西北一里格半的地方发现了一个小岛。我一直前进,就在这岛的背风的一面抛锚停泊下来。这似乎是一座无人的荒岛。我吃了些东西就休息了。我睡得很好,至少睡了六个钟头,因为我醒来以后过了两个钟头,天才放亮。那是一个晴朗的夜晚。太阳还没有升起,我就吃了早饭。起锚以后,正遇着顺风,我依靠袖珍罗盘的指示,仍旧按照前一天的航路把舵前进。如果可能的话,我打算驶到据我所知是万迪门兰东北的一个岛。一整天我什么也没有发现,不过第二天下午三点钟左右,据我计算离开不来夫斯古已经有二十四里格,我正向东方驶行,就瞧见一艘帆船向东南方行驶。我向那船呼救,却没有得到反应,不过那时风力减弱,我渐渐地追上了它。我扬帆前进,过了半点钟,那艘船发现了我,接着那船扯起了旗,并且放了一枪。我出乎意料地有了希望能够再见到亲爱的祖国和我留在祖国的亲眷,那时的快乐实在难以形容。那船下了帆放慢了速度,我就在九月二十六日下午五点多钟,赶上了那船。我看到船上的英国国旗,心里直跳。我把牛羊放在上衣袋里,把所有的给养、货物也一齐运到了船上。这是一艘英国商船,经过北太平洋和南太平洋从日本归航。船主是得浦津①的约翰·毕道先生。他是一个极有礼貌的人,也是一位优秀海员。当时我们航行在南纬三十度地方。船上大约有五十名水手,我在这时遇到了我的一位老同事,名字叫彼得·威廉士的,他在船主面前称赞了我半天。这位先生待我很和气,请我告诉他我从哪里来到哪里去。我只回答了几句话,他却以为我发了疯,以为我遭遇到的危险使我神经错乱了。我从衣袋里拿出了黑牛和黑羊来,他这才大为吃惊,这才相信我说的全是实话。后来我又把不来夫斯古皇帝赐给我的金币,他的全身像,和别的稀罕玩意儿给他看。我送了他两只钱袋,每只里面盛着两百个"斯不路"。我还答应在我们到达英国以后,再送给他一头怀孕的母牛和一只怀孕的母绵羊。

---

① 得浦津是印度孟买以北的一个城市。

关于这次航程中的详细情形，我不想再来唠唠叨叨说给读者听了，这次航程大部分很顺利。一七〇二年四月十三日我们到达唐兹①锚地。航程中仅有的不幸，就是船上的老鼠拖走了我一头羊。我在一个洞里找到了它的骨骸，肉已经全啃光了。我把其余的牛羊都安全地带到岸上。我把它们放在格林威治②弹球场草地上吃草。那里的草又嫩又细，它们吃得非常痛快。虽然我总怕它们吃不好。在这样漫长的旅途中，要不是船主给了我几块精致的饼干，拿来研成细末，搀上水，当作它们日常的食粮，我也许不能保住它们的性命。在我停留在英国的短期间内，我把牛羊拿出来给许多贵人看，赚了不少钱。在我做第二次航海以前，我把它们卖了六百镑。自从我回来以后，我发现它们繁殖得很快，尤其是羊，我希望这种柔细的羊毛能够对于毛纺工业有极大的好处。

我同妻子、儿女在一块儿只住了两个月，因为到外国去观光的心愿再也不让我住下去了。我给妻子留下了一千五百镑安家费，并且把她安顿在瑞赘夫的一所好房子里。我把其余存款都带了去，有货物，也有现钱，希望能够增加我的家当。我的大伯父约翰留下一块靠近易平③的田产给我，一年大约有三十镑的收入。我又把脚镣巷的黑牛旅馆长期租了出去，也有同样多的进项，所以用不着担心在我走后，家里人会没饭吃，要教区来救济了。我的儿子约翰是按照叔父的名字命名的，那时在小学里上学。他是一个听话的孩子，我的女儿白蒂（现在已经出嫁，有了孩子）就在家做点针线。我和妻子儿女告别，大家都忍不住流泪。我上了载重三百吨的商船"冒险号"，要到苏拉特④去。船长是利物浦⑤的约翰·尼古拉斯。关于这次航行的情形，我要在游记的第二卷里叙述。

---

① 唐兹是英格兰肯特郡海岸的锚地，在多佛尔东北约十英里。
② 格林威治是伦敦以南的一个市镇。
③ 易平是英格兰汉浦郡的一个城市。
④ 苏拉特是印度孟买以北的一个城市。
⑤ 利物浦是英格兰西部的大商港。

第 二 卷
布罗卜丁奈格游记

北美洲

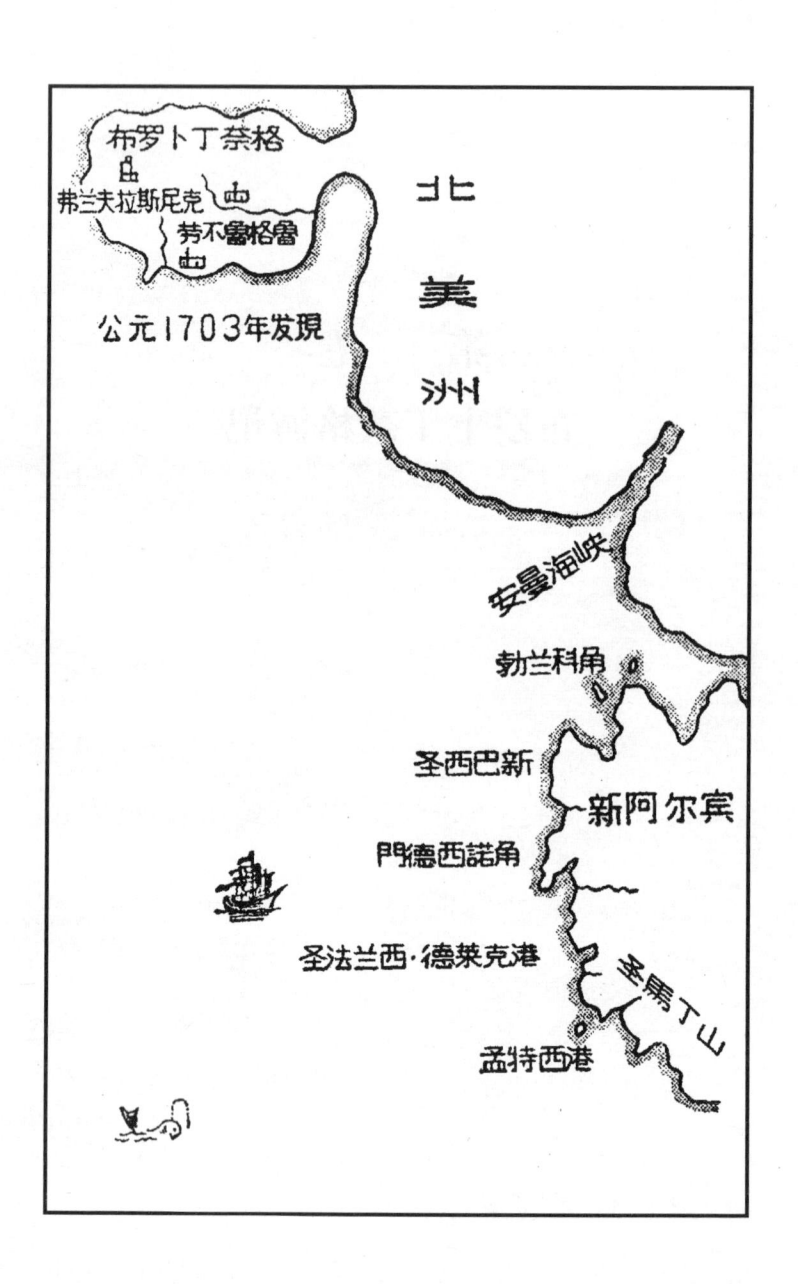

布罗卜丁奈格
弗兰夫拉斯尼克
芳不當格魯

公元1703年发现

安曼海峡

勃兰科角

圣西巴新

新阿尔宾

門德西諾角

圣法兰西·德莱克港

圣房丁山

孟特西港

第 一 章

关于一次大风暴的描写。船长派出长舢板去取淡水,作者也上了这只舢板,想去看看是什么地方。他被丢弃在岸上,被一个当地人捉住。那人把他带到一个农民的家里。他受到了招待,就在那时发生了几件大事。关于当地居民的描写。

我命中注定要劳劳碌碌地过一辈子。回家才两个月,我就又离开了祖国。一七〇二年六月二十日我在唐兹上了开往苏拉特去的"冒险号",船长约翰·尼古拉斯是康渥尔郡①的人。我们一帆风顺到了好望角。我们在那儿上岸取淡水,但是发现船身有一个漏洞,我们就卸下船上的货物在那里过冬。因为船长害疟疾,我们一直到三月底才离开好望角。我们开船前进,一路平安越过了马达加斯加海峡②。但是船驶行到这座大岛的北面大约南纬五度的地方,风势突变。在这一带海上,从十二月初到五月初总是吹着风向不变的西北恒风。可是从四月十九日起风势猛烈,风向比平常要偏西一些,这样一连刮了二十天,我们被吹到摩鹿加群岛③的东面,根据船长五月二日的观测,我们的所在地大约是北纬三度。那时风势平息下来,海上风平浪静,我感到非常高兴。但是船长在这一带海上有

---

① 康渥尔郡是英格兰西南部的一个郡。
② 马达加斯加是印度洋上靠近非洲东海岸的一个大岛。
③ 摩鹿加群岛是印度尼西亚的一个群岛。

丰富的航海经验，却要我们准备迎接大风暴。第二天果然刮起大风来。开始刮起南风，这就是所谓的南季节风。

说不定大风会狂吹起来，我们就收起了斜杠帆，同时准备收起前桅帆。可是天气转坏，狂风大作，我们就又收起了尾帆。船离开航行方向太远了，所以我们认为与其小帆迎风驶进或者下帆随波漂流，倒不如扬帆顺风猛进。我们卷起前桅帆，把它收了下来，并把前桅帆下端索拖向船尾。舵转到船身迎风的那边，船就顺风而驶，十分迅速。我们把前桅落帆索拴在套索桩上，可是帆碎裂了，我们就把帆桁收下来，把帆放在船里，解掉了上面的一切东西。这是一场十分凶猛的风暴。海浪冲击十分惊险。我们拖着舵柄上的绳索，船改变了方向，我们帮着舵工使舵。我们不打算降下中桅，让它照旧直立着，因为船在海上驶行十分顺利，我们也知道如果中桅在上面，船就比较安全，我们既然在海上有操纵的余地，船行进也比较顺利。风暴停止了，我们挂起了前桅帆和主帆，把船停了下来。接着我们挂起了尾帆、中桅主帆、中桅前帆。我们的航行方向是东北偏东，风向西南。我们不能在舷受风，所以就放松了迎风转帆索和帆桁挂索，又收起下风转帆索，拉紧了上风转帆索，紧紧地把它拴在套索桩上。我们又把尾帆下隅索拉过来，移转航路，扯满了帆，尽力顺风驶进。

在这场风暴中，刮的是西南偏西的狂风。据我推算，我们向东随风漂流了大约五百里格，所以连船上最年老的水手也说不清我们那时是在世界的哪一部分了。我们的给养还可以维持，船很坚固，水手们都很健康；但是我们非常缺乏淡水。我们觉得最好还是照着原来的航线行驶，不必转向北方，如果那样我们也许会到达鞑靼①的西北部，驶入冰冻的海洋。

一七〇三年六月十六日中桅上的一个水手发现了陆地。十七日那天，我们很清楚地看到了一个大岛或者一座大陆（因为我们不知道这到底是什么地方），岛的南岸有一个小半岛伸入海中，还有一个小小的港湾，港内水太浅了，一百吨以上的船只都不能停泊。我们在距离港湾不到一里格的地方抛锚停泊。船长派出了十二名武装水手带着水桶乘长舢板

---

① 指西伯利亚。

去找淡水。我请求船长让我跟他们一起去,好上岸观光一番,看看能不能有所发现。登陆以后,我们找不到河流、泉水,更没有人迹可寻。水手们沿着海岸来回寻找,看看海边上可有淡水。我独自一人在另一边走了一英里多路,看见到处都是岩石,十分荒凉。我渐渐觉得累了,又看不到什么可以引起我的好奇心的东西,就回身慢慢地向小港走去。大海映入了眼帘,我看见水手早已上了小船拼命向大船划去。我想向他们叫喊,尽管这也无济于事。正在这时,我发现海里有一个巨人飞快地追赶着他们。他迈着大步,海水还够不到他的膝盖,但是我们的水手占先了半里格路,那一带海里又到处是锋利的岩石,那怪物也就没法赶上小船了。这都是我后来听说的,因为当时我哪里还敢待在那儿观看这个惊险场面会落个什么结果。我循着原先走过的路拼命跑,接着爬上了一座陡峭的小山,我这才能看到这个地方的景色。我发现这地方是一片耕地,但是首先叫我感到惊奇的是草的高度。在一片仿佛是种着秣草的田地里,草大约有二十英尺高。

我走上了一条大路,我当时认为是一条大路,其实对当地人来说,这只是大麦田里的一条小径。我在这条路上走了半天,两旁都没有看到什么。那时正是快要收割的时候,麦子长得至少有四十英尺高。我走了一个钟头才走到田地的尽头,周围有一道篱笆,至少有一百二十英尺高。树木就更加高大了,我简直无法估计它们有多高。从这块田地到另一块田地有一段台阶。台阶一共四级,你爬到最高一级还要跨过一块石头。要我爬上去是不可能的,因为每一级都有六英尺高,而最上面的那块石头有二十多英尺高。我正竭力想在篱笆间找一个缺口,忽然在另一块田地里又发现了一个巨人,他正大踏步地向着台阶走来。这人的身材和刚才我看到的在海里追赶小船的那个人一样高大。他有普通教堂的尖塔那么高,根据我的推想,他迈一步就有十码来远。我惊骇万分,就跑到麦田里躲了起来。我躲在那儿,看到他站在台阶上,转身望着他右边的那块田;又听见他在叫喊,声音比传声筒还大好几倍。由于这声音是在高处发出的,起初我还以为准是在打雷呢。这时候七个和他一模一样的怪物向他走来,手里都拿着收割用的镰刀。他们的镰刀大约有我们的六倍大。这些人穿的不如头一个齐整,他们像是那个人的仆人或者雇工,因为他只说了几句话,他们就走到我趴在里面的田里收割起麦子来。我尽可能远远地躲着他们,但是行动十分困难,因为麦秆中间的距离有时还不到一英尺,因此我简直无法从中间挤过去。不管怎样我还是尽力往前走去,我一直走到田地的一角,那里的大麦都被风雨吹倒了。我再也不能前进一步,因为麦秆交叉在一起,爬不过去,落在地上的麦芒又硬又尖,戳穿了我的衣服,扎到肉里去了。同时我听到后面那些割麦人已经离我不到一百码远了。我精疲力竭、神志沮丧,悲伤、失望压倒了我,只好躺在两道田垄中间,心里想就在这里死掉算了。我伤心地想念着孤苦无依的寡妻和无父的孤儿。我悔恨自己愚蠢、刚愎,不顾亲友劝阻又出外做这第二次的航行。我心情这样激动不由想起利立浦特来。那里的居民都把我当作世界上最大的怪物,我在那儿能够只手牵走一支皇家舰队,还能做出许多别的大事业,都将永远载入那个帝国的史册。虽然这些事有千百万人可以做见证,后世的人也不大会相信。我想现在我在这个民族中间就像一个孤零零的利立浦特人在我们中间一样。但是我又想到这还不是最不幸的事情。据说人类的身材越高大,性情就越野蛮、残暴。如果我被一个野蛮的巨人捉住,他一口就会吃了我,除此而外难道还有什么希望吗?毫无疑问,还是哲学家们说得对,他们说:没有比较,就分不出大小来。命运也许就喜欢这样捉弄人,让利立浦特人也找到一个民族,那儿的人比他们还要小,就像他们跟我比起来一样。谁又能说这些巨人不会同样在一个遥远的地方被比他们还高大得多的人比下去呢?不过这种巨人还没有被我们发现罢了。

　　我那时又害怕又狼狈,禁不住这样乱想下去,正在这时一个割麦人走上前来,离我躺在里面的田垄已经不到十码了。我这才想到,如果他再走一步,我就会死在他的脚下,或者被他的镰刀切成两段。因此当他正要举步上前的时候,我吓得拼命尖叫起来。巨人听到这声音就停住了脚步,朝下面四处望了半天,最后才发现是我躺在地上。他迟疑了一下,就像一个人要想捉住一个危险的小动物,生怕被它抓伤或者咬一口那样的小心谨慎,我在英国捉一只黄鼠狼还不是这样子吗?最后他才从我的身后用食

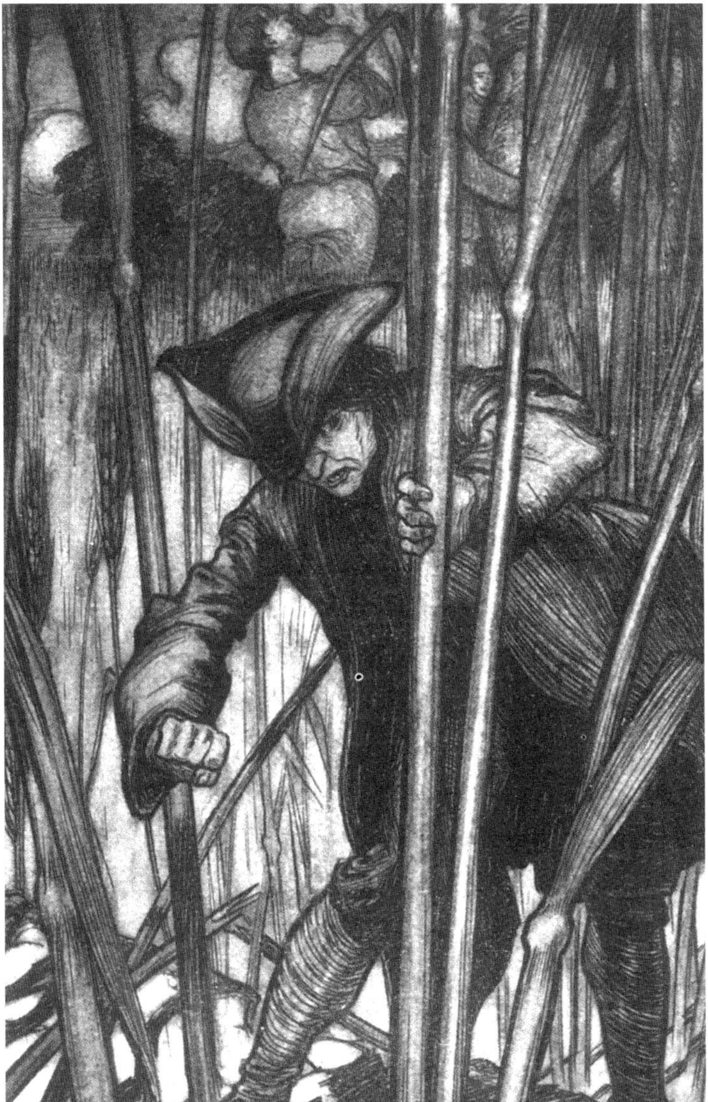

指和拇指捏住我的腰部把我提了起来,拿到离他眼睛不到三码的地方,这样就可以把我的形体看得更加清楚了。我猜到了他的意思,幸亏那时我还冷静,他把我举在空中,离地面约莫有六十英尺,虽然他紧紧捏住我的腰部,怕我从指缝里溜掉,但是我下定决心绝不挣扎。我只有抬眼望着太阳,两手合拢做出一副可怜相,并且低声下气、凄凄惨惨地说了几句适合我当时处境的话。因为我随时都怕他把我摔到地上,像我们平常老想把可恶的小动物弄死一样。但是这时候福星照命,他似乎喜欢我的声音和姿态,开始把我当作一个宝贝了。他很奇怪我能说清晰的话语,虽然他听不懂。同时我忍不住呻吟流泪,低下头来看我的两胁,尽可能让他明白,他的拇指和食指捏得我好疼呀。他似乎明白了我的意思。他提起上衣的下摆,轻轻地把我兜了起来,马上就带着我跑到他主人那儿去了。他的主人是一个殷实的富农,就是我在田里首先看到的那个人。

　　那个农民听仆人把发现我的情形说了一遍(按照他们谈话的情形来看,我想他们谈话的内容是这样的)以后,就拾起一株大约有一根手杖那么长的小草,挑起了我的上衣的下摆。他似乎以为我生下来就有这种外壳。他吹开我的头发,仔细地端详我的脸。他把雇工们叫拢来,就问他们(这是后来我才听说起的)在田地里见没见过像我这样的一个小动物。接着他把我轻轻地放下,让我趴在地上,但是我马上站了起来,慢腾腾地踱来踱去,让这些人晓得我并不想逃跑。他们团团围着我坐了下来,这样就能更清楚地看到我的举动。我摘下了帽子,向着那农民深深一躬。我又双膝跪下,举起两手,抬起眼来,尽量大声地说了几句话。我从口袋里拿出一袋金币来低声下气地献给了他。他用手掌接了,拿到眼前去看到底是什么,后来又从袖子上取下一个别针拨弄了半天,但是还弄不清楚这到底是什么。于是我就做手势叫他把手放在地上。我过去拿起钱包打开来,把金币尽数倒在他的手心里。除了二三十个小金币以外,里面还有六个西班牙大金币,每个都值四个皮斯它①。我看见他用舌头舐了一下小指头尖,先捡起一个大金币来,接着又捡起了一个,不过他似乎完全莫名

---

① 皮斯它是古时候西班牙的一种钱币。

其妙,完全不明白这是些什么。他做手势叫我把钱放进钱包,又叫我把钱包放进衣袋。我向他献了好几次,他都不肯收,我想最好还是先把钱包收起。

这时那农民已经相信我是一个有理性的动物了。他一再和我说话。他的声音像水磨一样地刺耳,不过却够清楚的。我尽量提高嗓音用几种语言来回答,他也老把耳朵凑近离我不到两码的距离,但毫无用处,因为我们彼此听不懂话。于是他吩咐仆人们回去工作,接着从衣袋里摸出一块手帕折叠起来铺在左手上。他手心朝上把手平放在地上,做手势叫我走上去。他的手不到一英尺厚,我很容易就走了上去。我想我只有服从,又恐怕掉下来,所以就直挺挺地躺在手帕上面。他用手帕把我裹起来只露出头部,这样就更安全了,他就这样把我带回家中。一到家他就喊他的妻子,把我拿给她看。但是她却尖叫起来,吓得回头就跑,这和英国女子看到一个癞蛤蟆或者蜘蛛就要跑的情形完全一样。不过过了一会儿,她看见我举动安详,又很听她丈夫做手势指挥,也就放了心渐渐喜欢起我来了。

那时已经是中午十二点钟左右,仆人送进饭来。那也只有满满的一碟肉(农民生活简单,吃这样的菜是相称的)。碟子的直径大约有二十四英尺。和农民在一起吃饭的有他的妻子、三个小孩和他们的老祖母。他们坐了下来,农民把我放在桌上离开他不太远的地方。桌面离地有三十英尺高。我怕得不得了,总远远地离开桌子边怕跌下去。农民的妻子切了一小块肉下来,又在切面包用的板子上弄碎了一些面包放到我的面前。我对她深深地鞠了一躬,拿出刀叉就吃了起来。他们看见这种情形都十分高兴。女主人叫女仆拿了一只大概能盛得下两加仑的小酒杯来,斟满了酒。我很吃力地两手捧起了酒杯恭恭敬敬地把酒喝了下去,我尽量提高嗓音用英文说,我为夫人的健康干杯。大家都痛快地笑了起来,这一阵笑声差不多把我的耳朵都震聋了。酒的味道像淡苹果酒,并不难喝。接着主人向我做手势要我走到他面前那块切面包用的板子那儿去。我一直惊魂未定(宽大的读者自然很容易会体会到这点而原谅我的),所以在桌子上走的时候,一不小心给一块面包屑绊了一跤就趴在桌上了。不过我并没有受伤。我马上站了起来,看见这些好人都很关心我,就举起帽子(为了表示有礼貌,我把帽子挟在胳臂下面)在头顶上摇了摇,叫了三声万岁,表示我并没有跌伤。但是我向我主人(我以后就这样称呼他)跟前走去的时候,坐在他身旁的他的最小的儿子,一个十岁左右的小鬼头,抓住了我的两条腿把我高高地提在空中,吓得我手脚直抖。他父亲连忙把我从他手里抢下来,打了他一个耳光,并且叫他离开桌子。这一个耳光能把一队欧洲骑兵打倒。但是我害怕这孩子记仇。我又想起我们的孩子天生就爱捉弄麻雀、兔子、小猫和小狗,我就跪下去指着那孩子尽量想法让我主人明白,希望他饶恕他的儿子。他父亲答应了我的请求,孩子才回到原座位上去。我马上跑过去吻那孩子的手,我的主人也拉了孩子的手叫他轻轻地抚摩我。

吃饭时,女主人的爱猫跳到她怀里来了。我听见背后一阵闹哄哄的,就像十二个织袜工人在干活。回头一看却发现是猫在那儿打呼噜。女主人在喂它、抚摩它时,我看到了猫头和一只爪子。据我的估计那只猫大概有三头公牛那么大,虽然我站在桌子的另一边,相去五十多英尺,虽然女主人把它抱得紧紧的怕它跳过来抓我,但我看到那畜生的狰狞面貌还是觉得十分不安。然而这并不会发生什么危险,因为我的主人把我放在它跟前不到三码的地方,它一点也没有注意到我。我常常听人说,同时自己在旅行中也有这种经验,在一只猛兽面前逃跑或者表现恐惧就会引得它追逐你、攻击你,因此,在这危险关头,我拿定主意要显出毫不在乎的样子。我在猫头前面大胆地来回踱了五六次,有时离开它不到半码。但是它好像更怕我似的,把身子缩了回去。至于狗,我就更不怕了。这时候三四头狗走进了屋子,这本来是农民家里常有的事,里面有一只獒犬,它的大小抵得上四只大象,还有一只腰细腿长的猎犬。它比獒犬高些,但是却没有獒犬那么粗壮。

午饭快要吃完了,保姆怀里抱着一个一周岁的小孩走了进来。他一看见我就大喊起来。这一声喊从伦敦桥到切尔西①那么远也听得见。他

---

① 切尔西是伦敦西南部的一个区,从伦敦桥到切尔西约有五英里。

像平常孩子一样呀呀了半天要拿我去当玩具。母亲只知道溺爱孩子,就把我拿起来送到孩子跟前。他立刻拦腰抓住了我,把我的头放在嘴里。我大吼起来,吓得那个小淘气一松手就把我丢了。要不是他母亲用围裙接住了我,那我一定会跌死的。保姆要哄孩子不哭,就给了他一个响盒子。这种玩具就是在一只空盒子里面装上几块大石头用一根缆绳拴在孩子腰里的一件东西。但是这都是白搭。她没有别的办法,只好使出最后的一着,喂他奶吃。我必须承认她的乳房看来实在大得可怕。我从来还没有见过比这更讨人嫌的东西。我真不知道拿什么来打比方好叫好奇的读者对它的样子、大小和颜色有一个概念。乳房挺着有六英尺高,至少有十六英尺长,奶头有我半个头大。再没有比奶头的颜色和乳房上的黑点、粉刺、雀斑更令人作呕的了。因为我离开她很近,所以看得清清楚楚。她坐着喂奶比较方便,而我却站在桌子上。这使我想起我们英国的太太们皮肤又白又嫩,在我们眼里是多美丽啊。但这只是因为她们和我们身材相等,除了透过放大镜她们的缺点是觉察不到的。如果用放大镜来看,我们就会发现最光滑、洁白的皮肤也是粗糙不平、颜色难看。

  我记得在利立浦特的时候,小人的容貌在我看来是世界上最美丽的了。有一次我和那里的一位学者也谈论过这个问题。他是我的好友,他说从地面上远看我的面貌比较漂亮、光滑。但是我把他拿在手中在近处看我的时候,他很坦白地说乍看之下的确可怕的很。他说我皮肤上有许多大坑。胡子茬比野猪鬃还要硬十倍。面孔也是由好几种颜色构成的,看了令人感到十分不愉快。不过现在我应该替自己辩白一下,我和我国大多数的男人一样漂亮,在各次旅行中也并没被太阳晒黑。他却常常告诉我朝廷里的贵妇哪一位有雀斑,哪一位嘴太大,还有一位鼻子太大,但是我却一点也看不出来。老实说,他这种感想是很正确的,我不能不提出来说一说,免得使读者们认为这些巨人真的丑陋不堪。我得说句公平话,他们是一个美丽的民族,特别是我的主人,虽然他只是一个农民,但是我从离开他六十英尺的地方看上去,他的相貌看来还是很端正的。

  午饭后,我的主人外出监督雇工工作,我从他的声音和姿态上看得出来,他切实地嘱咐了妻子一番要她小心照顾我。我十分疲倦,很想睡觉,我的女主人体会到了我的意思,就把我放在她自己的床上,又拿一块洁白的手帕给我盖在身上,但是那块手帕比战舰上的主帆还要大,而且粗糙得多。

我大约睡了两个钟头,梦见在家里和妻子儿女在一起,一觉醒来更使我添了许多烦恼,我发现自己孤零零地在一间两三百英尺宽、两百多英尺高的大房间里,躺在一张二十码宽的床上。女主人料理家务去了就把我锁在房里。床离地有八码。因为生理上的需要,我非下来不可。我不敢高声叫喊,我就是叫起来,我睡的房间离这一家人正在里面忙着的厨房也还远得很,我的声音这样小也不会起什么作用。我正处在这种情况下,两只老鼠缘着帐幔爬了上来在床上跑来跑去乱嗅一阵。有一只几乎跑到我的脸上来了,我惊得跳了起来,赶忙抽出腰刀来自卫。这两只可怕的畜生竟敢对我两面夹攻,有一只已经用前爪抓住了我的衣领,幸亏它还没有来得及伤害我,我就把它的肚子剖开了。它倒在我的脚下,另外一只看到了同伴的下场就赶紧逃走,可是它在逃跑的时候背上也挨了我一刀,血淋淋地流了出来。大功告成以后,我慢腾腾地在床上走来走去,平定呼吸,恢复精神。这两只畜生有大獒犬那么大小,可是来得更加矫健、凶猛。如果我在睡前解去皮带,那就难免被它们撕成碎块吞下肚去。我量了量死老鼠的尾巴,差一英寸就有两码长。老鼠的尸首还躺在那里淌血,我看了觉得作呕,竟没法把它拖下床去。我看见它似乎还有口气,就在它脖子上猛砍了一刀,这才结果了它的性命。

女主人没多久就到房间里来了。她看见我全身是血就赶紧把我拿在手中。我一方面指着死老鼠,一方面笑着做手势表示我并没有受伤。她高兴极了,就叫女仆用火钳把死老鼠夹起扔到窗外。她把我放在桌上,我把沾满了血的腰刀给她看,又用上衣襟把刀擦干,然后放进了刀鞘。我急着要做一两件别人不能代做的事情,所以就竭力设法让女主人明白要她把我放到地上。

她把我放在地上以后,我却羞答答地指着房门一连鞠了几个躬,除此以外,我再也没有办法进一步表达我的意思了。这个好心的女人最后才勉强明白了我的意思,就又用手拿起我来走进花园把我放在地上,我走过一边离开她大约有两百码远,打手势叫她不要看我或者跟我来。我就躲在两片酸模草叶里解除了生理上的需要。

　　我希望可敬的读者会原谅我老讲这一类琐碎的事。这些事虽然在没有头脑的俗人看来无关紧要,但是确乎能帮助哲学家扩大思想和想象的范围,无论对于社会或者个人都很有益。这也就是我把这一篇游记和另外几篇游记公开发表的唯一目的。在叙述上我也最着重事实,一点也不敢炫耀自己的学问文章。这次旅行的全部情节在我心里造成了强烈的印象,使我牢牢地记在脑中。因此我写出书来并没有漏掉一件重要事情。但是经过严格的校订,我删去了初稿中比较不重要的几段,怕人家批评我的游记沉闷而琐碎。旅行家常常受到这种非难,倒也不是完全没有道理。

第 二 章

关于农民的女儿的描写。作者被带到一座市镇,后来又到了首都。旅途中的详情。

我的女主人有一个九岁的女儿。就她的年龄而论,可以说是一个能干的孩子。她一手好针线活,而且会打扮她的娃娃。她和母亲想办法把娃娃的摇篮准备好叫我在里面过夜。摇篮放在一个衣柜的小抽屉里。她们恐怕老鼠来打扰我,就把抽屉放在一块吊板上。我和这一家人住在一起的时候,这就是我的床铺。因为我开始学习他们的语言,他们渐渐知道了我的需要,这张床铺就更舒适了。这个小姑娘手非常巧,我在她面前换了一两次衣服,她就会给我穿衣脱衣了。不过,只要她让我自己穿衣脱衣,我是从来不去麻烦她的。她给我作了七件衬衫和被单一类的东西,用的都是最精致的布,不过这些布实际上比粗麻布还要粗糙。她经常亲手给我洗衣服。她也是我的语言教师。我指着什么东西,她就告诉我在她的本国话里这叫什么。所以,几天以后,我就能随便要什么东西了。她脾气很好,身长不到四十英尺,按年龄说是矮小的。她给我起了个名字,叫"格立锥格",全家人也都这样叫我,后来全国的人也都这样称呼我。这个词的意义和拉丁文里的 nanunculus,意大利文里的 Homunceletino,和英文里的 mannikin(小人、矮子)一样。我在这个国家里还能活下去多亏她的照顾。我在那儿的时候,我们从来没有分开过。我管她叫作我的"葛兰达克利赤",意思就是小保姆。如果我不在这里郑重地提一下她对我的关怀和爱护,那我真是忘恩负义。我衷心盼望能够报答她的恩德。我很害怕她会因我而失宠,尽管我是无罪的而且是出于无奈。

当时住在附近的人都知道了这件事,纷纷传说我主人在田里找到了一头怪兽,大约有一只"斯卜来克努克"那么大小,但是形状却处处像人。它一举一动都模仿人的动作,似乎还会说它自己的语言,并且已经学会了几句话。它用两条腿挺着身子走路,性情驯良、和蔼,叫它来它就来,叫它做什么它就做什么。它的四肢是世界上最漂亮的,面孔比贵族家里的三岁女孩还要白嫩。住在附近的一个农民是我主人的好朋友,特地来拜访我们,打听这件事可是真的。我主人马上就把我拿了出来,放在桌上。我听从主人指挥在桌子上走路,抽出腰刀来,然后放进刀鞘。我向客人敬礼,又用他们的话向他问好,说我欢迎他来,一切都是照着小保姆教我的话说的。这个人老眼昏花,带上眼镜想把我看个仔细,他的两只眼睛就像两个从窗口照进了房子的满月,我不禁哈哈大笑。家里人发现了我笑的是什么,也一齐大笑起来。呆头呆脑的老头子竟大生其气,脸色马上变了。就我的不幸遭遇来说,说他是个守财奴真一点也不冤枉他。可恨的是他怂恿我主人在赶集的日子把我拿到邻近的镇上去展览。那儿离我们的家大约有二十二英里,骑马半点钟就到。我看见我主人和他朋友咬了半天耳朵,有时还指着我,我就猜到他们在打什么坏主意了。我非常害怕,自以为偶尔听到了,而且听懂了他们说的一些话。第二天早上小保姆葛兰达克利赤就一五一十地告诉了我,都是她巧妙地从妈妈那里探听来的。可怜的小姑娘把我抱在怀里又羞又恼地哭了起来。她怕那些粗鲁的俗人会伤害我。他们把我拿在手里说不定会把我捏死或者弄断我的手脚,她又说我的性情多么安静,多么尊重自己的身份,现在要拿我去玩把戏赚钱,给最下流的人开心,我一定会认为是极大的耻辱。她说爸爸妈妈都答应过她,"格立锥格"是她的。可是现在她发现他们又和去年一样要哄骗她了。那时候他们说给她一只小羊,可是羊一养肥了,他们就把羊卖给了屠户。老实说,我并没有像我的保姆那样担心。我一直抱着强烈的愿望,盼望有一天我会恢复自由。至于被人当作怪物,被人带着到处跑,这种不大体面的事,我想我在这个国家究竟是一个道地的异乡人,就是有朝一日我能回到英国,我有过这样不幸的遭遇也绝不会受人指责。因为即使大不列颠国王处在我的地位,谅必也会同样感到苦恼。

我主人听信了他朋友的话,就在下一个赶集的日子把我用箱子盛了带到邻近的市镇上去。同时他还带着他女儿——我的保姆,让她坐在他背后的后马鞍上跟他一起去。箱子的四面都封闭得很严实,只有一个小门供我出入,还有几个小孔流通空气。小姑娘想得很周到,她把娃娃床上的垫褥铺在箱子里,让我好躺一躺。虽然只有半小时的路程,可把我给摇晃坏了,身上感到十分不舒服。因为他们的马迈一步就约莫有四十英尺,跳得也高,因此箱子一起一伏就像大风暴中的船只,不过起伏更为频繁罢了。我们的旅程比从伦敦到圣奥尔班①还要远些。我主人在一家旅店里住了下来,这是他常常光顾的地方。他先和店主人商议了一下,做了一些必要的安排,就雇了一个"格鲁特鲁德",就是镇上的报事人,到镇上去宣传,请大家到绿鹰旅馆去看一头奇异的动物。它还没有一头"斯卜来克努克"("斯卜来克努克"是这个国家里的一种动物,样子很美,身长六英尺左右)大,但是全身却处处像人,会说几句话,还会玩一百多种有趣的把戏。

他们把我放在旅馆最大的房间的一张桌子上。这个房间的面积差不多有三百平方英尺。我的小保姆站在桌子旁边的一张矮凳子上照顾我,并且指挥我表演。我主人为了避免观众拥挤,每次只允许三十个人进来参观。我听那女孩子的命令在桌上走来走去。她用我能够听得懂的话问我一些问题,我就尽量大声地回答。我几次向观众敬礼,说欢迎他们,还说了一些我学会了的别的话。我拿起一个盛着酒的顶针为他们的健康干杯。这个顶针是小保姆给我当杯子用的。我抽出腰刀,照着英国击剑家的姿势舞了一会儿。保姆又给了我一节麦秸,我又拿来当枪耍了一阵。本来我年轻的时候也曾练过这种把戏,这一天我为观众演了十二场,他们一再逼着我表演这些无聊的把戏,一直把我累得半死不活,又倦又恼。看过我表演的人大事宣扬,人们都想冲进门来看我。我主人为了维护自己的利益,除了我的保姆以外不准任何人动我;为了防止危险,桌子四周围

---

① 圣奥尔班是伦敦西北约二十英里的一个城市。

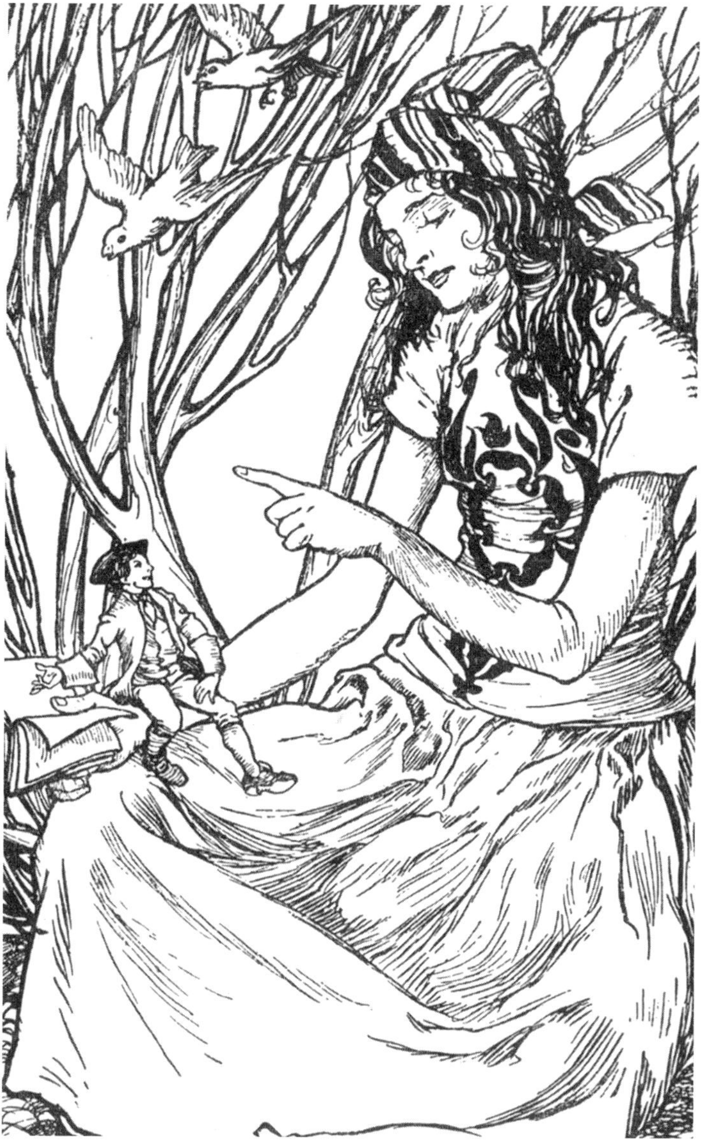

了一些长凳子,隔开一段距离使人们伸手够不到我。但是一个倒霉的小学生拿起一个榛子对准我的头部扔了过来,就差一点儿没打中我。不然来势那样凶猛,这一下子一定会把我打得脑浆迸裂,因为那棵榛子几乎有一个小南瓜那么大小。但是我也满意了,因为我看到这个小流氓挨了一顿好打,并且给赶了出去。

我主人当众宣布,说下次赶集的日子再来表演。同时他给我预备了一辆比较舒适的车子,他这样做是很有道理的,因为经过第一次的旅行加上连续八小时的表演,我已经精疲力尽,几乎站不住脚,连句话也说不出来了。至少过了三天,我才恢复了体力。但是我在家里也得不到休息,周围一百英里以内的绅士听到了我的名声都到我主人家里来看我。当时带着妻子、儿女来看我的不下三十人(这个国家人口众多)。我的主人让我在家里表演的时候,尽管只有一家人看,也要按照一屋子的定额人数收费。我虽然很久没有到镇上去,但是在一个星期中间,除了星期三是他们的安息日我得到休息以外,天天都不得闲。

我主人觉得我有利可图便决定带我到全国各大城市去。他准备好长期旅行中必需的一切东西,安排好家里的事情,就辞别了他的妻子,在一七〇三年八月十七日那天,也就是我到这里大约两个月的时候,动身到靠近王国中部,离我们家约莫有三千多英里的首都去。我主人让他的女儿葛兰达克利赤骑在马上坐在他的身后。她把装我的那只箱子拴在腰间抱在怀里。小姑娘在箱子的四周垫上一层她能够找到的最柔软的棉布,棉布下面也垫得厚厚的。她把娃娃的床放在里面,又给我预备了衬衫、被单等等日用必需品,尽量使一切都很舒服。我们只带了一个仆人。他带着行李骑马跟在后面。

我主人计划在沿途市镇上表演,并且到离开大路五十或者一百英里的村子里,或者大户人家里去,希望能招揽一些生意。我们一路上慢慢地走,一天走不上一百五六十英里。葛兰达克利赤有意照顾我,老是抱怨马儿把她颠簸累了。她常常顺着我的意思把我放出箱来让我呼吸新鲜空气,看看四野风光,不过总是紧紧地用一根小孩子学走路时拴在腰间的带子把我拴住。我们过了五六条大河,都比尼罗河、恒河宽许多倍,也深许多倍。那里没有一条像伦敦桥畔的泰晤士河一样的小溪。我们在路上走了十个星期,除了在许多村庄和人家表演以外,我还在十八个大城市里被展出过。

　　十月二十六日,我们到了首都,他们的话叫作"劳不鲁格鲁",意思就是"宇宙的骄傲"。我主人在京城内离皇宫不远的一条大街上找了一个住处,照样在四处贴了广告把我的面貌和才干详细描写了一番。他租下一间三四百英尺宽的房子。他又预备了一张直径六十英尺的圆桌要我在上面表演,又在桌子边以内三英尺的地方围上一道三英尺高的栏杆,以防我跌到桌子下面去。我每天演出十场,观众看了都惊叹不已,非常满意。现在我说他们的话已经相当好了。他们对我讲话,每个词我都听得懂。此外我还学会了他们的字母,有时也勉强能解释个别的句子。在家时葛兰达克利赤是我的老师,旅途中空闲时间她也教了我不少。她口袋里带着一本比《三松地图集》①大不了多少的小书。这本来是一本给姑娘们看的普通读物,内容是关于他们的宗教的简要叙述。她就用这本书来教我字母,并且讲解词义。

---

① 《三松地图集》是法国地理学家三松(1600—1667)绘制的地图集,长约二十五英寸,宽二十英寸。

第 三 章

作者奉召入宫。王后从他的主人的手里把他买了下来献给了国王。他跟皇家大学者们辩论。朝廷供给作者一间房间。他得到王后的宠幸。他为祖国的荣誉辩护。他和王后的侏儒吵嘴。

我每天劳劳碌碌,不到几个星期我的健康便发生了相当大的变化。我的主人靠我赚钱越多就越贪得无厌。我胃口很坏,瘦得几乎只剩下一把骨头了。那农民看见我这个样子,断定我快要死了,就决心尽量从我身上多捞一把。他正在这样盘算,考虑怎样摆布我的时候,朝廷派来了一位"斯拉德拉尔"(就是引见官),命令我主人立刻带我进宫演戏给王后和贵妇们解闷。有几位贵妇看过我的表演,早就把我的美貌、举止和识见种种离奇的事情向王后报告了,王后陛下和近侍们都非常喜欢我的风采。我双膝跪下请求王后赏脸准我吻她的脚。但是她们把我放在桌上以后,仁慈的王后却伸出小指头来让我吻,我就一把抱住极尊敬地亲吻了她的指尖。她问了我几个关于我的祖国和旅行情况的问题,我都尽量清楚地、简单明了地回答了她。她问我愿不愿意住在宫里?我一躬到桌面毕恭毕敬地回答说我是我主人的奴隶,不过如果让我自己来决定,能够终身为王后陛下效劳真是莫大的光荣。她接着就问我主人愿意不愿意高价出售?我主人本来以为我活不到一个月了,巴不得把我卖掉,就讨价一千块金币。王后吩咐当场把钱付给他。每个金币大约有八百个穆阿多尔①那么大。但是,如果我们按照这个国家和欧洲的各种东西的比例来看,按照金子在他们那儿的高价钱来计算一下,这个价钱并抵不上英国的一千个畿尼②。我就对王后说既然我现在是陛下最卑贱的奴才,我就请求陛下开恩把葛兰达克利赤留下给陛下服务,仍旧作我的保姆和教师。她待我总是那么小心善良,而且她也懂得怎么照料我。王后答应了我的请求,得到那个农民的同意自然是很容易的。他女儿被选入宫,他当然十分高兴。那可怜的女孩子也不由喜形于色。我的旧主人向我告别,说他已经给我找了一个好地方,然后退了出去。我一句话也没有对他说,只是对他打了一躬。

王后看见我对他这样冷淡,农民走出房间以后,就问我为什么这样。我就大胆地告诉王后:我的旧主人偶然在田里发现了我,并没有把我这可怜的、与人无害的小动物摔得脑浆迸裂,除了这一点还值得感激以外,再也没有什么可以叫我感激他的了。我已经充分报答了他的恩德,我在半个王国内演出,为他赚了不少钱,现在他又把我卖了一个好价钱,我也算是报答他了。我跟他过的这一段生活实在太苦,就是一个体力十倍于我的动物也免不了要累死。我的健康受到了很大的损害,因为我每天都要一刻不停地劳碌去给下流人解闷。要不是我的主人认为我有死掉的危险,陛下也就不会买到这么一件便宜货。但是现在我可不怕有什么人再来虐待我了,因为我现在受到了伟大的王后的庇护。我后陛下是大自然之光、世界的宠儿、万民欢乐的源泉、造物主的凤凰。我希望我的旧主人的忧虑是没有根据的。受到陛下威仪的感化,我的精神已经恢复。

这就是我的讲话的要点。我说得结结巴巴,措辞也极不恰当。后半段完全是照着当地人特有的说话风格说的,有些词句还是葛兰达克利赤带我进宫的时候才从她那儿学来的。

王后很原谅我在说话方面有些缺陷,但是她却奇怪这样一个小动物竟能够这么聪明而有见识。她亲手拿了我带我到国王那儿去。国王刚从

---

① 穆阿多尔是古代葡萄牙的一种金币。
② 畿尼是英国的一种金币,值二十一先令。

朝廷回到了内宫。他是一位庄重威严的君王。他还没有看清楚我的模样就漫不经心地问王后道：几时她就喜欢起这个"斯卜来克努克"来了。那时我趴在王后的右手里，所以他把我当作是一只"斯卜来克努克"。但是聪明而幽默的王后却轻轻地放我站在写字台上，命令我向国王叙述自己的身世。我就简单地说了几句。当时葛兰达克利赤正站在内宫门口侍候，她真是一刻也不能不看见我。她被叫了进来，证实了我到她父亲家里以后的一切经历。

虽然国王非常博学，不下于本国的任何学者，虽然他研究过哲学，特别是数学，但是在他没有听见我说话以前，尽管他看清楚了我的外貌，又看见我用两脚走路，却以为我大概是一个装发条的机械，不知是哪位机巧的工匠设计的（在这个国家里，这种玩意十分发达，已经达到了很完美的地步）。不过当他听见我的声音，而且我说话也十分正常合理的时候，不由得大吃一惊。当我把我怎样来到他的王国的情形告诉他的时候，他却感到不大满意。他认为这是葛兰达克利赤跟她父亲商量好了的一段故事。他们教了我一套话好把我卖个大价钱。因为他这样猜想，就又问了我几个别的问题，可是又得到了合理的回答。我除了说话有一点外国腔调，使用语言不够纯熟，夹杂着一些在农民家里学的乡下土话，不合乎宫廷里的文雅风格以外，并没有什么别的缺点。

国王陛下召来了三位大学者，他们这个星期值班，这是这个国家的规矩。这几位先生相当仔细地考察了一番我的外貌，对于我却各有不同的见解。他们一致同意，按照大自然的一般规律，我是不可能产生出来的，因为我生下来没有保全生命的能力，行动既不便捷，又不会爬树，更不会挖地洞。他们非常精确地观察我的牙齿，发现我是食肉动物。但是大多数的四足动物都比我强壮得多，就是田鼠之类的动物也比我来得灵活，他们想不出我怎么能维持生活，除非是吃蜗牛或别的昆虫。可是他们又提出了许多理论上的证据，证明我还是不可能做到这点的。一位半瓶醋学者认为我也许是一个流产的胎儿。可是，另外两位却反对这种说法，他们观察我的四肢健全而精巧，我也有几岁年纪了，这是可以从我的胡子上清楚看出的，因为在放大镜下面他们是看得出我的胡子茬的。他们不承认我是个矮子,因为我小得无法和人比较。王后所宠爱的矮子在全国算是最矮小的了,也差不多有三十英尺高。他们争论了半天以后,一致断定,只有说我是一个瑞普嫩·斯卡克,照字面讲就是造化弄人。这种判断方法是和现代欧洲哲学完全符合的。现代欧洲的教授们藐视玄秘主义的逃避现实的老办法(亚里士多德①的门徒们企图使用这种办法来掩饰他们的无知),就发明了这种解决一切困难的好方法,使人类知识得到了难以形容的进步。

他们做出了这个决定性的结论以后,我就要求说几句话。我向国王郑重地说:我来自一个国家,那里有几百万男女人民,身材都和我一样。那里的动物、树木、房舍都跟我们身体的大小相称。所以我也和陛下的臣民在这儿一样,能够在那儿自卫、谋生。这就是我对于这几位先生的论证的全部答复。他们听了只轻蔑地笑了笑说:那个农民教我教得很好。国王毕竟有些识见,辞退了有学问的人,马上召见那农民,凑巧那时他还没有出城。国王先盘问他一个人,接着又让他跟我和小姑娘对证了一下,这才有一点相信我们告诉他的很可能是事实。他要王后吩咐人特别照顾我,也同意叫葛兰达克利赤继续负责,因为他看得出来我们俩非常要好。宫里给她预备了一间舒适的房间,又派了一位女教师来教育她,一个宫女给她梳妆,另外还有两个仆人帮着做粗活,不过照顾我的事却由她自己担任。王后命令细木匠设计一只箱子,给我做寝室,至于式样应该事先取得葛兰达克利赤和我的同意。那个人非常手巧,在我的指导下花了三星期的工夫,给我造了一间十六英尺见方、十二英尺高的木房。这个房间有几扇可以拉上拉下的窗子、一扇门和两个壁橱,很像一间伦敦式的卧房。天花板上装了两个合页使它可以上下开关,王后的装饰工人给我铺设好了一张床,就是从上面放进去的。每天葛兰达克利赤亲手把床拿出来晾一晾,晚上再放下去。他们又在房顶加了锁把我关在里面。有一个以制造精巧的小玩意出名的细木匠用一种很像象牙的材料,给我做了两把有靠

---

① 亚里士多德(纪元前384—纪元前322)是古希腊哲学家。斯威夫特蔑视中世纪的亚里士多德学派,但他对亚里士多德却十分尊敬。

背和扶手的椅子。他又给我做了两张桌子和一个盛零碎东西的柜子。房间的四壁、地板和天花板都垫得厚厚的,免得搬运我的人一时大意发生意外,也可以避免我坐在马车里的时候给颠坏了。我要求门上加一把锁省得老鼠跑进来。铁匠费了不少心血才打好了一把他们从来没有见过的小锁,就我所知,有一位英国绅士的住宅大门上的锁比这个还大些。我想法把钥匙放在自己衣袋里,怕葛兰达克利赤把它弄丢了。王后又吩咐拿最薄的绸子给我做衣服,这料子和英国的花毯差不多厚,穿在身上十分笨重,后来穿惯了才好了一些。衣服是照着本国式样做的,有点像波斯服,也有点像中国服,倒也还庄重合身。

　　王后非常喜欢我在她跟前,少了我简直就吃不下饭去。在王后的饭桌上,在她左肘旁边给我摆了一张桌子和一把椅子。葛兰达克利赤站在摆在地上的小凳上,靠近我的桌子帮着照料我。我有一整套白银盘、碟和其他餐具,和王后的比起来也不过像我在伦敦的玩具店里看到的、那些摆设在娃娃房里的盆碟一样。我的小保姆把这些东西放在衣袋里的一只小银匣里。吃饭时我要用就拿给我,她并且亲手去把它们洗得干干净净。和王后一起进餐的只有两位公主,大公主才十六岁,小公主那时是十三岁零一个月。王后陛下总是把一小块肉放在我的碟子里让我自己切着吃。她喜欢看我这个小家伙吃东西,她拿这个来解闷儿,王后的食量虽然还不算太大,可是一口也吃得下十二个英国农民一顿饭吃的东西。有一段时间,我看到这种样子不免要恶心半天。她一口咬住一只百灵鸟的翅膀,有九只肥大的火鸡那么大,连骨头一齐嚼得粉碎。她把一小块面包送进嘴去,大小也有两个价值十二便士的面包那么大。她用一只金杯喝酒,一口也能喝下一大桶(盛五十二加仑的)。她的餐刀有两把镰刀拉直了那么长。匙子、叉子和其他餐具也跟餐刀的大小成正比。我记得,有一次因为好奇,葛兰达克利赤带我到宫里去看人吃饭。十一二把这样大的刀叉一齐举了起来,我觉得我从来还没有见过这么可怕的情景。

　　每逢星期三(我在前面也说过,这天是他们的安息日),国王、王后和亲王、公主们,照例在国王的内宫里会餐。我这时也成了国王的大宠臣了,因此这时候我的小桌椅总放在国王左手边的一个盐瓶跟前。这位君王喜欢和我谈话,问我一些关于欧洲的风俗、宗教、法律、政府和学术的情形,我就尽我所知详细地向他说明。他头脑清晰,判断也很精确,所以他对我所谈的一切话都发表了很聪明的感想和意见。不过老实说,一谈到我亲爱的祖国,我国的贸易、海陆战争、宗教派别和国家政党,我的话就未免说得多了一点。因为他受的教育使他成见很深,所以他不禁用右手拿起我来,用另一只手轻轻地抚摸着我大笑一阵,问我是一个托利党还是一个辉格党?他接着就回过头去跟在他背后随侍的首相说(首相手里拿着一根白杖,差不多有"王权号"①的主桅那么高),人类的尊严实在太不足道,像我这么点大的小昆虫也竟会加以模仿。他又说:我敢保证这些小家伙也有爵位和官衔;他们造了一些小窝小洞就叫作房屋、城市;他们也装模作样、装饰打扮;他们也谈恋爱、打仗、辩论、欺诈、背叛。他这样一直说下去,气得我脸上红一阵白一阵的。我那高贵的祖国原是学术、武功的权威,法兰西的灾殃,欧洲的仲裁人,道德、虔诚、荣誉、真理的中心,世界的骄子,全世界敬仰的国家,想不到他竟这样瞧不起。

不过就我当时的地位来说,这种侮辱是没有什么可以愤慨的,仔细考虑一下,我就开始怀疑我是不是受了侮辱。因为在这几个月里面我看惯了他们的风采,也听惯了他们的言谈,在我的眼中每件事物也都大小相称,我最先对他们身躯和面孔的畏惧现在也早已消失了。如果这时候我看见一群英国老爷太太们,衣着华丽,穿着过生日时穿的新衣服,在那里装腔作势、高视阔步、鞠躬行礼、高谈阔论,老实说,说不定我也会笑话他们,正像这里的国王和贵族们笑话我一样。王后常常把我托在掌中站在一面镜子前面,我们两人的全身都照了出来,我这时面对自己的尊容不禁要笑话自己。再也没有比这种对照可笑的了。因此我那时开始怀疑我自己的身材已经比往日缩小了好几倍。

最使我生气、使我感到屈辱的莫过于王后的矮子了。他是这个国家有史以来身材最矮小的人(我确信他的身材还不到三十英尺),但是当他看到还有一个比他矮得多的小家伙时,竟傲慢无礼起来。每当我

---

① 当时英国最大的一艘船。

在王后的接待室里站在桌上和宫中贵族、贵妇们谈话时,他总是摆起架子昂然走过,在我的身旁免不了要说一两句俏皮话讽刺我矮小。作为报复,我只能叫他一声大哥,向他挑战要跟他摔跤,说上几句诸如此类的、挂在宫廷侍从嘴边的俏皮话儿原是很平常的。有一天大家正在吃晚饭,我说了一句话惹怒了他,这个坏小子竟站在王后的椅子上把我拦腰抓住,本来我好好地坐在那里原没想到会出什么事。他把我丢在一个盛乳酪的大银碗里就一溜烟跑开了。我连头带耳深深地陷在碗里,如果不是我擅长游泳,说不定就会大吃苦头。因为恰巧那时葛兰达克利赤正在房间的另一头,王后吓得一时手足无措,不知道怎么救我才好。当我的小保姆赶过来抢救,把我提了出来,我早已经吞了一夸脱①的乳酪了。他们把我放在床上。不过我并没有受伤,只损失了一身衣服,那身衣服全弄坏了。矮子结结实实地挨了一顿打,他们又逼着他把那碗我在里面打滚的乳酪喝了下去作为惩罚。以后他再也没有重新得宠,因为,不久,王后就把他赐给了一位名门贵妇。此后我就再也见不着他了,这使我感到十分得意,因为如果不是这样真不敢担保这个坏小子还会用多么狠毒的手段来报复我呢。

以前有一次他也曾用卑鄙的手段玩弄过我,引得王后大笑不止,不过同时她也实在恼了。要不是我宽宏大量给他求情,王后一定会叫他马上滚蛋。王后从盘子里拿了一根髓骨敲出了骨髓,仍旧照样把那根骨头竖立在盘子里。这时候刚巧葛兰达克利赤到餐具架那边去了,矮子趁这机会就爬上了小保姆照料我进餐时站的凳子,双手把我捧起来捏住我的两条腿就往骨头中间塞,一直塞到我的腰部。我陷在里面半天动弹不得,样子很可笑。我相信差不多过了一分钟以后,别人才发现了我那种狼狈相;当时我认为叫喊起来未免失体面,不过国王们很少吃滚热的菜,因此我的腿并没有被烫伤,只不过把袜子和短裤都弄得稀糟罢了。矮子有我替他讲情,才只挨了一顿好打,没有受别的惩罚。

因为我胆子小,所以王后常常嘲笑我,她总问我是不是我的同胞都是

---

① 夸脱是容量名,等于四分之一加仑。

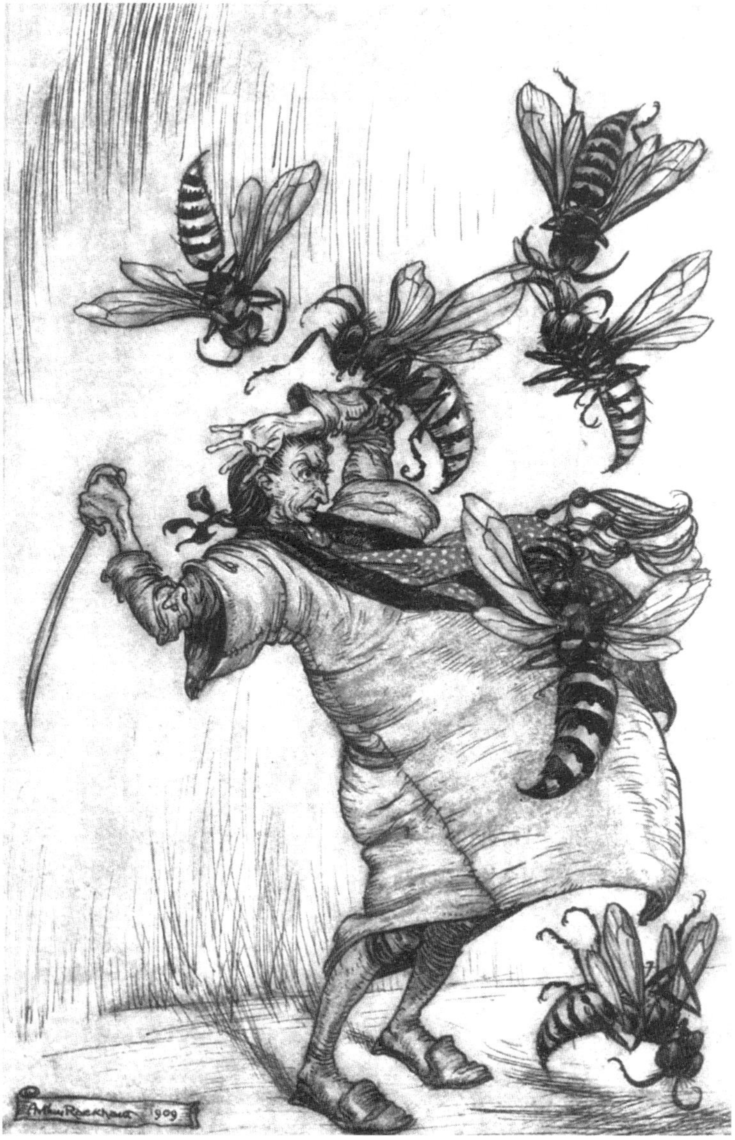

跟我一样的一些胆小鬼。事情是这样的：在夏天王国里苍蝇十分恼人，这些可憎的害人虫一个个都有邓斯特堡①出产的百灵鸟那么大。我吃着饭，它们总在耳边嗡嗡地叫，不给我一刻安宁。有时苍蝇会落在我的食物上，拉上一些讨厌的蝇屎和卵。这我都看得很清楚，可是当地人却看不见，他们的大眼睛珠子看起小东西来没有我来得锐利。有时苍蝇会钉在我的鼻子上、前额上狠狠地刺我一下，苍蝇的气味也很难闻。我也很容易发现它们身上的胶粘物质，据我们的生物学家说，由于它们身上有这种物质所以能把脚倒贴在天花板上行走。我费尽气力来抵制这些可恶的动物使自己不受伤害，它们扑在我脸上我还是免不了要吓一跳。矮子常常用手抓一把苍蝇突然在我跟前一撒手，像我们小学生常常干的那样，存心吓唬我，讨王后喜欢，我的办法就是趁着它们飞在空中时用刀把它们砍成碎块，在这一点上他们很佩服我手段敏捷。

我记得有一天早晨，葛兰达克利赤把我连木箱一起放在窗台上让我透透空气，晴天的时候她总是这样办的（我总不肯冒险让她像英国人挂鸟笼子一样把木箱挂在窗口的钉子上）。我刚拉开一扇窗户坐在桌前吃一块甜饼当早饭。甜饼的香味引来了二十多只黄蜂，它们一齐飞进了我的房间，嗡嗡的叫声比二十多只风笛奏出的低音还响。有的抓住了甜饼一块块地把它抢走了，有的扑头扑脸地飞来，闹哄哄地弄得我手足失措，非常害怕它们蜇我。好在我还有勇气站起身来，拔出腰刀在半空中向它们进攻。我杀死了四只，余下的都逃走了。我马上关了窗户。这些昆虫都有鹌鹑那么大，我拔出了蜂刺，都有一英寸半长，像针一样锋利。我把这些刺小心地收藏了起来，后来我在欧洲各处，也曾把这些蜂刺和许多别的奇奇怪怪的东西拿出来展览过。回到英国以后，我送了三根给格雷善学院②，自己只留下了一根。

---

① 邓斯特堡是伦敦西北三十英里的一个城市。
② 格雷善学院是伦敦英国皇家学会的所在地。

第 四 章

关于这个国家的描述。修改现代地图的建议。国王的宫殿。首都概况。作者的旅行方式。主要庙宇的描述。

现在我想根据我在首都劳不鲁格鲁周围二千英里以内旅行中的见闻,把这个国家的情况简单地介绍给读者。王后陪着国王出巡从来没有到过比这更远的地方。国王去巡视边境时,她就留在离首都大约二千英里的一个地方等他回来,而我总是跟她在一起的。这位君主的领土大约有六千英里长,三千到五千英里宽。由此我不能不得出这样一个结论:欧洲地理学家认为日本和加利福尼亚中间只有一片汪洋大海实在是一个大错误。我一向认为地球上一定还有一个面积仿佛的大陆和鞑靼大陆①对峙,因此他们必须修改他们所有的地图和海图,在美洲的西北加绘上这一片广大的陆地,而我随时可以协助他们。

这个王国是一个半岛,东北边界是一条高达三十英里的山脉,山顶上到处是火山,所以完全不能通过。最有学问的人也不知道在山脉那边究竟住着什么人,究竟有人居住没有。半岛的其他三面都是海洋。全王国没有一个海港;河流入海处的海岸布满了巉岩。海上总是波涛汹涌,也没有人敢坐最小的船出去冒险,因此这儿的人和世界上其他地方完全隔绝,没有任何往来。但是大河里船只却很多,并且盛产十分鲜美的鱼。他们

---

① 鞑靼大陆指欧洲东部和亚洲。

很少下海捕鱼,因为海里的鱼和欧洲的一般大小,也就不值得一捕了。显然这一片大陆得天独厚,才能出产特别大的动植物;至于为什么这样,那只有让哲学家们去判断了。不过,有时候人们也会捉到一条撞死在岩石间的鲸鱼,他们就痛快地吃上一顿。据我所知,这种鲸鱼很大,一个人背一条鱼都背不大动。有时候他们把它当作稀罕东西,用有盖的大篮子装运到劳不鲁格鲁去。我亲眼看见国王面前的碟子里摆着一条鲸鱼,这也算是一味珍品,不过我却没有注意到国王喜欢吃它。我想他一定觉得这东西大得讨厌,虽然我在格陵兰①还见过一条更大的。

这个国家人口稠密,有五十一座大城,有城郭的市镇也差不多有一百个,此外还有无数村庄。为了满足好奇的读者,把劳不鲁格鲁描述一番也就够了。这座大城跨在一条大河上,这条河把城市分作大小几乎相等的两部分。城内有八万多户人家,人口六十万左右。这城纵长约三个"格隆格仑"(大约相当于五十四英里),横广两"格隆格仑"半。这是我在御制皇家舆图上亲自测量出来的。他们特别为我把地图铺在地上,足足有一百英尺长。我赤着脚用脚步测量了好几次直径和周界,又按比例尺计算过,所以测量得相当准确。

王宫并不是一座整整齐齐的大厦,而是一大堆建筑物,占地方圆约七英里。主要房间一般有二百四十英尺高,宽度和长度也与之相称。国王赐给葛兰达克利赤和我一辆马车。她的女教师常常带她坐车出去逛街或者逛商店。我坐在箱子里也跟她们一起出去。当然有时那女孩子也听从我的请求把我拿出箱子放在手上。这样路过市街的时候,我也可以更方便地看一看房子和行人。据我估计,我们的车子和威斯敏斯特寺②的大厅仿佛大小,不过没有那么高,不管怎样我没法估计得很精确。有一天,女教师叫车夫在几座店铺门前停了几次车,乞丐们就趁机拥到车子两旁,使我看到了欧洲人从未见过的可怕景象。一个女人的乳房生了毒瘤,肿得那么大,上面布满了洞,有两三个洞很大,我可以爬进去把全身藏在里

---

① 格陵兰是北大西洋和北冰洋间的一个大岛。
② 威斯敏斯特寺是伦敦最著名的大教堂,其大厅跨度六十七英尺六英寸,其高度不到八十五英尺。

面。还有一个人脖子上生了一个比五个羊毛包还大的瘤;另外一个人装了两条约莫有二十英尺长的木假腿,不过最可憎的还是在他们衣服上爬着的那些虱子。我用肉眼可以看清楚它们的腿,比在显微镜下看欧洲虱子的腿还要清楚得多。它们用来吸人血的嘴和猪嘴一样。我这还是头一次看到,所以非常好奇。如果我有适当的工具,一定会解剖一个来看看,可惜那时解剖器械都丢在船上了。当然,它们的样子令人作呕,当时我也大吐了一阵。

除了平常带我出去用的大箱子以外,为了便于旅行,王后又下令给我作了一口大约有十二英尺见方、十英尺高的小箱子。原有的那只大箱子放在葛兰达克利赤的膝头上嫌大些,放在马车里也太笨重。小箱子还是由那个木匠制造的,在制造过程中由我来加以指导。这个旅行用的小屋是正方形的,三面的正中都有一扇窗户,窗户外边加装了铁纱格子窗,以免在长途旅行中发生事故。第四面没有窗户,只在外面安了两个结实的铁环,如果我想骑马旅行,携带我的那个人就在铁环中间穿上一根皮带把箱子扣在腰里。有时候我跟着国王、王后出巡,有时候我想去游览花园,或者去拜访朝廷大官贵妇,如果葛兰达克利赤有病,他们总把我交给一位我所信赖的老成持重的仆人。因为没有多久大官们就认识我,而且器重我了。我想这多半是因为国王、王后很宠爱我,而不是因为我有什么长处。旅途中我坐车坐累了,一位骑马的仆人就用皮带把小箱子扣在身上,放在他跟前的垫子上;这样我就可以从三面的窗子饱览乡村风光。箱子里有一张行军床、一张吊在天花板下的吊铺、两把椅子和一张桌子,床和桌椅都端端正正地用螺丝钉钉在地上,以免被车马颠簸得东倒西歪。我在海上航行惯了,虽然有时震动剧烈,我也并不十分感到苦恼。

只要我想到市上去观光,我总坐在这间旅行小屋里。葛兰达克利赤把小箱子抱在怀里坐在一乘本国式敞轿里由四个人抬着,后面还跟着两位王后的侍从。老百姓们常常听人说起我,非常好奇地围着轿子看。小姑娘非常和蔼地让轿夫停住,把我拿在手中好让大家看个清楚。

我很想去参观本国的大庙,特别是大庙的钟楼,据说是全帝国最高的。因此,有一天我的保姆就带我去了,不过老实说,我回来以后感到失望。因为从地面到最高的塔顶还不到三千英尺。从本国人和欧洲人的高矮差别看来,这并没有什么值得惊奇的,按比例来加以比较,它根本不能与索利兹波立教堂①的尖阁相提并论(如果我记得不错的话)。但是我生平最感激这个国家,因此我就不该破坏它的名誉,我们必须承认这座名塔虽然不够高耸,但是建造得美丽而坚固,足以补偿它的缺陷。墙差不多有一百英尺厚,都是用大约四十英尺见方的石头筑成的。四周的壁龛里放着大理石雕刻的、比活人还要高大的神像和帝王像。从一座神像上掉下来的一根小指头躺在垃圾堆里没人注意,我量了一下,它整整有四英尺一英寸长。葛兰达克利赤拿手绢包了起来,放在衣袋里带了回去,和其他的小玩意儿摆在一起,这个小姑娘跟她同样大的女孩子一样很喜欢玩这些东西。

国王的厨房确乎是一座高大的建筑物,屋顶是拱形的,大约有六百英尺高。厨房里的大灶比圣保罗教堂②的圆顶要小十步。我回国以后特地去量过一次。不过如果我把厨房里的炉格子、大罐、大壶、在铁叉上烤着的大块肉和许多别的东西都描写出来,也许没有人会相信,至少严正的批评家会认为我有点夸大,人家总是这样怀疑旅行家的。因为我想避免人家的责难,恐怕有时我又走向另一极端。如果这本书有机会译成布罗卜丁奈格语(布罗卜丁奈格是王国的一般名称)流传到那里,国王和老百姓都会埋怨我侮辱他们,把他们描写得太渺小、太不正确了。

国王的养马房里的马不会超过六百匹,这些马都有五十四英尺到六十英尺高。可是国王在节日出巡的时候,总带着五百名骁骑卫队,显示他的威仪。在我没有看到他的一部分陆军操演以前,我真以为这是我所见过的最壮丽的场面。关于陆军操演的情形,以后还有机会说。

---

① 索利兹波立教堂在伦敦西南八十四英里的威尔茨,是英国最高的教堂,高四百零四英尺。
② 圣保罗教堂是伦敦城内的著名教堂,其圆屋顶宽一百零八英尺。

第 五 章

作者经历了几件险事。罪犯被执行死刑的情形。作者表演航海技术。

我由于身材短小,才出了几件可笑而麻烦的事故,要不是这样,我本来应该在这个国家住得够快活的。我就说几件给大家听听。葛兰达克利赤常常把我放在较小的一只箱子里带我到王宫花园里去玩耍。有时她把我拿出来托在手中或者把我放在地上散步。我记得,在那个矮子被王后赶走以前,有一天他跟着我们到花园里去了。我的保姆放下我来,他和我紧挨在一起走到几棵矮苹果树旁边。我偏偏要卖弄聪明,跟他胡乱开玩笑,暗示他和苹果树有相似之处。我们这种说法在他们的语言中也是适用的。当我正在一棵苹果树下面走着的时候,这个坏小子抓住机会,就在我头顶上摇起树来,十二只大苹果,每一只差不多都有一只不利斯脱大酒桶那么大,劈头盖脸地落下来。我一弯腰,一只苹果恰好把我打得趴在地上,不过别的地方并没有受伤。因为是我先挑逗他的,所以根据我的请求王后饶恕了他。

又有一天,葛兰达克利赤把我放在一片光滑的草坪上玩耍,她却和女教师到近处散步去了。就在这时候突然下了一阵大冰雹,立刻把我打倒了。我倒在地上,冰雹狠狠地打击我的全身,好像打来了一阵网球似的。我尽力设法匍匐前进,脸朝下躲在淡黄色的百里香花坛旁边的一个背风地方。我从头到脚遍体鳞伤,整整十天不能出门。这也没有什么值得大惊小怪的,因为大自然在这个国家所引起的一切变化都遵守同样的比例。

一颗冰雹差不多是欧洲冰雹的一千八百倍。这是我的经验之谈,因为我那时非常好奇,曾经秤过量过冰雹的。

但是就在这座花园里,我碰到了一件更加危险的事情。那一次是,我的小保姆懒得麻烦,把箱子丢在家里,就把我带了出来,她满以为已经把我放在一个相当安全的地方(我常常请求她让我这样,因为我可以一个人静静地思考)之后,她就和女教师还有几位女朋友到花园中别处玩去了。当她不在跟前,呼唤她也听不见的时候,一位花园总管理员养的一只白色长毛小猎狗不知怎的跑进了园子,就在我躺的地方的附近跑来跑去寻找禽兽。那狗闻到了我的气味马上跑上前来一口把我叼在嘴上,直跑到它主人那儿,摇摇尾巴把我轻轻放在地上。幸亏它受过良好训练,它用牙齿咬住我,一点也没有使我受伤,甚至连衣服也没有撕破。那位可怜的花园管理员却吓坏了。他本来和我熟识,待我也非常好。他用双手轻轻地捧起我来问我怎么样了。我那时惊得发呆,上气不接下气,一句话也说不出来。过了几分钟我才恢复正常,他把我安全地送到小保姆那里。这时她已经回到原来我待过的地方,因为看又看不到我,叫也叫不答应,正急得要命。为了那只狗,她把花园管理员严厉申斥了一顿。不过这件事是瞒过了,宫里的人始终也不晓得,因为那女孩子怕王后生气。至于我自己呢,老实说,也觉得如果这件事传了出去,对我也并没有什么光彩。

这件意外事发生以后,葛兰达克利赤下决心再也不让我离开她,一霎儿看不见也不行。我老早就怕她会做出这样的决定,所以我就把自己一个人出去时遇到的几件小小的不幸都不让她知道。有一次,一只鹞鹰在花园上空盘旋,突然向我扑了下来,如果不是那时我坚决地拔出了腰刀并跑到一个枝叶茂盛的树架下面去,那它一定会把我抓走了的。又有一次,我爬上了一座新的鼹鼠窝的顶,一下子掉进了这种动物运土出来的洞里,一直没到了脖子。我弄脏了衣服,只好撒个谎来替自己掩饰,当时撒的什么谎也就不值得再去想了。还有一次,我独自在路上走着,正在想着可怜的英格兰,一不小心给蜗牛绊了一跤,把右小腿跌破了。

当我独自散步时,真说不出心里是高兴还是恼怒,个子较小的鸟儿好像一点也不怕我。它们在离我不到一码的地方跳来跳去找毛毛虫和其他

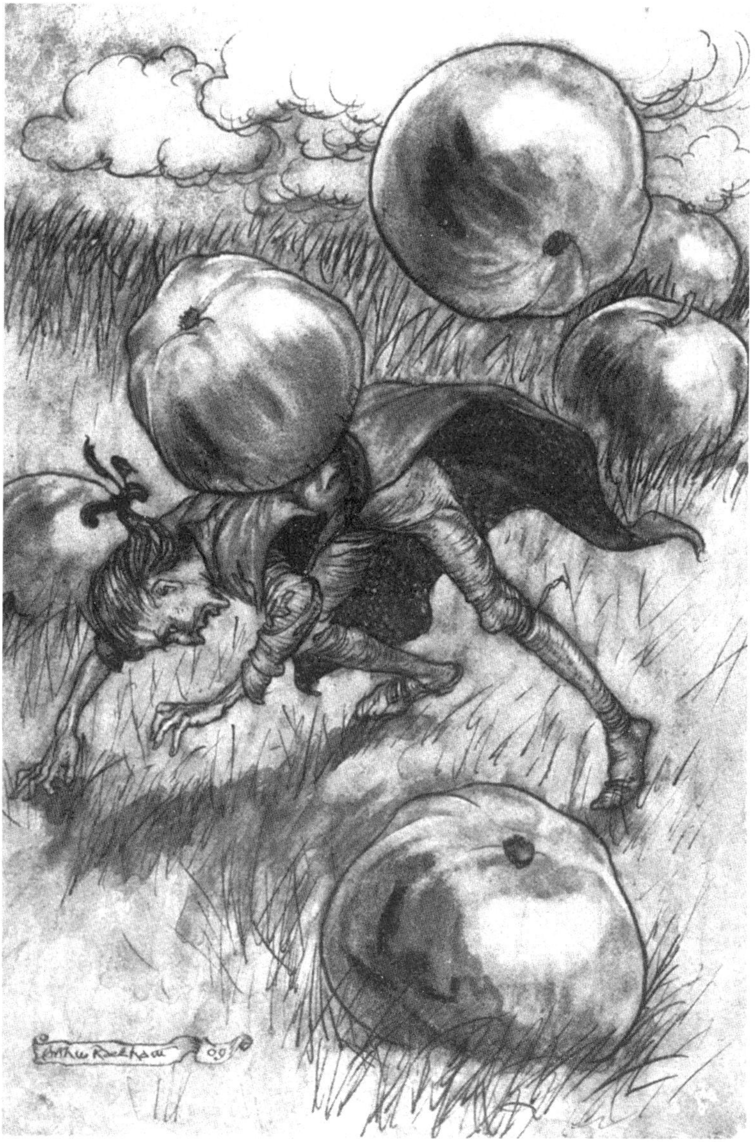

东西吃,态度非常自在安闲,就像跟前根本没有什么生物似的。我记得有一只画眉竟敢用嘴从我手里把一块饼抢跑,那是葛兰达克利赤给我当早饭的。我有时想去捉这些鸟儿,它们却大胆地转过身来反抗,竟想来啄我的手指,使我不敢伸手去捉它们。然后它们又照样不在乎地跳回去寻找毛毛虫和蜗牛。不过有一天我拿了一根粗棍子使出了全身气力向一只红雀扔去,侥幸把它打倒了,我两只手抓住它的脖子提起来扬扬得意地往保姆跟前跑去。但是那鸟儿只是暂时被打昏了。它恢复了知觉就扇起翅膀扑打我的头部和两胁。尽管我捉住了它,伸直胳臂使它的爪子够不到我,我却时时在想把它放走。幸亏没有多久,一位仆人来给我解了围,他把红雀的脑袋扭了下来。第二天王后就下令把这只鸟烧好给我当晚饭。就我记忆所及,那只红雀似乎比一只英国天鹅还要大些。

侍从女官们常常邀葛兰达克利赤到她们的房间里去,并且要她把我带去,因为她们想趁机会见见我、抚摸我。她们常常把我从头到脚剥得精光,让我躺在她们的胸膛上。我非常讨厌她们这种举动。因为老实说,她们的皮肤发出一种难闻的臭味。我本来不愿说也不想说这些善良女人的坏话,因为我对她们是极为尊敬的。不过我觉得因为我矮小,我的嗅觉相应地也就比较锐敏,可是这些漂亮人儿在她们情人眼里,或者她们彼此之间,却一点也不显得讨厌,就像在英国我们对于这样的人儿也并不感到讨厌一样。不过不管怎样,我觉得她们天生的味道还比较可以忍耐,有时她们用了香水,我一闻马上就昏过去。我再也忘不了在利立浦特时,有一天很暖和,我运动了一阵,有一位好友竟冒昧地说我身上气味很大。实际上我和许多男子一样,并没有这种缺点。我想,在我说来,这位朋友的嗅觉比较锐敏,好像我的嗅觉对这个国家的人民说来也比较锐敏一样。就这点来说,我不能不为我的主人王后和我的保姆葛兰达克利赤说句公道话,她们是和英国任何一位小姐太太一样芬芳的。

我的保姆带我去拜访这些侍从女官时,最令我不安的是:她们对我一点也不讲礼貌,竟把我当作一个微不足道的生物。她们在我面前剥得精光,然后再穿上衬衫。当她们把我放在梳妆台上时,面对着她们赤条条的身体,老实说,我看来一点也不感到什么诱惑,除了恐怖,厌恶以外,没有别的感情。她们的皮肤看来是那么粗糙不平,颜色不一,在近处看她们的皮肤到处都是一颗颗像切面包用的垫板一样大小的黑痣,披下来的长发比包裹绳子还粗,至于她们身上其他部分就更不必提了。她们毫无忌惮地在我跟前小便,把喝下去的水解掉,一次至少有两猪头升①,而溺器足足可以容得下三大桶②小便。最漂亮的侍从女官是一位活泼而淘气的十六岁的女郎。有时她把我两脚分开让我跨在她的奶头上,还有许许多多其他花样,都不能过于详细地加以描写了,还请读者原谅。但是我感到十分不愉快,我请求葛兰达克利赤替我找点借口,让我不再和这个女孩子见面。

有一天,我的保姆的女教师的侄子来了。他是一位青年公子,他强拉她们去看一个罪犯被执行死刑。这罪犯把青年公子的好友暗杀了。他们说服了葛兰达克利赤和他们一块去,她很不愿意去,因为她生性仁慈。至于我呢,虽然厌恶这种场面,但是好奇心驱使我去看一看,我认为这种事一定是很不平凡的。犯人被绑在特别为此而设的断头台的一把椅子里。行刑刀有四十英尺长,一刀就把人头砍了下来。从静脉管和动脉管喷出了大量鲜血,血柱喷得很高,就是凡尔赛宫的大喷泉③也赶不上它。人头落在断头台的地板上砰的一声,吓了我一跳,尽管我还远在半英里以外。

王后常常听我说起航海中发生的事情,而且一看见我烦恼就要想方设法为我解愁散闷。她问我会不会使帆划桨;稍做一点划船运动是不是对我的身体有益?我回答说:我既会扬帆,也会划桨。尽管我的正式职业是船上的内、外科医生,但是必要时也得干普通水手的工作。但是不能想象在他们的国家里,我怎么能够划船,这里的一艘单人小艇就有我们第一流的军舰那么大,像我能驾驶的小船在他们的江河里是永远也不会有的。王后陛下说:如果我设计一艘船,她手下的细木匠一定能照样制造,她也会给我准备一个划船的场所。那人是一位精巧的工匠,在我指导下十天

---

① 猪头升是一种盛五十二点五加仑的大桶。
② 指盛二百五十二加仑的大桶。
③ 指凡尔赛宫的"海王池",是法王路易十四在十八世纪初叶修建的。喷泉喷水高达七十四英尺。

内就造好了一艘船具齐全的游艇，足足容得下八个欧洲人。船造好以后，王后非常高兴，她把它抱在怀里去见国王。国王就下令把船放在一只盛满了水的水箱里，并且把我放在船上叫我试验一下。可是地方太小了，我无法使用那两把小桨。不过王后早就想出了另外的办法。她命令细木匠制造了一只木水槽，有三百英尺长，五十英尺宽，八英尺深，并且在木槽外面涂上沥青以防漏水。那只水槽就靠墙放在王宫外殿的地上。靠近槽底的地方有一个水龙头，准备水臭了可以放水出来，而用不上半点钟两位仆人就可以把水槽装满水。我时常在那里面划船消遣，也给王后和贵妇们解闷，我的技术和灵巧使她们感到非常高兴。有时我张起帆来，贵妇们就用扇子来助我一阵大风，我只要掌舵就行了。她们扇得疲倦了的时候，就由几位内宫侍从用嘴吹气送帆前进，我随心所欲，有时向右有时向左，卖弄我的掌舵本领。划完船以后，葛兰达克利赤总是把我的船带到她的房间里去，挂在钉子上晾干。

我从事这种运动只出过一次事故，那次险些儿丢了性命。一位侍从把船放进了水槽，照顾葛兰达克利赤的那位女教师多管闲事，把我举了起来，要把我放在船里，可是我竟从她手指缝里落了下来。真是侥天之幸，如果不是这位好太太的胸衣上插着一根大别针把我挡住了，我一定会从四十英尺的高空跌下来。别针的针头穿过我的衬衣和裤带，把我吊在半空，葛兰达克利赤跑过来才救了我的性命。

一位仆人每三天负责给我的水槽换一次新水。他一时没有看清楚，不小心把水桶里的一只大青蛙倒在水槽里了。这只青蛙一直躲在水底，可是他们把我放在船上以后，它发现了一个可以休息的地方就爬了上来，把船弄得向一边歪，我只好把全身重量靠在另一边来维持船身的平衡，不让船翻身。青蛙上船以后，一跳就有半个船远，接着就在我头顶上忽前忽后跳来跳去，在我脸上、衣服上涂了一些可厌的黏液。它那一副又肥又大的模样，可以说是一切动物中最难看的了。但是，我要求葛兰达克利赤让我一个人来对付它。我用桨狠狠地打了它一顿，最后才逼得它跳出了小船。

不过我在这个王国里遇到的最危险的一件事是一只猴子弄出来的。

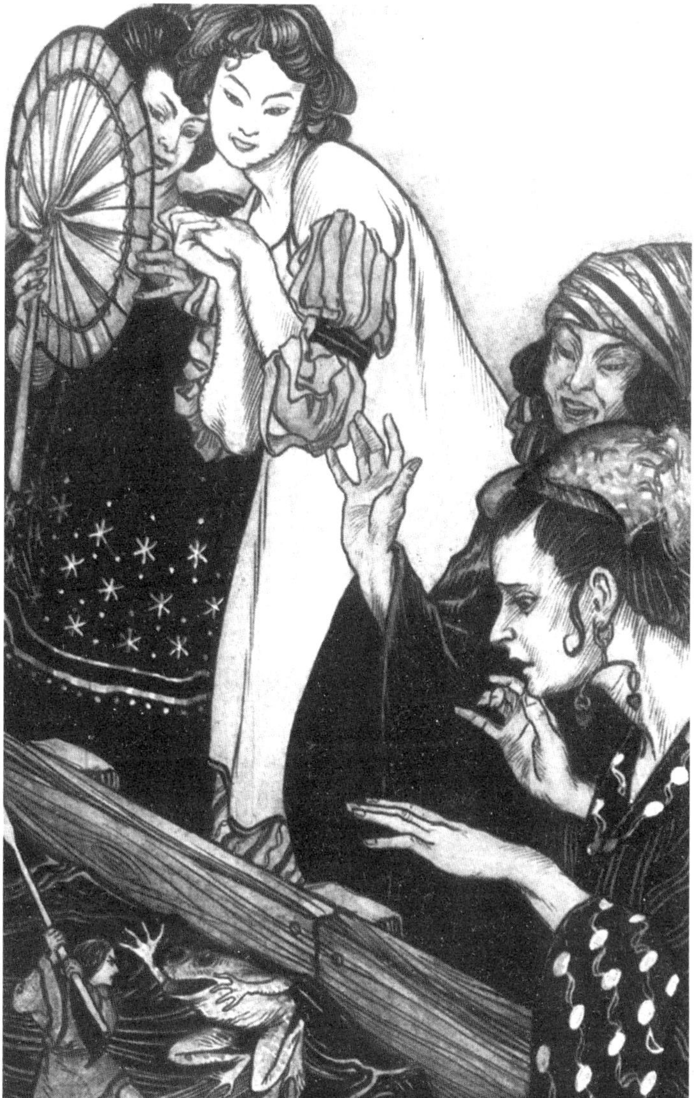

它是御厨的一位管理员养的。当时葛兰达克利赤有事到别处去了,也许她是去看什么人,就把我关在她的小房里。天气很暖,小房的窗户开着,我住的大箱子的门窗也都开着,因为这只箱子又宽敞又方便,所以我常住在里面。我正安安静静地坐在桌旁想什么,忽然听到一个东西从小房的窗口跳了进来,在房里从一头跳到另一头;尽管我十分害怕,还是大胆地向外探望了一下,不过坐在那里没敢动一动;接着我看到了那个顽皮的动物,它在那里忽高忽低上下地蹦着,最后才跑到了木箱跟前,它似乎又惊又喜,从门口和每一个窗口向里面张望。我躲在房间(木箱子)最远的犄角里,但是猴子从四面向屋里探头探脑,吓得我慌里慌张,竟没有想到可以躲在床底下,这本来是极容易办到的。它咧嘴龇牙吱吱地叫了半天,终于发现了我。它从门口伸进一只爪子来,像猫逗老鼠玩一样。尽管我躲来躲去,到后来还是被它抓住了我的上衣下摆(我的上衣是用本地绸做的,又厚又结实),把我拖了出去。它用右前爪抓起我来,就像保姆抱起孩子要喂奶似的把我抱在怀里,这跟我在欧洲看见过的猴子抱小猴子的方式一模一样。我一挣扎,它就抓得更紧,所以,我觉得还是顺从的好。我相信它把我错看成一只小猴子了,因为它时常用另一只前爪轻轻地抚摸着我。它正玩得高兴,小房门口传来了一阵响声,似乎有人在开门,这打断了它的兴头。它马上跳到原先进来的那个窗户上去,用三只爪子走路,一只爪子抱住我,从窗台穿过导水管和檐水溜,一直爬上了邻屋的房顶。它抱我出去时,我听到葛兰达克利赤尖叫了一声。那可怜的姑娘几乎发狂了。王宫的这一带吵吵闹闹;仆人们赶着去找梯子。宫里有好几百人都看见那猴子坐在一座屋脊上,用一只前爪像抱一个婴孩似的抱着我,用另一只前爪喂我,把从嘴中嗉袋里挤出来的食物硬塞进我的嘴,我不肯吃,它就轻轻地拍打我,惹得许多人在下边哈哈大笑。我想这也不应该责备他们,因为看见那样子,除了我以外毫无疑问谁都会感到可笑。那时有几个人往上丢石头,想把猴子赶下来,可是这种行为马上被严令制止了,要不然我早已脑浆迸裂了。

这时候架好了梯子,好几个人爬了上来。猴子看见情势不好,几乎被人包围住了,同时三条腿究竟跑不快,就把我放在屋脊的一块瓦片上,自已逃掉了。我在离地面三百码的高处坐了半天,时时刻刻担心被风刮下来,而我自己又头昏目眩也会跌倒,从屋脊滚到屋檐。但是我的保姆的一个跟班,一个诚实可靠的小伙子爬了上来,把我放在他的马裤裤袋里才把我安全带下了地。

那猴子硬把些脏东西塞下了我的咽喉,噎得我几乎要死。幸亏我的亲爱的小保姆用一根小针把脏东西从我嘴里剔出来,接着我呕吐了半天,才大大减轻了痛苦。不过,我还是很虚弱,那可恶的畜生捏伤了我的腰部,使我不得不在床上躺了两个星期。国王、王后和宫里所有的人都派人来探望我的病;我卧病期间,王后陛下还亲自来看过我好几次。猴子是被杀死了,同时王后还下令,以后宫里不准再饲养这种动物。

我恢复健康以后去朝见国王,向他谢恩。这件险事使他很开心,好好地开了我一阵玩笑。他问我:我在猴子爪子里有什么感想;我喜不喜欢它给我吃的东西;它喂我的方式我觉得怎样;房顶上的新鲜空气是不是很开胃。他想知道:如果我在本国遇到这样一件事,我会怎么办。我告诉国王:欧洲不出产猴子,那儿有的都是从别处当作稀罕东西运去的,而且猴子很小,如果它们向我进攻,我一个人就可以抵挡住十二只。至于最近我碰到的那只可怕的畜生(它有一只象那么大),要不是我吓坏了,没想到利用我的腰刀(我说到这里手按着刀柄,样子很可怕),当它把爪子伸进房里的时候,我早应该给它一下子,把它砍伤,好教它比伸进来的时候还要快地把爪子缩回去。我说这话时口气很坚决,就像一个人生怕别人不相信他有勇气似的。但是我这番话只引得全场大笑,侍从们在国王面前虽然应该毕恭毕敬,也忍不住大笑起来。这件事使我想到一个人住在任何人都比他强大,他跟任何人都无法比拟的一个地方,还一个劲儿地妄自尊大,真是白费力气。我回国以后,在英国也时常看见一些像我那样妄自尊大的人而引以为训,不是也有一个卑鄙小人,出身既不高贵,风采也不出众,既无才智,更缺乏常识,竟敢自高自大,想跟王国内最伟大的人物相提并论吗。

每天我都给宫廷中的人们提供一两个可笑的故事。虽然葛兰达克利赤格外爱我,但是有时我做了一点呆事,她以为可以讨王后喜欢,就跑去报告王后，显然她这人也是很狡猾的。有一次小姑娘身上不舒服，她的女教师就把她带到城外三十英里，要走一小时路程的地方去呼吸新鲜空气。她们在一条田间小径旁边下了马车，葛兰达克利赤把我的旅行箱子放了下来，我就走出门去散步。小径上有堆牛粪，我偏偏要跳过去显一显身手。我向前奔跑，不幸跳得太近，刚好跳在牛粪当中，一直陷到两膝。我狼狈地从粪堆里走了出来，浑身尽是牛粪，亏了一个跟班尽力用手帕替我揩了个干净。我的保姆只好把我关在箱子里，一直到回家以后我才能出门。不久王后就得到了报告，那个跟班也把这件事在宫里传开了。一连几天大家都以我为笑柄而乐个不止。

第 六 章

作者讨好国王和王后的几种方法。他表现了他的音乐才能。国王询问关于英国的情况。作者叙述了一番。国王的意见。

每星期我经常要有一两天,大清早去朝见国王。我常常看到理发师在给他剃须,初次看见这的确非常可怕,那把剃刀差不多有两把普通镰刀长。按照该国习俗,国王每星期只刮两次脸。有一次,我说服了理发师要他给我一些肥皂水,我从里面拣出了四五十根最硬的胡子茬。我选了一块好木头,削成一只梳子背,又向葛兰达克利赤要了一根最小的针,在梳背上等距离地钻上了许多小孔。我巧妙地把胡子茬嵌在上面,又拿小刀把胡子茬削得尖尖的,这就做成了一把很不错的梳子。这很合乎我的需要,因为我那把梳子的齿都断了,已经不中用了。我知道在这个国家里永远不会有任何技工能这样精巧,再替我照样做一把。

这事叫我想起了一件趣事。我空闲时,在这上面花了不少工夫。我要求王后的女侍替我把王后梳头时落下的头发积攒下来。过了不久我就积攒了好多根。我和我的木匠朋友商量了一下,本来他是奉命来给我作点儿零活的。我指导他做了两把和我箱子里那几把一般大小的椅架,又在我打算当作椅背、椅面的那些部分的周围用钻子钻了许多孔,我选出来一些最粗壮的头发穿在孔里,按照英国人做藤椅的办法编织起来。椅子做好了,我就把这两把椅子献给王后作礼物。她把椅子放在她房间里,经常拿出来当作稀罕物儿给别人看。的确，看见这东西的人们都十分惊讶。王后要我坐在一把椅子上，我却坚决拒绝了，坚持说自己情愿死一千次也不敢把身体最不体面的一部分放在珍贵的头发上，原来那是在王后头上长着的。我平时就很有机械才能，于是又把这些头发编成了一只大约有五英尺长的钱包，用金线把王后的名字织了上去。得到王后的同意，我把这只钱袋送给了葛兰达克利赤。老实说，这只钱袋只能供观赏而并不实用，它经不起大一点的钱币的重量，所以她没敢把什么东西放进去，只放了一些小姑娘们喜欢的小玩意儿。

国王非常喜欢音乐，常常在宫里开音乐会，有时也把我带去，把我的箱子放在桌上让我听他们演奏；可是闹哄哄的声响太大，我简直分辨不出是什么曲调来。我相信皇家陆军的全部鼓号在你耳边吹打起来，也比不上这里的音乐。我通常是让人把我的箱子搬开，离演奏者的座位尽可能远一些，然后关闭门窗，放下窗帘。这样，我才觉得他们的音乐也并不难听。

我年轻时曾学会弹几下键琴，葛兰达克利赤房里有一张琴，一位教师每星期来教她两次。我管那琴叫作键琴，因为那琴有些像键琴，弹奏法也一样。我忽然想到，用这乐器演奏一个英国曲调给国王、王后听。但是看起来这是极其困难的，那键琴差不多有六十英尺长，每个键盘几乎有一英尺宽，我就是伸长两臂也够不到五个键盘，把键盘按下去也要用拳头狠狠一击，这未免太费力了，而且也不会有什么效果。后来我想出了一个办法：就是准备两根和普通棍棒差不多粗细的圆棍。两根棍子都是一头粗一头细，我把粗的一头用老鼠皮裹好，这样打击琴键时，一则不致打坏键盘表面；二则不至于妨害音乐。一张长凳放在键琴前面，比键盘约低四英尺。他们把我放在凳子上。我就在上面斜着身子来回跑，一会儿跑到这边，一会儿那边，尽快拿两根棍子敲打着应该敲打的键盘，设法演奏出一曲快乐舞曲。国王、王后听了都非常满意。不过，对我说来，这的确算得上是我生平最剧烈的运动了。然而我还是只能打到十六个键盘，所以就不能像别的艺术家一样同时奏出低音和最高音，这对我的表演是很不利的。

我以前也说过,国王是一位很有识见的君王。他常常吩咐把我连木箱一块拿到他卧室里去放在桌上。他命令我从箱子里搬出一把椅子,要我坐在木箱顶上离边三码的地方,这样我就和他的脸差不多一般高了。我就这样和他谈过几次话。有一天,我向国王冒昧陈词说:他藐视欧洲和世界其他部分,这似乎和他的超人智力不大相称。虽然他的躯干硕大无朋,但他的智力却未能随之而发展。在我们国家里,大家都以为最高大的人最缺乏才智。同样,在动物界中,蜜蜂、蚂蚁的勤劳、技能、才智的声名远远超过许多大动物。虽然在他眼中我是无足轻重的,我却希望能为我王陛下建立非常之功。国王聚精会神地听我说话,渐渐对我发生前所未有的好感。他希望我能就我所知最翔实地把英国政府的情形向他报告。因为虽然君王们大都喜欢自己的制度(根据我几次谈话,他猜想到其他君王也是这样的),他却喜欢听听到底可有什么值得效法的。

可敬的读者,你们替我想一下,那时我是如何渴望自己有德谟西尼斯①或者西塞罗②的辩才,让我能够用最适当的言辞描述一下我国的丰功伟绩,国泰民安,借以称颂我可爱的祖国。

我一开始就告诉国王,我国领土包括两大海岛,三大王国统归一位君王治理,此外在美洲我们还有殖民地。我又啰唆了半天,我们土地怎样肥沃,气候怎样温和。接着我又谈到英国议会的组织,议会的一部分由贵族组成,称为上议院;上议员血统高贵,世袭最古老、最富足的祖传产业。我又谈到他们在学术、军事方面受过特殊教育,使他们生来就有资格做国王及王国的参议,使他们能为国家立法,使他们就任再也没有地方可以上诉的最高法庭的法官,使他们都具有勇敢、方正、忠诚的品格,时时准备充当捍卫国家和君王的战士。他们是王国的光荣和栋梁,是他们令德声闻的祖先的好后代,他们先人具有种种德行从而享有盛名,而他们的后人盛德不衰,一直立于不败之地。除了贵族以外,上议院中还有一部分议员是享有主教尊号的神职人员,他们的专责是管理宗教事务,统率教士向人民宣

---

① 德谟西尼斯(纪元前384—纪元前322)是古希腊的一位政治家、演说家。
② 西塞罗(纪元前106—纪元前43)是罗马的一位政治家、演说家。

教。这些人都是由君王和最英明的参政大臣们从全国牧师中,从生活最圣洁、学识最渊博的教士中选拔出来的,他们确乎称得上是教士和人民的精神领袖。

议会的另一部分称为下议院。下议员都是重要的绅士,由人民自由选举出来的,因为他们才能卓越、爱国心切,足以代表全国人民的智慧。两院人士组成了欧洲最严正的议会,而这一立法机关是由议员们和君王一起掌管的。

我又说到法庭,法官们都是最可敬的贤明而通晓法律的人士。他们主持审判,对人民的权利和财产纠纷做出决定,同时也惩罚罪恶,保障无辜。我也谈到我国节俭的财政管理制度,海陆军的勇武成就。我先估计每一个教会或者每一个政党大概拥有几百万人口,然后统计出我国人口的总数。我甚至没有忘记提到我们的运动和游戏,以及其他琐屑的事,只要我认为那件事足以为国争光,我都没有遗漏。最后我还把英国近百年来的大事,简略地作了一番历史的叙述。

我被召见了五次才把这许多事情说完,每次历时几个小时。国王也很用心地听,并且常常笔记我所说的话,他还把他要问的问题写成备忘录。

我这几次长篇谈话结束以后,国王在第六次召见我的时候,一面检查笔记,一面对每项事情都提出了许多疑点、问题和不同意见。他问我们用什么方法来培养青年贵族的身心?他们在早年,也就是在他们最可教育的时期,一般做些什么事情?如果有一家绝了嗣,却用什么方法来补充议会里的缺额?新封的贵族必须具有什么资格和条件?会不会由于君王一时高兴,或者给一位宫廷贵妇或者首相一笔贿赂,或者违反公众利益阴谋加强一党的势力就能够使一些人上升为贵族?这些新贵对于本国法律要具备一些什么知识?他们怎样取得这些知识,到底他们怎样来裁判他们的同胞的财产纠纷呢?难道由于他们从来就不贪婪、偏私、奢侈,他们就不会接受贿赂,不会搞什么阴谋诡计吗?我提到的那些神圣教士是不是都是因为他们对于宗教事务具有渊博的知识,生活特别圣洁,才被提升到这样高的职位?当他们还是普通教士时,他们就不随波逐流吗?就不曾依附于贵族门下充当卑贱无行的牧师吗?而被选进议会以后,他们就不对贵族的意志百依百顺吗?①

国王还要知道:施展什么伎俩来选举我所提到的那些下议员?一个外来户,如果资金雄厚是不是就可以运动村俗选民投他的票,而不选举自己的地主和邻近最著名的绅士?我也承认这是一件既麻烦又费钱的事,既无薪金又无年俸,而往往有人因此倾家荡产,但是大家为什么都渴望进入这个议会呢?看来大家对于道德和公众利益都表现了极为崇高的热诚,但是国王却怀疑这会不会是完全出于至诚?同时他也想知道这些热心的绅士们会不会牺牲公众利益,来迎合一位软弱、邪恶的君王和腐败的内阁的意志,使他们付出的金钱和精力得到补偿?他又问了许多问题。他就这一题目从各方面来细细地考问我;他提出了无数的疑问和异议。我想如果把他说的话全部复述一遍,未免太不谨慎,而且也不大方便。

关于我谈到的我国法庭的情形,国王也想知道几点;在这方面我比较能够胜任愉快,因为从前我在衡平法裁判厅打过很久的官司,花了不少钱才得到判决,几乎弄得我倾家荡产。他问我:判定一件案子的是非要花多少时间,花多少钱?如果判案显然不公平,故意与人为难,欺压一方,律师辩护士们有没有答辩的自由?教派和政党会不会影响执法的公正?那些为人辩护的律师是否受过教育,对衡平法是否具备常识,是不是他们只知道一省、一国,或者其他地方性的习惯?律师和法官既然能任意解释或歪曲法律,他们是否参加起草法律?他们是否有时为一桩案件辩白,有时又反驳这桩案件,他们会不会援引判例以证明反面意见有理?律师这一帮人是富有的,还是贫穷的?他们为人辩护,发表意见,是否接受金钱报酬?特别是他们能不能被选为下院议员?

他接着又攻击我国财政的管理情况。他说:他认为我的记忆力不大好,因为据我估计,我国税收每年不过五六百万,可是我后来又谈到各项支出,他发现,有时超支一倍有余;关于这点他的笔记记得非常仔细,他告

---

① 乔治一世在位时,由辉格党人任命的许多位主教都属于低教会派,斯威夫特憎恶这些人。

诉我,他本来希望知道我们采取了什么措施,因为这对他也许有些用处;他在筹划时,才不会被人欺蒙。不过如果我告诉他的是真话,他仍然有些莫名其妙,不明白为什么一个王国,也和私人一样,竟会超支。他问我:我们的债权人是些什么人;我们到哪里去弄钱来还债?他听到我谈起那些费用浩大的大规模战争很感惊讶;想必我们是一个善于争吵的民族,要不我们四邻都是一些坏人,而我们的将军一定比我们的国王还来得阔气。①他问:除了进行贸易、订立条约以及出动舰队保卫海岸以外,我们在自己岛国以外的地方还有什么事要做?特别是他听我说起,在和平时期自由人民中间,还设置什么招募来的常备军,他对这点特别感到惊奇。② 他说:既然按照大家的公意选出代表来执政,他想不出我们还怕谁,还要跟谁作战;他要听听我的意见:一个人的家庭由他自己或者由他自己的儿女家人来保护,是不是强似胡乱在街头出很少的薪饷雇六七个流氓来保护?如果这些流氓把这家人杀了,那他们不就可以多赚一百倍的钱吗?

他笑话我那种算术太离奇(他喜欢这样说),我竟把各教派各政党所有的人数加起来估计我国人口。他说:他不明白为什么一定要强迫那些对公众怀有恶意的人改变他们的主张,而不让他们把自己的主张隐瞒下来。一个政府要强迫人改变意见那是专制,但它做不到令人收起对公众不利的意见却是软弱。因为尽可以允许一个人在家里私藏毒药,却决不能让他们拿毒药当兴奋剂出售。

他又说,我谈到贵族绅士们的娱乐时,曾提到赌博;他想知道,他们大致在多大年纪才开始玩这种赌博游戏,一直玩到什么时候才住手。玩这种游戏要花费他们多少时间;赌注是不是很大,以致使他们倾家荡产。下流、心术坏的人会不会因为赌术高超而变成巨富;从而使我们的贵族老爷仰人鼻息,甚至使他们堕落得和坏人混在一起,完全丧失了智力;会不会使他在赌输之后也去学那些下流伎俩,并对别人施展不正当的手段。

他对于我诉说的近百年来我国的大事记感到十分惊讶。他很不以为

---

① 托利党人总是不惮其烦地攻击马尔巴勒公爵因进行战争而发了大财。
② 托利党人反对设置庞大的常备军的法案,他们认为常备军可能成为镇压自由人民的工具。

然地说,这些大事只不过是一大堆阴谋、叛乱、暗杀、屠戮、革命或流放。这都是贪婪、党争、伪善、无信、残暴、愤怒、疯狂、怨恨、嫉妒、淫欲、阴险和野心所能产生的最大恶果。

我另一次被召见时,国王又不厌其烦地把我所说的一切扼要地重述了一遍,把他所提出的问题和我的回答比较了一番。接着他把我擎在手中,轻轻抚摸着我。说了几句话。我将永远不会忘记他的这番话和他说话时的态度。"我的小朋友'格立锥格',你对你的祖国说了一篇极其堂皇的颂词。你已经清楚地证明,立法者具有无知、懒惰、恶习等特性才能胜任自己的工作;只有那些有本领,有兴趣歪曲、混淆、逃避法律而从中取利的人才能最好地解释、说明和应用法律。我想你们原来的一些规章制度或许还过得去,但是其中有一半已经被废除了,其余的也全被腐败政治所玷污、抹杀了。就你所说的看来,似乎在你们那里取得任何职位都不需要具有什么道德。因此,人们以厚德笃行而得到爵位的事就更少了。同样,教士升迁并不因为他虔诚、博学;军人晋级也不由于他处事有方、勇敢可钦;法官并不因为他们公正无私,参议员也并不因为他们爱国,国家参政大臣也并不因为他们英明而得到升迁。至于你呢,"国王接着说,"你过了大半辈子旅行生涯,我很盼望你至今为止尚未沾染上你的国家中的许多罪恶。但是根据你自己的叙述和我费了好大劲才从你那里挤出来的回答看来,我只能得出这样的结论:你的同胞中,大多数人都是大自然让它们在地面上爬行的最可憎的害虫中最有害的一类。"

第 七 章

作者热爱祖国。他提出一项对国王极为有利的建议,竟遭到拒绝。国王对于政治一无所知。这个国家的学术很不完善,而且范围狭仄。他们的法律、军事和国内政党的情况。

因为我热爱真理,所以就不能不把我的故事的这一部分毫无隐瞒地写下来。即使当时我表示愤慨也是枉然,因为表示愤慨往往更会令人发笑。所以我只好耐着性子,听凭别人对自己高贵的、最可爱的祖国进行莫大的侮辱。我感到非常痛苦,在这样的场合无论哪一位读者也会感到痛苦。这一位君王偏偏又那样好奇,对于每一件事情总是问长问短,如果我不尽量予以答复使他满意,那就是感恩不报,或者失礼。不过我还可以为自己辩白的是,我巧妙地避开了他的许多问题,而我对于每一个问题的回答严格地说都比事实要好多少倍,因为我对于自己的祖国总是有所偏袒。这是值得称赞的一种美德。哈立卡那修斯的狄昂尼修斯①劝告历史家应该具有这种美德,是很有道理的。我决心掩饰祖国在政治方面的缺陷,而竭力宣扬她的长处和美德。在和这位伟大的国王的许多次谈话中,我曾尽最大的努力做到这点,但是不幸竟没有成功。

但是我们应该多多原谅这位君王,因为他和世界的其他部分完全隔

---

① 狄昂尼修斯(纪元前54—纪元前7)是古希腊的一个历史学家。

离,他对于其他国家最普通的人情风俗必然是一无所知,由于这种无知所以才产生许多偏见和一些狭隘的想法,而这种想法在我国以及欧洲的文明国家却根本不可能产生。如果把住在这样遥远的地方的一位君王的善恶观念,当作全人类的标准,当然是很难令人接受的。

为了证实我的话,同时进一步说明狭隘的教育会产生怎样悲惨的结果,我要在这儿添加一段令人几乎难以相信的叙述。为了得到国王更大的宠幸,我告诉他:三四百年以前发明了一种调配粉末的方法。星星之火落在一堆粉末上,哪怕这堆粉末高得像座山,也会马上整个燃烧起来,烈焰腾空,声响和震动比打雷还厉害。按照管子的大小,把一定分量的粉末装在一根铜管或者铁管里,就可以射出一颗铁弹或者铅弹,那股力量来得又猛又快,什么东西也阻挡不住。用这种方法射出去的最大的弹丸,不但可以一下子消灭一支军队,而且能够把最坚固的城墙轰成平地,把载着一千名兵士的船只击沉海底。如果这些舰只是用铁链连在一起的,弹丸射出去就会打断桅杆和船索,把几千人的身体炸成两半截,把一切消灭干净。我们时常把这种粉末装在空心的大铁球里,用一种机器把铁球射进我们正在围攻的一座城池,准可以把道路炸毁,把房屋炸成粉碎,碎片四处纷飞,在附近行走的人民都会脑浆迸裂。我很知道这种粉末的成分,那都是一些既便宜又普通的东西。我也知道配制的方法,并且可以指导他的工人制造一些和国王陛下国内的事物大小相称的炮管,最长的不超过一百英尺。只要有二三十根这样的炮管就可以在几小时内摧毁王国领疆内的最坚固的城垣,如果京城的人民胆敢违抗陛下命令,也可以把整个京城毁灭。我谨将这一策略献给国王陛下,略表寸心,来报答我多次受到的恩典和庇护。

国王听到我谈论这种可怕的机器和我提出的建议却大为震惊。他很惊异像我这样一个卑微无能的昆虫(借用他的说法)竟能有这样不人道的想法,谈起来还随随便便,似乎对于我所描写的那种杀人机器所造成的最普通的结果和流血破坏的情景全然无动于衷。他又说:最先发明这种武器的人一定是魔鬼之流,人类公敌。他坚决地说,虽然再没有比学术上的或者自然界的新发现能更使他感到愉快,但是他却宁愿抛却半壁河山也不想与闻这种秘密。他命令我,如果我还想保全性命,就不要再提这件事了。

死板的教条和短浅的眼光竟会产生这样奇怪的结果!这位君王具有种种令人尊敬、爱戴和敬仰的品质:他具有卓越的才能,无穷的智慧,高深的学问,治理国家的雄才,也受到人民的拥戴;只因为他有一种毫无必要的顾忌,竟让已经到手的机会轻轻失去,这真是我们欧洲人想不到的。如果他不放过这个机会,他很可能会成为他属下人民的生命、自由和财产的绝对主宰。我这样说丝毫不想降低这位卓越的君王的若干美德。我很清楚,只因为这一点,一位英国读者免不了会小看这位君王的品德。我认为他们有这种缺陷是由于无知。他们至今还不晓得像欧洲那些较为精明的才子们一样把政治发展成一门科学。因为我记得很清楚,有一天我和国王谈话时偶尔提到:我们曾经写过几千本关于政府这门学问的书籍。完全出乎我的意料,这反而叫他轻视我们的智慧。他说他憎恶而且鄙夷一切矫揉造作、阴谋诡计,不管这是出于一位君王还是一位大臣。因为他既没有仇敌又没有敌国,所以他不明白我说的国家机密到底是什么意思。在他看来,治理国家的知识的范围很小,那不外乎常识和理智,公理和仁慈,从速判决民、刑案件以及一些其他不值一提的简单事项。他还提出了这样的意见:谁要能使本来只出产一串谷穗、一片草叶的土地长出两串谷穗、两片草叶来,谁就比所有的政客更有功于人类,对国家的贡献就更大。

这个民族的学术十分贫乏,仅仅有伦理、历史、诗歌和数学等几个部门,但是我们必须承认他们在这几方面的成就是卓越的。他们的数学完全用在有益人生的事情上,用在改良农业和一切机械技术上,所以在我们看来,这是不足称道的。至于什么观念、本体、抽象、先验,我却永远无法把这些概念灌输进他们的头脑。

他们一共有二十二个字母。在他们的法律中,没有一条条文的词数超过他们字母的数目。实际上也只有几条法律有这么长。他们的法律都是用最简单明白的文字写成的;这个国家的人民也没有那样机灵能在条文上找出一种以上的解释;同时对于任何法律条文妄加解释都要判处死刑。至于民事诉讼的判决或者刑事审判的程序,他们的判例也都很少,所以无论在民事、刑事诉讼中他们都没有什么特殊的技巧可以夸耀。

  他们记不清从什么时代起,就和中国人一样有了印刷术。可是他们的图书馆却并不很大。大家都认为皇家图书馆是最大的一所了,藏书一共不到一千卷,都陈列在一间一千二百英尺长的长廊里。我可以在那儿自由借阅我所喜欢的书籍。王后的细木匠在葛兰达克利赤的一间房间里设计安装了一架二十五英尺高的木机械,形状很像一架直立梯,每一层踏板有五十英尺长。这实际上是一架可以挪动的梯子,梯腿离墙壁有十英尺。我把要看的书靠在墙壁上。我先爬到梯子的最高层上去,脸对着书,从一页书的顶端开始,按照书上一行行的长度,左右走动大约八步到十步,一直到我的视线不能再低了,就下降到下一层,来回走动阅读,这样一层层地降下来,最后下降到底层。接着我又爬上梯子,再用同样方法读第二页,接着我就翻开另一张。我可以用两手很容易地翻过一张又一张,因为书页像硬纸板一样又厚又硬,最大的对开本书籍的书页长短也没有超过十八到二十英尺的。

  他们的文章风格清丽、雄健、流畅,但是并不华丽,因为他们最忌堆砌不必要的词藻,最忌使用各种不同的说法。他们的书我读了不少,特别是关于历史和道德方面的书籍。至于其他的书籍,我最喜欢阅读老是摆在葛兰达克利赤卧房中的那一本小书。这本书是她的女教师的。这位老成持重的太太喜欢阅读关于道德和宗教的著作。这本书论述人类的弱点,除了妇女和世俗人喜欢读它以外,并不受到重视。不过我却很想知道这个国家的一位作家关于这个题目能有什么样的议论。这位作家论述了欧洲道德学家常常论述的各种主题,指出人本来是一个多么渺小、卑鄙无能的动物;既不能抗御险恶的天气,又不能抵抗凶猛的野兽;其他动物,论气力,论速度,论视力,论勤劳,各有所长,都远远超过人类。他又说:在近代世界上一切都在走下坡路,大自然也退化了。跟古时候的人类比起来,现在大自然只能降生矮小的、不足月的产儿。他说:不但原始人种比现代人大得多,而且从前确有巨人存在,他认为这种想法是很合理的;因为不但历史上和传说里都有记载,而且在王国各地偶然发掘出来的庞大骨骼和骷髅都足以证明原始的人类远远超过当代的瘦小的人类。他认为:自然的规律绝对要求我们人类当初长得更为高大,更为强壮,那么屋上落下一片瓦,孩子丢一块石子,或者失足掉在小河里,这样的小事故就不至于把我们弄死。按照这种推论,这部书的作者提出了几条对于人生处世有用处的道德法则,在这里就不必加以引述了。至于我呢,心里却不由不这样想,这种讲道德的才能在这儿怎么这样普遍,其实与其说这是善于谈论道德,倒不如说这只是我们在和自然发生争吵,发发牢骚,口出怨言罢了。经过严密的调查研究,我相信他们跟自然之间的争吵,也和我们的一样,都是毫无根据的。

至于他们的军事,他们夸耀国王的陆军有步兵十七万六千名,骑兵三万二千名。管他们叫作陆军也很勉强,实际上这支军队是由各城市的商民和乡下农民组成的,指挥官由贵族和乡绅来担任。他们不领薪饷,也不受赏赐。他们操演得非常熟练,纪律也很好,不过我却看不出有什么了不起的优点。既然每一个农民都听自己的地主指挥,每一个市民都由本城的领袖统率,这些领袖又都是按照威尼斯①城的规矩投票选出的,他们怎么会违反纪律呢?

我常常看到劳不鲁格鲁京城的民兵整队开拔到城郊附近的一片面积二十平方英里的广场上去操演。总人数不会超过二万五千名步兵和六千名骑兵。但是我没有方法计算出确切数目来,因为他们占的地盘太大。一名骑在大战马上的骑兵大约有一百英尺高。我看见过一队骑兵,在一声号令之下,同时抽出他们的腰刀在空中挥舞着。我简直不能想象用什么方法来描绘这样壮丽堂皇、惊心动魄的情景!看来就像万道闪电同时在天空里从四面八方一齐耀射。

我倒觉得很奇怪,既然任何外国和这个国家是无路可通的,这位君王怎么会想到陆军这回事,并且教导人民实行军事训练呢?但是不久以后我就通过谈话和阅读历史知道了这里面的道理。原来几个世代以来,他们也犯了全人类的通病:贵族争权夺势,人民争取自由,君王却要求绝对专制。这种种斗争虽然受到王国法律的制裁,但是有时三个方面中间就

---

① 威尼斯是意大利北部的一个城市。

会有一个出来破坏法律,因此酿成内战已经不止一次。最近一次的内战幸而被当今国王的祖父平定了。于是三方面订了一项公约。大家一致同意今后设置民兵团,严格执行它的职责。

第 八 章

国王和王后巡行边境。作者随侍。他离开这个国家的详情。他回到了英国。

我总是情不自禁地强烈希望有一天会恢复自由,虽然我想不出用什么方法,也提不出一个能够实现这个愿望的计划来。我搭的那艘船据说是第一艘漂流到这一带海岸附近的船。国王也下过严令,假如再发现这样一艘船,一定要把它俘虏到岸上,把水手和旅客全部装进囚车运到劳不鲁格鲁。他一心要找一个跟我一样高的女人,来为我传种接代。但是我心里想,我宁死也不愿遭受这样的耻辱,留下一些后代,像驯顺的金丝雀一样让人养在笼子里,也许到时候,还会当作稀罕玩意儿卖给王国各地的贵人。我的确很受优待。我是伟大的国王和王后的宠臣,全朝廷都喜欢的人,但是我所处的地位却有损于人类的尊严,我永远忘不了撇在家乡的妻子儿女。我要求跟自己可以平等交谈的人们生活在一起;在街上和田地里走路,用不着害怕自己会像青蛙或小狗一样被人踩死。但我获救之早却令人出乎意料,脱险情况也很不平常。我要把这件事的全部详细经过老老实实地叙述出来。

我在这个国家已经待了两年。大概在第三个年头开始时,葛兰达克利赤和我陪同国王和王后到王国的南海岸巡行。我同往常一样住在旅行箱里;我早已描写过,这是一个十二英尺宽的、很舒适的房间。我要他们给我预备一张吊床,用丝绳系在房顶的四角把它吊起,有时我喜欢让骑马的仆人把我放在他面前,这样可以减轻颠簸。在旅途中,我也常常睡在吊床上。我吩咐细木匠,在我那小屋的顶上,正对着吊床中部,开一个一英尺见方的天窗,让我在热天睡觉的时候也好透透空气。窗口有一块木板,顺着一条槽能够前后拉动,这样我就随时可以把天窗关上。

当我们的行程结束时,国王觉得最好还是到弗兰夫拉斯尼克附近的行宫去住几天,弗兰夫拉斯尼克这座城市离海岸不到十八英里。葛兰达克利赤和我都很疲倦了。我有一点着凉,可是那可怜的小姑娘却病得厉害,连门都出不去了。我很想望一望大海,要是有什么机会,这是我唯一可以逃生的地方。我假装病得很重,要求带一位仆人到海边去呼吸新鲜空气。我非常喜欢这位仆人,有时他们也把我托付给他。我永远忘不了葛兰达克利赤是多么勉强才答应了的,也永远忘不了她对仆人一再地嘱咐要小心照管我,当时她淌了那么多眼泪,就好像她多少已经预见到将要发生的事一样。仆人提着我的箱子走出了行宫大约有半个钟头,向海边的岩石走去。我吩咐他把我放下来,我把一扇窗户推上去,惆怅地、忧郁地向大海望了几眼。我感觉不大舒服,就跟仆人说我想在吊床上打一个盹儿,希望这样对我的身体会有好处。我上了吊床,仆人怕我受凉就把窗户关紧。一会儿我就睡着了,我只能猜测:当我睡着时,那仆人以为不会发生什么危险,就到岩石中间去寻找鸟蛋去了;在先我也曾从窗口看见他在四处寻找,而且在岩石缝里捡到了一两个鸟蛋。就算是这样吧,我却忽然惊醒,感觉箱子顶上的铁环被人猛扯了一下,那个铁环原是为了携带方便装置上去的,我觉得我的箱子被人高高地举在空中,接着又以极快的速度向前飞奔。开头那一下震动几乎把我掀下吊床来,不过后来就很平稳了。我尽量提高嗓门儿叫了几声,可是毫无用处。我从窗户望出去,除了云彩和天空以外什么也看不见。我听见就在头顶上有一种像是扇翅膀的声音,这才发现了我当时的倒霉处境。原来有一只鹰叼着箱子上的铁环,打算像对付缩在壳里的乌龟一样,把箱子往岩石上面丢下去,然后再啄出我的尸体,把我吃掉。这种鸟非常机灵,嗅觉也很锐敏,从很远的地方就能侦察到它猎取的对象,即使它们躲在比我在两英寸厚的木板里还严实的地方,也是无用。

过了一会儿,我觉得扇翅膀的声音越来越大了,箱子摇摇晃晃的就像刮风天气的路标牌一样。我听到几下碰撞的声音,我想是那只鹰受到了袭击(我相信用嘴衔住我那箱子上的铁环的一定是一只鹰),接着,我忽然觉得自己直往下掉,这样过了一分多钟,但是降落的速度快得难以令人相信,几乎使我呼吸不上来了。随着可怕的嘎拉一声响,我停止了降落,听起来那声音比尼加拉大瀑布①还来得响。接着又足足有一分钟,我眼前黑暗起来,然后箱子又重新漂起,使我从箱顶的窗户里望见了光亮。我这才发现自己是掉在海里了。箱子浮在水面上,由于我的体重和箱里盛的东西,还有为了使箱子牢固在箱盖四角和箱底上钉上去的厚铁板的重量,它浸在水里大约有五英尺。当时我认为,现在也还是这样认为,大概有两三只鹰也想分到一份活点心,就去追赶那只衔着箱子飞的鹰,它为了自卫和那两三只鹰搏斗的时候,不得已才把我扔了。箱子底下钉的铁板(是最坚固的一块),使箱子在落下的时候得以保持平衡,撞在水面上也没有把箱子跌碎。箱子的接缝都嵌得很严实,门也不是用铁合页钉上去的,而和窗户一样能够推上拉下,所以我这小屋关得很严实,一点水也没有漏进来。因为缺乏空气,我差一点儿给闷死了。我就先大胆地拉开箱顶上那块透空气用的活板,这才非常吃力地从吊床上爬了下来。

这时候,我多么盼望能跟葛兰达克利赤在一起,我离开了她不过才一个钟头啊!老实说,我自己虽然遇到了不幸,但是不由也替我那可怜的保姆伤心,她失去了我一定会感到痛苦,王后也许会生气,她这一辈子就完了。也许多数的旅行家还不曾遭遇过这样大的困难和痛苦,在这危险的时候,我随时都担心箱子会被撞碎,或者至少也会被暴风和巨浪打翻。只要窗玻璃上有一条裂口,马上就会要了我的命。幸亏窗户外面装着结实的铁丝网,本来是用来防备在旅行中发生意外的,不然窗玻璃就难以保全了。我发现水从几处裂缝渗了进来,尽管漏进来的水不多,我还是尽力把这些漏缝堵住。我没有办法把箱子盖推开,要不然我一定会打开它,坐到箱子顶上去,那我至少还可以延长几小时的生命,比关在舱里要好得多。就算我在一两天内躲过了种种危险,但是除了饥寒交迫悲惨地死去以外,

---

① 尼加拉大瀑布在美国靠近加拿大的边境上,是世界上最大的瀑布。

我还能有什么别的指望。我在这种情况下待了四个钟头,时时刻刻都以为可能要死,心里也真希望能够死掉。

我早就告诉过读者,箱子没有开窗的一面,安装着两个结实的钩环,常常带我骑马出去的仆人就从钩环里穿进一根皮带,把箱子绑在腰里。我正在发愁,忽然听到,至少我以为是听到了,在箱子安着钩环的那一面轧轧作响。过了一会儿我开始想象有什么东西在海里拖着箱子向前走;因为我时时感到有一种拖曳的力量。被它激起的浪花几乎淹没了窗顶,差不多又把我陷在黑暗里。虽然我不明白这到底是怎么一回事,我却产生了一线获救的希望。我冒险扭开了钉在地上的一把椅子的螺丝,把椅子挪开,正对着刚才打开的天窗,然后用螺丝把椅子固定在地上。我爬上椅子,站起来拼命用嘴凑近窗口,用我懂得的各种语言高声呼救。我又把手帕绑在随身携带的手杖上,伸到天窗外面,在空中摇动了好几次,如果附近有船,水手们就会猜想到箱子里关着一个倒霉的人儿。

我所能做到的一切却都没有效果,但是我分明觉得箱子在被拖着前进。过了一个小时,或者更久一些,箱子有钩环而没有窗户的那一面,撞在一个硬东西上了。我担心是一块礁石,也感觉到颠簸得比以前更厉害。我清楚地听到箱子盖上有什么声音,像是缆绳穿过铁环那样轧轧作响。接着我觉得自己逐渐升高,至少比原先升高了三英尺。我又把手杖连手帕伸了出去,大声呼救,差点儿连嗓子都叫哑了。我的叫喊有了反应,我听到外面大叫了三声,这真叫我欢喜欲狂,只有亲身体验才会懂得这种快乐。我听到头顶上有脚步声,有人用英语对着窗口叫喊:"下面有人吗,快说话呀!"我回答说我是英国人,命运不好,遭遇了人类从来没有遭遇过的大灾难;我说尽了好话,哀求他们从这个暗牢里把我救出来。上面的声音回答说:我很安全,因为我的箱子已经拴在他们的船上了;木匠马上就来,在盖子上锯一个大小可以把我拉出来的洞口。我回答说:这是不必要的,也太浪费时间。只要一个水手用手指头钩住铁环,把箱子从海里提到船上,放到船长室里去就行了。他们中间有几个人听到我这样胡说,以为我是个疯子;有的就大笑起来。我绝没有想到在我周围的人全和我一样的身材,体力也差不多。木匠来了,只花了几分钟就锯了一个四英尺见方的缺口。接着放下来一个小梯子,我爬了上去,这才被他们弄到船上。我的身体衰弱极了。

水手们都非常惊奇,问了我上千个问题,我却没有心思回答。我看见这么多矮子,同样也非常吃惊,因为我的眼睛看惯了我才离开不久的巨人,所以我把他们都看成是矮人了。但是船长托马斯·威尔柯克斯先生是一个诚实、可敬的施罗普郡①人。他看见我快要晕倒了,就把我带到他的舱里去,给我吃了一种强心药使我安定,又让我睡在他的床上,劝我休息一会儿,这也正是我最需要的。在睡着以前,我告诉他:我的箱子里有几件贵重家具,丢了未免可惜,有一张漂亮的吊床、一张好看的行军床、两把椅子、一张桌子,还有一个柜橱。我那个小房间四壁都挂着,也可以说是垫着绸缎和棉花。如果他吩咐水手把那箱子拿进舱来,我可以当面打开,把我的家当拿出来给他看。船长听见我在说胡话,也断定我是发了疯。不过(我想他当时是要使我安定下来),他答应按照我的要求吩咐他们去作这件事。他走到甲板上去,派了几个人到我的小屋里,把我的东西全部搬上来,并且把墙上的垫褥也扯了下来(后来我才知道他们作了这些事);但是椅子、柜橱和床都是用螺丝钉在地板上的,那些水手不知道这个,硬扯了起来,所以全搞坏了。他们又敲下了几块木板来,拿到船上来用。他们把想要的东西都拿完了以后,就把空箱子丢在海里,因为箱底和四壁全是裂缝,马上就沉到海底了。我很高兴没有亲眼看见他们的破坏行动;我相信那一定会使我感触万端,一件件往事会涌上心头,而这些事我却宁愿忘掉。

我睡了几个钟头,但是总睡不安宁,不断梦到我离开的那个地方和我已经躲避过了的危险境遇。不过,一觉醒来,我觉得精力大为恢复。这时大概是晚上八点钟左右,船长以为我饿得太久了,马上就吩咐给我开晚饭。他很和蔼地招待我,觉得我的态度并不粗野,说话也有条有理。房间里只剩下我们两人的时候,他要我把我的旅行经过告诉他,我住在那个大得惊人的木箱子里漂流海上到底是什么缘故。他说:在中午十二点钟左

---

① 施罗普郡是英格兰西南部的一个郡。

右,他正拿着望远镜瞭望,在远处发现了那东西,还以为是一艘帆船,它离开他们的航线不远,他很想赶上前去,因为船上存的饼干已经快吃完了,他很希望能买到一些。可是船向前驶近一点以后,才发现他弄错了,他就派人坐了小艇去看看我到底是什么东西。水手们回来都十分惊怕,发誓说他们发现了一座漂流着的房屋。他大笑起来,以为他们胡说,就亲自坐小艇去看,并且吩咐水手随身带上一根结实的缆绳,当时风平浪静,他绕着箱子划了几圈,看见了箱子上的窗户和护窗的铁丝网,又发现一面是一整块木板,没有透光的地方,上面却有两个钩环,他就吩咐水手划到那一面去,把缆绳拴住一个钩环,又命令水手把我的柜子(他是这样说的)向大船拖去。拖到船边以后,他命令再拿一根缆绳拴在箱顶的铁环上,利用滑车把我的箱子举起来,可是全体水手一齐动手还抬不起,只抬高了两三英尺。他说,他们看见我把手杖和手帕从洞里伸出来,就断定一定有什么不幸的人被关在里面了。我问他最先发现我的时候,他和水手们可曾看见天上有没有几只大鸟。他回答说,我睡觉的时候,他和水手们还在谈论这件事,有一个水手说他看见三只鹰向北方飞去,不过他却没有说比普通的鹰大。我想那一定是因为它们飞得太高的缘故。他当时也猜不透为什么我会提出这样的问题。我又问船长,他估计我们离开陆地有多远。他说,根据他所能做出的最精确的估计,至少有一百里格。我告诉他,他几乎多算了一半路程,因为我掉到海里的时候,离开我来的那个地方还不到两小时。他听我这样说,又以为我神经错乱了。他暗示我又发疯了,劝我到给我预备好的舱房里去睡觉。我告诉他,他招待我这样好又跟我做伴,我早就恢复过来了,我跟平时一样,神志清醒。他这时却认真起来,说要不客气地问我,是不是我犯了什么大罪,受到了哪一国君王的处分,他们把我丢在柜子里面,就像其他国家对付重罪犯那样,把他放在没有粮食的破船上,赶到海外去。他虽然懊恼搭救了一个坏人上船,不过还是说话算话,等到了第一个港口就送我平安上岸。他又说,我最初对水手们胡说八道,后来又对他讲了一些关于小房子或者柜子的胡话,加上我在吃晚饭时的样子、举动都很奇怪,他觉得我越来越可疑了。

我请求他耐心听我说一说自己的经历。我就把我最后一次离开英国直到他发现我的时候为止的经历，老老实实地说了一遍。事实总能够说服懂道理的人，这位诚实可敬的先生有几分学问，头脑也很清楚，所以马上就相信我很坦率，说的是真话。但是，为了证实我的话，我就请他叫人把我的柜橱拿进来，柜橱的钥匙还在我的衣袋里（他已经把水手们怎样处理小房子的情形告诉了我）。我当着他的面打开了柜橱，把我在那个国家里收集的小小的一部分珍品拿出来给他看，说来奇怪，我居然能够从那个国家被人救了出来。这里面有我用国王的胡子茬儿作的一把梳子，还有一把也是用同样材料做的，不过装在王后剪下来的拇指指甲上——我拿它来当作梳子背；一些一英尺到半码长的缝衣针和别针；四根黄蜂刺，就像细木匠用的平头针一样；几根王后梳落下来的头发；一个金戒指，这是一天王后格外加恩赐给我的礼物，她从小指头上取了下来，套在我的头上，就像一只项圈一样。为了报答船长对我的宽待，我请求他接受这个戒指，他却坚决拒绝了。我又拿出我亲手从一位侍从女官的脚趾上割下来的一块鸡眼。它有一个肯特郡①出产的苹果那么大，而且非常坚硬，我回到英国把它挖成了一只酒杯，并且用白银把它镶了起来。最后，我又请他看我在那儿穿的紧身裤，那是用一只老鼠的皮做成的。

　　我无论送给他什么他都不接受。我拿出一个仆人的牙齿给他看，他十分好奇地仔细端详，我觉得他非常喜欢，就送给了他。他千恩万谢地接了，这样一件小礼物本来用不着这样道谢的，那是一位拙笨的牙医从葛兰达克利赤的一位害牙疼的仆人嘴里拔下来的，事实上是拔错了，这颗牙齿和他嘴里的其他牙齿一样是很健康的，我把它洗干净以后放在柜橱里了。它大约有一英尺高，直径四英寸。

　　船长听了我这一段简单明了的叙述非常满意。他说：他希望我回到英国以后，能够写一部书公开发表。我回答说：我认为我们的游记已经出版得太多了，没有什么特别的内容就不可能有任何成就。所以我很怀疑有些作家为了贪图名利，或者为了博得无知读者的欢心，会把真实性丢在脑后。我的游记却不会像大多数游记那样，充满关于奇怪的草、木、鸟、

---

① 肯特郡是英格兰东南部的一个郡。

兽,或者未开化的民族的野蛮风俗、偶像崇拜等华而不实的描写。我只写一般事实,而不记别的事情。尽管如此,我很感谢他的好意,并且答应他考虑写书的事。

他说,有一件事情他觉得很奇怪,就是我说话声音为什么这样响。他问我,是不是那个国家的国王和王后耳朵有点儿聋。我告诉他,两年多以来,我一直习惯于这样大声说话。我也很奇怪他和水手们说话就像说悄悄话,可是我还是听得很清楚。在那个国家里,我说话就像一个人站在街心,跟从教堂尖塔的窗子里向外探望的另一个人谈话一样。只有把我放在桌上,或者把我托在手上,说话声音才不必那么大。我告诉他,我也注意到另外一件事情,就是我刚上船时,水手们围住我站着,我还以为他们是我平生所见过的最不足道的小人呢。真的,我在那个国王的国土上的时候,两眼已经看惯了大东西,一照镜子我就受不了,因为相形之下,实在自惭形秽。船长说,在我们一道吃饭的时候,他发现我看到任何东西都似乎有些惊奇,总好像忍不住要笑。他当时也莫名其妙,只好认为我有些神经失常。我回答说,他说得很对。我当时是觉得奇怪,菜盘只有三便士银币那样大,一条猪腿不够一口吃的,酒杯还不如一个胡桃壳大,这叫我怎么受得了。我接着又用同样的方式把他的其余的家用器具和食品形容了一番。在我侍候王后的时候尽管她吩咐给我预备了一套小型日用品,可是我一心只注意周围的大东西,就像人们对待自己的错误一样,对于自己的渺小却视而不见。船长很能领会我这些挖苦话,也就引用了一句古老的英国谚语来挖苦我,说他怀疑我的眼睛比我的肚子还大,因为我虽然饿了一天,他却发现我的胃口并不太好。他又开玩笑说,他很愿意出一百英镑看看大鹰嘴上衔着我的箱子,再从高空中把它丢在海里的情景。那一定是惊心动魄的奇观,值得描写下来,传之后世:这跟法厄同①的故事显然可以媲美。他情不自禁地用了这个比喻,不过我却不大欣赏他这种牵强附会的说法。

---

① 法厄同是希腊神话中太阳神赫利俄斯的儿子。他得到父亲的许可,驾驶太阳车一天,但中途翻车,几乎使地球失火,后来他被大神宙斯用雷霆击死。

船长这次去了越南的东京,目前在返回英国的途中,他的船正向东北方向行驶,到达北纬四十四度、东经一百四十三度的地方。我上船两天以后,遇到了贸易风,我们就向南方行驶了很长一个时期,又沿着新荷兰(澳大利亚)海岸航行,航行的方向一直是西南西,等到绕过好望角才转向南南西。我们的航行十分顺利,我也就不把每天的航行日记转载在这里费读者的神了。船长曾把船驶进一两个港口,派小艇去采购食物、取淡水。但在我们到达唐兹锚地以前,我一直没有下船。到达唐兹的时间是一七〇六年六月三日,我脱险已经大约有九个月了。我要求把我的东西留下来作为乘船的费用,但是船长却坚决不收分文。我们依依告别,我还要他答应到瑞贽夫我的家里去看我。我还向船长借了五先令,雇一匹马和一位向导回家。

我在路上看见房屋、树木、牛羊、行人都很矮小,就以为自己是在利立浦特境内似的。我担心踩伤每一个我遇到的行人,老是大声叫喊,要他们让路。因为我对人不讲礼貌,所以有一两次,我差点被人打得头破血流。

我打听了一阵,才找到了自己的家。一位仆人开了门,我弯着腰走了进去,像鹅进窝一样,因为我怕碰着头。我的妻子跑出来拥抱我,可是我弯下身去一直弯到她的膝下,以为如果不这样,她就无法够到我的嘴巴,我的女儿跪下来要我替她祝福,可是我长期以来已经习惯于站着仰头看六十英尺以上的高处,所以直到她站起来以后,我才看见她。接着我就跑上前去要用一只手拦腰把她提起来。我很瞧不起我的仆人和家里来的一两位客人,就好像他们是矮子,而我是巨人一样。我对妻子说,她持家太节省了,因为我发现她把自己和女儿都饿得不像样了。总而言之,我的举动令人莫名其妙,他们都跟船长初见到我的时候一样,认为我精神有些失常。我提到这件事,是为了证明习惯和偏见的力量是很大的。

过了不久,我和亲属、朋友就能互相了解,趋于正常了,可是我的妻子却坚决主张我再也不能去航海了。但是我命中注定的不幸,她是没有力量阻止的,到底怎样,读者以后就可以晓得。我的不幸的航行的第二部分就到此结束了。

第 三 卷

勒皮他、巴尔尼巴比、拉格奈格、格勒大锥、日本游记

情况不明地区

圣雅各湾地区 弗拉斯角
罗宾岛 康帕尼斯
耶索 萨尔门湾 斯戴茨岛
克莱纳尔 海峡

朝鲜海 勒安他
三田罗
托比亚 醴 玩具港 巴尔尼巴比
京都 江户 红港 拉格多
大阪 房州港
日本 巴纳弗尔茨
东萨岛 勒格岛 公元1701年发现
番户岛 南岛
迪麦里斯海峡 拉格奈格 克兰梅格尼格
店岛 葛兰古恩斯 特拉德拉格杜布
德西他岛 达尔德
格勒大锥
乌荷拉
铁木尔

第 一 章

作者第三次外出航海,为海盗劫走。一个心肠毒辣的荷兰人。他到达一座小岛。他被接入勒皮他。

我在家住了还不到十天,载重三百吨的大商船"好望号"的船长,康渥尔郡人威廉·鲁宾孙就到我家来了。他从前是另一艘船的船长,而该船股份的四分之一归他所有。我在他那艘船上当过外科医生,跟他一起到过利凡特。他待我简直不像属下的船员,而把我当作自己的兄弟。他听说我回来了,就来拜访我,当时我以为他来访问完全是出于友谊,老朋友多年不见面了,互相访问本来是很平常的。但是,他时常来拜访我,说他看见我身体健康感到非常高兴,问我是不是就这样长久住在家里了。他说两个月以后他打算到印度、印度支那和马来亚一带去航海。最后他虽然说了几句抱歉的话,但还是明白地提出要邀请我到他的船上去当外科医生。他说,除了两名助手以外,我手下还有一位医生。我的薪水也比一般多一倍。他很了解我对航海有丰富的知识,跟他不相上下,所以保证要采纳我的意见,甚至要我跟他一起指挥这艘商船。

他又说了许多客气话,我也知道他是个老实人,简直无法拒绝他的邀请。虽然我过去有几次不幸的遭遇,但是像往常一样渴望再到世界各处去观光。唯一的困难就是怎样说服我的妻子。我终于取得了她的同意,她替她儿女的前途着想也就答应我去了。

我们于一七〇六年八月五日动身,一七〇七年四月十一日到达圣乔治要塞①。我们在那里停留了三个星期,让水手们休息一下,因为许多水手病了。我们又从那里开往越南东京。因为船长要在那里买的许多种货物还不齐全,而在几个月内也不可能把事情办完,所以他决意要在那儿耽搁一个时期。为了补偿不可避免的负担,他买进了一艘单桅帆船,平常东京人到邻近岛上去进行贸易就乘这种船。他在这艘船上装了几种货物,又派了十四名水手,其中有三位是当地人。他任命我充当船长,并且授权我在两个月内自行交易。这期间,他自己在东京料理一切。

我们航行不到三天,海上就起了大风暴。我们向东北方向漂流了五天,接着又转向东方。此后天气晴明,不过从西方吹来的风仍旧相当猛烈。到了第十天,有两艘贼船在追赶我们,因为我们的单桅帆船负载重,速度慢,同时我们也没有办法自卫,所以贼船不多一会儿就赶上了我们。

这两艘贼船上的人差不多同时上了我们的船。两个贼头率领着他们的部下气势汹汹地走了上来。可是他们看见我们都趴在甲板上(这是我下的命令),就用结实的绳子把我们捆绑起来,只留下一个人看守,就都到船上搜刮去了。

我发现他们中间有一个荷兰人。他虽然不是这两艘贼船上的头子,却似乎有些势力。他从面貌推测知道我们是英国人,所以就用荷兰话向我们叽里呱啦地赌咒,说非把我们背对背地捆起来抛到海里去不可。②我能讲一口相当好的荷兰话,就告诉他我们是什么人,请求他看我们是基督教徒、新教徒,英、荷两国又是比邻盟邦的面上,向两位船长说说情,怜恤我们一点。这些话却惹得他发火;他把威胁我们的话又重复了一遍,并且回过头去和他的同伙十分激烈地说了半天。我猜他们大概说的是日本话,并且听到他们一再提到"基督徒"这个词。

两艘贼船中较大的一艘的贼头是一个日本人。他会说几句荷兰话,但是说得很不好。他走到我跟前来问了我几句,我就低声下气地回答。

---

① 圣乔治要塞是印度东南部的大城市马德拉斯的旧名。
② 当时尽管英荷在军事上结成联盟,但在商业上竞争激烈。在斯威夫特的笔下,荷兰人的形象总不大好。

他说,他不会把我们处死。我向船长深深地鞠了一躬,接着就对那荷兰人说:他真叫我伤心,一位基督徒兄弟反倒不如一位异教徒仁慈。但是很快我就后悔为什么要讲这几句傻话,因为这个存心不善的无赖几次想说服两位船长把我抛到海里(他们既然已经答应不把我弄死,当然就不会听他的话)。虽然他没有达到目的,可是究竟占了上风。他们竟决定用一种比处死还要糟的刑罚来处分我。他们把我的部下分成两伙押到两艘贼船上去,那艘单桅船则另配备了新水手。至于我呢,他们决定把我放在一只有帆、有桨和四天给养的小独木船上让我随波漂流。那位日本船长对我非常宽厚,又从自己藏的食物中拿出一些来,加倍赐给我一些给养,并且不准任何人搜查我。我上了小舟,那荷兰人还站在甲板上,把荷兰话里所有的诅咒和谩骂时使用的词语都加在我的头上。

大约在发现贼船以前一个钟头,我测定过一次方位。我们的所在地是北纬四十六度东经一百八十三度。离开贼船相当远了以后,我用袖珍望远镜瞭望,发现东南方有几座岛。当时正是顺风,我就挂起了帆,打算把船开到最近的一座岛上去。大约过了三小时我才到达那儿。那座岛到处是岩石,不过我还是找到了几个鸟蛋;我又找了一些石南草和干海藻来,就用火石取火点燃了草,把鸟蛋烤熟。我没有吃别的东西,只吃了两个鸟蛋当晚饭,因为我要尽量节约粮食。我在一块岩石避风处过夜,身子下面铺着石南草,睡得倒还舒服。

第二天我又向另一座岛驶去,接着有时使帆,有时划桨,又驶到了第三、第四座岛屿。但是,我不想把那困苦的情况仔细告诉读者了。总之,在第五天上,我到了我能望见的最后一座岛屿,那座岛坐落在前面到过的岛屿的南偏东方向。

那座岛竟远得出乎意料,差不多过了五个小时,我才到达。我绕岛差不多航行了一周才找到了一个适于登陆的地方。那是一个小港汊,大约有独木船的三倍宽。我发现岛上到处巉岩,只点缀着几丛青草和气味芬芳的药草。我拿出少量食粮吃了一点。这里四处都是岩石洞,我就把剩下的藏在洞里。我在岩石上找到了许多鸟蛋、干海藻和干草,打算第二天拿来生火把鸟蛋好好地烤一下。(幸亏我随身带着火石、火镰、火柴①和取火镜。)我整夜躺在存放食粮的岩石洞里。我的床铺也就是预备用来生火的干海藻和干草。我睡得很少,心中烦躁使我忘记了疲劳。我一直睡不着,左思右想在这样荒凉的地方怎么能生活下去,我的结局一定异常悲惨。我无精打采,神志沮丧,更无心起床。等到我强打精神爬出洞来,天已经不早了。我在岩石间走了一会儿;天空清朗,太阳炽热,我只有把脸避开太阳。忽然我的眼前暗了起来,但是当时觉得这和头顶上飞来一片云的情形大不相同。我转过身来却发现头上有一个不透明的大东西遮住了太阳,它正朝着岛飞来;看起来它大约有两英里高,把太阳遮了六七分钟,但是我并不觉得空气变得凉爽一些,也不觉得天光暗了下来,这情形跟站在一座山的背阴处并没有什么不同。那东西渐渐走近我站立的地方,看来竟是一个固体。它的底面平滑,映着下面的海水闪闪发光。我站在离海岸二百码的一个高地上,看见这个庞大的东西降了下来,差不多和我平行,离开不到一英里的样子。我取出了袖珍望远镜,很清楚地看到无数人在它的边缘上上来下去,似乎边缘是倾斜的;但是这些人在作什么事,我却分辨不出。

求生的本能使我打心眼里高兴,我满怀希望,认为这件奇迹总有办法能把我从这个荒凉的地方和困境里救出来。但是同时读者也很难想象我那时是多么惊讶,居然看见空中有一座住满了人的岛屿。(看起来他们似乎能随意升降,或者向前运行。)但是那时我却没有心绪对这现象进行哲学研究,我只想看看这座岛要向哪个方向行进,因为它似乎一度停止不动。过了一会儿,那座岛走得更近了,我可以看到岛的边缘上有一层层的走廊,每隔相当距离就有梯子连接,可以上下。在最下面的一层走廊上,我看到有些人在用长钓鱼竿垂钓,也有人在一旁观看。我摇着我的便帽(因为我的礼帽早就戴破了)和手帕;当它更靠近的时候,我就拼命高声呼喊,接着仔细看了一下,才发现我看的最清楚的那一边聚集了一群人。我看见他们手指着我,而且彼此指手画脚的,他们显然是发现了我。尽管他们并没有答理我的呼喊,但是我却看到四五个人急急忙忙地跑上了梯

---

① 当时的火柴只是一片蘸了硫磺的木片或者布片,要用火石火镰取火。

子,跑到岛顶就不见了。我猜的不错,他们是为了这件事向岛上的当局请示去了。

人群增多了,不到半个钟头,那座岛又移动起来,最下面的一层走廊和我站的地方已经平行,相去不到一百码。于是我就做出苦苦哀求的姿势,尽量低声下气地说话,但是并没有得到回答。从他们的衣服看来,那些最靠近我、高高在上的人们似乎是几位显贵。他们热烈地谈论了一番,不时望着我。最后,其中有一个人大叫起来,他说话很清楚,语音文雅悦耳,声调很像意大利语;所以我就用这种语言来回答,希望至少使他们听了这音调也觉得顺耳。虽然大家彼此都听不懂话,可是他们很容易地就明白了我的意思,因为那些人看到了我的苦况。

他们做手势要我先走下岩石来,向海岸那边走去,我就照着他们吩咐的做了。飞岛上升到相当高度,边缘正在我头上的时候,他们就从最下面的一层的走廊垂下了一根链子,链子的一头拴着一个座位,我把自己捆在上面,他们就用滑车把我拉了上去。

第 二 章

勒皮他人的性格和脾气。他们的学术。国王和他的朝廷。作者受到招待。居民个个恐惧不安。妇女的情形。

我上岛以后,一群人把我团团围住,但是站在我跟前的似乎是一些比较有身份的人。他们看着我,表现出不胜惊奇的神态。可是事实上,我自己也像他们一样地惊奇,因为有生以来我还没见过这样的怪人,就他们的外形、服装和面貌而论,他们的确非常奇特。他们的头不是向右偏,就是向左歪。他们有一只眼睛向里凹,另一只眼睛却直瞪着天顶。他们的外衣装饰着太阳、月亮、星球的图形,还有许多提琴、横笛、竖琴、军号、六弦琴、键琴和许多种欧洲没有的乐器的图形。① 我发现到处都有许多穿着仆人制服的人手里拿着手杖,手杖的一端缚着一个吹得膨胀起来的气囊,像个连枷。后来我才听说气囊里装着少量的干豌豆或者小石块。他们时常用这些气囊拍打站在他们跟前的人们的嘴和耳朵,那时我还想不出这种举动到底有什么意义。看来这些人把心思都用到沉思默想上去了。如果发音器官和听觉器官不受外来的刺激,他们就不能说话,也不能听到别人讲话;由于这种原因,出得起钱的人就雇上一位拍手(原文叫作"克利门脑儿")当仆人,无论出门、访友都少不得要带着他。这位侍从的职责就是:当两三个人或者更多的人在一起的时候,他就先用气囊在要说话的

---

① 乔治一世在位时,英国人喜欢研究抽象的科学,包括天文学和高等数学,以及音乐理论,斯威夫特对此加以讽刺。

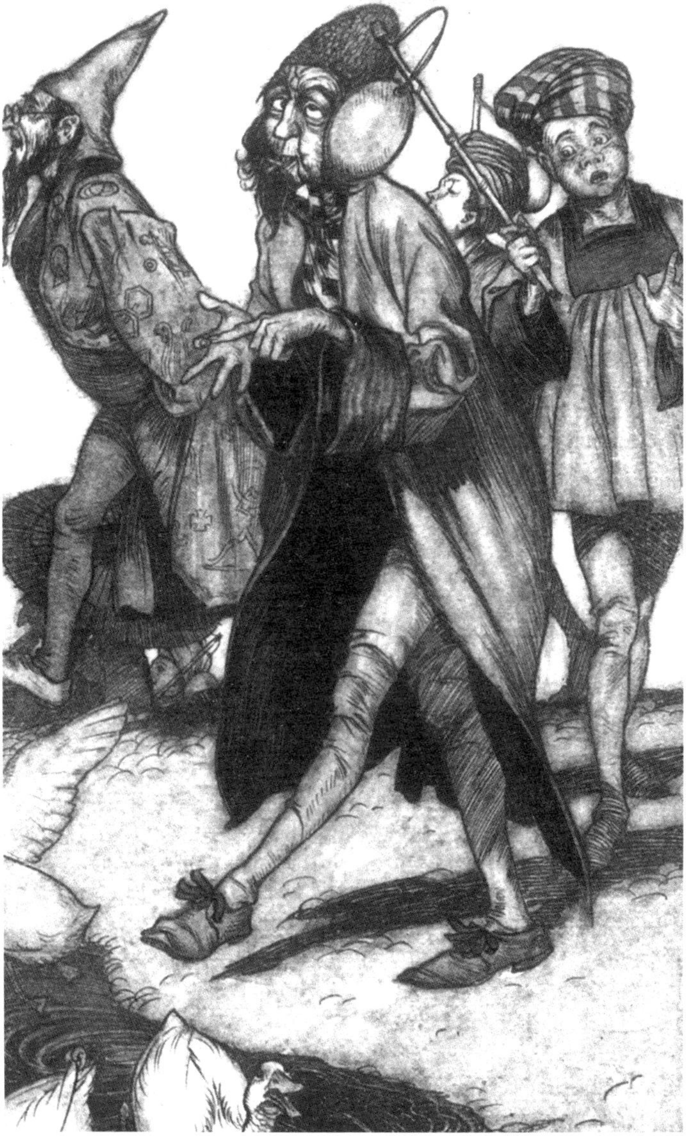

人的嘴上轻轻地拍一下,然后再拍拍听他说话的人们的右耳。同时,主人走路时,拍手也得小心翼翼地在旁服侍,有时还需要在他主人的眼上轻轻地拍一下;因为他主人总是在埋头苦思,不时会有坠落悬崖或者头碰在柱子上的危险;在街上也有挤倒别人或者被人挤到阴沟里去的可能。

这种情形必须先向读者说明,不然他也会对这些人的行动,感到莫名其妙,像先前我被引上阶梯,走向岛的顶端,上王宫去时一样。我们向上走的时候,在途中他们三番两次忘记了是在干什么,竟撇下了我,直到后来才由拍手们唤起了他们的记忆。我的奇异服饰、古怪面貌以及老百姓的呼喊,他们看了、听了似乎都无动于衷,老百姓们倒不像他们那样思虑重重,心情沉重。

最后我们进了王宫,走上了正殿,看见国王①正坐在宝座上,显贵大臣侍立两旁。宝座前摆着一张大桌子,上面摆满了天体、球体,以及各种数学仪器。虽然我们进来时宫廷里所有的人都拥了上来,真够嘈杂的,但是国王却一点也没有注意到我们。他那时正在思考一个问题。我们至少等了一个钟头,他才解决了这个问题。他的两旁各站着一位手里拿着拍子的年轻侍从。他们俩看到他不再沉思,有了空暇时间,其中一位就轻轻地拍一下他的嘴,另一位拍了拍他的右耳;这样一来,他好像突然惊醒了过来,向我这边一看,又看到了围着我的那些人,这才想起了刚才那回事,原来他接到了报告并且要召见我。他说了几句话,马上就有一位手持拍子的年轻人来到了我的跟前,轻轻地拍了拍我的右耳;但是我尽量打手势,表示我并不需要这样。后来我才发现,国王和全朝廷的人因此都很轻视我的智力。我猜想国王是在问我几个问题,我就用我会说的各种语言回答他。后来发现我既听不懂他们的话,又没有办法使他们听懂我的话,国王就下令把我领到宫廷内的一间房间里(这位君王以好客出名,在这一点上他超过了以前的君王),②并且派了两位仆人来侍候我。他们给我

---

① 指乔治一世。他从汉诺威来到英国即王位时已经五十四岁。他只能说破碎的英语,对英国文学毫无所知。他赞助音乐和科学,而实际上他对二者也是一窍不通。
② 乔治一世任命他的许多汉诺威宠臣在英国做官,当时英国人很憎恨他的这种行为。

端来了饮食,四位贵人(我记得曾看到他们随侍在国王左右)特别赏光陪我吃饭。我们一共有两道菜,每道菜都有三盘。第一道菜是切成等边三角形的一块羊肩肉,一块切成偏菱形的牛肉,还有一个摆线形的布丁。第二道菜是捆扎成两个小提琴形式的两只鸭子,一些像横笛和木笛似的香肠和布丁和一块竖琴形状的小牛肉。仆人们把面包切成圆锥体、圆柱体、平行四边形和其他几何图形。

我们进餐时,我冒昧地问他们有几样东西在他们的语言里叫什么,贵人们靠拍手们帮忙,很高兴地告诉了我,他们倒很希望我能和他们谈话,因为这样能使我更为佩服他们伟大的才能。过了一会儿,我就可以随意叫拿面包来和酒来,要什么就可以叫什么了。

进餐以后,陪我的人告辞去了,国王又派了一个人来,他身边也带着一个拍手。他带来了笔墨纸张和三四本书,打手势告诉我,他是奉令来教我语言的。我们在一起待了四小时,我一行行写下了不少单词,然后把译文写在单词的对面。同时我又想方设法记住了几个短句子;我的教师就命令我的一个仆人做出取东西、转身、鞠躬、坐下、站起来、走路等种种动作。我把这些句子写下来。他又拿起一本书来,把太阳、月亮、星星、黄道、热带、极圈等等图形指给我看,此外还告诉了我许多种平面、立体的名称。他告诉我各种乐器的名称和性质,以及演奏每种乐器时使用的一般术语。他走了以后,我就把这些词连同解释按照字母顺序排列起来。这样过了几天,凭我的记忆力强,我对他们的语言就多少有了深入的了解。

我解释作飞岛或者浮岛的那个词,①原文是 Laputa(勒皮他)。关于这个词的真正来源,我总搞不清楚。Lap(勒普)在古文里,意思是"高";而 Untuh(恩他)是"长官"的意思;于是他们以讹传讹,就把 Lapuntuh(勒盆他)这个词说成 Laputa(勒皮他)了。但是我却不同意这种词的派生方法,觉得未免有点牵强附会。我曾向他们的学者冒昧地提出了我的看法:勒皮他是 Quasi Lap Outed(古阿西·勒普·欧太德)的意思。Lap(勒普)

---

① 这一段旨在讽刺当时的语言学。有人说 put 这个词根和 Lilliput 的 put 同意,意即"渺小"。

的正确意义是:"阳光在海上闪动";而Outed(欧太德)是"翅膀"的意思,不过我并不坚持己见,只是提出来请有见识的读者参考。

奉国王命令来招待我的人看见我穿的衣服不像样子,第二天早上就叫了一位裁缝来给我量身材做一套衣服。这位技工的工作方法和欧洲裁缝的不同。他先用四分仪量我的身高,然后用尺和圆规量全身的长、宽、厚和轮廓,都一一记录在纸上。过了六天,他就给我拿了一身做得极坏的衣服来,因为他在计算的时候偶然弄错了一个数字,①所以弄得不成样子。不过值得安慰的是:我看见过的这种事情太寻常了,谁也就不以为意了。

因为我没有衣服穿不能出去,接着又因为身上不舒服,在家里多待了几天,我的词汇就大大地扩大了。第二次进宫时,国王的话我就可以听懂不少,也多少能回答几句。国王已经下了命令,本岛应向东北偏东方向行驶,到达拉格多的上空的一点,拉格多②是全王国的首都,坐落在坚实的大地上,距离约为九十里格,我们航行了四天半。我完全没有感觉到本岛是在空中运行。第二天早上,十一点钟左右,国王本人和随侍的全体贵族、朝臣、官员,预备齐了他们的全部乐器,一连演奏了三小时,这一阵喧闹把我闹昏了;要不是我的教师告诉我,我也不可能明白这到底有什么意义。他说:岛上人民很喜欢听天上的音乐,每隔一段时间,天上总要演奏音乐,这时宫廷里的人都准备演奏他们最擅长的乐器。

在我们到首都拉格多去的途中,国王时常下令要本岛停留在某些城市、村镇的上空,以便接受下方臣民的请愿书。为此,他们就放下几根绳索去,绳子下端系着一个小小的秤砣。人民就把请愿书拴在绳上,他们马上就把绳索扯上来。样子很像小学生们把一块小纸系在风筝线上。有时我们也接受下方送上来的酒食,那是用滑轮扯上来的。

我的数学知识大大帮助我学习他们的词汇,它们大半和数学、音乐有关,而我对音乐也并不生疏。他们的思想永远跟线和圆相联系。举例来

---

① 牛顿写了一篇论文,印刷工人排错了一个符号,以致弄错了太阳与地球间的距离。牛顿支持英国政府对伍德铜币事件的立场,因此斯威夫特不喜欢牛顿。
② 指伦敦。

说,他们赞美妇女或者其他动物,总爱使用菱形、圆、平行四边形、椭圆以及其他几何术语,不然他们就使用来源于音乐的艺术名词,这里就不再重复了。我在御膳房里看到过种种数学仪器和乐器,厨师们就按照这些图形把大块肉切好供奉在国王的餐桌上。

他们的房屋建筑得很坏,墙壁倾斜,在任何房间里也找不到一个直角;这个缺点产生的原因是由于他们轻视实用几何学,他们认为实用几何学粗俗而机械;但是他们发出的指示又太精确了,工人们并不能理解,所以总发生错误。虽然他们在纸上使用规尺、铅笔和两脚规相当熟练精巧,但是就他们的一般活动和生活行为来说,我却没见过比他们更笨拙、粗陋、而不灵活的人。除了数学和音乐以外,他们对于其他学问却无比迟钝,并且感到困惑不解。他们不善于讲道理,总是粗暴地反对别人。除非凑巧他们的意见是对的,他们的议论还有可取之处,不过这种情形很少有。他们对于想象、幻想、发明,全无概念,他们的语言中也没有任何可以表达这些观念的词。他们的思维和心理活动仅仅局限于前面所提到的那两种学问。

他们大多数人,尤其是研究天文学的人,十分信仰人事占星学,但这点他们却耻于公开承认。① 最使我奇怪的也使我莫名其妙的是,我发现他们对于时事、政治十分关心,喜欢过问公众事务,对国家大事做出自己的判断,对于一个政党的主张进行讨论而寸步不让。当然,据我观察,我所认识的欧洲数学家大半也有同样的癖好,可是就这两种学问来说,我却找不出有什么共同点来;除非这种人假设:因为最小的圆和最大的圆度数相同,所以处理世界上的事情无须有多大本领,只要会转动一个球体就行。可是我却认为这种性格来源于人性普遍存在的一种缺点:对于和我们最无关系的事情,对于不适合于我们的天性或者不适于我们研究的事情,我们却偏偏要煞费苦心,偏偏要自以为是。

这些人总是惶惶不安,得不到片刻的安宁。引起他们不安的原因对

---

① 天文学家艾德蒙·哈雷预言一七一五年将发生日食时认为有必要告诉公众这次日食并不具有占星学的意义,然而他因此受到人们的讪笑。

于其他的人类说来简直不可能发生任何影响。因为他们害怕的是各种天体会起一些变化。比如说,太阳一天天接近地球,到一定时候,地球就会被太阳吸收、吞没。太阳表面逐渐会被它本身所发散的臭气所笼罩,形成一层外壳,阳光就不能再照到地球上了。最近地球侥幸逃过了上一次出现的彗星尾的扫刷,不然这一扫就必然会使地球化为灰烬。也许下一次出现的彗星就会毁灭我们。根据他们的推算,下次彗星在三十一年后出现。根据他们推算出的彗星和太阳间的距离来推断,他们有理由害怕,当彗星运行到近日点时,彗星吸收的热量相当于炽热的铁的热量的一万倍。它离开太阳以后,拖在后面的炽烈的彗星尾有一百万零十四英里长。如果地球从距离彗星中心或者彗星主体十万英里的地方经过,它就会在运行中着火而化为灰烬。太阳光线每天都有所消耗而无从补充,最后必然会消耗净尽,终于灭亡。地球以及一切受太阳照射的行星都会随之而陨灭。①

由于这种种恐惧,他们永远担惊受怕,既不能安眠,对人生最普通的娱乐也觉得没有什么意思。他们在早上遇到一位相识,一开口就要问起太阳的健康,日出日落时它的样子怎样,可有什么希望能躲避即将来临的彗星的打击。他们在谈话中流露出来的心情很像一些男孩子,既喜欢听可怕的妖魔鬼怪的故事,百听不厌,但是心里又害怕,不敢上床去睡。

飞岛上的妇女非常活泼,她们鄙视自己的丈夫,对于外来的客人却异常喜爱。从下方大陆到飞岛上来的客人总是很多,他们不是为了市镇或者团体的事就是为了个人私事才到岛上来朝觐的,不过他们很受人轻视,因为他们都缺乏岛上的人所共有的才能。贵妇们就从这些人中挑选自己的情人。但令人生气的是:他们行动起来未免太从容不迫,而且安然无恙,因为做丈夫的人总是凝神沉思,只要他的面前有纸有仪器,拍手不在身旁,女主人和她的情人当着他的面就可以无拘无束,尽情调笑。

虽然在我看来这是世界上最好的地方,他们的妻女却都哀叹自己被困在岛上。虽然她们住在那儿生活富裕,衣饰华丽,愿意怎样就怎样,她

---

① 当时英国的一些天文学家对一场所谓危及地球的空间灾难展开了讨论。

们还是渴望到下方世界上去看看,到首都去消遣娱乐,但是得不到国王的特别许可,她们是不准随便去的。这种特许很不容易得到,因为贵族们有不少经验,知道说服自己的夫人从下方归来是多么困难。我听说有一位朝廷贵妇已经是儿女满堂,她的丈夫就是王国首相①,人也很体面,并且极为爱她。他们住在岛上最华美的府邸里。但是她却借口调养身体到拉格多去了。她这一去就在下方藏了几个月。后来国王签发了搜捕文书,才找到她衣衫褴褛地住在一家偏僻的、不出名的小饭馆里,为了养活一个年老、丑陋的跟班把衣服典当净尽,并且天天还挨那跟班的打。后来人们把她抓了回来,她竟舍不得离开他。虽然她的丈夫极为和蔼地接她回来,一点也没有责备她,但是过了不久她带着她的全部珠宝首饰又偷偷地跑到下方,还是去找她那老情人去了,后来一直没有下落。

也许读者们会认为:与其说这故事发生在那样遥远的一个国家,倒不如说发生在欧洲或者英国。但是再想一想倒也有趣,女人们反复任性并不受气候或者民族的限制,原来天下女人都一样,这也是我们想象不到的。

大概过了一个月,我已经能熟练地运用他们的语言了。我在侍奉国王时,国王提出的问题我也大多数能回答了。国王对我所到过的国家的法律、政府、历史、宗教或者风俗一点也不注意垂询,他的问题却都跟数学有关。虽然他的两旁都有拍手在不时提醒着他,但是他听了我的叙述却非常轻视,一点也不关心。

---

① 讽刺渥尔坡尔夫人对其夫不忠诚。

第 三 章

在现代哲学和天文学中已经解决了的一种现象。勒皮他人在天文学上的伟大进展。国王镇压叛乱的方法。

我请求这位君王准许我去参观岛上种种稀奇古怪的事物,他很高兴地答应了我,并且命令我的教师陪我去。我主要是想知道这座岛的运行到底靠的是哪一种技术、方法或者自然力量。现在我要向读者提供哲学的解释。

飞岛①,或者管它叫浮岛,是正圆形的,直径七千八百三十七码,或者说四英里半左右,所以面积有一万英亩。岛的厚度是三百码。从下面看起来,岛底或者说它的下表面是一片大约有二百码厚的平滑、匀称的金刚石。金刚石底的上面是一层层的矿物,最上面一层才是肥沃的土壤,大约有十英尺到十二英尺厚。从岛的上层的边缘到岛中心形成一个斜坡,因此落在岛上的雨露就会自然而然地顺着小河沟流向岛的中心。最后,水流进四个周界大约有半英里的大塘,它们坐落在离岛中心二百码的地方。白天里由于太阳照晒,水塘不断蒸发出水分,所以水不会溢出来。同时,君王有本领把岛升高到云层以上,随时都可以防止雨露降落在岛上。科学家们都认为最高的云的高度也不会超过两英里;至少在这个国家从来没有听说过有这样高的云层。

岛的中心有一个直径大约五十码的陷窟,天文学家就从陷窟口进入

---

① 斯威夫特在以下叙述中故意模仿英国皇家学会会报所载论文的风格。

一个大圆顶洞,这个圆顶洞叫作"夫兰多纳·葛姚尔"①,意思是"天文学家之洞",从金刚石的上表面算起,这个洞深达一百码,洞里面点着二十盏长明灯,灯光映照在金刚石表面上,向四面八方发射出强烈的光芒。这里收藏着各式各样的六分仪、四分仪、望远镜、观象仪以及其他天文仪器。但是岛上最稀奇的东西,也是全岛命运之所系,却是一块巨大的磁石,样子像一个织布的梭子。它有六码长,最厚的地方至少有三码厚。这块磁石中间插着一根很坚硬的金刚石轴,依靠这根轴它就可以运转。磁石在轴上是绝对平衡的,因此尽管是最没有力气的人也可以用手推动它。这块磁石嵌在一个厚四英尺深四英尺直径十二码、平摆着的金刚石圆筒里。那圆筒用八根六码长的金刚石柱支撑着。圆筒内壁的中部,有一道十二英寸深的槽,轴的两端就嵌在里面,随时都可以运转。

任何力量都不能把这块磁石从原处移开,因为圆筒、支柱和岛底面的金刚石连成了一体。

飞岛依靠这块磁石随意升降,从一个地方运行到另一个地方。因为在这位君王所统治的这一部分大地上,磁石的一端具有吸力,另一端具有推力。把磁石具有吸力的一端直指地球,岛就会下降;把具有推力的一端指向地球,岛就会一直上升。如果磁石位置是倾斜的,岛的动向也是倾斜的:因为这块磁石所具有的力量永远和它的方向平行而发生作用。

飞岛依靠这种倾斜运动运行到国王在地球上的领土的各处。为了解释岛的运行方式,让我们假设 AB 代表横贯巴尔尼巴比领土的一条线,cd 一线代表磁石,d 是具有推力的一端,c 是具有吸力的一端,飞岛正停在 C 地上空:如果让 cd 磁石具有推力的一端向下倾斜,这岛就会倾斜地上升并且向 D 运行。到达 D 以后,又让磁石在轴上转动,使具有吸力的一端指向 E,于是岛就会倾斜地向 E 运行;这时,如果磁石再在轴上转动,使具有推力的一端下指,磁石的方向是 EF,岛就会向 F 倾斜上升,如果再使具有吸力的一端指向 G,岛就会向 G 运行,同时再转动磁石使具有推力的一端直向下指,就可以从 G 运行到 H。这样随意变动磁石的位置,飞岛就能

---

① 指格林威治天文台的第一座建筑物弗兰斯提德大楼。

按照倾斜的方向自由升降。由于不断地交互升降(这种倾斜并不太显著),岛就从国王统治领域的一处运行到另一处。

但是有一点必须注意,飞岛的运行不能超越下方领域的范围,升高也不能超过四英里。天文学家认为这是由于下列理由(他们对于这块磁石曾写过许多伟大的著作):磁性在四英里的高度以上不发生作用,在这一带的地球内部,以及在离岸六里格高的海中,所有能对磁石发生作用的矿物在全球各处是不存在的,只有在国王的领域以内才能找到。因为飞岛处于这样优越的地位,所以一位君王利用这一优势很容易就能使任何感受这块磁石的力量的国家服从他的统治。①

如果磁石放在和水平面平行的位置,飞岛就静止不动;因为在这种情形下,磁石的两端和地球的距离相等,发生的力量也相等,一端下引,一端上推,所以不能产生任何运动。

这块磁石由一些天文学家管理。他们时时遵从君王的意志移动它的位置。他们一生把大部分时间花费在天体观察上。他们应用各种透镜来工作,而他们的透镜远比我们的精良。虽然他们最大的望远镜还不到三英尺长,但是比我们一百英尺多长的却要好得多,所以他们能更清楚地看到大小星宿。这种便利使他们的发现远远超过了欧洲的天文学家;他们曾编制过一份万座恒星表;而我们最大的恒星表②中所列的不到此数的三分之一。他们还发现两颗较小的卫星在围绕着火星转动;靠近主星的一颗卫星距主星中心的距离为主星直径的三倍,最外面的一颗与主星中心的距离为主星直径的五倍;前者十小时运转一周,后者则需二十一小时半;所以它们的周期的平方根差不多相当于它们和火星中心的距离的立方根;由此可见,它们显然也受到影响其他天体的万有引力定律的支配。

他们观察到了九十三颗不同的彗星,同时也极精确地确定了它们的周期。如果这点是真实的话(他们极有把握地断定这是真实的),我倒很希望他们能把观察所得公开出来,那么在目前还很浅陋的彗星学说也许

---

① 飞岛影射英国宫廷和内阁,下方领域影射大不列颠王国和爱尔兰王国。
② 一七二五年弗兰姆斯提德的天文学者编制了一份恒星表,登录了两千九百三十五颗恒星。

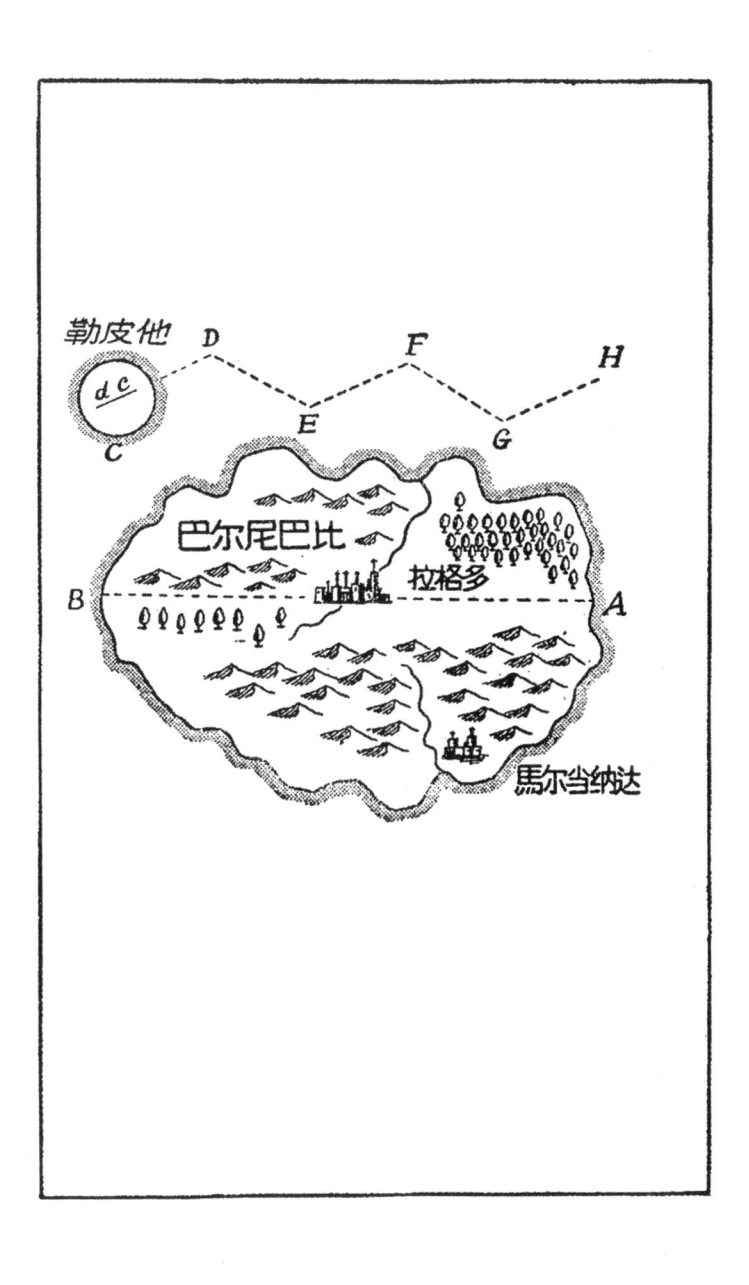

勒皮他 D F H
C E G
巴尔尼巴比
B 拉格多 A
馬尔当纳达

会因此和天文学的其他部分一样能达到完美的程度。①

只要国王能说服他的内阁和他合作,他就可以成为宇宙间最专制的君王;但是阁臣们在下方大陆都有产业,同时他们又想到宠臣的地位非常不稳,所以他们就永远不会同意跟国王一起奴役自己的国家。

如果哪一座城市发生风潮或者叛乱,引起剧烈的政争,或者拒绝像平常一样纳贡效忠,那么国王有两种方法可以使他们服从。第一种办法比较温和,就是把飞岛浮翔在这城市及其邻近地域的上空,这样就剥夺了他们享受阳光和雨水的权利,因而居民们就会遭受饥饿和瘟疫等灾难;同时,如果他们罪有应得,上面就可以投掷大石块打击他们,把他们的房屋打成粉碎。他们无法自卫,只好爬进岩穴或地洞里去躲避。如果他们依然执迷不悟,或者还想反抗,国王就要拿出最后的办法来:让飞岛落在他们的头上,这样,一切房屋、人民就全被消灭了。不过,国王很少采用这种极端办法;实际上他也不愿意这样;他的大臣们也不敢向他建议采取这种行动。如果采取这种行动,人民就会愤恨大臣们,大臣们的产业都在下方,当然这对于他们的产业大有损害;而飞岛上的土地却全是国王的产业,并不受到影响。

但是另外还有一个更重要的原因,可说明这个国家的国王为什么非到万不得已,总是不肯轻易施出这种可怕的手段。因为他想毁掉的城市万一有一座耸立的岩石②,这是比较大的城市常常有的情况,也许当时就是为了防备这类灾祸才选定这些地点的;再者,如果一座城市到处都是高大的尖塔③和石柱④,那么飞岛突然下降也许会危及岛底或下表面。虽然,像我前面说的,岛底⑤是二百码厚的整块金刚石,经过这样巨大的震动,说不定它会被撞得粉碎;或者因为太接近下方房屋的炉火而发生迸

---

① 哈雷研究彗星的周期颇有成绩。一七五九年哈雷彗星重新出现证实了哈雷彗星理论的准确性。
② 影射有权势的世袭贵族。
③ 著名英国国教教士。
④ 有影响的"白手起家"人士。
⑤ 指英国议会。

裂,就像我们的烟囱那样,尽管是用铁石修成的,有时也会因火烧而迸裂。人民很明白这个道理,在他们的自由和产业受到损害时也很知道可以倔强到什么程度。同时如果国王在盛怒之下坚决要把一座城市压成粉碎,也会借口宽待人民,命令飞岛慢慢降落,但是实际上他是怕撞坏了金刚石岛底;因为哲学家们一致认为,岛底坏了以后,磁石就不能再指挥飞岛升起,整个的岛就会落在地上。

大约在三年前我还未到这里来的时候,在国王巡视他领土的途中,曾发生一件非常事件,几乎结束了这个王朝,至少是现在这样一个王朝。国王陛下首先巡视的是王国第二大城林达里诺①。他才离开三天,对于高压政策常常表示愤懑的居民就关闭城门,把总督抓了起来,并且用难以置信的速度和劳动在四个城角建立了四座大塔②(这座城是正方形的),都像耸立在城市正中心的那座坚实的尖顶岩石一样高。③ 在每座塔上和那座岩石的顶上他们分别安放上一块大磁石;为了防备万一计划失败,他们准备下了大量最容易燃烧的燃料,希望在磁石计划失败的时候,用来烧裂飞岛的金刚石底。

过了八个月国王才接到全面报告说林达里诺的居民叛变了。于是他下令把飞岛浮在这个城市的上空。居民团结一致,已经准备好了食粮。城里也有一条大河流过城市中部。国王在他们头上停留了几天来断绝他们的阳光和雨水。他下令放下许多根绳子去,但是没有一个人肯送上请愿书,恰恰相反,他们送上来的是极为大胆的要求,提出了赔偿损失、豁免捐税、选举自己的总督和其他类似的过分要求。国王因此下令飞岛上的全体居民从下层走廊往城中投掷巨石;但是市民们早就料到会有这种恶毒的诡计,人们就带着财物一齐住进了那四座大塔,以及其他坚固的建筑物和地下窑洞。

国王下决心要降伏骄傲的人民,命令将飞岛慢慢地降落到离塔顶和岩石不到四十码的空间。这个照办了,但是负责这项工作的官员发现飞

---

① 指都柏林。影射一七二二至一七二四年的伍德铜币事件。
② 指大陪审团、爱尔兰枢密院和爱尔兰议会上下两院。
③ 以大主教和斯威夫特为首的爱尔兰教会反对伍德铸造铜币的特许状。

岛下降的速度比平时快得多,就是转动磁石也不容易使岛稳定下来,甚至发现它倾向于掉下去。他们立刻把这件惊人的消息报告了国王,请求国王陛下允许把岛升高一些。国王同意了,于是召开会议,并命令管理磁石的官员参加。有一位最老最干练的官员请准国王做了一个试验。飞岛已升高到城市上空的磁力范围以外,他就拿了一根一百码长的结实绳索,绳的一头系上一块掺和着铁矿石的、和岛底成分一样的金刚石,然后从底层走廊把它慢慢地向塔顶送下。这块金刚石送下去还不到四码,这位官员就觉得金刚石被吸,下落力量很大,他几乎不能把它拉回来。然后他扔下去几块小金刚石,看到石头全被塔顶很快地吸去了。对其他三个塔和岩石都做了同样的试验,结果都是一样。①

这件事使国王的策略完全破产(别的情况也就不用再叙述了),他被迫同意这个城市提出的条件。②

一位大臣对我说过,如果飞岛落得离城太近而不能升起时,市民们一定会下决心把它永远固定住,把国王和他的臣子全部杀掉,并且彻底改换政府。

按照国家最基本的法律,国王和他的长子次子都不准离开飞岛;王后也不能离开,一直到她不能再生育的时候,才准她到下方去。③

---

① 都柏林大陪审团,尽管受到巨大压力,不但拒绝对与《垂皮尔书简》有关的人员提出诉讼,而且还发表正式声明反对伍德铜币和主张接受这种铜币的人。
② 英国政府被迫放弃推行铜币的计划,撤销伍德特许状。
③ 一七一六年乔治一世达到了撤销移居法令中的一项条款的目的。该条款规定,国王不得议会同意不能离开英国。他在位十三年中曾几次回到汉诺威长期居住。

第 四 章

作者离开了勒皮他,被送到了巴尔尼巴比,到达巴尔尼巴比的首都。关于首都及其近郊的描写。作者受到一位贵族的殷勤接待。他跟贵族的谈话。

虽然我不能说我在这座岛上受到虐待,但是应该承认我觉得他们都不大理睬我,对我不免有几分轻视;无论国王和平民似乎除了数学和音乐以外对于任何学问都不发生兴趣。可是就这两门学问来说我又远远赶不上他们,因此他们一点也不重视我。

同时,在岛上看了所有稀奇古怪的事物以后,我很想马上离开,因为我从心眼里厌烦这些人。他们的确精通这两门学问,我也十分推崇这两门学问,而且也并不是完全不懂;但是他们一味沉思默想,使我感到从来还没碰见过这样令人不快的伴侣。我住在那儿的两个月中,只和女人、商人、拍手和宫仆们交谈,这样一来,我就更叫人瞧不起了。可是只有从这些人那里,我才能得到合乎情理的回答。

我下了一番功夫获得了不少关于他们的语言的知识。我厌倦困守在孤岛上得不到别人敬重。我决定一有机会就离开这里。

朝廷里有一位大贵族①,是国王的近亲,就因为这个,大家才尊敬他。他被公认为是国中最无知、最蠢笨的人。他为国王立过许多功劳,出过大力,天分、学力都很高,忠诚、荣耀集于一身;但是他对音乐却是一窍不通,

---

① 指威尔斯亲王。

于是诽谤他的人就到处宣扬：说他常常会打错拍子；教师们费尽力气也教不会他怎样证明数学上最容易的定理。他对我十分优遇，时常来拜访我；要我告诉他关于欧洲的情况，以及我到过的几个国家的法律和风俗、礼仪和学术。他很注意听我讲话，常常就我所讲的提出明智的意见。他跟前也有两位拍手摆摆排场，但是除了在朝廷里，或正式拜访的时候，他从来不用他们帮忙；当我们俩在一起的时候，他总是要他们暂时退席。

我请求这位贵族代我向国王请求，准我离开这里。他照办了，不过他恳切地告诉我，他感到遗憾：的确，他曾多次请我从事几种十分有利的职业，我呢，却只有婉辞谢绝，十分感激他的好意。

二月十六日我辞别了国王和朝廷里的人。国王送了我一份价值相当于两百英镑的礼物；我的恩主、国王的亲戚也送了我同样价值的礼物，另外还给了我一封介绍信捎给拉格多首都他的一位朋友。这时岛正停在离拉格多还有两英里的一座山的上空。我从底层走廊被送了下去，用的还是像以前上来时的那种办法。

这一座大陆，只就飞岛国王的领土而言，一般叫作巴尔尼巴比，首都叫作拉格多，我在前面已经提到过了。脚踏实地以后，我感到够快活的。我毫无顾虑地走进了京城，因为穿的衣服和本地人一样，学会的话也足以和他们交谈。不久以后我就找到了我被介绍去的那人的住宅，呈上了岛上贵人给我的那封信，我极受款待。这位大贵人名叫孟诺第，他在家里给我预备了一间房子，在首都停留期间我就住在那里，受到了殷勤的招待。

我到达以后第二天早上，他带我坐马车去参观这座城市。它大概有伦敦的一半大小，不过房屋盖得很奇怪，大多是年久失修。街上的人很快地走着，样子粗野，两眼凝视，大半衣衫褴褛。我们穿过一座城门，出城大约走了三英里路，到了乡下，我看到许多工人，拿着好几种工具，正在地里工作，但我却猜不透他们是在干什么；虽然看来土壤肥美，但出乎意料，却看不到什么庄稼和草木。我不禁对城中和乡下的这些奇异景象感到惊奇，我就冒昧地请我的向导给我解释一下，为什么无论在街上还是在田里，每一颗脑袋、每一张脸、每一双手都显得这样忙，可是又看不出有什么良好的效果；正相反，我从来没见过这样荒芜的土地，这样粗陋、颓败的房屋,我也从来没有见过任何人民脸上、衣着上显示出这样多的艰苦和穷困。

这位孟诺第老爷是位上层人士,做过几年拉格多城行政长官,但是阁员们阴谋排挤他,说他能力太差而被解职。不过国王对他还是十分宽大,认为他为人善良,不过见识低劣可鄙罢了。

当我对这个国家和它的国民不客气地提出指责时,他没有回答,只对我说:我来到他们这里的日子还浅,是没有资格下判断的;世界上不同的民族有着不同的风俗。他又说了许多话,也无非是这个意思。但是当我们回到他的住宅时,他就问我:我喜欢他的房子么,我有没有发现一些不顺眼的事,对于他的仆人面貌和衣着我有什么反对的地方。他是可以这样问的,因为他的一切都很庄严、齐整而高雅。我回答说:因为阁下精明谨慎,出身名门,当然不会有这些缺点,本来别人的缺点也是愚蠢和贫困的结果。他说:如果我肯陪他到大约二十英里以外,他的乡下住宅里去(他的产业就坐落在那里),那就更有时间去谈谈这个了。我告诉这位贵人,完全听他的便;于是第二天早上我们就出发了。

在旅途中,他要我注意农民们经营田地的各种方法,我看了却十分莫名其妙。因为除了很少地方以外,我看不到一穗麦子,或者一株小草。但是再走上三个钟头,景色却完全变了。我们走进了最美丽的田野;农舍彼此相隔不远,修筑得非常整齐,圈在围墙里面的田地,有葡萄园,也有麦田和草地。我记不起在哪儿还有更令人感到喜悦的地方。那位贵族看到我脸上在放光,就叹了口气告诉我:从这里起就是他的产业了,一直等我们走到他的庄宅,情形总是这样的。可是他的同胞却嘲笑他、轻视他,说他不会管理产业,给王国树立了一个坏榜样。只有很少人跟他走,可是那些人都像他自己一样老迈、任性而虚弱。

我们终于到了他的家。那的确是一座高贵的建筑,合乎最优秀的古代建筑规范。喷泉、花园、小径、大路和丛林都布置得极有见识和风趣。每看到一件东西,我都给予适当的赞扬,可是这位老爷毫不注意;一直等到晚饭后,没有第三个人在旁的时候,他才愁容满面地告诉我:他正在考虑要把城里和乡下的房子拆掉,重新按照现行式样来加以重建;把他的种植园全部毁掉,也把它改成现代流行的样子,教导佃户们用流行的方法耕作;不然他就会受人责难,会被人说成是傲慢自大、标奇立异、矫揉造作、不学无术、反复无常,而且也许会更叫国王讨厌他。

他还说,等他告诉我某些细节之后,我也许就不会那么赞扬他了,这些细节我在朝廷里也许从未听人讲起过,因为飞岛上的人太想入非非了,是不会注意到下方的事情的。

他的谈话内容是这样的:大约四十年前,有人因为有事,也许是为了散散心,到勒皮他上面去了。他们在上面住了五个月,虽然只带回来一点一知半解的数学常识,却从那高空地区沾染上了十足的轻浮之风。这些人回来以后就对下方一切事物不喜欢起来,他们开始计划为艺术、科学、技术另创新的规模。为了达到这个目的,他们取得了国王的特许,在拉格多建立了一所设计家科学院。这种风尚在人民中间流行起来,王国以内的重要城市都建立了这种科学院。在这些科学院里,教授们规划新的建筑规范和方法,创造发明工商业的新工具。应用这些方法和工具,他们认为一个人能担任十个人的工作,一周内可以建成一座宫殿,因为材料坚固耐久,所以永远不用修理。地上的一切果实都可以在任何季节或者在我们随意选定的时候成熟,而且比现在的收获多一百倍;他们还提出了无数其他巧妙的建议。糟糕的是到现在还没有完成一项计划,因此全国遍地荒凉,房舍倾圮,人民缺衣少食。他们对这些计划不但不灰心,热情反而比从前增高了五十倍,继续钻研这些计划,希望和失望同样地导使他们继续努力。至于他自己,因为不是勇于进取的人,就安于在旧方式下过活,住在祖上所建造的房子里,在生活的各部门中,都按照祖上的规矩行事,没有什么革新。还有少数的贵族和绅士也是这样做的,但是人们却冷眼相看,加以敌视,认为他们是学术的敌人,国家的无知败类,只图自在逍遥,对国家的发展前途置之不理。

这位贵人又劝我到科学院去参观,说我准会感兴趣,他不愿再详细说下去以免败兴。他认为我应该去参观参观。他叫我看大约三英里以外山坡上的一座破房子,并且做了以下的说明:从前在离他的房子不到半英里的地方他有一座水磨,那是用大河的一个支流推动的,足够他自己家里和大多数佃户应用。大约七年前,一群设计家向他提出建议把磨坊毁掉,在山坡上重建一座,在这座山的山岗上开一条长运河,修建一座贮水库,再用水管和机器把水运去推动水磨;因为从高处来的风激动着水,水力更大,又因为水从斜坡上流下来,用支流一半的水就可以推动水磨,这股流水比在平面上的流水力量大。他说:那时他和朝廷的关系不大好,许多朋友又来相劝,他才接受了这个建议。可是雇了一百个工人花了两年工夫,结果工程失败了。设计家也走了,而把错误全推在他身上,从此以后大家都嘲笑他。他们又要别人也做这种试验,起先也是保证成功,后来也还是令人失望。

几天以后,我们回到城里;贵人老爷考虑到自己在科学院里名声很坏,不肯陪我一起去,就介绍他的一位朋友陪我一同去。我的贵人向朋友称道我是一位崇拜发明,好奇而轻信的人;他这话的确不无道理,因为在青年时代,我自己也是一个设计家之流的人物。

第 五 章

作者得到许可去参观伟大的拉格多科学院。科学院概况。教授们所研究的学术。

这一所科学院并不是一座独立大厦,只是一条大街两旁的两排房子,因为年久失修,才买了下来做这种用处。

科学院院长十分和蔼地接待了我,我就在科学院里住了许多天。每间房子里住着一位,或者两位以上的设计家,我相信我参观了至少五百个房间。

我见到的第一个人形容枯槁,双手和脸都像烟一样的黑,头发、胡子很长,衣衫褴褛,而且有几处被火烧糊了。他的外衣、衬衫和皮肤全是一种颜色。八年以来他都在埋头设计从黄瓜里提出阳光来,密封在小玻璃瓶里,在阴雨湿冷的夏天,就可以放出来使空气温暖。他告诉我,再过八年他毫无疑问可以以合理的价格供给长官的花园足量的阳光;可是他抱怨原料不足,请求我捐助点什么来鼓励发明的才能,特别是因为在这个季节黄瓜价钱特别贵。我送了一份薄礼,好在我的贵族朋友特意为我准备了足够的钱,因为他知道他们惯于向参观的人要钱。

我走进了另一间屋子,但是马上就要退出来,差点儿被一种可怕的臭气熏倒。我的向导催促我走进去,悄悄地告诉我:不要得罪他们,他们会恨你入骨,因此吓得我连鼻子都不敢堵。这个房间里的设计家是学院里资格最老的学者,他的面孔和胡子都是淡黄色的;手上、衣服上都涂满了污秽。我被介绍给他的时候,他紧紧地拥抱了我,当时我多么想找一个借

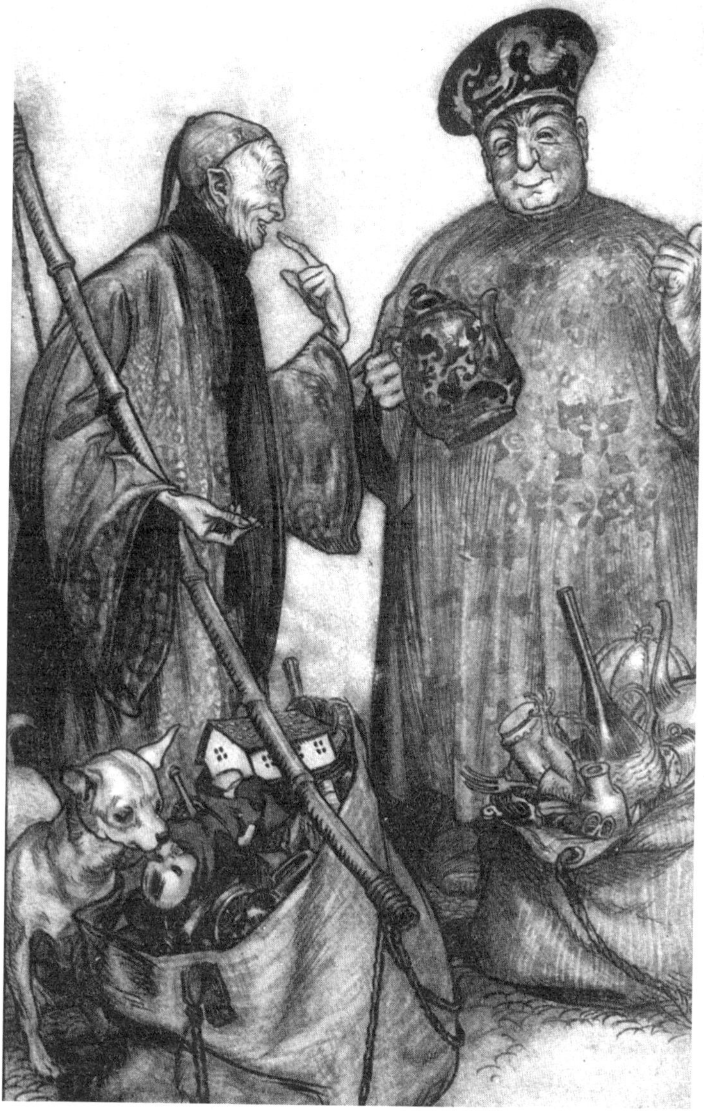

口谢绝他这种亲热的礼仪啊。他自从到科学院工作以来,就是研究怎样把人的粪便还原为食物。他把粪便分成几部分,去掉从胆汁里得来的颜色,让臭气蒸发,再把浮着的唾液除去。每星期人们供给他一桶粪便,那种桶大约有一个布利斯脱酒桶那么大。

我又看到另外一个人在做把冰烧成火药的工作。同时他还给我看了他写的一篇关于火的可锻性的论文,他打算发表这篇论文。

还有一位最巧妙的建筑师,他发明了建筑房屋的新方法,就是先从屋顶开始建筑,自上而下一直盖到地基。他的根据是他的办法和两种最精明的昆虫——蜜蜂和蜘蛛——的方法相同。

还有一个生来就瞎了眼睛的人,他的几位徒弟也跟他一样,他们的工作是为画家们调色。先生教导学生用触觉和嗅觉来辨别颜色。不幸的是我发现他们的功课进行得并不很好,就是教授自己也往往弄错。可是这位艺术家很受全体研究人员的敬重和鼓励。

在另一个房间里,我非常高兴地看到一位设计家想出了一个用猪来耕地的方法。这个方法不用耕具、牲口和人力,只在一英亩的田地里,每隔六英寸,在深八英寸的地埋上许多橡实、枣子、栗子和这种动物爱吃的其他榛子和蔬菜;然后把六百头或者更多的猪赶到田里去。几天以后为了找寻食物,它们就会把土全部掘起,不但适于下种,而且拉了满地的屎也上好了肥料。虽然经过实验,他们发现费用太大,也太费事,而且几乎得不到什么收成,但是大家都认为这种发明毫无疑问是大有改进的可能的。

我走进了另一间房子,那里面墙上和天花板上都挂满了蛛网,只有一条狭小的通道留给学者出入。我进去以后,他高声向我叫喊不要碰乱他的网。他惋惜世界上利用蚕来抽丝相沿已久,这是一个极大的错误。其实我们有许多昆虫,本领远远超过了蚕,因为它们既懂得纺又懂得织。他又进一步建议,利用蜘蛛,织网的消耗可以全部省下来。后来他把许多颜色美丽的飞虫给我看,我这才完全弄明白。原来他是用这些飞虫来喂蜘蛛的。他告诉我们:蛛网可以从它们得到色彩;同时因为他的飞虫各种颜色的都有,所以他能投人所好。如果他能以适当的食物像树胶、油和其他黏性物质供给飞虫,纺出来的丝线就能十分牢固、坚韧。

还有一位天文学家设计在市政厅顶的大风信鸡上装置一架日晷,用来校正地球和太阳在一年中和在一天中的运转,使它们能适应于风向的意外转变。

我忽然感到一阵腹痛,我的向导就领我到一个房间里去。那里住着一位治疗这种病出名的大医生。他应用一种器具能施行两种作用相反的手术。他有一具装着一根细长的象牙嘴的大风箱;他把象牙嘴插入肛门以内八英寸,就能把肚子里的气吸出来;他还告诉我他可以把肚子抽成一个又细又长的干膀胱。但是如果病势来得顽劣、凶险,他就把风箱装满了气再把气嘴插入肛门,把气打进病人的肚子。然后拉出风箱气嘴再装足气,一面却用拇指紧紧堵住病人的屁股眼。这样一连打上三四次气,打进去的气就会喷出来(就像用抽水机一样),也就把毒气一起带了出来,病人也就好了。我看见他正在用一只狗作这两种试验,第一种试验不见有什么效果。经过第二种手术以后,那畜生简直要炸了,接着却猛屙了一阵,可把我和我的同伴熏坏了。狗当场死了。我们走的时候,那医生还在施行同样手术来营救它呢。

我参观了许多房间,但是我不愿再拿这一些奇闻来打扰读者了,因为我总希望能说得简单一些。

到此为止,我只参观了科学院的一部分,另外一部分是专门供沉思空想的学者在里面研究的。让我再介绍一位著名人物,然后再谈另外一部分的情形。他们都管他叫作"万能学者"。他告诉我们,三十年来他一直在研究怎样改善人类的生活。他占了两间大屋,里面尽是奇奇怪怪的东西,有五十个人在里面工作。有的在把空气凝结成干燥可触的固体,他们首先从空气中提出硝酸钠,再把液体分子过滤掉。有的在使大理石软化用来当枕头或针毡用;还有些人在替一匹活马硬化马蹄,使它们不会跌倒。学者自己正在忙着订两项伟大的计划,第一个计划是用秕糠来种地,他坚持秕糠有真正的胚胎作用,他作了好几种实验来证明他的说法,不过我还是弄不明白,这也许是因为我太笨了。另一个计划是把一种树胶、矿石和蔬菜的混合物涂在两头小羊的身上,不让它们生毛;他希望经过相当的时期,在全王国推广繁殖一种无毛羊。

我们走过一条通路就到了科学院的另一部分。我在前面已经提到过,那里面住的是空想的设计家。

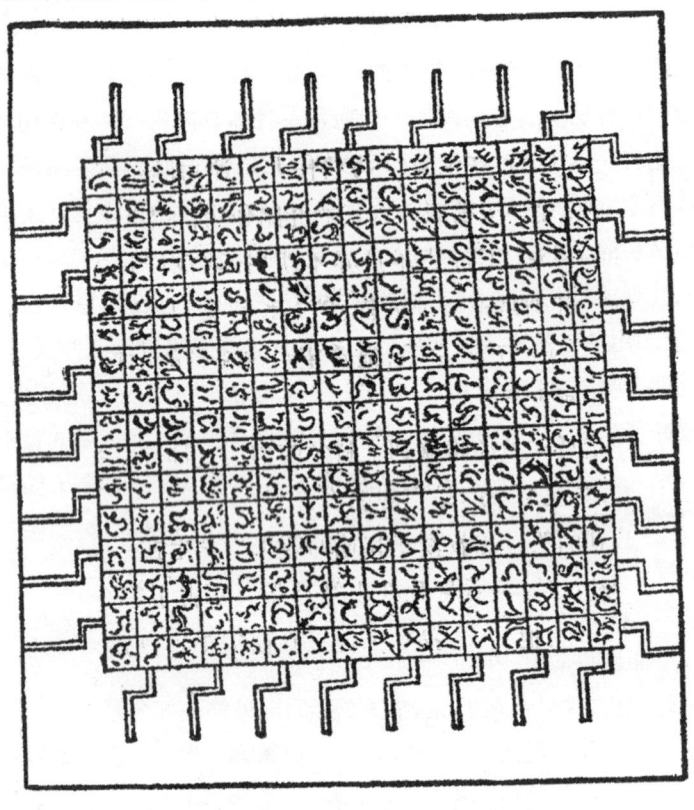

(教授发明的改善思辨知识的机器)

我看到的第一位教授正和他的四十个学生在一间大屋子里工作。行礼以后,他看见我在出神地望着那占了整个房间大部分地方的架子,他就说:我看见他正在研究如何利用实际的、机械的方法来改善思辨知识也许会感到奇怪。但是不久世界上的人就会感到它是有用处的;他自己恭维自己,说什么还没有人想到过这样一个高贵而卓越的计划。大家都知道,在学术上有所成就要花多大力气,但是,应用他的方法就是最愚蠢的人只要付出相当的费用,做一点体力劳动,就可以写出关于哲学、诗歌、政治、法律、数学和神学的书籍。他们并不需要什么天才和学力。于是他就领我走到架子跟前。他的学生就一排排地站在架子的四边。这是一个二十英尺见方的架子,放在屋子的中间。架子的表面是用许多木块构成的,每块都有一颗骰子那么大,但是中间也有大一些的。木块都用细绳连在一起,每一面都贴着一张纸;纸上写满了他们语言中的词。这些词都按照不同的语态、时态和变格写了出来,不过并不按次序排列。教授要我注意地看着;因为现在他要开动机器了。学生们听他的命令,每人都去抓住一个铁把手。原来在架子的四周装着四十个把手。他们突然把把手一转,词的排列就完全改变了。接着他就吩咐三十六个学生轻轻地念出架子上出现的一行行的文字,并且命令他们一发现有三四个词连在一起可以凑成一句话的时候,便念出来让下余的四个学生把句子写下来,他们担任书记的工作。这种工作一连要作三四遍。按照这部机器的构造,每转动一次,木方块就会翻一个个儿,于是上面的文字也会发生新的变化。

　　年轻的学生们一天做六小时的工作。教授把许多对开本的大书拿出来给我看,里面已经搜集了不少支离破碎的句子。他打算把它们拼凑起来,利用这些丰富的材料编写一部科学文化全书贡献给世人。如果公众能筹一笔资金在拉格多制造五百部这样的机器来从事这种工作,同时要管理这些机器的人都把搜集的材料贡献出来,那么这项工作还可以得到改进,而且可以加速完成。他告诉我:他从青年时代起就聚精会神地研究这一项发明;他已经把全部词汇写在架子上了,他也周密地计算过书本里出现的前置词、连词、叹词、名词、动词和其他词类的比例。

　　我非常感激这位名人对我作了详细的说明。我并且答应他:如果我运气好能够重返祖国,我一定会替他宣扬,说他是这架奇妙机器的独一无二的发明者。同时我请求他让我把机器的式样和构造用笔在纸上画下来。我告诉他:虽然欧洲学者有互相剽窃发明成果的习惯,如果让他们知道有这样一部机器,他们就多少能占一点便宜,争着要作这架机器的真正的发明者,但是我一定多加小心使他能独享盛名,叫人无法跟他竞争。

　　接着我们就到了语言学校。三位教授正坐在那儿讨论如何改进本国语言。

他们的第一个计划是简化言辞。他们的方法就是把多音节词缩为单音节词,把动词和分词省掉,因为事实上可以想象的事物都是名词。

第二个计划是取消语言中所有的词汇。大家认为这种改革不但对于身体健康有益,同时,对表达思想更加简练也有好处。因为大家都很清楚,我们说出一个词来多多少少都会侵蚀肺部,结果也就缩短了我们的寿命。于是他们就想出了一个补救办法:既然词只是事物的名称,那么在谈某一件事情的时候,把表示意见时所需要的东西带在身边,不是更来得方便吗。要不是妇女和俗人、文盲联合起来反对,这种发明早就已经实现了,这对于这个国家的臣民有莫大的方便,也有益于他们的健康。但是妇女和俗人、文盲们要求有像他们的祖先一样用嘴说话的自由,不然他们就起来反抗。俗人常常是与科学势不两立的敌人。不过很多博学聪明的人还是坚持执行这种以物示意的新计划:这种办法只有一点不方便,如果一个人要办的事情较多,范围也较广泛,他就不得不把一大捆东西背在背上。除非他能雇一两位健壮的仆人在旁帮助,他就不能便利行事。我常常看到两位学者被背上的重荷压得要倒下去,像我们的小贩一样。他们在街上相遇的时候,就会放下负担,打开背包,整整谈上一个钟头。谈完话以后,才把谈话工具收起,彼此帮忙把负荷背上,然后分手道别。

但是,如果谈话时间很短,只要把工具放在衣袋里,或者挟在臂下,也就很够用的了;如果是在自己家里谈话,那他就不会为难。所以在用这种办法谈话的人聚会的房间里都摆满了各种东西,凡是这种矫揉造作的谈话方法所必需的设备都近在手边。

这种发明还有一大好处:它可以作为一切文明国家都可以通晓的共同语言,因为各国的货物、器具大体相同或者类似,所以它们的用途就很容易了解。这样,驻外大使尽管完全不懂外国语言也有资格和外国的亲王、大臣打交道。

我到了数学学校,那里的教师的教授方法是我们欧洲人想象不到的。命题和证明都清清楚楚地用头皮一样颜色的墨水写在一块薄薄的饼干上。学生们把饼干空腹吞食下去,以后三天只准吃一些面包,喝一点水。

饼干消化之后,色彩就带着命题走进了脑子。但是到现在为止他们还没有取得什么成就,一方面因为墨水的成分有错误,一方面因为孩子们性情倔强,他们觉得这种药吃下去令人作呕,所以他们常常躲到一边,不等它们发生作用,就把它们吐了出来。同时他们也太不听话,并没有按照处方上的要求,实行长时间的禁食。

第 六 章

　　科学院概况(续)。作者提出几项改进意见,都光荣地被采纳了。

　　我在政治设计家学院受到了冷遇;照我看来,学院里的教授已经完全失去了理性;看到这种情景我不由感到悲伤。这些郁郁不乐的人正在提出规划:劝说君王按照个人的智力、才能和德行来选择宠臣;教导大臣考虑公众利益;奖励立下了功勋、才能出众和做出出色贡献的人;指导君王把自己的真正利益与人民的利益放在同一基础上加以认识;提拔力能胜任工作的人担任官职;他们还提出了一些荒诞不经、无法实现的空想,那都是以前人们从来没有想到过的。这使我更加相信一句老话,这句话就是:凡是夸张悖理的事,无一不为一些哲学家认为是真理。

　　但对于科学院的这一部分我要说句公道话:必须承认科学院的人并不完全是幻想家。这儿就有一位非常聪明的医生,他似乎精通政府的性质和体制。这位名人善于应用自己的学识给各公共行政机关所常犯的一切弊病和腐化堕落行为找出有效的治疗方法。这些弊病一方面是因为执政者犯下了罪行和过失,另一方面也是由于被统治人民放纵淫逸所造成的。比方说,所有作家和理论家一致认为,人体和政体严格地说是非常相似的。那么,还有什么比这点来得更明显呢。既然人体和政体都应该保持健康,那么同一处方不就可以治愈两者的共同疾病吗?大家都认为,参议员和枢密顾问官常常犯啰唆、冗长、感情冲动的毛病,以及其他歪风邪气,他们头脑里有许多毛病,而心病更多;他们有时剧烈地痉挛,两手的肌肉和神经痛苦地收缩,特别是右手的肌肉和神经更是如此;有时他们还会动肝火、腹胀、头晕、昏迷;有时他们还会生含有致命毒脓的瘰疬肿瘤;还会犯酸性逆气、吐沫、善饥易饿、消化不良,以及许多其他病症,我在这里就不一一列举了。因此,这位医生建议:参议院开会时,头三天得请几位大夫列席,每天辩论完毕,他们就替每一位参议员诊脉;经过周密考虑,讨论出各种病症的性质和治疗方法以后,医生们就应该在第四天带着药剂师,预备好各种对症药品赶回参议院;议员入席以前,让每人按照病情服用镇定剂、轻泻剂、利泻剂、腐蚀剂、健脑剂、缓和剂、通便剂、头疼剂、黄疸剂、去痰剂、清耳剂;在下次开会时,再按照药性决定是否再服,换服它药,或者停服。

这一计划对公众负担不会很大,所以我认为在参议员有立法权的国家里,这对于提高办事效率会起很大作用。它可以造成全场一致的气氛,缩短辩论时间,让缄默的人讲话,叫乱说话的人住口;改正老年人的执拗,遏制青年人的性急;让糊涂人清醒,也使冒失鬼谨慎。

同时,因为大家埋怨君王的宠臣记性很坏,医生就又建议:任何人谒见首相大臣,简单明了地报告完公事以后,要辞退的时候,应该拧一下这位大臣的鼻子,或者踢一下他的肚子,或者踩一下他脚上的鸡眼,或者把他的耳朵扯三下,或者把一根针扎进他的臀部,或者把他的手臂拧得青一块紫一块的,这都为的是使他不至于忘记。每当他上朝的日子就来上这么几手,一直等到他把公事办好,或者坚决拒绝办理时才停止。

他还指出:每位参议员在国家议会发表了意见并举行了答辩,付表决时却必须投票完全反对自己的主张,因为如果这样做,其结果必然会对公众有利。

如果在一个国家,党派斗争激烈,为了使两派和解,他提出了一个奇妙的办法。办法是这样的:从各党派分别挑选出一百名头面人物来,把头颅差不多大的,两党各一人,配对成双;然后请两位技术精良的外科手术师同时把一对对头面人物的枕骨部锯下来,锯时注意使脑子平分为二。两位手术师把锯下的枕骨部交换一下,分别安装在反对党人的头上。这项手术要求做得精确。教授告诉我们,如果手术作得精巧利落,其疗效是绝对可靠的。他争辩说，两块半拉脑子在一个脑壳里自己辩论一番，一定很快就会达成协议，就会心平气和、有条不紊地进行思考。我们多么希望自认为生在世界上就是要观察和支配世界的运动的人，脑子里都能做到心平气和、有条不紊地思考啊；至于有人说，两派领袖人物的脑子，无论就质量和大小来说都不一样，那可怎么办呢；这位医生对我们说，就他个人所知，即使有一点差别那也无足轻重。

我听到两位教授在热烈地争论，最方便有效而又不使老百姓遭受痛苦的筹款办法应该是怎样的呢？一位教授认为：最公正的办法是，对种种罪恶和丑行征收一定的税款。每人应纳税额由其邻居组成陪审团公平合理地予以评定。另一位却持完全相反的意见；他主张，有些人自夸在体力和智力方面具有才能，那就应该征税，至于税率多少，应该由他们自己按照其才能出众的程度加以评定。最受异性宠爱的男子应该交纳最高的税，至于税额多少，那就要看他接受的爱情是什么性质的，受到多少次宠爱而加以决定；关于这一点允许他们为自己提出保证。他认为，对聪明、勇敢、礼貌也应该征收重税，收税办法相同，税额由他们自己决定。然而，名誉、正直、智慧和学问却无需收税；因为这都是一些非凡的才能，一个人既不肯承认他的邻居有这样的才能，他自己有了这样的才能，也并不感到有什么了不起。

他主张妇女应该按照她们的美丽和打扮本领来纳税，当然她们也和男人一样，有她们的特权，税额要由她们自己决定。但是对节操、贞洁、辨别是非的能力、温和的性情却无需征税，因为征税所费不赀，对这些也征税是不值得的。

为了使参议员能够为王室的利益服务，他建议参议员以抽签方式取得职位。抽签以前，每人必须宣誓保证自己不管中签与否都要投票赞成朝廷。抽签以后，没有中签的人还有机会在下一次官员出缺时抽签。这样他们还有点指望，就不会埋怨朝廷没有实践诺言，而只有把自己的失败归咎于命运，命运的肩膀比内阁的肩膀要来得宽阔壮实，是经得起重担的。

另一位教授拿出一大本文件来给我看。这本文件的内容是关于如何侦察反对政府的种种阴谋诡计的。他劝告大政治家对所有嫌疑人物进行检查,看他们吃的是什么,在什么时候吃饭,睡觉时脸朝哪边,用哪一只手揩屁股;严格检查他的粪便,从粪便的颜色、气味、味道、浓度、粗细以及食物消化程度来判断他们的思想和计划。因为人们再没有比在拉屎时思考更为严肃、周密而集中的了。这是他多次进行实验找出来的真理。他在盘算怎样才是杀死君王最好办法时,粪便就会变绿;如果他一味在想如何煽动叛乱或者放火烧毁京城,粪便颜色就大不相同了。①

这篇论文通篇写得十分犀利,其中许多见解对政客们来说,既有趣又有用,但是我觉得还不够完善。我把我的看法告诉了作者,并且向他表示,如果他高兴的话,我愿意提出几点补充意见。他诚恳地接受了我的意见;在作家中,特别是在设计家之流的作家中,这样虚心接受意见的人还是很少见的。他说他很想听听我还有什么意见。

我告诉他,我在旅行中曾在垂不尼亚②王国逗留了一段时间。当地人管这个王国叫作兰敦③。那里的人民大部分是侦探、见证人、告密者、上诉人、检举人、证人、发誓控告人和他们的爪牙。他们受正、副大臣的庇护、指挥和津贴。在这个王国里,制造阴谋的人大都企图抬高自己的大政客身份,使一个摇摇欲坠的政府恢复元气,镇压或者转移群众的不满,把没收的财物填满自己的口袋,左右公众舆论尽量满足个人私利。他们先取得一致同意,决定控告哪些嫌疑分子图谋不轨;接着他们采取有效手段查获嫌疑犯的书信和文件,④然后把这些人囚禁起来;文件则送交给能够巧妙地找出文件中词、音节和字母的神秘意义的一伙能手。比如说,他们会发现"马桶"指"枢密院";"一群鹅"指"参议院";"瘸腿狗"⑤指"侵略

---

① 影射一七二三年阿特柏立主教参与保皇党阴谋而受审的事。
② 垂不尼亚(Tribnia)影射英国。Tribnia 和 Britain(不列颠)所包括的字母完全相同,不过排列次序不一样。
③ 兰敦影射伦敦。
④ 审讯阿特柏立主教时,曾对缴获的大批信件进行检查,据说这些信件是用代号密码写的。
⑤ 在阿特柏立的信中,经常提到的瘸腿狗哈莱昆就是"王位觊觎者"的代号。

者";"傻瓜"指"——"①;"瘟疫"指"常备军";"秃鹰"指"首相";"痛风"指"祭司长";"绞架"指"国务大臣";"夜壶"指"贵族委员会";"筛子"指"宫廷女官";"扫帚"指"革命";"捕鼠机"指"官职";"无底洞"指"财政部";"臭水坑"指"朝廷";"丑角戴的系铃帽"指"宠臣";"折断的芦苇"指"法庭";"空酒桶"指"将军";"流脓的疮"指"行政当局"。

如果这种办法行不通,他们还有两种更为有效的办法,该地学者管它们分别叫作"离合法"和"字谜法"。第一种办法是,他们能把所有词开头的字母解释出它们的政治意义。这样,N 就指"阴谋";B 指"一旅骑兵";L 指"海上舰队"。要不他们就采用第二种办法,把可疑文件上的字母变换拼写次序,就能发现对行政当局不满的政党最诡秘的阴谋。比如说,我在一封致友人书里说,"我们的汤姆哥最近患了痔疮。"一位本领高超的译解家对这句话里所有的字母加以分析,就会得出下面这样一句话:"阴谋已经成熟。反抗吧!塔②。"这就是字谜法。

教授非常感激我给他提出了这些意见,满口答应要在他的论文中提及我的名字以表敬意。

我觉得这个国家再没有什么东西值得留恋的,就不想再在这儿住下去了,于是动了返回英国老家去的念头。

---

① "——"代表"国王",当时作者不好明白写出,故以"——"代之。
② "塔"是波陵布洛克流亡法国为詹姆士二世进行复辟阴谋活动时所用的假名。

第 七 章

作者离开了拉格多,到达马尔当纳达。当时没有便船可搭,到格勒大锥去作一次短途航行。他受到当地长官的接待。

这个王国只是一座大陆的一部分。我有理由相信这座大陆向东一直延伸到美洲加利福尼亚以西的无名地带。它北临太平洋。离拉格多不到一百五十英里就是大海,那儿有一座良港,跟位于这座大陆的西北,北纬二十九度东经一百四十度地方的拉格奈格大岛贸易关系频繁,大岛东南方大约一百里格就是日本。日本天皇和拉格奈格国王结成了亲密的同盟,两国间常有船只往来。因此我决定走这条路线回欧洲去。我雇了一名向导带路,两头骡子驮行李。我向高贵的主人告别,过去他待我很好,临行又十分慷慨,送了我一份厚礼。

我一路上没有遇到什么值得一提的意外奇遇。我到达马尔当纳达港(港口的名称就是这样),港里却没有要到拉格奈格去的船,再过些时也不见得会有。这座港口跟普茨茅斯①差不多大。不久我就结识了几个朋友,受到了他们的热情招待。其中有一位高贵的绅士对我说,大概一个月内不会有到拉格奈格去的船,如果我想到西南方距此五里格的小岛格勒大锥去游历一番倒也有趣。他自己和一位朋友可以陪我前往,并且可以给我准备一艘轻便的三桅小帆船。

---

① 普茨茅斯是英格兰南部的军港。

"格勒大锥"这个词根据我的理解最近似的译名是巫人岛。它的面积大约有外特岛①的三分之一,物产非常丰富。岛上的部落居民全是巫人,由部落首领统治着这座岛。他们只与同一部落的人通婚,由同辈中年龄最长的继任岛主或者长官。长官有一座富丽堂皇的宫殿,一座面积大约有三千英亩的大花园,周围是一道二十英尺高的石头围墙。大花园里又圈出一块块牧场、麦田和园艺场。

一些很不寻常的仆人侍奉着长官和他的家属。长官精通魔法,有本事随意召唤任何鬼魂,支使他们二十四小时,但是过了规定时间他的法术也就不灵了。同时在三个月内,他也没有能力把刚被召唤过的鬼魂重新召来,除非是情况非常特殊。

我们来到岛上的时候,大约是上午十一点钟。陪我同来的一位先生去拜见了长官,请求他接见一位特意来拜访他的陌生人。他马上答应了这个要求。我们三个人一起进了宫门,两旁都站着一排服装、盔甲都非常古怪的卫士,他们的面孔我看了不知怎的只觉得心惊肉跳,当时的恐怖简直难以形容。我们经过几间内殿,一路上两旁也都站着那种可怕的卫士,才来到了大殿上。我们深深地鞠了三个躬,他问了几个问题,就叫我们坐在宝座下最低的一层台阶旁边的三个凳子上。他懂巴尔尼巴比话,虽然那和他岛上的话并不相同。他要我讲一讲我的旅行经过;同时,为了向我表明他并不拘礼,他动了一下手指就把随从打发走了。一眨眼,他们就无影无踪了,我却不由大吃一惊,因为这就像突然从梦中惊醒,眼前的梦境完全消失了一样。我过了好久还不能恢复常态,长官叫我放心,他不会伤害我的。我又看到我那两个同伴都毫不在乎,他们过去也常常受到这种优待。我就壮起胆子来,把历次旅行的大概情况向长官汇报了一下,但是心里还不免有些踌躇,时常回头看着我刚才看见有鬼魂侍从站着的地方。我很荣幸能跟长官一同进餐。一班新鬼端上菜来,并且在一旁侍候。我觉得这时已经不像早上那样害怕了。我一直待到日落时分,就恳切要求长官原谅我不能接受在宫中住宿的邀请。我和两位朋友当晚就住在附近

---

① 外特岛是靠近英格兰南海岸的一个小岛,面积一百四十七平方英里。

市镇上的一个人家里,这个市镇也就是本岛的首府。第二天早上,我们又到长官那里去侍候,因为他很高兴再接待我们。

我们就这样在岛上住了十天,每天大部分时间都跟长官在一起,晚上才回到住处。不久以后我看到鬼魂也就习惯了,看见过三四次,也就无动于衷了。如果说我还有些害怕,我的好奇心却远远胜过了恐惧。长官要我随意指名召唤我要看的鬼魂,不管数目多少,从世界开创到当代所有的鬼魂他都可以召来,他并且可以命令他们回答我认为有必要提出的问题,不过有一个条件,我提出的问题不能超越他生活在世界上的时代范围。我可以放心,他们一定会把事实真相告诉我,因为说谎这种才能在阴间是无法施展的。

我向长官表示感激他对我这样开恩。我们进入一间内殿里,从这里可以看到大花园里的美丽景致。因为我首先想看一看富丽堂皇的场面,我要求见一见阿尔伯拉战役以后统率着大军的亚历山大大帝①。我们站在窗户跟前,长官把手指一动,窗户下面马上就出现了一个大战场。亚历山大大帝被召进殿来。他说的希腊话听起来很不容易懂,而我自己呢,希腊话也会得不多,他郑重地告诉我:他并不是被毒死的,而是因为饮酒过度发高烧病死的。

接着我又见到了正在越过阿尔卑斯山途中的汉尼拔②。他告诉我:他的军营里连一滴醋也没有。

我看见凯撒和庞贝③正统率着大军,准备交锋。我看见了在最后一次胜利中的凯撒。我要求看到罗马元老院在一间大厅里开会的情况,同

---

① 亚历山大大帝(纪元前356—纪元前323)是马其顿皇帝。他征服波斯建立了亚历山大大帝国。在阿尔伯拉战役中,他击溃了波斯大军。
② 汉尼拔(纪元前247—纪元前182)是迦太基(古代非洲北部的强国)的军事家。纪元前二一六年他率领驻在西班牙的一支精锐的迦太基部队北上越过阿尔卑斯山直抵意大利北部,给罗马造成了严重的威胁。据李维所著历史,汉尼拔进军时大石挡道,汉尼拔下令把大石烧热,然后浸以食醋,大石就随之崩塌了。
③ 凯撒(纪元前102—纪元前44)和庞贝(纪元前106—纪元前48)都是罗马的大将,他们两人和克拉苏缔结了秘密同盟(三雄政治),瓜分了罗马的政权。纪元前四十九年凯撒和庞贝之间发生了战争。战争的结果是庞贝遭到了失败。

时也要求看到现代的下议院在另一间大厅里开会①,作为对比。看起来罗马元老院就像英雄和半人半神在聚会,而现代下议院却像一群乱哄哄的小贩、扒手、土匪和暴徒。

长官接受了我的请求做了一个手势叫凯撒和马克·布鲁脱斯②一起走到我们跟前来。我看到布鲁脱斯不觉肃然起敬,从他脸上的任何一部分都很容易看到至高无上的美德,坚定而无畏的胸怀,真诚的爱国心肠和对于人类的热爱。我看见这两个伟人能够互相了解感到非常高兴,而且凯撒坦率地向我承认:他一生的伟大功绩远远赶不上布鲁脱斯因结果了他的一生而获得的光荣。我很荣幸能够跟布鲁脱斯谈了半天话;他告诉我,他和他的祖先优尼乌斯③,还有苏格拉底④,依帕米浓达斯⑤,小伽图⑥,托马斯·莫尔爵士⑦总在一起。在世界历史的各个时代中找不出第七个人来够资格加入他们这个六人集团。

为了满足我要把世界历史上各个时期都摆在面前的奢望,多少著名人物都被召唤来了,如果一一加以叙述,读者们一定会觉得沉闷无聊。我看见的主要是许多推翻了暴君和篡位者的人,和许多为被压迫被侮辱的民族争回自由的人。但是我简直无法说出心中的痛快淋漓,叫读者们读了也感到快意。

---

① 英国议会。
② 马克·布鲁脱斯(纪元前78—纪元前42)是反凯撒阴谋集团的首领之一。
③ 优尼乌斯·布鲁脱斯是纪元前五世纪时人,相传他是罗马的第一任执政官,他建立了罗马共和国。
④ 苏格拉底(纪元前469—纪元前399)是古希腊的哲学家。
⑤ 依帕米浓达斯(纪元前420—纪元前362)是台比斯的大将。
⑥ 小伽图(纪元前95—纪元前46)是罗马哲学家。
⑦ 托马斯·莫尔爵士(1478—1535)是英国哲学家,《乌托邦》的作者。

第 八 章

格勒大锥概况(续)。古今历史订正。

我很想见一见古代最著名的学者和贤人,为此我特地安排了一天时间。我请求召见荷马①和亚里士多德,是不是让他俩率领着评注过他们的著作的人出现在我们面前。不过他们人数太多了,几百人只好暂时在大殿前和几间外殿里侍候。我只看了一眼就认出了这两位伟人,不但能从人群中把他们认出来,而且也能把他们俩清楚地分开。就他们两人来说,荷马来得较为高大俊秀。像他这样年龄的人,走起路来也算很硬朗的了。他那一双眼睛活泼而锐利,我从来还没有见过这样活泼而锐利的一双眼睛。亚里士多德腰弯得厉害,拄着一根拐杖。他容貌清瘦,头发又稀又长,嗓音低沉。我很快就发现他们两个人并不认识其余的人,他们从来没有见过也没有听说过这些人。有一位鬼魂,我不必说出他的姓名来了,悄悄地对我说:这些评注家由于惭愧自己把这两位作家介绍给后世的时候错误百出,所以在地下总远远地躲着他们的作家,我把戴底摩斯和由斯大修斯②介绍给荷马,并且劝他待他们好一些,因为他很快就发现他们对于了解一位诗人的精神缺乏天才;当我把斯各特斯和拉牟斯③介绍给亚里士多德时,他听了我的介绍竟勃然大怒,他问他们:其余的人是不是也

---

① 荷马是古希腊的诗人,《伊利亚特》和《奥德赛》的作者。
② 戴底摩斯和由斯大修斯都是评注荷马史诗的学者。
③ 斯各特斯(住在法国的爱尔兰人)和拉牟斯(法国人)都是评注亚里士多德著作的学者。

像他们一样都是一些傻瓜。

我又请求长官把笛卡儿①和伽桑狄②召来。我劝他们把自己的思想体系解释给亚里士多德听。这位伟大的哲学家坦率地承认自己在自然哲学方面所犯的错误,因为他也像别人一样,对许多问题不能不妄加臆测;他同时也发现伽桑狄尽力宣扬的伊壁鸠鲁③学说和笛卡儿的涡动说也同样不值一驳。他预言万有引力说④也将遭遇同样的命运,虽然当代学者热衷于这一学说。他说,新的自然体系不过是一时的风尚,因时代不同而经常变更。即使有人自以为可以以数学原理证明这些体系,也只能在短短的一个时期内流行,及至得出证明,也就不再行时了。

我用了五天时间跟许多古代学者谈话。古罗马的皇帝大半我都见到了。我劝说长官把伊里奥伽巴娄斯⑤的厨师召来,给我们做一桌筵席,但是由于缺乏材料,竟显示不出他们的本领来。爱基西劳斯⑥的农奴给我们做了一盆斯巴达式肉羹,我只吃了一匙子就再也吃不下去了。

陪我到岛上来的那两位先生因为急于办理私事必须在三天后回去,我就在这三天里会见了一些已经死去的近代名人,他们都是两三百年来我国和欧洲其他各国显赫一时的大人物。我一向崇拜名门世家,于是就请求长官召见一二十位国王,连同他们的八、九代祖先也一齐召来。但是出乎意料,我竟大失所望,他们一辈辈传下来并不都头戴皇冠,我在一个皇族世系中竟发现有两位提琴师,三位衣饰华丽的朝臣和一位意大利教长。另一个皇族世系中却有一位理发匠,一位修道院主和两位红衣主教。由于我太尊敬这些戴皇冠的人,所以对这个微妙的话题就不便谈下去了。至于那些公爵、侯爵、伯爵、子爵之流,我就顾不得那么多了。我坦白承认,因为我能够从他们的祖先身上找出一些名门望族的某些特征,溯流穷

---

① 笛卡儿(1596—1650),法国的哲学家和学者,唯理论的创始人。
② 伽桑狄(1592—1655),法国唯物主义哲学家、科学家,他在伊壁鸠鲁的学说中找到了唯物主义的支柱。
③ 伊壁鸠鲁(纪元前341—纪元前270),希腊的唯物主义者和无神论者。
④ 万有引力定律是英国的物理学家牛顿(1642—1727)所发现的。
⑤ 伊里奥伽巴娄斯(205?—222)是罗马皇帝,以奢侈腐化著名。
⑥ 爱基西劳斯(纪元前444?—纪元前360),斯巴达国王。

源,倒也非常有趣。我看得清清楚楚,哪一家人的长下巴颏是怎么来的,为什么另一家人有两代总是出坏蛋,再传下去两代又尽是傻子,为什么第三家人疯疯癫癫的,为什么第四家人是一群骗子。像坡里道尔·维吉尔①在讲到一个名门大家的时候说过:男子不勇敢,女子不贞洁,②这到底是怎么一回事呢。残暴、欺诈和怯懦怎么会成了一些家族的特征,而他们这些特点竟跟它们的盾牌纹章同样出名呢。是什么人第一次给一个高贵的家族带来了梅毒,代代相传使他的后代生着瘰疬毒瘤。我看到他们的世系中有的是小厮、仆人、侍者、车夫、赌徒、琴师、戏子、军人和扒手,我就一点也不觉得奇怪了。

最令我作呕的要算现代历史了。因为仔细检查一下近百年来宫廷里的所有大人物,我发现一些像娼妓一样的作家怎样哄骗世人:懦夫立了伟大的战功,傻子提出了聪明的建议,阿谀奉承的人最诚恳,出卖祖国的人竟具有古代罗马人的优良品质,不信神的人最虔诚,鸡奸犯最贞洁,告密者最诚实。多少无辜的好人,由于大臣影响了腐败的法官,党派倾轧,而被判处死刑或者流放在外。多少恶棍爬上了高位,受到国王的信任,作威作福,有钱有势。朝廷、枢密院和上议院里发生的大事,他们进行的政治活动大半都可以和鸨母、妓女、乌龟、寄生虫和小丑的行为媲美。世界上的伟大事业和革命事业的动机原来不过如此,他们取得成功只是由于发生了可耻的意外事件,我听了这些真情实况,对于人类的智慧和正直就不免鄙夷了。

我在这里还发现许多装模作样写什么轶闻秘史的人多么诡诈而无知,许多国王都被他用一杯毒药送进了坟墓;君王和首相无人在场时的谈话也被他们纪录了下来;他们公开了驻外大使和国务大臣的思想和秘密,但不幸的是他们却老是犯错误。我在这里还发现了许多震荡世界的大事的真正原因,一个妓女把持着后门的楼梯,后门的楼梯支配着枢密院,枢密院却操纵着上议院。一位将军在我面前忏悔:他打过一次胜仗,那完全是由于怯懦而指挥无方;一位海军大将说:因为缺乏正确的情报,

---

① 十六世纪在英国居住的一位意大利教士,他用拉丁文写了一部英国史,闻名于世。
② 这句话在维吉尔的著作中找不到。

本来他打算率领舰队投敌,谁知却打败了敌人。三位国王向我郑重声明:他们在位期间,除非是偶然发生错误或者中了他们的亲信大臣的诡计,他们从来没有提拔过一个有功的人。假如他们再活在世上,他们再也不会做这样的事。他们提出了有力的证据说明:不允许有贪污腐化的行为,坐在宝座上就没有人会拥护你,因为道德灌输给人的那种过于自信、矜持、倔强的性格对于公众事务永远是一种障碍。

我由于好奇,特别问起大臣们用什么方法取得了高官贵爵和巨大的产业。我提出这个问题仅限于近代,决不触及当代,因为我在这问题上一定要十拿九稳,连外国人也决不得罪(我希望不必再向读者声明,我这里所谈的一切,没有一点是涉及我祖国的)。许多有关人士都被召来了,我只问了一问,就发现他们竟这样无耻,我每想到这件事,就不能不认真起来。伪证、欺压、唆使、诈骗、拉纤等等罪行还算是他们提到的可以原谅的手段,这些毕竟还说得过去,我也就原谅了他们。但是,有的人承认自己犯了鸡奸、乱伦的罪行,有的人迫使自己的妻女卖淫,有的人出卖祖国和君王,有的人下毒药,为了消灭无辜好人而不惜滥用法律、歪曲是非,这些都是取得地位和财产的手段。对于地位高贵的大人物,因为他们仪表威严,我们这些卑贱的人自然应该尊敬他们,如果因为我发现了这些事实而使我减低了对他们的崇敬,我希望可以得到大家的原谅。

我从书本上读到过一些忠君爱国的伟大功绩,因此想见一见这几位功勋人物,我问了一下才听说他们的姓名并没有记载下来,就是记载下来的也只有很少几位,历史家都把他们写成了最卑鄙的流氓和卖国贼,其余的人也都是我从来没听说过的,他们的样子都很颓唐,衣着粗陋,大多数人都告诉我,他们最后都穷愁潦倒而死,有的甚至死在断头台上或者绞刑架上。

在这些人中间,有一个人的遭遇有些不平常。他身旁站着一个年约十八岁的青年。他告诉我,他在一艘战舰上当过多年舰长。他在艾克丁姆①海战中,幸运地冲破了敌人的主要防线,击沉了三艘主力舰,并且俘

---

① 纪元前三十一年屋大维(奥古斯都)的军队,在希腊西部的艾克丁姆海战中,击败了安东尼。

获了一艘,这是安东尼①兵败逃走,他们大获胜利的主要原因。站在他身旁的青年是他的独子,也在这次战役中阵亡了。他接着说,他自恃有功,战争一结束,就到了罗马,请求奥古斯都②朝廷提拔他充当另一艘更大的战舰的舰长,那艘战舰的原任舰长阵亡了。但是朝廷不理睬他的要求,竟把这职位给了一个从来没有见过海洋的青年,他是皇帝的一个情妇的侍从李柏丁那的儿子。他回到了自己的战舰上,就被加上了玩忽职守的罪名,战舰则移交给海军副将泼不利可拉的一位亲随。他只好退职,住在离罗马很远的一个贫穷的村庄上,了结了他的一生。我很想知道这件事的真相,就请长官把这次战役中的海军大将阿格瑞巴召来。他被召来以后证明舰长的话全都是事实,并且补充了很多有利于这位舰长的事迹,因为那位舰长为人谦逊,大部分的战功他自己都没有提起过。

我很奇怪在这个帝国里,奢侈之风最近才流行起来,贪污腐化竟会发展得这样厉害,这样迅速,所以我对其他国家的类似情形就不觉得有什么奇怪了。在这个国家里,种种罪恶早已猖獗,总司令醉心于歌功颂德和劫掠财富,实际上他既没有功劳,也不配占有财富。

因为每个被召见的人,样子跟他活在世界上的时候一样,我看到近百年中我们人类退化了不少,不免伤心起来。各种名称各异、后果不同的花柳梅毒,使英国人的面貌完全改变,使他们变得身材短小,精神涣散,肌腱无力,面色苍白,膘肉恶臭。

我居然卑贱到这种程度,竟希望召唤几个古代的英国农民来见见面。他们风俗淳朴,衣服饮食简单,一向公平交易,具有真正的自由精神,勇敢爱国,他们这些美德在过去都是很有名的。我把现在的活人和过去的死人加以对比,不无感触。他们原有的纯朴和美德,都被他们的子孙为了几个钱给卖光了。他们的后代子孙出卖选票,操纵选举,早就染上了那些只有在宫廷里才学得会的种种罪恶和腐朽的行为。

---

① 安东尼(纪元前83—纪元前30),罗马后三雄之一。
② 奥古斯都(纪元前63—纪元14),罗马帝国的第一个皇帝,原名屋大维,也是罗马后三雄之一。他击败安东尼后建立了罗马帝国,并自称奥古斯都,意思是"神圣"。

第 九 章

作者回到马尔当纳达。他乘船到拉格奈格王国去。作者被捕。他被押解到朝廷。他被引见时的情形。国王对于臣民非常宽大。

我们动身的日子到了,我向格勒大锥长官阁下告辞,跟我那两位同伴一起回到了马尔当纳达。我在那里等了两星期,就赶上有一艘船准备开往拉格奈格。那两位绅士跟一些别的人都非常慷慨和善,给我准备了食物,送我上船。这次航行足足有一个月之久。我们遇到了强风暴,只有向西方行驶,才趁着贸易风继续驶进了六十多里格。一七〇八年四月二十一日我们驶进了克兰梅格尼格河口。克兰梅格尼格是拉格奈格东南角上的一个海港。我们在离港不到一里格的地方抛锚,发出信号要求派一个引水员来。过了不到半个钟头两个引水员上了船,他们领着我们驶经许多浅滩、礁石,航程十分危险,终于进入了一个广阔的河湾。在这个河湾里,一支舰队可以在距离城墙不到一条锚索长的地方安全停泊。

我们船上有几位水手,不知是有意跟我作对还是一时不小心,对两位引水员说我是异乡人,并且是一位大旅行家。引水员又把这话转告了海关官员,因此我上岸后就受到了严格检查。这位官员用巴尔尼巴比语跟我说话,因为两地经常有商业往来,这个城市的人民,特别是水手和海关人员,大都懂得巴尔尼巴比语。我向他简单地报告了我的经历,尽量叙述得合情合理,前后一致,但是我认为有必要隐瞒自己的国籍。我自称是荷兰人,我这样说是因为我打算到日本去,而我知道欧洲人中只有荷兰人可以获准进入这个王国。我告诉海关官员,我们的船在巴尔尼巴比海岸附近触礁沉没,我被遗弃在一块礁石上。后来我被接到勒皮他飞岛(他也常常听见说有这么一座飞岛)上去。现在我打算到日本去,也许在那儿可以找到一个回国机会。海关官员说,在未接到朝廷命令以前,他必须把我拘留起来。他马上就写信请求,希望两星期后能够得到指令。他们把我带到一所舒适的住所,门前有哨兵看守。但是我可以自由地在一个大花园里活动,受到了人道的待遇,拘留期间的费用全由国家负担。也有许多人来访问我,这主要是由于好奇,因为据传我是来自一个非常遥远的国家,他们从来也没听说过有这样一个国家。

我雇用了一位同船来的青年担任翻译。他是拉格奈格人,在马尔当纳达住过几年,所以精通两国语言。依靠他的帮助,我就能跟来拜访我的人谈话,但是谈话的内容只包括他们提出的问题和我的回答。

朝廷命令在我们预期的时候送到了。原来是一张传票,命令十名骑兵把我和我的随从押解到特拉德拉格杜布(又叫特瑞德洛格锥布,就我记忆所及,这地名有两种读法)。我的随从就只有那个充当翻译的可怜孩子,我费了不少唇舌他才答应服侍我。在我的请求下,我们俩每人都弄到了一头骡子骑。一位使者比我们早走半天,去报告国王我就要到了,并且请求国王开恩规定一个日子和时辰,让我可以有机会"舔御前脚凳子下面的尘土"。这是朝廷礼仪,但我却发现这不仅仅是一个形式。因为我到达以后两天被引见的时候,我奉命在地上匍匐前进,一面爬一面舔地板,但因为我是外国人,他们事先把地面打扫得干干净净,所以尘土的味道还不怎么讨厌。不过这是特殊恩典,只有最高级官员在被召见时才能得到的。不但如此,如果被召见的人员不幸有几个有权有势的仇人在朝,有时地板上还故意撒上尘土,我亲眼看到一位大臣满嘴尘土,等他爬到御座前规定地点的时候,已经说不出一句话来了。这也没有别的办法,因为朝见的人在国王面前吐痰抹嘴唇都要被处死刑。这儿还有一种风俗,也是我不能完全赞同的,如果国王要用一种宽大的办法处死一位贵族,他就吩咐在地板上撒上一种褐色的有毒粉末,舔到嘴里,经过二十四小时一定会把罪犯毒死。但是平心而论,这位国王非常仁慈,对于臣子的性命是十分看重的(我很希望欧洲的君王能够效法他),我必须说明,每次行刑以后,他都严格地吩咐把地板上有毒粉的地方刷洗干净,如果侍从忽视了他的命令,就会有惹得国王生气的危险。我亲自听到他下命令,要把一个侍从打一顿鞭子,因为有一次行刑之后,应该由他去吩咐刷洗地板,他却故意玩忽职守。由于他的失职,一位年轻有为的贵族竟在被引见时不幸中毒身死,当时国王并没有打算杀害他,这位贤明的君王十分宽大,饶恕了这个可怜的侍从,免打他这一顿鞭子,只要他答应,没有特别的命令,下次再也不犯这样的错误。

闲话少说,我爬到离御座不到四码的地方,慢慢地挺起身来,跪在地上,磕了七个头,按照前一天晚上他们教我的话说:"Inckpling gloffthrobb squut serummblhiop mlashnalt zwin tnodbalkuffh slhiophad gurdlubh asht."这是一句颂词,根据当地的法律,所有朝见国王的人都要这样说。把它翻译成英语,意思就是"祝天皇陛下的寿命比太阳的还多十一个半月"。国王回答了几句,虽然我听不懂,也就照着别人事先告诉我的回答说:"Fluft drin yalerick dwuldom prastrad mirpush."意思就是:"我的舌头在我的朋友的嘴里。"这句话的意思就是我请求皇上准我把翻译叫进来。这样前面已经提到过的那位青年就被叫了进来。通过他从中传话我回答了国王在一个多小时中间提出的问题。我说巴尔尼巴比语,我的翻译就把我的话翻成拉格奈格语。

国王很喜欢跟我谈话,就下令吩咐他的 Bliffmarklub(意思就是侍从长)在宫中给我和翻译分配一所住处,每天给我们准备饮食,另外还给我们一大袋金子。

我遵从国王的旨意,在这个国家住了三个月。他非常高兴跟我谈话,并且要我就任高贵的官职,但是我却觉得还是和妻子家人在一起度过我的余年,那要来得妥当慎重一些。

第 十 章

拉格奈格人民受到作者的称赞。关于"斯特鲁布鲁格"的详细描写。作者和一些著名人士谈论这件事。

拉格奈格人是一个讲究礼貌、慷慨的民族。尽管他们跟所有东方国家的人民一样不免有几分骄傲,不过他们对于异乡人却非常客气,特别是受到朝廷重视的异乡人。我结识了许多位上流社会的人物,而翻译又随时在身边侍候,我们的谈话总算是很愉快的。

有一天,我跟许多朋友在一起,一位贵族问我是否见过他们的"斯特鲁布鲁格",意思就是"长生不老的人"。我说还没有,并且请他解释一下,一个凡人加上这样一个称呼到底有什么意思。他告诉我,有时候,尽管很罕见,一个人家生下了一个孩子,前额左眉上方有一个红色圆点,这个记号就表明这个孩子永远不死。他又说,这个圆点有一枚三便士的银币那么大,过些时候就会变大、变色,到十二岁时变成绿色,一直到二十五岁还是这样,以后就会变成深蓝色。四十五岁时圆点会变成煤黑色,有一枚一先令银币那么大,以后就不再变了。他说:这种孩子生的很少,他相信在全王国内,男女"斯特鲁布鲁格"不会超过一千一百人,估计住在京城里的大约有五十个,其中有一个女孩是三年以前生下来的。这一类的产儿并不是哪一家的特产,只不过是偶然凑巧罢了。就是"斯特鲁布鲁格"自己的孩子也跟别的人一样有生有死。

我率直地承认,听了他这一番话真是说不出的高兴。恰好跟我说话的那人懂得巴尔尼巴比语,而这种语言我也说得很好。我情不自禁地说了一些未免有些过分的话。我像发了狂一样大叫起来:"幸福的民族啊,你们的每一个孩子都有希望长生不老!幸福的人民啊,你们有许多古代道德的活的典范,你们有许多能够把过去时代的智慧教导给你们的大师!但是最幸福的还要算那些杰出的'斯特鲁布鲁格'。他们生下来就解除了全人类共有的灾难,因为他们永远不怕死亡,所以心情舒畅,一点也不会感到心情沉重、精神萎靡。"我表示很奇怪,为什么没有在朝廷里看到过这些杰出人物前额上有一颗黑痣是一个显著的特点,我不至于轻易略过了吧。像国王这样贤明,怎么能不把这样贤明能干的枢密官罗致在身边呢?也许这些令人敬重的圣贤太严肃了,道德败坏的朝廷容不下他们。根据以往的经验,我们知道年轻人性情固执而轻浮,不肯接受老成持重的劝导。但是,既然国王准我和他接近,我决定以后一有机会就要通过翻译向他率直陈述我对于这件事的意见。不管国王愿不愿意接受我的忠言,就一件事来说,我却下定了决心。既然国王一再要留我在他的国家里担任官职,我现在就感恩戴德,接受他的恩典,如果这些杰出的"斯特鲁布鲁格"肯让我接近他们,我就在这里住一辈子,整天和他们交谈。

我前面已经说过,我跟他说话的那位先生懂巴尔尼巴比语。他一面微笑(听到别人说话幼稚可怜才会有这样的微笑),一面对我说,如果有可能把我留下来住在他们这儿,他会感到很高兴,同时他请我允许他向大家解释一下我说的话是什么意思。他说了一会儿,大家就用本国语言谈论了一阵子,可是我一个字也听不懂,从他们的脸上我也看不出我的谈话给他们留下了什么印象。经过一阵短暂的沉默以后,那位先生对我说,他的朋友们和我的朋友(就是他自己,他认为这样说比较恰当),听了我关于长生不老的好处和快乐的一番宏论,都非常高兴。他们倒是很想详细地知道,如果我命中注定生下来是一个"斯特鲁布鲁格",我究竟要怎样安排自己的生活。

我回答说,这样一个内容丰富、令人高兴的题目是很容易发挥的,特别对我来说,更是如此,因为我常常喜欢设想,如果自己是一位国王、一位将军或是一位大贵族,我应该做些什么事。就现在这件事来说,我也曾作过全盘打算,如果我真能长生不老,我应该做些什么事,应该怎样度过这漫长的时间。

我说,如果我运气好,生下来就是一个"斯特鲁布鲁格",那么我一旦了解了生与死的区别,发现自己是幸福的以后,我首先要想尽一切办法发家致富,只要勤俭节约、辛苦经营,我很可以希望在大约两百年以后成为王国最富有的人。再者,我从小就从事艺术和科学研究,总有一天我的学问会超过所有的人。最后,我要详细地记录公众的每一件重要活动和大事,大公无私地根据自己的观察所得,把历代帝王大臣的性格刻画出来。我一定会把一切关于风俗、语言、服装、饮食和娱乐活动的变迁正确地记录下来。我有这么大的学问,我一定会成为知识、智慧的活宝库,一定会成为民族的先知。

六十岁以后我就不再结婚了,待人要慷慨,自己却要勤俭持家。我要培养、教导有希望的青年的心灵,运用自己的记忆、经验和观察,列举无数范例,使他们相信,在公私生活中,道德都是大有用处的,但是我自己经过精心选择的少数忠实朋友却一定是一帮长生不老的弟兄。我要从长辈和同辈中选出十二位朋友来。如果哪一位朋友没有产业,我就在我的产业附近给他准备一所舒适的住宅。我总要和几个朋友在一起进餐。至于你们这些凡人,我只肯跟少数几个难能可贵的人交往。时间一长我的心肠也就变硬了,你们死了我也就不会惋惜,以后就以同样的态度对待你们的后代。我就像一个人每年在花园里种上一些石竹和郁金香,他不会因为去年的花草已经枯萎而感到悲伤。

"斯特鲁布鲁格"一定会不断地跟我交流经验,各就观察所得,研究腐化怎样渐渐侵蚀世界的经过。我们要时时警告人类,教导人类,随时反对腐化;因为我们以身作则会产生很大的影响,也许足以阻止历代以来那种令人叹息的人性不断退化的趋势。

除此以外,亲眼看到许多帝国和小邦发生革命,上流和下流社会的变化,古老的城市化为废墟,无名的村庄一跃而为帝王的京城,该是多么令人高兴。我能看到著名的河流下降为浅水小溪;大海的一边变成旱地,另一边却被海水所淹没;许多现在还不知道的国家被人发现。野蛮民族侵入文明国家,而最野蛮的人却渐渐文明起来。我一定会看到黄经、永恒运动和万应灵药等等的发现，以及其他许多尽善尽美的发明。

在天文学上，我们会有多么奇妙的发现呀！我们活在世界上就能看到自己的预言成为事实，我们可以观察彗星的运行和再现，以及日、月、星辰的运动变化。

我又从各方面发表了许多议论，长生不老的自然欲望和尘世的幸福使我滔滔不绝地谈起来。当我的话说完了的时候，那位先生又把我的谈话内容翻译了一阵给别人听，接着他们就用本国话谈论了好一阵子，我的议论不时使他们大笑起来。后来，给我当翻译的那位先生才说了话，大家要他改正我的几点错误，我所以会犯这些错误是由于人类天性有着共同的缺点，因此我可以不负什么责任。这种"斯特鲁布鲁格"是他们国家特有的产儿，巴尔尼巴比和日本都没有这种人。他曾经做过驻巴尔尼巴比和日本的皇家大使，他发现这两大王国的人民都不相信有这样的事情。他先前向我提起这件事的时候，我非常惊讶，这也可以说明我当时也认为这是一件十分新奇、难以置信的事情。他在上面提到的两个王国居留的时候曾经和许多人谈过话，发现长生不老是人类普遍的愿望。一个人已经一条腿跨进了坟墓，一定会用力把另一条腿撑住。年老的人总还希望多活一天，而把死亡看作最大的不幸，天性随时都在鼓励着他要他躲开死亡。只有在拉格奈格这座岛上，求生的欲望却并不那么迫切，因为在他们的眼前时时有"斯特鲁布鲁格"作为殷鉴。

我所设想的生活方式是不合理的、不真实的，因为这要假定人的青春常在，永远健康，永远精力充沛。尽管一个人想入非非，也不会痴到这步田地，所以问题不在于一个人能否永葆青春，永远幸福健康，而在于他在老年人一般所具有的各种不利条件下怎样才能度过漫长的一生。虽然很少有人愿意接受这样坏的条件而长生不老，但是在日本和巴尔尼巴比这两个王国，他却发现人人都希望把死期推迟一些时间，越死得晚越好，同时他也很少听见有人愿意甘心死掉，除非他忍受不了极度的痛苦和折磨。他请我告诉他，在我的旅行途中经过的国家和在我的本国，我是不是发现那些地方也普遍存在这种心理。

他的开场白一完，就开始告诉我关于"斯特鲁布鲁格"的详细情况。

他说,他们在三十岁以前,一般说来,跟凡人并没有什么两样,但是三十岁以后他们渐渐忧郁、沮丧起来,一天天加深,一直到八十岁。这是他听他们自己亲口说的;不然的话,一个时代只有两三个长生不老的人降生,人数这样少是无法做出结论来的。他们活到八十岁的时候(在这个国家活到这么个岁数就算到了极点了),他们不但具备一般老年人所有的缺点和荒唐行为,并且还有许多别的缺点,因为他们对于自己永远不死感到恐怖。他们不但性情顽固、暴躁、贪婪、沮丧、虚荣、多嘴,而且丝毫不讲友谊和情爱,即使有,顶多也只能对儿孙还有些感情。嫉妒和妄想是他们的主要情感。但是引起他们嫉妒的事情主要是年轻人的不道德行为和老年人的死亡。他们嫉妒年轻人因为他们觉得自己已经没有寻欢取乐的可能;同时当他们看到送葬的行列时,他们又惋惜、抱怨只有别人才能得到安息,而他们自己却永远不能希望得到。他们除了在青年和中年时期得到的一些经验和知识以外,就什么也不记得,而这一点点东西也是很不完全的,关于任何事实的真相或者细节,我们最好还是相信传统的说法,而不要相信他们的记忆。在他们中间最幸福的人倒是那些年老昏聩、记忆全失的人。因为他们不像别人那样有许许多多恶习,所以他们还比较能受人怜悯和帮助。

如果一个"斯特鲁布鲁格"跟他的同类结婚,按照王国的恩典,等到夫妇二人中比较年轻的一人活到八十岁的时候,婚姻就可以解除。因为从法律观点来看,这种恩典极为合理,对一个要在世界上永远活下去的无辜罪人,不应该再让他负担一个妻子,使他加倍感到痛苦。

他们年满八十岁,法律就认为他们已经死亡。他们的后嗣马上就可以继承他们的产业,只留给他们少量的金钱来维持生活,贫穷的则由公众来供养。此后,大家就认为他们不能再担任任何工作,他们既不能为公众谋福利,也不能令人信任,他们不能购买或者租赁土地,也不能出庭为任何民事刑事案件作证。甚至不能参加地界的勘定。

他们活到九十岁,头发、牙齿全部脱落,这时他们已经不能辨味,有什么就吃什么、喝什么,胃口不好,吃什么也不香。他们的常患病却经久不愈,病情不会加重也不见好转。他们谈话时连一般事物的名称、人们的姓

181

名都忘掉了,即使是至亲好友的姓名,他们也记不起来。由于同样的原因,他们再也不能读书自娱,他们已经不能看完一个句子,看了后面忘了前面。这种缺陷使他们失去了唯一还可能有的乐趣。

这个国家的语言总是在不断地变动着,一个时代的"斯特鲁布鲁格"不懂另一个时代的语言。他们活了两百岁以后也就不能跟邻近的凡人谈话了,顶多只能说几个简单的词儿。因此他们虽住在本国却像外国人一样感到生活上有许多不便。

这就是我所能记忆的关于"斯特鲁布鲁格"的一段叙述。后来,我见过五六个属于不同时代的"斯特鲁布鲁格",最年轻的一个还不满两百岁,都是我的几位朋友在不同的时间领来给我看的,虽然有人告诉他们,我是一位曾到过世界各地的大旅行家,他们却一点也不感到好奇,提出个把问题来问我。他们只希望我给他们一个"斯兰姆斯苦达斯克",就是一件纪念品。其实这只是乞讨的一种设词,以逃避严禁他们这样做的法律,因为尽管他们得到的津贴很少,他们却是由公众供养的。

人人都轻视、痛恨他们。生下一个"斯特鲁布鲁格"来,大家都认为是不吉之兆,所以关于他们的诞生记载得很详细。因此查一查登记簿就可以知道他们的年龄,不过登记簿上记载的还不到一千年,由于年代久远,或者社会动乱,一千年以前的记载早就被毁掉了。通常计算他们的年龄的方法是先问他们还能记得哪一位国王或者大人物,然后再去查历史,因为毫无疑问他们记得的最后一位君王不会在他们八十岁以后即位。

他们是我平生所见最令人痛心的人,而女人比男人更来得可怕,他们除了具有极衰老的老人普遍存在的缺陷以外,还有一些格外令人可怕的地方,那可怕的程度和他们的年龄成正比,实在令人难以形容。我在五六人当中马上就可以认得出哪一位年龄最大,虽然他们的年纪相差不到一二百岁。

读者们不难相信,自从我亲自听到、亲眼看到这种人以后,我的长生不老的欲望为之大减。我想起自己过去有过的那些美好的幻想,不觉深深感到羞愧;我想,与其这样活着真不如死去,不管哪一位暴君发明哪一种可怕的死法,我都乐于接受。我跟我的朋友对这件事的一切谈论,国王

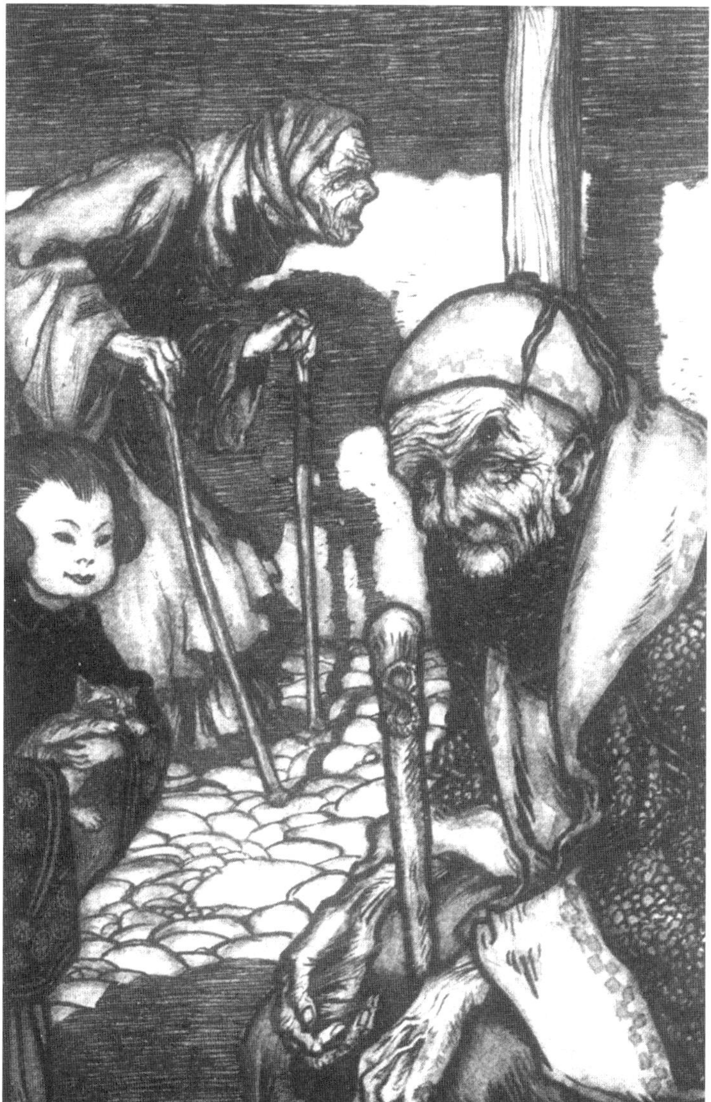

都听到了,就得意扬扬地挖苦了我一顿,要我把一对"斯特鲁布鲁格"送回本国,使我国人民不至于再贪生怕死。但似乎这是王国法律所禁止的,不然我倒甘愿费些力气,花些钱把他们运来。

  我不得不同意王国制订关于"斯特鲁布鲁格"的法律具有强有力的根据。在同样的情况下,任何国家都有执行这种法律的必要。不然,因为贪婪是老年的必然结果,这些长生不老的人终究会成为全国财产的业主,掌握了社会的权力,但是他们既没有能力经营管理,结果一定会使整个社会毁灭。

第十一章

作者离开拉格奈格,乘船到日本去。他又从那儿乘荷兰船到阿姆斯特丹,再从阿姆斯特丹回到英国。

我想这一段关于"斯特鲁布鲁格"的叙述也许可以使读者感到有趣,因为这多少有点与众不同。至少在我读过的游记中,我不记得曾在哪一本里碰到过类似的叙述。如果我记错了,我就请大家原谅,因为旅行家们在叙述同一国家的情况时,不免要大谈而特谈同一件事,而并不担负抄袭或者借用前人著作的罪名。

这个王国和日本帝国经常有商业往来;很可能日本的作家曾经有过关于"斯特鲁布鲁格"的记载。但我在日本停留的时间很短,而且一点也不懂这个国家的语言,所以我没法进行调查。但是我希望荷兰作家,经过我这一番介绍,一定会感到好奇,而能够弥补我的不足。

国王三番五次要勉强我接受朝廷官职,可是我坚决要回祖国,他也只好准我离境,并且亲笔写了一封介绍信让我带呈日本天皇。他又赐给我四百四十四大块金子(这个民族喜欢偶数),和一块红色金刚石,回英国后我卖了一千一百英镑。

一七〇九年五月六日,我郑重地辞别了国王和我的朋友们。国王还特别派遣卫队把我送到这座岛的西南部的皇家港口葛兰古恩斯达尔德。过了六天,我搭上了一艘开往日本的船,我们航行了十五天。我们在日本东南部的一个港口小城市滨关上岸。那市镇在港口的西端,有一条狭仄的海峡,向北通向一个狭长的内海,而京城江户①就在内海的西北岸。上岸以后我就给海关官员看了拉格奈格国王给天皇陛下的书信。他们对上面加盖的御玺非常熟悉,那御玺有我的手掌那么大。上面印的文字是:"一个国王从地上扶起了一个跛脚的乞丐。"市镇上的官吏听说我有这么一封信,就待我以大臣之礼。他们给我备了车马侍从,免费护送我到江户去。我到达以后就被召见,呈上书信,接着就举行隆重的仪式拆开了书信。翻译官把书信内容向天皇报告,然后他又向我传达天皇命令,叫我提出我的请求,不管我请求什么,看在拉格奈格王兄的面上,是都可以照准的。这位翻译官的职责是跟荷兰人打交道。他从我的面貌来推测,我是一个欧洲人,所以他又用纯熟的低地荷兰语把天皇陛下的命令重复了一遍。我就按照以前的决定回答说:我本来是一个荷兰商人,在一个遥远的国家遭遇了覆舟之祸,我又由陆路和海路从那儿到了拉格奈格,后来才坐船到了日本。我知道我的同胞常在这里经商,所以我希望能在这里有机会找到几个同伴随他们回欧洲去。我请求天皇格外开恩下令把我安全地送到长崎。同时我又提出了另一个请求,看在拉格奈格国王的面上,天皇陛下可否开恩豁免我执行践踏十字架的仪式,我的同胞到这儿来是要执行这种仪式的,但我遭遇不幸才来到他的王国,并不想作什么买卖。翻译官把我的第二个要求翻译给天皇听了以后,他似乎有些惊讶,他说他相信我是第一个不愿履行这种仪式的荷兰人,因此他怀疑我是不是一个真正的荷兰人,他更加怀疑我是不是一个基督徒。但是,根据我自己提出的理由,特别是看在拉格奈格国王的面上,他格外开恩原谅我性情孤僻。不过这件事需要巧妙地安排一下,他命令他的官吏让我出境,权当把这件事情忘了。他告诉我,如果我的荷兰同胞晓得了这件事,他们一定会在旅途中把我杀死。我又通过翻译官感谢天皇对我格外开恩。这时恰好有一支军队要开到长崎去,天皇就命令司令官护送我到那儿去,关于践踏十字架的事他还特别关照了他。

一七〇九年六月九日,经过长途跋涉,我到达长崎。不久我就结识了

---

① 江户是现在的东京,日本的首都。

一些荷兰水手,他们都是阿姆斯特丹的载重四百五十吨的商船"安波伊纳号"上的。我在荷兰住过很久,在来顿求过学,荷兰话也说得很好。水手们不久就知道我是从哪儿来的了。他们都非常好奇,向我询问历次航行的情形和生活经历。我尽量编造了一段简单可信的历史,却把真相大部分隐瞒了下来。我认识许多荷兰人,能够捏造父母的姓名,冒充是盖德尔兰省的一个寒微人家出身,我本来准备付给船长(一个叫德奥德拉斯·凡格鲁尔特的人)我到荷兰去应付的船费。但是他听说我是医生,愿意只收半价,只要我愿意在本行职业方面为他服务。在我们开船以前,有几位水手一再问我有没有举行过前面提到的那一种仪式。我总是含糊其辞地回答,说我已经满足了天皇和朝廷的种种要求。一个坏蛋水手却跑到官员跟前,指着我说我还没有踩过十字架,可是那官员早已接到了放我出境的指示,就拿起一根竹子在那个流氓的肩上打了二十下,此后就再也没有人拿这种问题来麻烦我了。

旅途中没有发生什么值得一提的事情。我们一帆风顺驶往好望角。我们为了上淡水只在那儿停泊了一下。一七一〇年四月十日,我们安抵阿姆斯特丹。在路上病死了三个水手,还有一个在离几内亚海岸①不远的地方在前桅上失足落水而死。不久以后,我就从阿姆斯特丹搭一艘小船回英国去了。

四月十六日我们到了唐兹。我第二天早晨才上岸,离开了整整五年六个月以后,又看到了祖国。我马上动身到瑞赘夫去,当天下午两点钟就到了家。我见到了我的妻子儿女,他们身体都很健康。

---

① 几内亚海岸指赤道附近非洲西海岸。

第四卷
慧骃国游记

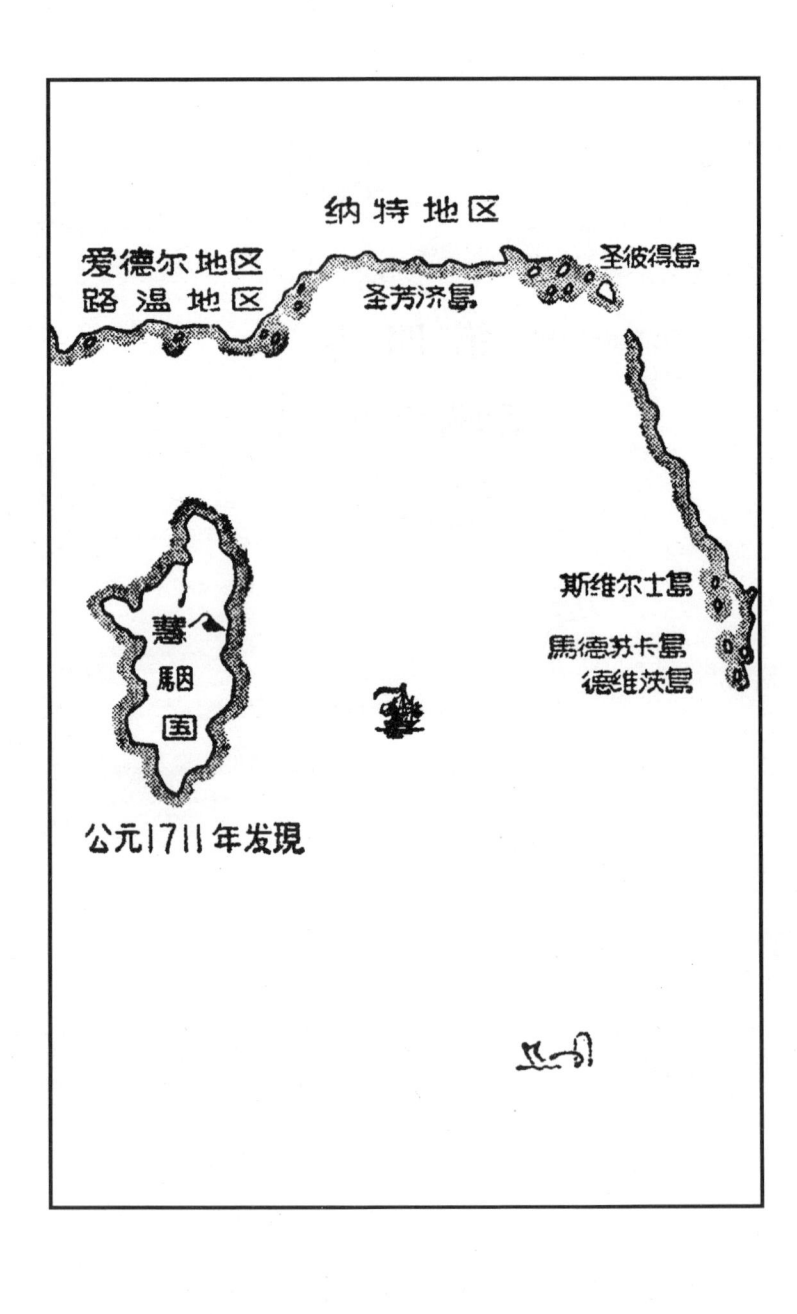

纳特地区
爱德尔地区　　　　　　　　　　圣彼得岛
路温地区　　圣芳济岛

斯维士岛
马德苏卡岛
德维茨岛

慧骃国

公元1711年发现

第 一 章

作者出外航海,当了船长。他的部下共谋不轨,把他长期禁闭在舱里,后来又把他抛弃在不知名的陆地上。他进入这个国家。关于"耶胡"——一种奇怪的动物的描写。作者遇见了两只"慧骃"。

我待在家里跟妻子、儿女一起过了约莫四个月的快活日子。(如果那时我懂得怎样才算是好日子就好了。)我又离开了大了肚子的、可怜的妻子,接受了一个待遇优厚的职务,在载重三百五十吨的商船"冒险号"上担任船长。因为我熟悉航海术,而对在海上做外科医生这件事感到厌倦(当然有时我也可以搞搞医生的业务),我就聘请了一位名叫罗伯特·漂尔佛依的干练的青年医生到船上担任外科医生。一七一〇年八月二日,我们由普茨茅斯扬帆启航,十四日在邓奈瑞夫岛①遇见了布利斯脱的普可克船长,他正要到坎伯尺湾②去采伐苏木。十六日一场大风暴把我们跟他吹散了;我这次归来后才听说他的船沉没了,除了一位船舱招待员脱险以外,船上人员无一幸免。他为人老成,是一名优秀的海员,不过有点固执己见,因此他和许多别的水手一样毁了自己。如果当时他听我的话,也许这时候他也跟我一样平平安安地和家人在一起过日子呢。

---

① 邓奈瑞夫岛是距非洲西北海岸六十英里的坎乃瑞群岛中最大的一座岛。
② 坎伯尺湾是北美洲东南岸的墨西哥湾的西南部分。

船上有几个水手因患热带狂热病死亡,所以我不得不在巴巴多斯岛①和背风群岛②招募新水手,雇用我的商人曾经指示我在这些地方停留,但是过了不久我就懊悔起来,因为我发现这些新水手大部分都做过海盗。船上一共有五十名水手,而我奉了东家的命令,要和南洋一带的印度人做生意,并尽量想办法发现新地区。我招募来的那些流氓勾引坏了我的部下。他们共谋不轨,企图夺下这艘商船,并把我囚禁起来。有一天早上,他们动了手,一直冲进了船舱,把我手脚绑了起来。他们威吓说,要是动一动,就把我丢到海里。我对他们说,我是他们的俘虏,情愿归顺。他们要我发誓表示屈服,接着就松了绑,只用一根链子把我的一条腿拴在床跟前。舱门口站了一个哨兵,枪弹上膛,他已经得到命令,如果我想脱身,就可以开枪把我打死。他们给我送饮食,船上的一切都听他们指挥。他们计划去做海盗,抢劫西班牙人,不过一时还做不成,他们还要招募一些部下。他们决定先抛售船上的货物,再到马达加斯加岛去招募水手,原来我被囚禁以后,他们中间死了几个。他们航行了许多星期,跟印度人做了些生意,不过我被他们囚禁在舱里,一步也不能动,时时刻刻担心会被杀害,因为他们曾几次威吓过我,所以就不知道他们走的是哪一条航线了。

一七一一年五月九日,一个叫詹姆斯·威尔赤的人来到我的舱里,声称奉了船长命令要押我上岸。我哀告了他半天,但是毫无效果;他也不肯说新船长是谁。他们逼着我走上一艘长舢板,让我穿上最好的衣服,那身衣服差不多还是新的,又让我带上一包衬衣杂物,但是除了腰刀以外却不准带任何武器。他们还讲点礼貌,并没有搜我的衣袋,因此我把所有的钱和几件日用品也带在身上了。他们划了一里格光景,就把我放在一片近海浅滩上。我要求他们告诉我这是哪一个国家。他们却一齐发誓,说他们也跟我一样不知道这是什么地方,他们只说这是船长(他们这样称呼他)的决定,出清货物以后,在发现陆地的第一个地方,就要把我撵下船去。他们立刻要开船回去,还劝我快点走开,不然潮水就要涌上来把我淹

---

① 巴巴多斯岛是西印度群岛中的一个小岛。
② 背风群岛是西印度群岛的一个岛群,在巴巴多斯的西北。

没。他们就这样和我告别了。

处于这孤寂凄凉的情况下,我只好向前走去,不久也就脚踏实地了。我在一个沙土堆上坐下来休息,考虑以后怎么办。这时我精神振作了一些,就进入了这个国家,决定向我首先遇到的野人投降,用手镯、玻璃指环和其他玩意儿向他们赎买性命。在这样的航程中水手总带着一些这一类的东西,因此我身边也带着几件。这里的土地上长着的一长排一长排的树木,把地分成一块块的,树也不是人工种植的,而是天然生长的。这里野草遍地,也有几块燕麦田。我非常小心地走着唯恐受到袭击,生怕身后或两边突然射来飞箭把我射死。我走上一条常常有人走的道路,看见上面有许多人的脚印,也有牛蹄子印,但是最多的还是马蹄子印。最后我看见一块田里有几只动物,还有一两只同类的动物坐在树上。它们样子很奇怪,很丑陋,使我感到吃惊,因此我就在一丛灌木后面卧下来看个仔细。有几只动物走上前来,靠近我卧倒的地方,我趁这机会看清楚了它们的形状。它们头上、胸前都长着一层厚厚的毛,有的地方毛是鬈的,有的地方毛是直的。它们像山羊一样长着胡子,背上、腿前面、脚面上都长着很长的一道毛,但是身体的其他部分却没有毛,这样我就看到它们的皮肤是浅褐色的。它们没有尾巴,除了肛门附近有一些毛以外,臀部也没有长毛,我想,这大概是大自然因为它们要坐在地上,才在那儿让它们长一些毛来保护肛门。它们时常坐着,也时常躺下,有时也用后腿站立。它们爬到高耸的树上去,像松鼠一样敏捷,因为它们前后脚都有尖利如钩的长爪。它们时常蹦蹦跳跳,蹿前蹿后十分活跃。母的没有公的那样高大;头上的毛直而且长,但是脸上却没有毛;除了肛门和阴户以外,别的地方只有一层茸毛。乳房吊在两条前腿中间,走路时有时几乎碰到地面。公兽和母兽的毛发都有几种颜色,有棕有黄,有红有黑。总而言之,我在历次旅行中从来还没见过这样难看的动物,也从来没有一种动物使我感到这样讨厌。我觉得已经看得够了,心里充满了轻蔑和厌恶,就站起身来,顺着原来的道路走去,希望找到一个印第安人的小屋。我走了没有多远,迎面就有这样一只动物拦住了我的去路,并且冲着我走上前来。那个丑陋的妖怪发现了我,脸上做出各种鬼脸,张大眼睛盯住我,好像盯住一件它从来没见过的东西一样。它走得更靠近了一点,就举起前爪,我真不知道它做这种动作是由于好奇还是要害我。不管怎样,我就拔出了腰刀,用刀背狠狠地打了它一下,我不敢用刀锋砍它,因为要是当地居民知道我杀死了或者砍伤了他们的家畜,他们是会恨我的。这畜生挨了这一下子,向后退了一步,大吼起来,于是四十多头怪兽同时从邻近的田地里赶了过来,把我团团围住,一面嗥叫一面做出种种嘴脸。我跑到一棵树木下面,把脊梁靠在树上,舞动腰刀使它们不敢近前。有几个该死的畜生,竟从树后面抓住树枝,跳上了树,对准我的头顶拉屎。我紧紧地贴住树干才躲了过去,但是差点儿被落在周围的粪便的臭气闷死。

正在这危急关头,我却发现它们突然尽快地跑开了。这时我也就离开了那棵树,再上前赶路,心里也奇怪什么东西会把它们吓成这个样子。我向左一看,只见一匹马在田里慢慢地走着。原来那些虐待我的动物早就看见它了,因此它们才逃走的。那匹马走到我跟前,吃了一惊,但马上就镇定下来,一直端详着我的脸,显得惊疑万状。它看看我的手,又看看我的脚,围着我走了几遍。我正要上前赶路,它马上拦住了我,样子十分和蔼,丝毫也没有要加害于我的意思。我们站在那儿面面相觑了半天;后来我斗胆向前,摆出一位骑师驯服野马常用的姿势,嘴里吹着口哨,伸手过去要抚摸它的脖子。但是这动物似乎瞧不起我,不肯接受这种礼节,晃晃脑袋,皱皱眉头,轻轻抬起了右前蹄,拨开了我的手。它接着长嘶了三四声,每次音调都不相同,我不由觉得它是在自言自语,不过它说的是自己的话罢了。

我跟它正在这样相持不下时,又有一匹马走了过来。它很有礼貌地走到第一匹马跟前,互相轻轻地碰了一下右前蹄,相对嘶了几声,声音各不相同,简直像是在说话。它们走开了几步,好像要商量一下,它们并排走着,踱来踱去,就像在考虑一件大事,但是又时常回过头来瞧瞧我,好像在监视我,恐怕我逃走似的。我看到这两个畜生的态度和举动十分惊奇,心里想,如果这个国家的居民的智慧和马儿的成正比例,那么他们一定是地球上最聪明的人。这种念头使我十分欣慰,我决定再上前走去,也许可以找到房屋和村庄,或者遇到个把居民,这两匹马愿意谈就让它们谈下去吧。第一匹马是一匹灰色斑马,看见我要逃,就紧跟在我身后长嘶起来。它的声音那样富于表情,我觉得似乎听懂了它的意思。我就转过身来走到它的跟前,看它还有什么吩咐。我尽量装出并不害怕的样子,实际上我已经有些纳闷,真不知道这一次究竟会有个什么样的下场。读者们自然明白,我是不大喜欢当时的处境的。

那两匹马走到我跟前,非常认真地端详我的脸和手。灰色马还用右前蹄把我的礼帽摸了一圈,弄得不成样子,我只好把帽子脱下来整理了一下,又把帽子戴了上去。它和伙伴(一匹栗色马)看到我这样做都十分惊讶。栗色马摸了摸我的上衣襟,才发现是穿在我身上的,它俩露出了更加惊奇的神色。它抚摸我的右手,似乎很羡慕我的手又白又嫩。它把我的手紧紧地夹在蹄子和蹄骸中间,我却忍不住叫了起来;这样一来,它们俩就尽量温存地把我抚慰了一番。它们对我的鞋、袜感到十分困惑,不住地去摸它们,并且相对嘶了一阵,做出种种姿势,就像一个哲学家在想解决一个新的难题时的表情一样。

总之,这种动物的举动很有条理,很有理性,观察锐敏而且判断正确。因此我最后断定它们一定是两个魔法家,用一种法术把自己变成现在这个样子;他们在路上遇到了一个生人,就这样来寻开心。他们看到一个人,无论服装、外形、面貌和住在这个遥远的国家的人完全不同,当然会感到惊奇。我想来想去觉得有理,就大胆地对他们说了下面的一段话:先生们,如果你们是魔法家,——我敢相信你们是的,你们一定懂各国语言;因此我冒昧地告诉你们两位,我是一个可怜的、不幸的英国人,不幸漂流到你们的海岸上,我请求你们中间哪一位允许我骑在背上,就像骑一匹真马一样,把我驮到一家人家或者一座村庄,那我就可以得救了。为了报答你们的恩惠,我愿意把这把刀子和这只手镯送给你们作为礼物(说话时我从衣袋里把刀和手镯拿了出来)。我说话时,这两只动物一声不响地站在那儿,好像在注意地听。我说完了这些话时,它们又对嘶了半天,好像在一本正经地谈着,我很清楚地观察到,它们的语言很能表达情感,那些词儿不用费很大的劲儿就可以用字母写出,那比拼写中国话还容易得多。

我时时可以分辨出"耶胡"这个词儿,它们各自都把这个词儿反复说了几遍。虽然我猜不透这是什么意思,但是当这两匹马在忙着谈话的时候,我嘴里就学着说起这个词儿来。它们一停止谈话,我就高声地叫了一声"耶胡",同时尽量模仿着马嘶的声音。它们听了显然都很惊讶。灰色马又把这个词儿重复了两遍,似乎有意识地教导我怎样正确地发音,我尽量跟着它念这个词儿,觉得每一次都有了显著的进步,虽然还谈不上说得十分好。接着栗色马又教我念第二个词儿,那就比第一个难念得多了。按照英语的拼写法,这个词儿可以拼作 Houyhnhnm("慧骃")。这个词儿,我念得不如前一个那样成功,但是试了两三次以后,也有了进步。它们看到我有这样的才能都十分惊讶。

  两位朋友又讲了半天(当时我猜想它们的谈话还是跟我有关的)就分手了,又行了互相碰碰蹄子的礼节,灰色马做出姿势要我走在它的前面,我想在找到一位更好的向导以前还是跟它走为好。我一放慢脚步,它就会喊出"混、混"的声音。我领会了它的意思,于是尽量设法让它知道,我很疲倦,再快也走不动了。这样它就站一会儿让我休息一下。

第 二 章

一只"慧骃"把作者领到家里。房屋的情形。作者受到接待。"慧骃"的食物。作者因吃不到肉很感痛苦,后来才想出了解决办法。他在这个国家里吃饭的方式。

我们约莫走了三英里路,来到了一座长房子的前面。那座房子是先把木材插在地上,再用枝条编织建成的;房顶很低,上面铺着草。我这时觉得稍稍安心了一些,就拿出几件玩具来(旅行家常常携带着这样一些玩具,准备作为礼物送给美洲等地的印第安野人),希望这家人家会因此高兴起来,而殷勤地接待我。那匹马做了一个姿势要我先走进房去。这是很大的一间房子,泥土地铺得很平坦,房间的一边是一排秣草架和食槽。房子里有三匹小马、两匹母马,都没在吃草。我很奇怪有几匹马都屁股着地坐在那儿,更奇怪的是其他的马都在从事家务劳动,看起来它们只不过是一些寻常家畜,但是这却证实了我以前的意见,这里的人民能够把野兽教化成这样,一定在智力方面超过世界上的任何民族。灰色马跟着走了进来,才使我没有受到虐待,不然的话,其余的马也许会虐待我。它很庄重地向它们嘶了几声,它们也报以回答。

除了这间房以外,这一长排房子还有三个房间,通过三个互相对开的门,把它们连在一起,就像是一条街道。我们通过第二个房间向第三个房间走去;灰色马先走进第三个房间,打手势让我在房间外面等候。我在第二个房间里等了一会儿,把送给这家主人和主妇的礼物准备好。那是两把小刀、三只假珍珠手镯、一面小镜子和一串珠子项链。那匹马嘶了三四声,我期待能听到人声回答,但是我没有听到别的回答,只听到了同样的语言,不过有一两声比较更尖一些。我心里想这一定是这个国家里一位大人物的住宅,因为在我被召见以前似乎要经过许多礼节。但是为什么一位贵人要完全由马儿来服侍,却令人不解。我只怕自己遭逢不幸,苦难重重,被弄得神经失常了。当我独自在房间里时,强打精神向四边看了一看,这个房间和第一个房间一样摆设,不过比较精雅一些。我擦了几次眼睛,可是看到的还是那些东西。我用手拧我的胳膊和腰部使自己醒来,还希望是在做梦。这时我坚信眼前的一切只是妖法、幻术,但是我来不及再仔细想下去了,因为灰色马已经走到门前,作了一个姿势要我跟它走进第三个房间。我进了房间以后看见一匹十分美丽的母马、一匹小公马和一匹小母马屁股着地坐在颇为精细的、十分整洁的草席上。

我进了房间,那匹母马就站了起来,走到我的跟前,仔细观察我的手和脸,露出十分鄙夷的神态。它转过身去跟灰色马说话,我听到它们一再说"耶胡"这个词儿。虽然我在先学会了怎样念这个词儿,但是当时我还不懂得这是什么意思。不过再过一会儿我就弄明白了,这使我永远感到是一种耻辱。马儿又用头招呼我,同时还像在路上的时候一样,嘴里不住地说"混、混",我懂得它的意思是要我跟它到什么地方去。它领我走到一个院子里,院子里离开马儿的住房并不太远还有一座房子。我们走了进去,就看到了三只我上岸以后最初看到的那种讨厌的畜生。它们吃的是树根和兽肉,后来我才发现是驴肉和狗肉,有时也吃病死的、因伤致死的母牛肉。它们的脖子上都拴着一根结实的柳条,另一头拴在一根横木上。它们用前爪抱住食物,用牙齿撕下来吃。

马主人吩咐它的仆人,一匹栗色小马,把最大的一头解下来牵到院子里。它们让我和那兽并排站在一起,主仆二马就开始仔细比较着我们的面孔,嘴里却不住地说着"耶胡、耶胡"这个词儿。当我看到这个可憎的畜生竟具有一副完整的人形时,真是说不出的害怕和惊讶。它的脸又扁又宽,塌鼻子,厚嘴唇,咧着一张大嘴。但是这些差别在野蛮民族的身上是很平常的,因为野蛮人常常让孩子趴在地上,或者把孩子背在背上,面孔贴在母亲的肩膀上擦来擦去，面孔的轮廓就走了样。"耶胡"的前爪除了指甲很长，手掌粗糙、棕黄，手背多毛以外，和我的手并没有什么两样。我们的脚和手一样有相似之处也有差别，因为我穿着鞋、袜，所以马儿看不出来，但是这一点我却是很清楚的。除了我前面已经提到，它们的肤色和身上多毛和我不同以外，身体各处也都相同。

最叫这两匹马感到困难的问题是我身体的其他部分都和"耶胡"的大不相同，这我应该感激我的衣服，因为它们根本不知道什么叫作衣服。栗色小马递给我一块树根，它把它夹在蹄子和蹄骸的中间（这是它们拿东西的办法，以后我们有机会再详细解释）。我接到手里闻了一闻，就十分有礼貌地还给了它。它又从"耶胡"的窝里拿出了一块驴肉来，气味非常难闻，熏得我把头歪在一边。它就把那块肉丢给了"耶胡"，它们就狼吞虎咽地把肉吃了。后来它又给了我一捆干草和一马球节①燕麦，但是我摇头表示这两种东西我都不吃。真的，我这时倒发起愁来，要是我遇不到一个同类（人），我一定会饿死。至于说这些龌龊的"耶胡"就是我的同类，我无论如何也不能承认；尽管很少人像我这样热爱人类，我也只好说从来还没有见过这样可憎的生物。我住在这个国家的期间，越靠近它们就越觉得它们可憎，马主人从我的态度上也看出了这点，就吩咐把"耶胡"带进窝里去。它接着就把前蹄放在嘴上，尽管它的动作十分随便而自然，我看了却非常惊讶，它又做出别的姿势问我要吃什么。但是我却无法回答使它明白我的意思。就算它能明白，我也想不出什么办法找到食物。我们正在为难的时候，我看到一头母牛走了过去。我就用手指了一指母牛，向它表示请它准我过去吃母牛的奶。这一下却有了效果。它把我领回家来，吩咐它的仆人，一匹母马，打开一个房间，里面整整齐齐、干干净净地摆着一些陶器和木盆，里面装的全是牛奶，她给了我满满的一大碗，我非常高兴地喝了下去，觉得精神顿时振作起来。

大约在中午时候，我看见四头"耶胡"拉着一辆样子像雪橇一样的车子向房子这边跑来。车上坐着一匹老马，看来像是一位贵族，它下车时后

---

① 球节是马腿后部蹄以上生距毛的部分。

蹄先着地，因为前些时候它不小心把左前蹄伤了，它是到我的马主人家里来赴宴的，马主人毕恭毕敬地款待它。它们在最好的房间里吃饭，第二道菜是牛奶炖燕麦，老马吃热的，其他的马都吃冷的。它们的食槽在房间当中摆成一个圆圈，隔成若干格子。它们就坐在草堆上团团围住马槽。在食槽圈的中间有一个大草架，上面有许多尖角对准食槽的每一个格子，所以公马和母马都能规规矩矩地、秩序井然地吃着自己的干草和牛奶燕麦粥，小马驹也非常有礼貌，马主人夫妇对于它们的客人就更加来得爽快而恳切了。灰色马让我站在它的身旁，它跟它的朋友谈了很多和我有关的话，因为我发现客人时常看着我，而且它们又一再提到"耶胡"这个词儿。

我那时凑巧手上戴着手套，灰色马主人看见了有些莫名其妙。他看到我把我的前蹄打扮成这个样子不觉露出种种惊奇的表情。它把蹄子放在手套上三四回，意思似乎是要我把前蹄恢复原状。我马上就把手套脱了下来放在衣袋里，这又引起了谈论，我觉得大家都喜欢我这种举动，我不久就发现这件事有很好的影响。马主人吩咐我说出我所了解的那几个词儿。它们在吃饭时，马主人把燕麦、牛奶、火、水等的名称教给了我。我跟着它念得很好，因为我从小对学习语言就很有本领。

吃完饭以后，马主人把我拉到一边，边说边做姿势使我明白它对我非常关怀，因为我没有什么东西可吃。燕麦在它们的语言里叫作赫伦，我把这个词儿念了两三遍。因为，虽然我在先前拒绝吃它，但是再考虑一下，我可以把它制成一种面包。有了这种面包再吃些牛奶就可以活下去。以后再设法逃到别的国家，找到我的同类就好办了。马主人马上就吩咐它的仆人，一匹白色的母马，去拿一木盘燕麦来。我就在火上尽量设法把燕麦烤熟，然后使劲把麦皮搓掉，又想法吹去了皮。我用两块石头把燕麦碾碎，加上水做成一个糊饼，在火上烤熟，就喝着牛奶趁热把它吃了。其实这在欧洲的许多地方也是一种普通的食品，但是开头我却觉得淡而无味，日子一久也就习惯了。在我这一辈子里，也常常落到只有粗饭吃的时候，这也并不是第一次。人是很容易满足的，我早已从经验中得到了证明。同时我不能不特别声明，我住在这个国家里的时候，从来没有病过一小时。当然有时我也设法用"耶胡"的毛、头发编一个罗网捕一只兔子或者鸟儿来吃,有时也去采集一些好吃的野菜,煮熟了就着面包当生菜吃,间或也作些稀罕的奶油,而且把打了奶油以后剩下的奶水喝掉。开头我因为没有盐吃感到十分难熬。但是习惯成自然,也就不觉得需要它了。我认为我们时常吃盐实际上是一种奢侈的要求,因为我们最先把盐放在饮料里只作为一种兴奋剂。当然我们在长途旅行中,或者在离大市场远的地方食用的腌肉需要用盐,但是这种情形只是一种例外。要知道除了人以外,没有什么动物是喜欢吃盐的。拿我自己来说,离开这个国家以后,过了很久我才吃得下带咸味的食物。

关于饮食问题已经谈得够多的了。其他的旅行家总在自己的著作里尽量谈这个问题,他们似乎认为读者们都很关心究竟我们吃的是好是坏。但是这件事是应该提到的,不然大家就会觉得,我在这样一个国家和这样的居民一起住了三年简直是不可能的。

傍晚时候,马主人吩咐给我准备了一个住处。我的家离开马主人家只有六码远,跟"耶胡"的窝是分开的。我弄了一些干草,盖着自己的衣服睡得很熟。但是不久以后我住得就更好了,我还要详细地叙述我的生活方式,读者们以后会知道的。

第 三 章

作者得到"慧骃"主人的帮助和教导,专心学习它们的语言。关于这种语言的说明。有几位"慧骃"贵族由于好奇来访问作者。他向主人简单报告航行经过。

我尽最大努力去学习它们的语言,我的主人(以后我就这样称呼它)、它的儿女和家中的仆人都很愿意教导我。一个畜生竟能处处表现有理性,它们认为这实在是一个奇迹。我用手指着一件东西,就问这叫什么。马儿不在跟前时,我就把这个词写在日记簿里。我也常常请家里的马儿把它多念几遍,以便纠正我的发音。有一位仆人是一匹栗色小马,它在这方面特别愿意帮助我。

它们说话时,多用鼻音和喉音,就我所知道的欧洲语言来说,它们的语言跟高地荷兰语或者德语近似,不过来得文雅、含蓄得多。查理五世①曾说过类似的话:如果他要跟马谈话,他一定用高地荷兰语。

我的主人非常好奇,而且很不耐烦,就在闲时候花上许多小时来教导我。它坚信(这是后来它告诉我的)我是一只"耶胡",但是我干净、有礼貌,又能接受教导却使它感到惊奇。这些品质跟这种动物是完全矛盾的。它对于我的衣服最感困惑不解,有时它暗地里寻思,这是不是我身体的一部分,因为我总是在全家都睡着以后才把衣服脱掉,而早晨在它们醒来以

---

① 查理五世(1500—1558)是神圣罗马帝国的皇帝。据说他曾说过,他跟他的上帝谈话说西班牙语,跟他的情妇说意大利语,跟他的马说德语。

前我早就穿上衣服了。我的主人很想知道我是打哪儿来的,从外表来看我的一举一动都很理智,这种本领我是怎样学到的。它也很希望听到我亲口把自己的经历告诉它。我学习它们的词汇和句子,不管听和说都有很大进步,它希望不久它就可以听到我的故事了。为了帮助记忆,我把学会了的词和句子都用英文字母拼写下来,并且在后面缀上译文。过了一些时候,即使当着主人的面我也敢这样做。但是我费了不少唇舌才使他明白我这是在干什么,因为这个国家的马民根本不知道书籍或者文学是怎么回事。

　　大约过了十个星期,它提出的问题我大半都能了解了,三个月以后,我就能勉强回答它的问题了。它极想知道我是从这个国家的哪一部分来的,怎样学到了模仿理性动物的本领,因为"耶胡"(仅从露在外面的头、手脚和面孔看来,它认为我完全像一只"耶胡")尽管有几分机灵,却最爱捣鬼,据说是一切畜类中最难驯养的动物。我回答说:我来自一个遥远的地方,跟许多同类坐着一个用树干做的中凹容器漂洋过海来到了这里。我的同伴强迫我在这个国家上岸登陆,把我丢下让我自己去过生活。我费了许多唇舌,又借助于手势,才能使它明白我的意思。它回答说,我一定是弄错了,不然我说的是一些乌有的事情。它晓得海那边不可能有什么国家,一群畜生也不可能在水面上随心所欲地使一个容器行动。它相信现在没有一个活在世上的"慧骃"能够做出这样一个容器,也不会任凭一群"耶胡"去干这样的事。

　　"慧骃"这个词在它们的语言中,意思是一匹"马",而就它的语源来说,是"万物之灵"。我告诉我的主人,我不知道怎样表达自己的意思,不过我一定要尽快改善这种情况,希望在短时间内就可以告诉它许多稀奇的事。它听了这话也很高兴,就吩咐它的母马、小驹和家中的仆人利用一切时间来教导我,它自己每天也要花上两三个钟头。住在附近的几位男女马贵族听说我们家里有一只奇异的"耶胡",不但能像"慧骃"一样说话,而从它的言谈、举动看来似乎还有几分理性,因此它们就常到我们家里来访问。它们喜欢跟我谈话。它们向我提出许多问题,我就尽我所能予以回答。我有这样一些有利条件,进步就非常快。我到这个国家只有五个月,它们说的话我就都能听懂,也可以把自己的意思表达得相当好了。

为了想见见我,并且能和我谈谈,而到我主人家来拜访的"慧骃"都不大相信我真是一只"耶胡",因为我身体外表和我的同类不同。它们很奇怪,为什么我除了头、脸和手以外,其他部分却没有一般"耶胡"所具有的毛发、皮肤。大约又过了两星期,偶然发生了一件意外的事,我这才对我的主人泄露了我的秘密。

我曾经告诉过读者,我的习惯是等全家上床睡了以后才脱下衣服,把衣服盖在身上睡。有一天大清早,我的主人吩咐它的贴身仆人栗色小马来喊我到它那儿去。它进来时,我睡得正熟,衣服落在一边,衬衣也扯到胸部以上去了。它把我吵醒了,我发现它把主人吩咐它说的话说得颠三倒四,接着它就回到主人那儿,惊慌失措地把它看到的情形乱说了一通。这我马上就知道了,因为我穿好衣服去拜见我的主人时,它就问我,它的贴身仆人所报告的情形到底是怎么一回事,为什么我睡着时样子跟别的时候不一样。它的贴身仆人告诉它,我身上有的地方是白色的,有的地方是黄色的,至少是不那么白,有的地方却是棕色的。

为了尽量把自己打扮得和该死的"耶胡"不同,我一直到那时还对自己穿着衣服这一点保守秘密,但是现在再也没有办法保密了。同时,我考虑到衣服和鞋子越来越糟,都快穿烂了,必须想点办法用"耶胡"皮或者别的畜类的皮再做一套。否则全部秘密就会被人发现。于是我告诉我的主人,在我出生的那个国家,我的同类一方面为了体面,一方面为了防御严寒和炎热的恶劣气候,总是用一种加工过的毛皮来遮蔽身体。要是它愿意看的话,我马上可以证实这一点,把衣服脱下来给它看。不过我要请它原谅我身上有些部分不能暴露,因为大自然教导我们把这几部分掩盖起来。它说我说得真奇怪,尤其奇怪的是最后一句话。它不明白,既然大自然把这些东西赐给了我们,为什么又教导我把它们藏起来。它自己和它家里的人对于身体的任何部分都不感到羞耻。不过,我愿意怎么样就怎么样。它这样一说,我就解开纽扣,脱去上衣,接着又脱去背心、鞋袜和裤子。我把衬衫脱到腰间,把底襟拉起,拦腰打了一个结,遮盖住赤裸裸的肉体。

我的主人十分惊奇地一直看完我的脱衣表演。它用蹄骹把我的衣服一件一件地拿起来仔细观察。它轻轻地抚摸着我的身子,把我前前后后地看了好几遍以后才开口说道:我分明是一只真正的"耶胡"。但是我和我的同类大不相同,我的皮肤白嫩、光滑,身上有几处没有毛,前后爪较小,形状也不同,而我走路更是装腔作势,只用后脚走路。它不想再看下去,就吩咐我穿上衣服,因为我已经冻得发抖了。

它时时管我叫作"耶胡",我只好向它表示我甚感不安,因为我对这种可恶的动物非常痛恨鄙夷。我请求它不要用这个名字叫我,并请求它嘱咐家里人和来访的友人也不要这样。我还请求它为我保密,只要我现在穿的衣服还可以穿,除了它以外,就别让别人知道我有一身伪装了,至于它的贴身仆人栗色小马所看到的,它很可以命令它隐瞒下来。

我的主人对于我的一切要求都很诚恳地答应了。因此这个秘密一直保守到我的衣服再也不能穿下去了的时候。我只好想种种办法来添置衣服,关于这件事我以后还有交代。同时它希望我继续努力学习它们的语言。因为使它最感到惊奇的还是我有说话和推理的能力,不管我身上有没有穿什么,它对我的身体形状并不像对前者那样感到惊奇。它又说,我答应过要告诉它一些奇怪的事情,它已经等得有些不耐烦了。

从这时起,它加倍努力教我学习语言。它带我去见所有的客人,要大家以礼待我,因为它私下里对它们说,这样会使我高兴,就会使我变得更为有趣。

每天我在侍候它的时候,它除了教导我以外,总要问我几个和我自己有关的问题,我也尽我所能回答它。它用这种方法已经了解到一些情况,尽管还是很不全面,但经过一些什么步骤,我才可以跟它比较正常地进行谈话,说起来未免沉闷。我第一次比较详细而有层次地叙说我的身世的谈话,内容大概是这样的。

我早已设法告诉过它,我跟五十多个同类从一个遥远的国家来到这里,我们坐着比它阁下的住宅还要大的一只木制中凹容器在海洋上航行。我尽量以绝妙的措辞把船的形状描述了一番,并且舞动着手帕加以解释,风怎样把船吹向前方。由于我们发生了争吵,我被抛弃在这里的海岸上。我糊里糊涂毫无目的地向前走,受到了那些可恶的"耶胡"的欺侮,最后才被它救了出来。它于是问我,船是谁做的,我国的"慧骃"怎么能把一艘船交给一群畜生管理?我回答说,我不敢再说下去了,除非它保证听了我的话不会生气,我就不敢把我时常答应要说的奇事说出来。它同意了。我就继续对它说,在我旅行中到过的国家里,在我的祖国也是一样,人类是唯一的统治者,唯一有理性的动物,船就是由像我这样的人制造的。我来到这里,也很奇怪"慧骃"的一举一动怎么会像一个有理性的动物,就像它和它的朋友看到一只它们叫作"耶胡"的动物有几分理性也感到惊奇一样。我承认我的身体和"耶胡"一模一样,但是我却不明白为什么它们的性情竟这样凶残,竟堕落到这步田地。我又说,要是我运气好能重返祖国,对人说起在这儿旅行的情形(我决定要说的),大家都会认为我说的是"乌有之事",都是我凭空捏造出来的。我必须声明我非常尊敬它和它的家属、朋友,同时它也答应过我绝不会生气。那么我就说,我的同胞一定也不会相信,在一个国家,"慧骃"竟是统治者,而"耶胡"却是畜类。

第 四 章

"慧骃"关于"真"、"假"的概念。主人不赞成他的说法。作者又更为详尽地叙述了个人身世和旅途经历。

我的主人听了我的话,脸上现出十分不安的神情,因为这个国家的居民都不明白"怀疑"或者"不相信"是怎么回事,遇到这种情况,就不知道怎么办才好。我记得我跟主人谈话,经常谈论世界其他地方的人性,当我谈到"说谎"或者"说瞎话"的时候,它听懂我的话有很大困难,尽管它判断别的事情能力很强。它论证说:言语的作用是使我们彼此了解和对于事情的真实情况获得了解。要是人们说的是一些"乌有之事",言语就不能发挥它的作用,因为我不能说是了解他。而且我听了他的话却不能明了事实真相,这比不知道还要坏些,因为这要使我相信白的是黑的,长的是短的。这就是它对于"说谎"这种本领的看法,而我们人类对"说谎"究竟是怎么回事早就一清二楚了。

闲话少说。当我谈到在我国"耶胡"是唯一的统治者时,我的主人说这真不可思议,它希望知道,我们国中有没有"慧骃",它们干什么工作。我告诉它,我们国内有许多"慧骃",夏天它们在草地上吃草,冬天就养在家里吃干草和燕麦,"耶胡"仆人替它们擦身子、梳鬃毛、修蹄子、喂食料,并且给它们铺床。"我完全明白你的意思,"我的主人说,"根据你的话来看,这是很清楚的,不管'耶胡'怎样自以为有多少理性,'慧骃'还是你们的主人。我也很希望我们的'耶胡'像你们那样驯良。"我请求主人阁下原谅,我不能再说下去了,因为我知道,它期待我说下去的是一些十分令人不愉快的事情。但是它却坚持要我说下去:不管好坏它都要听听。我告诉它:那我只好遵命。我承认我们的"慧骃"(我们管它叫作"马")是最高贵、英俊的一种动物,就其体力和奔跑速度来说,都胜过别的动物。如果它为贵族所豢养,从事旅行,竞赛或拉车等活动,它们也会得到和善、周到的照料,一直到它们病了,或者跌坏了腿,这才会把它们卖给别人,终身从事各种劳役,一直到死;它们死后,皮剥下来按价出售,肉则丢给狗和猛禽吃掉。然而普通的马却没有这样的福气,农民、车夫或者别的下等人养着它们,要它们服较为沉重的劳役,吃的东西也坏一些。我把我们骑马的方法,辔头、马鞍、马刺、马鞭、马具和轮车的形状、用处尽情描写了一番。我又说,我们在它们的脚底下钉上一块叫作"蹄铁"的硬铁片,因为我们常常在石子路上旅行,这样它们的蹄子就不会被磨坏。

我的主人听了我的话大发脾气,它很奇怪我们怎么敢骑在"慧骃"背上,因为它知道,它家里最孱弱的仆人也能把最强壮的"耶胡"颠翻在地,它躺在地上打个滚也能把那畜生压死。我回答说,我们的马从三四岁起就受训练,让它去做我们要它做的事情。如果有的马性情顽劣,就叫它去拉车。如果有些小马玩什么花招,就狠狠地打它一顿。一般用来骑坐、拉车的公马大约在两岁时就被割去睾丸,使它们的性情变得较为驯顺,较为温良。我们那儿的马确乎也懂得赏、罚的道理,但是主人阁下,你应该考虑到我们那儿的马并不比这儿的"耶胡"更有理性。

我费了不少唇舌,转弯抹角地说了半天,才勉强使我的主人听明白我的话。它们的词汇不很丰富,因为它们的需要和情感远比我们的简单;但是我简直无法形容它多么痛恨我们对待"慧骃"种族的野蛮行动,特别当我说到阉马的方法和用处,使它们不能繁殖后代,使它们更加顺从的时候,它更是深恶痛绝。它说,如果世界上有一个国家,只有"耶胡"才是理性动物,当然它们可以统治一切,因为理性终必会压倒蛮力。但是就我们的体格,特别是我的体格而论,它认为同样大小的动物再没有比我们更加拙笨的了,我们哪里还能在日常生活中运用理性呢。接着它又问我,跟我住在一起的"耶胡"究竟是像我这样呢,还是像它们国内的"耶胡"那样。我告诉它,我和大多数年纪相仿的人长得一样健全,而妇女、儿童长得就更加柔嫩,女人的皮肤一般都像牛奶一样洁白。它说,我的确和别的"耶胡"不同,我比它们干净得多,样子也不那么难看,但是,我跟它们有所区别是不是真正占了便宜呢,在它看来,我反倒不如它们。尽管我前、后脚都有指甲,却没有用处。它简直不能管我的前脚叫前脚,它从来也没有看见过我用前脚走路,我的前脚太娇嫩,不能着地。我走路时前脚上并不戴套子,尽管有时我前脚上也戴着套子,但和戴在后脚上的式样不同,也不那么结实。我走起路来一点也不稳当,只要一只后脚滑一下,就要跌在地上。接着它又就我身体的其他部分挑毛病,面部平坦,鼻子隆起,两只眼睛都朝前,不转动一下头部就看不到两边的事。它又说我要是不把前脚举到嘴边就吃不到食物,为了这种需要,自然才给我装上一些关节(指手指)。但是它却想不出为什么我的后脚上也有一些分枝,那究竟有什么用处。我的后脚太娇嫩,要不是穿着用别的兽皮制成的套子就经不起又尖又硬的砂石扎刺。我全身上下没有御寒抗热的防护物,我就只好另准备一件衣服,每天穿上脱下,真不胜其烦。最后它说,在这个国家里的各种动物生来就厌恶"耶胡";比它们弱的躲着它们,比它们强的就把它们赶开。就算我们富有理性,它也想象不出我们怎样能使各种动物去掉那种厌恶我们的天性,我们又怎样能驯养它们,使它们为我们效劳呢。但是它说,它不愿意再辩论下去了,因为它更想听我谈谈我出生的那个国家的情况和我到这里来以前的一些生活经历。

我告诉它,我十分愿意把种种情形说给它听让它满意,但是我很怀疑这是否可能,因为我要讲的事情在它的国家里还找不到近似的情况,主人对这些事可能毫无概念,我又有什么办法解释清楚呢。但是不管怎样,我总要尽最大努力,设法用种种比喻来说明我的意思,如果我一时想不起恰当的字眼,还请它予以协助,它听了这话就高兴地答应了。

我说我出生在一个名叫英格兰的岛上,那岛离这里很远,就是主人的最强壮的仆人也要走上一年才能走到。我的父母都是忠厚人。我是一个外科医生,这种职业就是给人治疗身体上的创伤,这可能是意外的创伤,也可能是由于暴力。我的国家由一个女人统治着,我们管她叫"女王"。我为了发财才离开祖国,回去以后就可以靠赚来的钱养活自己和家属。

在最近一次的航行中,我是一艘商船的船长,手下有五十多个"耶胡",其中很多人在航海途中死了。因此我只好在沿途各国招募一些水手来补充缺额。我的船前后两次险些儿沉没,第一次差点儿被暴风雨刮沉,第二次是船触了礁。这时我的主人插了一句,它问我,既然我手下人死了很多,又遇到了种种危险,我怎么能说服属于不同国家的陌生人跟我一起去冒险。我说他们都是一些亡命之徒,为贫穷所迫或者犯了什么罪,才不得不远走他乡。他们中间有的因为吃了官司,弄得倾家荡产;有的吃喝嫖赌把财产花光;有的背叛祖国;还有许多人因为犯了凶杀、偷盗、下毒、抢劫、假证陷害、伪造证件、私铸伪币的罪行;也有的是犯了强奸、鸡奸罪或者开小差、投降敌人才被迫出走。他们大多数都是越狱的逃犯,没有一个敢回到本国,他们害怕被抓回去受绞刑或者关在牢里饿死,所以他们只有到别的地方去另寻生路。

在进行这次谈话时,我的主人好几次打断了我的话。我费了不少唇舌,多方设法向它说明各种罪行的性质,我们有许多水手就因为犯了这些罪行才不得不逃亡国外。我们在一起谈了几天才把这些事说完,它才算弄明白了我的意思。它完全不明白干犯这种种罪行究竟有什么用处,到底有无必要。为了说明这一点,我又尽量把争权夺利的欲望以及淫欲、放纵、怨恨、嫉妒的可怕后果解释给它听。这时,我只好用举例、假设等方法来说明这些事。它听我说完以后,不由瞪起眼睛,表示惊讶和愤慨,就像听到或者看到了闻所未闻、见所未见的事受了刺激一样。权力、政府、战争、法律、刑罚和许多别的事在它们的语言中根本没有什么词汇可以表达。在这种情况下,使我的主人明了我的话简直是不可克服的困难。但是它的理解力非常强,同时借助于思考和交谈,它终于对在我们的世界里人类所能做出来的一切,有了充分的了解。它更希望我能够把我们叫作欧罗巴的那个地方,特别是我自己的国家的情形详细说明一下。

第 五 章

主人命令作者向它报告关于英国的情况。欧洲君主之间发生战争的原因。作者开始说明英国宪法。

各位读者请注意,下面是我跟我的主人许多次谈话的摘录,包括两年多以来我们几次谈话的重要内容。我学习"慧骃"语有了更大的进步,我主人就要求我更详细地谈一谈。我尽了最大的努力把整个欧洲的情况都对它说了。我谈到了贸易和制造业、艺术和科学。凡是我主人提出的问题,我都做了回答,因为我的回答涉及许多门学问,所以是丰富的谈话资料,一时也说不完。我在这里只想谈谈我们所谈到的关于我的祖国的情况。我将尽量有系统地加以叙述,但不受时间先后和其他情况的限制,同时我也严格要求符合事实。我很担心我不能很好表达我主人的论点和意见,因为我自己没有能力表达,而且又必须把它译成粗俗的英语。

我奉主人的命令讲述了奥伦治亲王[①]领导的革命和长期对法国进行的战争,这次战争是由亲王发动的,而他的继承者当今女王[②]又对法国重启战端,信奉基督教的列强都参战了,一直到今天战争仍在进行。我根据

---

① 奥伦治亲王威廉(1650—1702)是一六八九至一七〇二年的英国国王,资产阶级和地主贵族阶级的傀儡。他在一六八八年政变(所谓"光荣革命")后即位。一六八八至一六九七年英国、尼德兰等国对法国作战。
② 当今女王指一七〇二至一七一四年在位的英国安女王(1665—1714)。一七〇二至一七一四年英国联合奥地利、尼德兰、葡萄牙、丹麦对法国、西班牙作战。这场战争叫作西班牙王位继承战争。

它的请求,计算了一下,在战争过程中大约有一百万只"耶胡"被杀,一百多座城市被攻陷,三百多艘战舰被焚毁、击沉。

它问我,一个国家对另一个国家进行战争的原因和动机一般说来是什么。我回答说,究其原因,不胜枚举。我只能举出几个主要原因。有时是因为君王野心勃勃,总认为在他们的统治下,地面不够大,人口不够多;有时也因为大臣们贪污腐化,唆使其主子进行战争,才好压制或者转移人民对于国内腐败的行政机构的不满。意见不合也曾牺牲过千百万人民的生命。比如说,究竟圣餐中的面包是肉呢,还是肉就是面包;某种浆果(葡萄)汁是血还是酒。① 究竟吹口哨是好事还是坏事。② 把棍子(十字架)吻一下好呢,还是把它扔在火里。什么颜色的上衣最好,黑的还是白的,红的还是灰的。上衣长一点好呢还是短一点好。瘦一点的好呢还是肥一点好,干净的好呢还是脏的好。③ 诸如此类的争论还有很多,由于意见分歧而引起的战争比任何一种战争都来得凶狠、残暴,而且往往相持不下,特别是当他们对于两件根本没有什么重要性的东西发生争端的时候,那就来得更残酷了。

有时候两位君王为了争夺另一位君王的领土而发生争吵,但事实上他们两人对这块领土都没有权利占领。有时候一位君王跟另一位君王争吵,就因为他恐怕另一位君王要跟他争吵。有时候因为敌人过于强大所以才掀起战争,有时候却是因为敌人太软弱了。有时候我们的邻国缺少我们有的东西,而他们却有我们所没有的东西,结果两国就打起仗来,一直打到他们抢走了我们的,我们也得到了他们的,才算罢休。如果一个国家发生饥荒,疫病流行,或者国内党派发生内讧,局势紊乱,这时发动战争侵略这个国家就有了正当理由。如果我们最亲密的盟国有一个城市我们唾手可得,或者他们有一块领土我们夺来就可以使我们的疆域更为完整,那么我们就满有理由和他们打一仗。如果一位君王派遣军队开进别国的领土,当地的人民又穷又傻,那他就可以合法地把一半人民处死,并使其

---

① 指基督教关于使化体(使圣餐面包和酒变成耶稣的肉和血)的辩论。
② 指关于教堂礼拜时是否奏乐的辩论。
③ 指关于十字架和教士衣着的辩论。

余的人民充当奴隶,采取这种措施就是为了开化他们,使他们放弃野蛮的生活方式。一位君王请求另一位君王帮助他抵抗敌国的侵略,这位帮助别人抵抗侵略的君王把侵略者撵出去以后,却把他赶来救援的君王杀死、监禁或者放逐,把他的领土据为己有,这样的事经常发生,这样的行为不失为十分体面的君王之道。在君王之间,血缘、婚姻关系也常常会引起战争。血缘越近,发生争吵的可能就越大。贫穷的国家忍饥挨饿,富有的国家不免骄傲;骄傲和饥饿永远互不相容。由于这种种原因,当兵这种职业就比什么都来得受人尊敬。所谓"兵"就是一只受人雇佣、杀人不眨眼的"耶胡",它屠杀自己的同类越多越好,尽管它们从来没有冒犯过它。

在欧洲还有一些穷得像叫花子一样的君王,自己无力发动战争,却把自己的军队出租给富有的国家,租出一个兵士每天都要收取一定的租金,这项收入的四分之三归君王享用,而他们主要是靠这项收入来维持其开支。德国和北欧各国的君王大都属于这一类。

我的主人说,你告诉我的关于战争的事情足以说明你们自以为有理性究竟有什么意义。好在你们的行为危险性还不大,只是卑鄙无耻而已,由于你们无耻,所以就没有什么能力为非作歹。

你们的嘴平平地贴在脸上,除非双方彼此同意,是没有办法互相咬起来的,同时你们的前后爪又短又软,我们的一只"耶胡"可以把像你这样的一打"耶胡"赶跑。所以再重新计算一下在战争中死亡的人数,我只能认为你说的是"乌有之事"。

我不禁摇头微笑,笑它太无见识。我对于战争艺术并不外行,就把什么加农炮、长炮、火枪、马枪、手枪、子弹、火药、剑、刺刀、战役、围攻、退却、进攻、挖地道、埋地雷、炮轰、海战讲给它听。我还讲到几艘运载着上千名士兵的战舰被击沉,双方死亡人数各达两万名;濒死的呻吟、半空中肢体横飞、烟雾、喧闹、混乱、在马蹄践踏下丧生;逃跑、追击、胜利;战场上尸体狼藉,为狗、狼和鹰鹫所攫食;劫掠、抢夺、奸淫、烧杀等情形。为了表彰祖国同胞的英勇,我告诉它我亲眼见过某次围城战役一下子炸死了一百个敌人,还看见过一艘船上的一百名兵士被炸死;尸体炸得粉碎从云端里落下来,在一旁观看的人却大为高兴。

我正要更为详尽地讲下去,我主人却吩咐我住嘴。它说:懂得"耶胡"本性的"慧骃"都会相信,如果这万恶的畜生的膂力、刁诈也像它们凶残的性情那样发展到了极点,它是可能做出我所说的每一件事的。我的谈话使它对整个"耶胡"类的憎恨有所增加,所以它觉得自己心绪纷乱,这是它过去从来没有过的。它认为它的耳朵如果听惯了这些可恶的词句,听下去就会逐步逆来顺受,不像过去那样讨厌"耶胡"了。它确乎憎恨这个国家里的"耶胡",但是它觉得它们虽然可恶,比起一只残暴的"格纳耶"(一种猛禽)或者一块割伤了它的蹄子的锐利石头来,也不见得更为可恨。但是一只自以为有理性的畜生竟然能做出这样罪大恶极的事,它就有些害怕理性会堕落得比残暴还坏。因此它认为我们并没有什么理性,只不过具有可以助长我们天生罪恶的特性而已。动荡的河水映出来的丑陋影像,不但比原物大,而且更加丑陋。

它又说,在这次谈话中,关于战争的事它已经听得很多了。但有一点它现在还不十分明白。我曾经告诉过它,我们的水手中有些人是由于"法律"使它们倾家荡产才离开了自己的国家。我也曾解释过法律这个词的意义。但是它不明白为什么保护人民的法律竟会使人家破人亡。因此它想知道得更详细一些,所谓法律究竟是什么意思,按照我国现在的情况,执行法律的究竟是些什么人。它认为,既然我们自命为理性动物,那么对于一个理性动物来说,自然和理性就足以指示我们,什么事我们应该做,什么事我们不应该做。

我告诉我的主人法律是一门科学,对于这门科学我也没有什么研究。有几次我的权利受到了侵害,曾经聘请过律师,但是他们并没有给我什么帮助。尽管如此,我还是要尽量把我所知道的告诉它。

我说,我们那里有这样一帮人,他们从青年时代起就学习一门学问,怎样搬弄文字设法证明白的是黑的,而黑的是白的,你给他多少钱,他就给你出多少力。在这帮人眼中,除他们以外,别人都是奴隶。比方说,我的邻居看中了我的母牛,他就可以聘请一位律师来替他证明我的母牛应该由他牵走,而我也得聘请另一位律师来为我辩护。任何人都不准替自己辩护,这是违犯所有的法律规定的。就这案件来说,我虽然是母牛的合法主人,但我却有两大不利之处。第一,我的律师几乎从在摇篮里的时候起就专门为虚妄辩护,现在要他为正义辩护,那他是很外行的,勉强承担这一任务,就不免对我抱有敌意。第二是:我的律师必须谨慎从事,不然他就要受到法官的斥责,同行的厌弃,他们认为他这样做会减少律师的生意。所以我要保全我的母牛只有两种办法。第一种办法就是加倍出钱去买通对方的律师,由他出卖他的当事人,讽示公理在他的当事人一边。第二种办法是让我的律师尽量把我有理说成无理,好像那头母牛理应属于对方。这种办法如果做的高明,就一定会得到法官的眷顾。主人阁下,你必须知道这些法官的职责是判断一切财产纠纷和审判罪犯,他们都是从最精明老练的律师中选拔出来的,他们年纪大了,好逸恶劳,而且一生中都在跟真理、公道作对,所以他们必然要袒护欺诈、伪证、暴虐的行为。我知道有好几位法官宁愿拒绝接受公理一方的大宗贿赂,也不肯作违犯天性和本分的事,因为他们怕伤害自己的同行。

这些律师有这样一条准则:凡是有前例可援的事,再发生这样的事就算是合法,因此他们特别注意把以前所有违犯公理、背叛人类理性的判决记录下来。他们管这些判决叫作"判例",时时引以为据来替不法行为辩护;而法官们也总是根据判例来处理案件。

在辩护时,他们有意避而不谈案件的本质问题,只管高声叫喊,态度粗暴,啰里啰唆地说一些毫不相干的话。就以上面提到的那个案件为例:他们根本不问对方究竟有无理由和权利占有我的母牛,却一味地问那头母牛是红色的还是黑色的;角是长的还是短的;牧场是圆的还是方的;在家里挤奶还是在户外挤奶;它容易患什么病症等问题。然后他们就翻查"判例",一再把这案件搁置,等过了十年、二十年甚至三十年以后才作结论。

还有一点值得注意,这帮人有自己的行话,外人是不可能了解的。他们的法律就是用这种行话写的,他们特别注意法律的增订工作。他们就用这种方法混淆是非。因此,要决定一块祖孙相传已经六代的土地是属于我的呢,还是属于一个住在三百英里以外的异乡人,就得花上三十年。

他们审讯叛国罪犯的方法却要简单得多,这是值得称道的。法官首先要探一探有权有势的人的意见,然后他就能轻而易举地决定把罪犯绞死还是赦免,在审讯过程中还可以严格遵守法律程序。

　　我说到这里,我的主人插嘴说:照你说来,像律师这样有才能的人,你们却不鼓励他们去教导别人,传授知识,确乎是一件可惜的事。我回答说:撇开他们的本行业务不谈,从各方面看来他们都是我们中间最愚蠢无知的人。跟他们谈一谈就可以知道他们最卑鄙。大家公认他们是知识学问的敌人,无论跟他谈论哪一门学问,他们都会违犯人类的理性,也会像他们在本行业务中那样颠倒是非。

第 六 章

关于安女王治理下的英国概况(续)。欧洲宫廷中一位首相大臣的性格。

我的主人还是完全不能理解为什么这一帮律师仅仅为了迫害自己的同胞而自寻烦恼,不惮其烦地去组织这样一个不义的集团。它更不明白为什么别人要雇用他们去做这种事。我只好又费了半天唇舌向它解释,钱有什么用外,钱币是什么物质制造的,和各种金属的价值。如果一只"耶胡"拥有大量这样的贵重物品,它就可以买到它所需要的一切:比如说,最漂亮的衣服,最华丽的房屋,大片的土地,最昂贵的酒类和肉食。它还可以挑选最美丽的女性。因为只要有钱就能得到这些好东西,所以我们的"耶胡"认为:不管是用钱还是攒钱,钱总是越多越好,没有个够的时候,因为它们天性就是这样,不是奢侈浪费就是贪得无厌。富人享受着穷人的劳动成果,而穷人和富人在数量上的比例是一千比一。因此我们大多数人民被迫过着悲惨的生活,仅仅为了要拿到少许工资而不得不每天劳动,让少数人过阔绰的生活。诸如此类的事情我讲了很多,但是我的主人还是不能理解,因为它们相信所有的动物,特别是主宰所有其他动物的动物,对于地球上的产物都有享受一份的权利。所以它要我告诉它这些昂贵的肉食是什么动物的肉,我为什么缺少肉吃。于是我就把我所想到的几种肉食一一列举出来,并且谈到种种烹调方法,如果不派遣船只航海到世界各地去采办作料、酒类和其他许多种食品,那是办不到的。我说,给我们一位有钱的母"耶胡"预备一顿早饭或者给预备一只盛早饭的杯

217

子,至少要绕地球转三周才能办到。它说,你们的国家既然不能供给居民足够的食物,一定是一个极为贫苦的国家。它最感到奇怪的是,在像我描写的那样大片的土地上怎么竟会没有淡水,而居民们必须到海外去取饮料。我回答说,我亲爱的家乡英国所出产的食物据说可以抵得上居民消费的食物的三倍。我们从谷类和一种树木的果实中提出来的饮料(都是最好的饮料)和其他各种日常食用品和消费量相比也成同样的比例。但是为了满足男人的奢侈无度和女人的虚荣,我们却把绝大部分的必需品运往外国,再从这些国家换回疾病、荒淫、罪恶的原料供大家享用。因此大多数居民就必然会无以为生,只好去讨饭、抢劫、偷窃、欺骗、拉皮条、作伪证、谄谀、教唆、伪造、赌博、说谎、奉承、威吓、包办选举、滥写文章、星象占卜、下毒药、卖淫、假充虔诚、毁谤、自由地思想以及种种类似的事来糊口度日。我费了很大力气才把上面说的每一个名词解释清楚。

我又说,我们从外国进口酒类并不是因为缺乏淡水或者其他饮料,而是因为酒是一种喝了使人高兴、使人们糊里糊涂的液体。它可以排遣心中愁闷,在脑子里唤起奔放的幻想,令人增加希望,驱走恐惧,理智暂时失去效用,四肢不能运动,乃至昏昏睡去。但我们必须承认,我们一觉醒来,常常感到精神萎靡、恶心作呕;同时这种饮料也会给我们带来种种疾病,使我们的生命短促而痛苦。

然而,除此而外,我们大多数人民还要依靠供应富人或者互相供应日常必需品来维持生活。比方说,我在家里的时候穿得像模像样,一身衣服就是一百名工匠的手艺。我的房子和房子里的家具也同样要由这么多人来制造,而把我的妻子打扮起来却需要五百名工匠。

接着我又谈到另一种人,他们依靠侍候病人来维持生活,我前些时候也曾几次跟我主人说起过我的船上有许多水手都是病死的。我这时又费了很大力气才能使它明白我的意思。它很知道一个"慧骃"在死亡以前几天会变得衰弱无力、行动迟钝,有时它也会因为遇到了意外而伤了一条腿。但是它认为大自然创造万物都达到完美的程度,绝对不会叫我们身体受任何痛苦,因此它很想知道这种难以理解的灾难的起因是什么。我告诉它,我们吃的东西不下千种,吃下去却互不相容。我们的肚子不饿却只管吃,嘴里不渴却只管喝。有时我们通宵聚饮,不吃一点东西却拼命喝烈酒,使我们懒惰疲乏,身上发烧,不是消化得太快就是消化迟滞。卖淫的女"耶胡"身上有一种病,谁要把她们抱在怀里就会烂骨头,而这种病和许多别的病一样都是由父亲传给儿子的,所以许多人生下来就长着复杂的病。如果把人身上的疾病一一都说给它听,一时也说不完,因为人的疾病不下五六百种,分别长在四肢和各个关节上。总而言之,在人体外部和内脏各部都有种种疾病。所以我们中间就有一帮人专门以治病为职业,当然,其中有的人也只是骗骗人而已。因为我对这一行有些本领,为了报答主人的恩德,我愿意把这一帮人行医的秘密和方法统统说出来。

他们的基本原理是:饮食过度是一切疾病的根源。他们根据这个原理得出了一个结论:不管是通过排泄道或者是从嘴里吐出来,都一定要把肚子里排泄得干干净净。接着他们就用草本植物、矿石、树胶、油、贝壳、盐、果汁、海藻、粪便、树皮、蛇、蟾蜍、青蛙、蜘蛛、死人的肉和骨头、鸟、兽、鱼等等尽量想办法合成一服气味难闻、令人作呕的、讨厌的药剂,吃下去管保叫你恶心得把胃里的东西都吐出来。他们管这种药叫吐剂。他们又用同样的药物加上几样毒剂制成一服同样使肠胃受用不了的药水,要我们从上孔(指嘴)或者从下孔(指肛门)灌进去(从哪儿灌进去,要看医生的高兴)。这种药把肚子里的东西全泻出来,可以使肚子松快松快。他们管它叫作泻药或者利泻剂。据医生们说,造物本来的打算是让我们用前面的上孔(嘴)吃喝,用后面的下孔(肛门)排泄。一切疾病的发生,在聪明的医生们看来,都是由于造物一时不得已而本末倒置,因此为了恢复正常的秩序,就必须用完全相反的办法来治疗身体的疾病,就必须把上下孔对调使用;这就是说,必须把固体和液体从肛门灌进去,而从嘴里排泄出来。

但是除了这些实有的疾病以外,我们还会生种种空想病,因此医生们也发明了一些空想的治疗方法,这些病有种种不同的名称,并且也有对症的药品。我们的母"耶胡"就常常生这样的病。

这一帮人都有超人的本领,他们能够预测病症的后果,并且不大会弄错。实有的病症病势恶化,死亡已经迫近,病不会再好的了,他们的预言当然是有把握的。如果他们断定病人必死无疑,但是出乎意料,病情渐有起色,那么他们也知道怎样对付。他们使用一种有效的药剂就足以向世人证明他们有先见之明,而绝对不肯让别人骂他们是在胡说八道,妄加臆测。

他们对于对自己的配偶感到厌倦的丈夫或者妻子,对于长子、大臣,尤其是对于君王都特别有用处。

在这以前我跟主人也谈起过政府的一般性质,特别是我们的无比优越的宪法,那是值得全世界钦羡和赞叹的,这次我又偶然提到了大臣这个名词,它就要我以后有机会再告诉它,我这样称呼这种"耶胡"究竟是什么意义。

我说,我要加以描写的首相大臣是一个哀乐无动于衷、爱憎永不分明,从不怜悯别人也不生别人的气的人物,至少你可以说他只知一味追求财富、权力和爵位,除此以外他并没有其他欲望。他用言词来解决各种问题,但他却从不用来表达自己的思想。他不说实话则已,如果说实话,那他是在认为你会把他说的实话当作假话。他不说谎话则已,如果说谎,他那是在认为你一定会信以为真。他在背后痛骂一些人,实际上这些都是他最喜欢的人。如果他当面或对别人夸奖你,那你从这天起就要倒霉。最糟糕的是你得到了他的许诺;如果他在答应你的时候还发了什么誓,那就更糟了。遇到这种情形,聪明一些的人就会自行引退,没有什么指望了。

一个人可以利用三种方法爬上首相大臣的宝座。第一:他应该知道怎样深谋远虑地出卖自己的妻女或者姊妹;第二:背叛或者暗害前任首相大臣;第三:在公开场合慷慨激昂,猛烈攻击朝廷腐败。但是,英明的君王却一定会挑选惯于采取第三种方法的人,因为这些慷慨激昂的人最会曲意逢迎主子的旨意和爱好。这些大臣一旦占据要津,就会贿赂元老院或者枢密院的大多数人,借以保全自己的势力。最后,他们还可以利用所谓"赦免法令"(我向它说明了这个法令的性质)使自己事后不致遭受清算,而满载着贪污来的赃物辞退公职去逍遥自在。

首相官邸是他培养同伙的学校。他的随从、仆人和看门人也都效法他们的主子,会分别在不同的管辖范围内做起大官来,就无耻、扯谎、行贿这三种主要本领来看,他们都学得不错,胜过他们的主人了。他们也有自己的小朝廷,受到贵族的奉承,有时他们也会仰仗聪明机警和无耻伎俩一步步地爬上去,成了他们的老爷的继承人。

首相大臣往往受制于年老的荡妇或者亲信男仆,趋炎附势夤缘求进的人都必须通过他们。归根究底,说他们是王国统治者,倒是很恰当的。

有一天,我的主人听我谈到我国的贵族,就恭维了我几句,却使我担当不起。它认为我一定出身于贵族家庭,因为我的模样、颜色和干净都远远超过它们国家里的"耶胡",虽然我似乎不如它们身强力大、动作矫捷,也许这是因为我的生活方式和那些畜生的不同的缘故。同时,我不但很有口才,而且还有几分理性,以致他所有的相识都认为我是一个稀罕物儿。

它叫我注意,"慧骃"中的白马、栗色马、铁青马跟火红马、灰斑马、黑马的样子并不完全相同,它们的才能天生就不一样,也没有变好的可能,所以白马、栗色马和铁青马永远处在仆人的地位,休想超过自己的同类,如果妄想出人头地,这在这个国家就要被认为是一件可怕而反常的事。

我的主人这样看重我,我表示极为感激,但是同时我告诉它,我出身寒微,父母都是普普通通的老实人,勉强能够使我受到一些还过得去的教育。我们的贵族跟它所想象的完全不同。我们的年轻贵族从孩提时起就过着悠闲、奢侈的生活。他们一成年,就开始在淫荡的女人中间鬼混,精力消耗殆尽,并且会染上可怕的疾病。当他的财产快要荡尽时,他就跟一个出身微贱、面目可憎、身体虚弱的女人结婚,这只是因为她有几个钱,实际上他却是既恨她又瞧不起她。他们这样结合生下孩子来不是长瘰疬病、软骨病,就是残废。这人的妻子如果不想法在邻人或者仆人中间给她的孩子找一个健壮的父亲,改良品种以便传种接代,这一家人传不到三代就会断子绝孙。身体瘦弱多病、面貌憔悴苍白就是贵族血统的真正标志。身体魁梧健康反倒是一位贵族的耻辱,大家就会认为他的生身父亲一定是一位侍从或者马夫。他的智力也像他的身体一样衰弱,那是忧郁、迟钝、无知、任性、淫欲和傲慢的合成品。

不得到这一帮贵族的同意,任何法律都不能付诸实施,既不能修改也不能取消。他们对我们的全部财产也有权做出决定,不容我们辩护。

第 七 章

作者热爱祖国。主人根据作者的叙述批评了英国的宪法和行政,并且提出相同的情形加以比较。主人对于人性的看法。

读者们也许会感到奇怪,我怎么能随便在这种凡庸的生物面前如此坦率地批评人类,由于它们的"耶胡"跟我完全一致,它们对于人类很容易做出最坏的评价。但是我必须坦白承认,这些杰出的四足动物有许多美德,跟人类的腐化堕落对比一下,使我睁开了眼睛,扩大了认识领域,因此我就开始用另一种眼光来观察人类的行为和感情,使我感到对待同类的尊严用不着那样谨小慎微;同时在一位像我的主人那样眼光锐敏的"慧骃"面前,我也无法保持人类的尊严。它每天都使我在自己身上发现上千的错误,而这些错误都是我过去从来没有觉察过的,在我们看来,这甚至不好算作是人类的什么缺点。我受到了它的感化,对于一切虚伪、矫饰的行为也感到无比的愤恨,真理在我的心目中是那么可爱,所以我决心为真理牺牲一切。

我要向读者说得率直一些,我这样大胆地把人类的缺点一齐说出来,还有一个更为强有力的理由。我到了这个国家还不到一年,就十分敬爱当地的居民,决心不再回到人类中来,决心跟这些可敬的"慧骃"在一起过一辈子,对它们的各种美德加以研究并付诸实践,在那儿我既没有坏榜样,也不会受到罪恶的引诱。但是命运永远是我的敌人,我命中注定不能享受这最大的幸福。不过现在回想起来还可以得到一些安慰,在这样严格的考察者面前谈到我的同胞的时候,我总是尽量为他们的错误辩解,对于每一件事情都尽量要说得好一些。活在世界上的人对于自己的家乡总有些偏心,哪能连一句好话都不说呢。

在我侍奉我的主人的大部分时间里,我们进行的几次谈话的内容在前面已经交代过了。但是,为了节省篇幅,我省略了的内容比我在上面说的还要多得多。

它提出的问题我一一做了答复,它的好奇心似乎已经完全得到了满足。一天早晨它又把我叫去,吩咐我坐在离它不很远的地方。这样的恩典它以前还从来没有给过我。它说它一直在认真地考虑我说的一切。关于我个人和我的祖国的事情。它认为我们是凑巧得到了一点理性的一种动物,它想不通我们怎样才得到了这一点理性。可是理性对我们并没有什么用处,因为它只能助长我们的堕落腐化的天性,同时连造物没有赋予我们的坏习性,我们也感染上了。我们抛弃了造物赋予我们的有限的几种技能,却很顺利地使我们原有的欲望有所增长,而且似乎在枉费毕生的精力利用自己的发明来满足这些欲望。就我来说,显而易见,我既不如一只普通"耶胡"来得有力,行动也不如它们矫捷。我用后脚走路,并走不稳当,却想出一种方法使自己的爪子既无用处也不能防卫,还把下巴颏上的那些防御太阳和冷热气候的毛发都拔掉了。总之,我跑又跑不快,又不能爬树,完全跟我的弟兄(它这样称呼它们),这个国家的"耶胡"不一样。

我们之所以有行政和司法机构,显然是因为我们的理性以及我们的道德有严重的缺点;因为理性本身就能够约束一个理性动物;虽然我把自己同胞的好处宣扬一番,我们也没有资格自命为理性动物。它看得很清楚,因为我袒护他们,所以有许多事情我都避而不谈,有时候我还说了一些"乌有之事"。

它现在更相信自己的看法是对的了。它认为我身体上的各个特征都跟"耶胡"的一样,但是我体力差、速度慢、动作笨、脚爪短,就这几点而论,我就不如它们了,此外我们还有一些缺点却不是生下来就有的。根据我所说的,关于我们的生活、风俗习惯和活动的情形,它也觉得我们的性情跟"耶胡"的差不多。它说"耶胡"互相仇恨胜过它们仇恨任何别的动物，这是大家都知道的。一般认为这是因为它们只能在同类身上看到它们那种可憎的样子，却不知道自己也同样可憎，所以它认为我们把身体掩盖起来倒不失为一种聪明办法，只有用这种办法才可以把我们身上的许多缺陷彼此隐瞒起来，不然，那就会使我们感到难堪。但是它现在才知道它以前弄错了，它们国家里的"耶胡"常常发生争吵也是由于同样原因，正像我说的那样。它说，如果把够五十只"耶胡"吃的东西丢给五只"耶胡"，它们不会安静地吃而会打作一团，每一只都想独占全部。所以在室外喂它们的时候，总要派一位仆人在旁监视；圈在窝里的"耶胡"还要用绳子拴着，一只一只分开来。有时候因为年老或者受伤死了一头母牛，"慧骃"主人还没有来得及把它送给自己家里的"耶胡"，附近的"耶胡"就会成群赶来抢夺，这样就可能发生一场战争，正像我描写的那样。双方互相用爪子扑打，结果会造成可怕的创伤，但是它们不能互相残杀，因为它们没有我们所发明的那种杀人武器。有时附近几处的"耶胡"也会无缘无故地大战一场。一个地区的"耶胡"常常会伺机而动，趁着邻近地区的"耶胡"还没有做好准备就进行袭击。但是如果它们发现偷袭的计划不能得逞，而无敌可攻，就会跑回家去进行一场我说过的那种内战。

　　在它的国家里有些地方的田地里出产一种具有不同颜色的、闪亮的石头。"耶胡"们非常喜欢这种石头，有时凑巧石头埋在土里，它们就用爪子去挖，一连要挖上几个整天，把石头挖出来然后运回，成堆地埋藏在自己的窝里。它一面藏一面东张西望，生怕会被伙伴发现自己有了宝藏。我的主人说，它始终不明白为什么它们会有这样一种不近情理的欲望，这些石头对于"耶胡"究竟有什么用处呢。但是现在它相信这也许是由于它们贪婪，因为我曾经提到人类是贪得无厌的。它有过一次试验，曾经把"耶胡"埋藏在一个地方的一堆石头偷偷地挪走。那个下流的动物不见了宝藏就放声大哭起来，于是惊动了整群的"耶胡"都跑到那地方去。它凄凄惨惨地号叫着，咬着、撕扯着别的"耶胡"，接着就郁郁不乐起来，不吃不睡也不干活。后来它盼咐一个仆人偷偷把那些石头又搬到原来的坑坑里照原样埋好。那只"耶胡"发现以后，马上精神就恢复了，脾气也变好了,不过它这回却越发小心把石头另埋在一个更严实的地方。从此以后它就变成了一个十分有用的牲畜。

我的主人又告诉我,我自己也觉察到,在有很多闪亮的石头的田地里,由于邻近的"耶胡"不断入侵,所以会发生最激烈、最频繁的战争。

它说,有时两只"耶胡"在田地里同时发现了一块石头。它俩为了争夺这块石头在吵吵嚷嚷的时候,第三者利用这个方便的机会把石头拿走,这也是常有的事。我的主人认为这跟我们在法庭上打官司有些相像。当时我认为最好还是向它坦白承认,事实上,它说的那种判决方法倒比我们的许多法律来得公平,因为原告和被告除了丢掉了它们争夺的那块石头以外并没有什么损失,但是在我们的衡平法庭上还没有把原告、被告都搞得一无所有以前,法庭无论如何是不肯罢休的。

我的主人接着又说了下去。它说,"耶胡"叫大家更加厌恶它们的是,它们不分好歹,遇见什么就吃什么,草也好,根也好,浆果也好,腐败的兽肉也好,它们都吃,有时它们还把这些东西拌在一起,一齐吞下去。它们有一种怪脾气,最喜欢吃从别处抢来或者偷来的东西,家里供给的食物虽然好吃得多,它们却觉得不如从别处弄来的。要是抢来的东西一时吃不完,它们就会一直吃到肚子要炸。造物也给它们准备了一种草根,如果肚子吃得太饱,吃下去这种草根就可以把肚子泻个干净。

此外还有一种多汁的草根,不过相当稀罕而且很难找到。"耶胡"寻找起这种草根来显得非常热心,找到一根就高高兴兴地咂它一顿。这种草根对它们能发生一种就像我们喝了酒一样的作用。它们会互相搂抱一阵子,又互相撕扯一阵子。它们大喊大叫、咧嘴狞笑、喋喋不休、发晕打滚,后来就倒在泥里睡熟了。

在这个国家里我也发现只有"耶胡"才会生病,不过它们比我们的马生的疾病要少得多。它们得病并不是因为受到虐待,而是因为这种下流畜生又脏又馋。在它们的语言中所有这些疾病只有一个总名称,叫作"赫尼阿——耶胡",意思就是"耶胡病",这还是从这畜生的名字借来的。治疗的方法就是把"耶胡"自己的屎、尿掺合在一起,给它们从嘴里灌下去。据我所知,这种疗法极为灵验,为了公共的利益我愿意向同胞介绍这种疗法,用来治疗因饮食过度而发生的各种疾病。这确乎是一种奇妙的特效疗法。

在学术、政治、艺术、工艺等方面,我的主人承认,它在它们的"耶胡"和我们中间找不到有什么共同之处。因为它注意的只是"耶胡"和我们在性情上有什么共同点。它也曾听见几位好奇的"慧骃"说过,在大多数的"耶胡"群中都有居于统治地位的"耶胡"(我们公园里的鹿群不是也有一只领头的吗?),它的样子比一般的"耶胡"还要难看,性情也更刁顽。这个为头的要找一个跟它相貌、性情都差不多的"耶胡"做它的宠儿,它的差事就是给它主人舔脚和屁股,把母"耶胡"赶到它主人的窝里去;因为它做这些事做得好,它主人就会常常赏给它一块驴肉吃。大伙儿都憎恨这个宠儿,所以它为了保护自己总是在它主人跟前不肯离开。除非它的主人能够找到一只比它还要丑恶的"耶胡",它是不会被撤职的,但是它一被撤职,接替它的职务的"耶胡"就会率领着这一地区男女老少"耶胡"一齐赶来对着它大小便,把它弄得从头到脚浑身屎尿,我的主人要我自己想一想这和我们的宫廷、宠臣、首相大臣究竟是不是有几分相像。

对于它这种恶意的嘲讽我简直不敢反驳,在它的眼中人类还不如一头猎犬聪明,就是一头猎犬也能够绝对无误地分辨出猎犬队中最有本领的那一头狗的吠声,并且会附和着叫起来。

我的主人告诉我,"耶胡"还有几种很突出的特性,它却没有听见我说起过(就是说过也说得很少)人类是否也有这几种特性。它说这种畜生跟别的动物一样有公的,有母的,但是和别的动物有一点不同,母"耶胡"就是怀了孕也还会跟公"耶胡"交接。同时公"耶胡"和母"耶胡"也像两头公"耶胡"一样拼命地争吵、打架。这两件事都达到了残暴无耻的地步,这实在是任何其他有感情的动物做不出来的。

"耶胡"对于污秽不洁有特别嗜好,也使它感到奇怪,因为所有的动物都有爱好清洁的天性。对于以上这两项责难,在我还是不作答复,搪塞过去为妙,因为我实在想不出什么话来可以为同类辩护,如果不是这样,我倒是喜欢辩护一番的。但是,如果这个国家有一口猪(可惜那儿没有),那么当它责备我们不爱清洁的时候,我替人类辩护几句倒也不难。

虽然猪这种四足动物比"耶胡"来得温驯,但是说句公平话,它却没有资格说自己是清洁的。要是我的主人亲眼看到猪吃食的时候的那种肮脏相,看到它惯常在泥泞中打滚、睡觉,它也一定会承认我的话是正确的。

我的主人还提到,它的仆人在几只"耶胡"身上发现过一种特性,在它看来这也是完全不能理解的。它说,有时一只"耶胡"不知想些什么就会躲到一个犄角里去,躺在那儿大喊大闹、痛苦呻吟,谁走到它跟前就把谁踢开,虽然它年轻体胖,却也可以不吃不喝。仆人们也想不出什么方法来医治它。唯一有效的方法就是要它去干重活,干上一阵子以后它自然就会恢复常态。因为我偏向自己的同类,所以我听了这话以后只好默不作声。但是这却使我发现了忧郁症的真正病根,这种病也只有奢侈懒惰的人和有钱的人才会生。如果用同样的方法强迫着给他们治病,我担保可以把他们的病治好。

我的主人还说,一只母"耶胡"常常会站在一个土堆或者一丛灌木的后面,眼巴巴地看着过往的年轻公"耶胡",躲躲藏藏地做出种种丑态和鬼脸,据说这时候她身上的气味最难闻。要是这时一只公"耶胡"走上前来,她就会慢慢地退却,时常回过头来看看,装作害怕的样子,跑到一个可以方便行事的地方,因为她知道那公"耶胡"一定会跟踪而至。

有时候不知从哪儿来了一只母"耶胡",三四只母"耶胡"就会跑过来把它团团围住,直盯盯地看着她,有时纷纷议论,有时冷笑,并且把她的浑身上下闻一阵。后来她们就会装腔作势地走开,似乎表示她们非常轻蔑鄙视她。

这些都是我的主人自己观察所得,或者是它听别人谈过的,不过它也许可以说得更文雅一点,但是我却不免有些惊讶悲伤,因为淫荡、风骚、讥讽和造谣毁谤的萌芽在女性的本能中都可以找到。

我时时刻刻在等待着我的主人指责我们中间极为普通的、男女"耶胡"的一些违反自然的嗜好。但是造物似乎还不是一位手段高明的教师,而在地球上我们的这一边,这些比较文雅的嗜好却纯粹是艺术和理性的产物。

第 八 章

作者叙述关于"耶胡"的几种情况。"慧骃"的优秀品质。它们的青年的教育和运动。它们的全国代表大会。

因为我对人性的了解总该比我的主人了解的来得深刻,所以我觉得它所说的关于"耶胡"的性格非常适用于我和我的同胞,同时我相信根据自己的观察还可以进一步有所发现。所以我常常请求主人准我到附近的"耶胡"群中去,它也同意我这样做,因为它很知道我十分痛恨这种动物,绝对不会被它们引诱坏了的。我的主人还派了一位仆人作我的警卫,它是一匹健壮的栗色小马,又诚实又和气,要不是有它保护,我是不敢去冒这个险的。我已经告诉过读者,我刚到这里的时候曾经吃过这些可恶的畜生的苦头。后来又有三四回,因为到稍远的地方去散步没有佩带腰刀,也险些落入它们的掌握。我有理由相信它们多少认为我是它们的同类,因为我跟我的警卫在一起的时候,我常常在它们面前卷起袖子,露出胳膊和胸脯以壮声势。这样一来它们就会放胆凑上前来,像猴子一样模仿着我的动作,但是也流露出极端恨我的表情。就像一只被人养熟了的穴鸟①戴着帽子穿着长袜跑回野生的鸟群里去也会受到迫害一样。

它们从小就身手矫捷。有一次我捉住了一只三岁的公"耶胡",我做出种种慈爱的表情想使它平静下来;但那小鬼头却乱喊乱抓,拼命咬我,

---

① 穴鸟是欧洲的一种鸟类,有些像乌鸦,但体格较小,经过驯养,可以模仿人说话。

弄得我没有办法只好把它放了。正在这时一大群老"耶胡"闻声赶来,它们发现那小家伙很安全(因为它跑开了),栗色小马又在我的身边,所以不敢走到我们跟前。我发现那只小兽的肉有一股臭味,有些像黄鼬也有些像狐狸身上的气味,但更加令人讨厌。我还忘记了一件事(要是我把这一段完全删去,也许会得到读者原谅),我把那只可恶的畜生抓在手中的时候,它忽然拉起黄色稀屎来,把我周身衣服全弄脏了。幸亏附近有一条小河,我跳进去洗了个干净。一直到身上臭气全消以后才敢去见我的主人。

根据我所看到的事实来说,"耶胡"似乎是最不可教导的动物,它们除了能拖拉、扛抬东西以外,再没有什么本领可言了。我认为这种缺陷主要是由于它们性情别扭而懒惰。它们狡猾、狠毒、阴险而且记仇图报,它们身体强壮、结实,但是性情懦弱,结果弄得骄横、下贱而残忍。据说红毛的公母"耶胡"比其他"耶胡"来得更为淫荡而险毒,在体力和动作灵活方面它们也胜过别的"耶胡"。

"慧骃"把日常使用的"耶胡"养在离它们家不远的茅屋里,却把其余的都赶到田野里去。它们就会在那儿挖草根、啃野草、搜寻死兽肉,有时也去捉黄鼬和"路希木斯"(一种野鼠),捉到以后就狼吞虎咽地吃个精光。它们天生就会利用利爪在土坡的一边挖一些深深的洞穴,然后自己就睡在里面。母"耶胡"的窝比较大一些,还可以容得下两三只小兽。

它们像青蛙一样从小就会游泳,并且可以在水底潜伏很久。它们常常捕鱼,母"耶胡"把鱼带回家去喂小兽。说到这儿,希望读者们能够原谅,我还要叙述一件奇遇。

有一天我跟我的护卫栗色马一同出游。那天天气炎热非常,我请求它让我在附近的河里洗一个澡,它同意了我的请求,我马上就脱得精光,慢慢地走进河里。这时凑巧有一只年轻的母"耶胡"站在一个土堆的后面看到了全部经过,她一时欲火中烧(我跟栗色小马都这样猜想),就以最快的速度跑了过来,在离开我洗澡不到五码的地方跳进了水里。我从来没有感到这样害怕过,小马又在相当距离以外吃草,也没有想到会出事。她令人作呕地把我搂抱起来,我只有拼命叫喊,小马奔驰过来,她才放手,但还有些恋恋不舍。她跳上了对岸,在我穿衣服的时候,还站在那儿眼巴巴地直叫。

我的主人和它家里的人都把这件事引为笑谈,我却极为懊丧。既然那母"耶胡"把我当作她的同类,对我发生爱慕之情,那么我就再也不能否认我从头到脚没有一处不是一只"耶胡"了。这畜生的毛发并不是红的(那就不能说她的欲望是有些不正常的了),实际上她的毛发像野李子一样黑,面貌也不像别的"耶胡"那样可憎;我想她还不到十一岁。

我在这个国家住了三年,我想读者们一定希望我能像别的旅行家那样告诉他们一些当地居民的风俗习惯。这也确乎是我在那儿学习的主要课题。

因为这些高贵的"慧骃"生来就具有种种美德,它们是理性动物,根本不知道什么叫罪恶,所以它们的伟大格言就是要发扬理性,一切都受理性支配。同时它们的理性也不像我们的理性那样,可以引起争论。在我们这儿,人们很可以就一个问题的两面似是而非地辩论一番。但是它们却会使你马上信服,因为它们的理性并不受感情、利益的蒙蔽和歪曲,所以它必然会令人信服。我记得我好不容易才使我的主人明白"意见"这个词的意义,好不容易才让它明白为什么一个问题会引起争论;因为理性只教导我们去肯定或者否定我们认为是确实的事情;我们既不能肯定也不能否定我们一无所知的事物。所以"慧骃"根本不知道还有什么辩论、吵闹、争执、肯定虚伪或者含混的命题等等罪恶。同样,当我经常把自然哲学的各种体系解释给它听的时候,它就会哈哈大笑,它认为一个冒充有理性的动物竟然也会重视别人的设想,即使这些设想是正确的,知道这些事也没有什么用处。它完全赞同柏拉图①表述的苏格拉底的思想;我谈到苏格拉底的思想只不过表示我对这位哲学之王抱有最崇高的敬意。这也使我常常想到这种学说可以摧毁欧洲图书馆里的多少图书,也可能闭塞在学术界成名的许多捷径。

---

① 柏拉图(纪元前427—纪元前347)是古代希腊的哲学家。参阅《理想国》第5卷结尾。

友谊和仁慈是"慧骃"的两种主要美德；这两种美德并不限于个别"慧骃"，而是遍及全"慧骃"类。从最遥远的地方来的客人和最亲近的邻人一样都会受到款待，不管它走到哪儿都像到了家里一样。它们非常有礼貌，但是一点也不拘泥形式。它们绝不溺爱小马，但是它们对子女的教育却完全以理性为准绳。我看见我的主人爱抚邻居的儿女像爱抚自己的儿女一样。它们遵从大自然的教导热爱自己的同类。只有理性才可以把人分为几等，因为有的人的德行较为优越。

母"慧骃"生下了一对子女以后，就不再跟它的配偶同居，除非因为偶然发生事故，有一个孩子不幸夭折，但这样的事很少，只有在这种情形下，它们才再行同居。如果一个"慧骃"遭到这种不幸而它的妻子已经不能生育，别的夫妇就会送一个孩子给它们，然后这对夫妇再行同居直到女的怀孕为止。这种措施是必要的，这样可以防止国内人口过剩。但是当仆人的下等"慧骃"却不受这种严格限制。它们每对夫妇可以生育三对子女，它们的子女们日后可以充当贵族的仆从。

在结婚这件事上，它们十分注意选择配偶的毛色，免得血统混杂产生不良的毛色。男方要看它有没有气力，女方要看它是否美丽，但这并不是为了爱情，而主要是为了防止种族退化。要是女方气力过人，那么就给她选择一个美丽的配偶。它们对于求爱、恋爱、送礼、遗产、赠产等等概念都毫无所知，在它们的语言中也没有适当的词来表达这些概念。年轻夫妇的结识和结合全由父母或者朋友来决定，它们天天都看到这样的事，而它们也认为这是理性动物的一种必要的行动。谁也没有听说过有婚姻受到破坏或者诲淫的事件。两口子像对其他同类一样相敬相爱、互相关心地过一辈子，永远不会发生嫉妒、溺爱、吵架或者不和睦的事。

它们教育男女青年的方法令人敬佩，很值得我们效法。孩子们十八岁以前除了几天以外，不让它们吃到一粒燕麦，也很少让它们吃奶。在夏天它们早晚都在户外吃两个钟头的青草，它们的父母在一旁监督，但是仆人吃草的时间却不到一点钟，它们把大部分的青草带回家去，在不妨碍工作的时候省出时间来吃。

青年男女都要学习有关节制、勤劳、运动和清洁的功课。我的主人认为我们除了一些家务管理的功课以外，对女子的教育和对男子的完全不同，实在太荒谬了。它说得很对，我们有一半人口除了会生儿育女以外什么都不能做。它说我们把孩子交给这样一些无用的动物照看，更足以说明我们的残忍野蛮。

"慧骃"要孩子们在陡峻的山岭跑上跑下，或者在坚硬的碎石地上跑来跑去，以训练它们的体力、速度和耐性。它们跑得浑身出汗时，就命令它们跳进池塘或者河里，全身浸在水中。一个地区的青年每年集会四次，表演跑、跳技能和其他体力或者技巧方面的本领。大家都来唱歌赞扬优胜者。在这样的节日里，仆人们就会赶着一群驮着干草、燕麦、牛奶的"耶胡"到表演场所去给"慧骃"们享用。食品送到以后它们就马上把"耶胡"赶回来，免得它们在会场上吵吵嚷嚷。

每隔四年，在春分那一天，要举行全国代表大会，开会地点在一片平原上，距离我们家大约有二十英里，会议一连要开五六天。它们在会上汇报各地区的情况：它们的干草、燕麦、母牛或者"耶胡"有余呢还是不足？要是哪一个地区缺少什么（这种情形很少），大家一定会一致同意，踊跃捐助，马上供应这个地区所缺少的物资，同时在会上孩子们的调整问题也可以得到解决。比方说，一个"慧骃"有两个男孩子就可以和有两个女孩子的"慧骃"交换一个；如果一个孩子发生事故不幸死亡，而母亲又不能再生育了，大家就决定本地区的哪一家再生育一个来补偿这一损失。

第 九 章

"慧骃"全国代表大会进行大辩论,辩论结果是怎样决定的。"慧骃"的学术。它们的建筑。埋葬的方法。它们的语言的缺点。

在我离开这个国家大约三个月以前,它们召开了一次全国代表大会,我的主人代表我们这一地区参加了大会。在这次会议上它们又对一个老问题进行了辩论。这也是这个国家仅有的辩论。我的主人回家以后把辩论的详情告诉了我。

它们辩论的问题是:要不要把"耶胡"从地面上消灭干净。一位主张消灭"耶胡"的代表提出了几个很有力而且很有分量的论点。它说,"耶胡"是自然界最肮脏、最有害、最丑陋的动物,也是最懒惰、最倔强、最调皮、最恶毒的家伙。如果不时时加以看管,它们就会偷吃"慧骃"的母牛的奶,把它们的猫弄死吃掉,踩坏它们的燕麦和青草,还会干出许多无礼放肆的事。一个流行的传说引起了它的注意,据说"耶胡"在这个国家并不是一向就有的。许多年前才在一座山上发现这样一对野兽;也不知道它们是太阳晒着烂泥生出来的,还是海里的泡沫和渣滓变的。后来这一对"耶胡"繁殖起来,子孙后代越生越多,短时间内它们就遍布全国,到处为害。"慧骃"为了除此一害,曾举行过一次大狩猎,终于把全伙"耶胡"包围了起来。"慧骃"把大的"耶胡"杀死,每家只留下了两只小的养在窝里,驯养它们拖、背笨重东西,性情这样野蛮的动物能驯服到这地步,也算是难得的了。这一传说很近情理,这种动物不可能是"依嫩赫尼阿姆色"(意思是"当地的土著"),因为"慧骃"和别的动物都非常恨它们。虽然它们生性恶劣应当受人憎恨,但如果它们是土生土长的动物,大家也决不会把它们憎恨到这步田地,要不它们早就被消灭了。此外,当地居民还异想天开,想利用"耶胡",结果轻率地忽略了驯养驴子。驴子是一种文雅的动物,既容易驯养又来得服帖、规矩,身上也没有什么难闻的气味,而且身强力壮,可以从事种种劳动,虽然它赶不上"耶胡"身子灵活。如果说驴子叫的声音不大好听,比起"耶胡"可怕的咆哮呼号来,那总好听得多。

另外几个代表也表示了同样的看法,于是我的主人向大会提出了一个权宜之计——实际上它是受了我的暗示才提出这办法的。它同意前面发言的那位代表所说的,是有那么个传说,并且肯定那两只最先发现的"耶胡"确乎是从海上漂过来的,它们被同伴遗弃,登上了我们的海岸,后来躲在山里,渐渐退化,年深日久就变得远远比它们祖国的同类来得野蛮了。它之所以提出这样的意见,是因为它现在有一只奇妙的"耶胡"(它指的是我),这是大多数的代表都听说过的,而且许多代表也亲眼看见过。它接着告诉大家它最初怎样发现了我,我全身都用别的动物的毛皮制作的罩子盖了起来。我会说自己的语言,并且学会了它们的语言。我也对它说过我到这里来的经过。我身上没有遮盖物的时候,它认为我完全是一只"耶胡",不过皮肤比较白,毛发少一些,脚爪短一些罢了。它又接着说,我曾经尽力想使它相信在我的国家和许多别的国家里,"耶胡"是统治一切的理性动物,而所有"慧骃"却受人奴役。它发现我有着"耶胡"所有的特性,不过比较文明而且略具几分理性,然而和"慧骃"相比,那就差得很远了,就像它们国家的"耶胡"远远赶不上我的情形一样。我也曾提到过我们的一种习惯,就是我们常常在"慧骃"年轻时把它们的睾丸割去,使它们变得更为驯良。这种手术安全而易行。它说向野兽学习智慧并不能算是什么耻辱,蚂蚁不是教导我们要勤奋工作,燕子(我把"李哈恩赫"这个词译作燕子,其实它比燕子大多了)教导我们怎样盖房子。这种方法可以应用于年轻的"耶胡"。这不但能使它变为驯良可用,而且经过一个时期不用伤害它们的生命,就可以把它们消灭干净。同时应该鼓励"慧骃"养驴,从各方面来说,驴子是一种更有价值的兽类,此外还有一种好处,驴子只要养到五岁就可以使用,而别的兽类却要养到十二岁。

这就是当时我的主人认为可以告诉我的一些关于全国代表大会的情形,但是它隐瞒了关系到我个人的一件事。不久以后,我就受到了这件事的令人感到不快的影响,下面在适当的时机,读者们就会知道,以后在我生活上发生的不幸就以此为始了。

"慧骃"没有自己的文字,所以它们的知识是口耳相传的。因为这个民族团结一致,具有各种德行,完全受理性支配,跟别的国家又毫无往来,所以很少发生什么重大事件,它们不需要多耗费记忆力就可以把历史很容易地保留下来。我已经在前面提到过它们不会生病,因此也不需要医生。但是它们也有多种用药草配制的良药,用来治疗蹄骸和蹄叉上偶尔被锐利的岩石割撞而造成的创伤,这些草药也可以医治身体各部的损伤。

它们根据日月的周转运行计算年月,但是并不再细分为许多星期。它们对于这两个发光体的运行十分熟悉,并且知道日月食的道理。这些都是它们的天文学的最高发展。

就它们的诗歌而论,可以说已经超过了任何有生命的动物。它们的诗歌比喻恰切,描写细致正确,都是我们学不来的。它们的韵文富于比喻和描写,内容一般是描述友谊和仁慈的崇高观念,或者颂扬赛跑和别的体力运动中的优胜者。它们的建筑虽然十分简陋,但是非常方便,而且构造巧妙可以防御寒暑的侵袭。它们那里有一种树木,活到四十年树根就松动了,一遇到暴风雨就会倒下来,这种树木长得很直,"慧骃"就用尖利的石块(因为它们不知道用铁器)把树干削成木桩,每隔十英寸就插一根在地上,然后在木桩中间编上一些燕麦秸或者枝条。房顶和门也用同样的方法建成。

"慧骃"利用前足的蹄骸和蹄子中间的凹处拿东西,就像我们用手拿东西一样。最初我简直想不到它们的蹄子竟会这样灵巧。我看见过家里的一匹白色母马用这个关节穿针(我特意把针线借给她用)。它们挤牛奶、收割燕麦和做别的手工劳动,都是这样进行的。它们有一种坚硬的燧石,把它跟别的石头摩擦就能磨成可以代替楔子、斧头、锤子等的工具。它们就用这种燧石制的工具割草、收割燕麦,它们的燕麦都是天然在田里生出来的。"耶胡"把一捆捆的燕麦运到家里然后由仆人们在茅屋里把它踩碎,把麦粒打出收藏在仓里。它们也制造粗糙的陶器和木器。陶器是放在阳光下晒成的。

如果它们能避免发生意外的伤亡,它们就只有老死,死后尽可能埋葬在最偏僻的地方。它们的亲友对于它们的死去既不感到高兴也不感到悲伤。快要死去的"慧骃"也不会因为自己要离开这个世界而感到有什么遗憾,就像刚访问过一位邻居现在要回家一样。我记得我的主人有一次约好了一位朋友和它的家属到家里来商议重要事情。到了约定日期,女客人很晚才带着两个孩子来到我们这里。她表示了两番歉意,首先代她的丈夫致歉,因为他可巧今天早上"舍奴恩赫"了。这个词在它们的语言中含义很深广,很难翻译成英语,它的意思就是:"它回到它的第一个母亲那儿去了。"接着她又请主人原谅她不能早来,因为早上她丈夫死的时候已经很晚了,她跟仆人们商议了半天怎样去找一个方便的地方来安葬她的丈夫。我觉得她在他们家里的时候,言语行动跟别人一样地愉快。大约过了三个月,她也死了。

它们一般都活到七十岁到七十五岁,很少有活到八十岁的。它们在死前几个星期就一天天感到衰弱下去,但是并不感到痛苦。这时候它的朋友都常常来看望它,因为它们不能再像平常那样安闲舒服地随便外出了。不过在它们死前十天光景(它们自己计算得很准确,很少会算错的),它们就坐在舒服的橇里由"耶胡"拉着去回拜那些住在邻近地方的来看望过它的朋友。它们不仅在这时候才坐这种橇,它们上了年纪,出远门,或者不小心摔破了腿的时候都要坐它。因此当将死的"慧骃"回拜它的朋友的时候,它们就要向朋友们郑重告别,好像它要到这个国家的一个遥远的地方去准备在那儿度过余年一样。

我不知道这是不是值得一提,"慧骃"在它们的语言中没有可以表达罪恶这个概念的词儿,仅有几个这样的词儿还是从"耶胡"的丑陋形象和恶劣性格那儿借来的。所以当它们要表达仆人荒唐、小孩懒惰、石头割伤了它们的脚、天气接连几天很坏的意思的时候都要加上"耶胡"这个形容词。例如,"赫恩姆·耶胡"、"忽纳好尔姆·耶胡"、"银尔赫姆德威赫尔玛·耶胡"。它们把一幢盖的不好的房子叫作"银尔好尔姆赫恩姆罗赫恩乌·耶胡"。

我很喜欢能继续叙述这个优秀民族的一些习俗和美德;但是我不久以后打算出版一本书专门讨论这个问题,读者将来还可以参看那本书,现在我要继续叙述一下我自己的悲惨结局。

第 十 章

作者的日常生活安排,他跟"慧骃"在一起生活得很快乐。由于经常和它们谈话,他在道德方面有很大的进步。他们的谈话。作者接到主人通知,他必须离开这个国家。他昏晕倒地十分伤心,但后来还是顺从了。他在一位仆人的帮助下设法制造了一艘小船。他冒险出海航行。

我把日常生活安排得称心如意。我的主人吩咐,按照它们的式样,在离开它的家大约六码远的地方给我盖了一间房。我在地上和四壁涂上了一层黏土,然后铺上我自己设计编制的灯心草席子。我把那儿的野生麻打松做成被套,然后填上各种鸟毛,这些鸟都是我用"耶胡"毛编制的网捕得的,鸟肉也是精美的食品。我用小刀做了两把椅子,比较笨重的活是栗色马帮我干的。我衣服都穿烂了,就做了几件新衣,用的材料是兔子皮和一种跟兔子差不多大小的动物的皮,这种美丽的动物叫作"奴诺赫",它的皮上面有一层细软的茸毛。我又用这种皮做了几双很可以穿穿的长袜。我用从树上砍下来的木片当作鞋底,绱在帮皮上,鞋帮烂了我就另用晒干了的"耶胡"皮做鞋帮。我时常从枯树洞里找到一些蜂蜜,我有时掺上水喝,有时涂在面包上吃。我们有两句格言"人的需要是很容易满足的"、"需要是发明之母"。谁还能够像我这样证实这两句格言的真实性呢。我的身体十分健康,心里也很平静。我用不着害怕朋友陷害我、背叛我,也用不着防备敌人的明攻暗害。我也不必使用贿赂、谄媚、海淫等手段来讨好大人物和他们的爪牙。我也用不着担心受骗或者受害。这里没有医生能残害我的身体,也没有律师来败毁我的家产,更没有告密者在旁监视我的言语行动,也没有人为了取得奖金而捏造证据对我妄加控告。这里没有人冷嘲热讽、批驳非难或者背地说坏话,也没有扒手、盗匪、抢犯、讼棍、鸨母、小丑、赌徒、政客、才子、性情乖戾的人、言语无味的人、雄辩家、强奸犯、凶手、土匪和古董贩子。这里没有结党营私的首脑人物和他们的扈从;也没有人用言语行动来引诱我、唆使我犯罪。这里没有地牢、斧钺、绞架、笞刑柱或者枷铐,也没有骗人的商人和工匠。没有虚荣、骄傲、装腔作势,也没有纨绔子弟、恶霸、醉汉、野鸡、梅毒病人。没有喜欢吹牛、淫荡而奢侈的阔太太,也没有愚蠢、傲慢的学究。没有啰里啰唆、骄气凌人、喜欢吵架、又嚷又喊、高声吼叫、脑袋空空、自以为是、喜欢赌咒的伙伴,也没有为非作歹、平地青云的流氓,也没有因为有德行而被贬为平民的贵族。这里没有大人老爷、琴师、法官和舞蹈教师。

  我非常幸运能够和几位"慧骃"会见,它们来拜访我的主人或者跟它一起进餐,这时我的主人特别准我在一旁侍候,听它们谈话。它跟它的客人时常问我一些问题并且听我回答。我有时也有机会跟着主人去拜访朋友。我从来不敢多说话,除非有时必须回答问题。就在回答问题时我内心也感到遗憾,因为这使我丧失了改造自己的时间。它们谈话时我非常喜欢安静地听着,因为它们说的话没有一句对我没有用处,而且它们的话也简明扼要。我在前面也提到过它们最讲究礼貌,可是一点也不拘礼仪。说话的人自己说得高兴,也使它的朋友们听着高兴。它们从来不打断别人的话头、绝不啰唆,从来不面红耳赤地争辩,也不会话不投机。它们认为大家凑在一起的时候,短时间的沉默对于谈话是有好处的。我觉得它们这种见解非常正确。因为在这短时间的沉默里,许多新的见解油然而生,谈话也就越发生动。谈话的内容一般是关于友谊和仁慈,或者秩序和经济;有时谈到自然界的现象、活动和古代的传统;也谈到道德的范围。它们谈论理性的正确规律或者下届全国代表大会应该做出哪一些决定;同时它们也常常谈论诗歌的美妙。我还可以补充一点,但这并非出于虚荣,我在它们跟前时也往往供给它们很多谈话资料,因为这时我的主人就可以借机会向它的朋友介绍我和我的祖国的历史。它们都非常喜欢讨论这些事,不过它们的谈话对于人类却不是十分有利的,因此我也就不想引述它们的谈话了。不过有一点我却请求读者准我说明一下,我的主人似乎对"耶胡"的性格了解得比我还清楚,这是我十分钦佩的。它把我们的罪恶和蠢事一一谈了出来,其中有许多是我从来没有告诉过它的,不过它推想得出如果它们国内的"耶胡"除了原有的特性以外还有几分理性的话,可能会做出什么样的坏事来。最后它作出很带几分真理的结论,说这样的动物该是多么卑鄙而可怜啊。

我坦白承认我有这一点儿还有些价值的知识是由于我受到了主人的教诲以及听到它跟朋友们的谈话而得来的,我听到它们谈话比听到欧洲最聪明、最伟大的人物的谈话还要感到自豪。我钦佩这个国家的居民气力充沛、体态端庄、行动迅速,这些可爱的马有这样多的美德使我对它们感到最高的崇敬。的确最先我也不明白为什么"耶胡"和别的动物自然而然会对它们这样敬畏,但是我渐渐感到我对它们的敬畏也日益增长,而且增长速度比我想象的要快得多,除了敬畏以外我对它们又尊重又热爱,并且感激它们另眼看我,把我和我的同类分别对待。

当我想到我的家庭、我的朋友、我的祖国和全人类的时候,我认为无论从形体上或者性情上来看,他们实际上就是"耶胡",虽然他们比较开化一些,并且具有说话的能力,但是他们只利用理性来增长他们的罪恶,而这个国家里他们的同类兄弟却只具有天生的一些罪恶。有时我在湖畔或者喷泉旁边看到自己的影子就感到讨厌、可怕,赶忙别过了脸,觉得自己的样子还不如一只普通的"耶胡"来得好看。因为我时常跟"慧骃"谈话,望着它们觉得很高兴,也就模仿起它们的步法和姿势来,而现在已经养成了习惯,因此朋友们常常不很客气地对我说,我就像马一样地踱着。但是我却认为这是恭维我,我也不能不承认,我说话也往往模仿"慧骃"说话的声音和腔调,就是听到别人嘲笑我,我也一点不会生气。

我过着这样快乐的生活,希望自己留在那儿过一辈子,可是一天早晨比平常早一些,我的主人就把我叫去了。我看到它的脸色就知道它心里

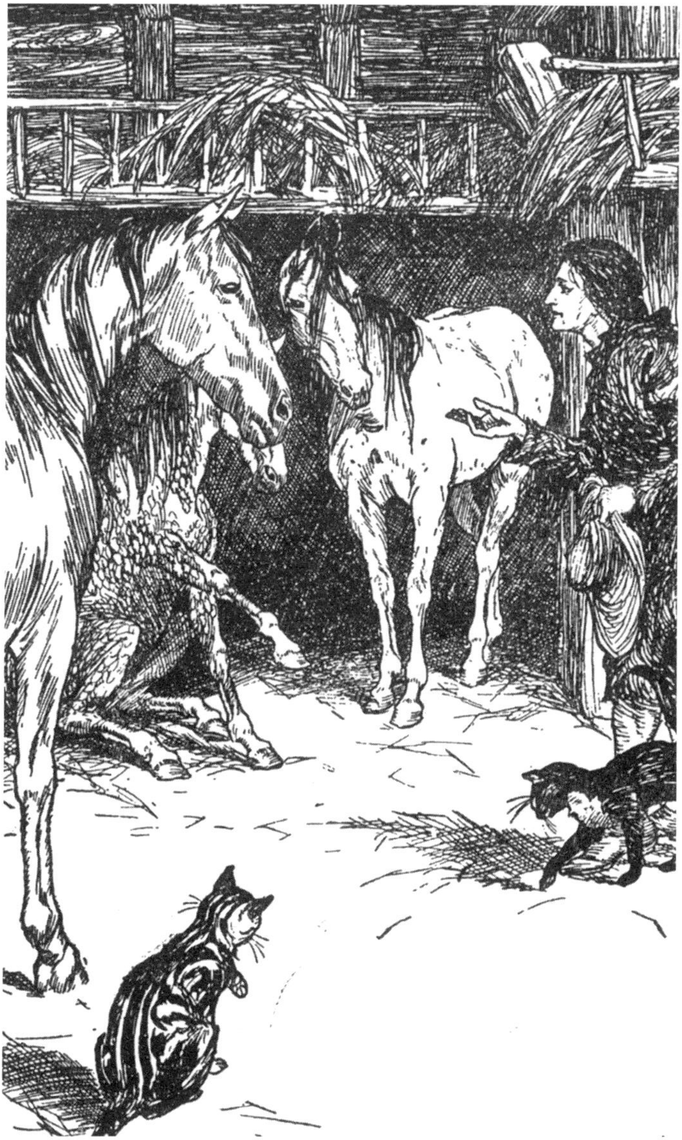

有事,简直不知道怎样开口对我说些什么才好。它沉默了一会儿才对我说,它不知道我听了它要讲的话以后会有什么感想。它说,上次在开全国代表大会讨论"耶胡"问题时,代表们都很生气,为什么它在家里养着一只"耶胡"(它们说的就是我)就像在招待一个"慧骃"一样,而不把我看成是一头野兽。谁都知道它时常跟我谈话,似乎它跟我在一起能够得到什么好处和乐趣似的。这种行动是违反自然和理性的,而且这也是它们从来没有听见说起过的事。因此大会郑重地劝告它要像使用一只"耶胡"一样使用我,不然就打发我泅水回到原来的地方。凡是曾经在它家里或者在它们自己家里看见过我的一些"慧骃"都反对第一种办法,因为它们认为我除了具有那种动物的劣根性以外,总还算有几分理性。它们害怕我会领着全体"耶胡"逃到山林地带里去,在夜里却结队出来伤害"慧骃"的家畜,因为我们是一种不爱劳动的食肉动物。

我的主人接着说,附近的"慧骃"天天都来催促它遵从代表大会的劝告,它再也不能耽搁下去了。它担心我不能泅水到别的国家去,所以它希望我能制造出一辆我曾经说过的、能在海上载着我漂流的那种车子。在制造过程中,它的仆人和附近邻居的仆人都可以帮我的忙。最后它说,它自己很愿意留我给它做一辈子事,因为它觉得我虽然天性卑劣、能力有限,但却在尽自己最大的努力模仿"慧骃"的行动,而且现在我已经改掉了一些坏习惯和坏脾气。

我在这儿应该向读者说明,这个国家的全国代表大会的法令叫作"赫恩赫老阿银",我能够想到的最近似的译法是"郑重劝告";它们根本不知道怎样能够强迫一个理性动物去做某一件事,它们只能够劝它或者郑重劝告它去做这件事,因为它们认为谁要违反理性谁就放弃了作理性动物的权利。

我听了我的主人的话以后感到十分悲伤失望,我受不了这样的痛苦,就昏倒在它的脚下。我苏醒过来,它才告诉我,它以为我已经死了(因为这个民族不像我们这样性情脆弱)。我就用微弱的声音回答说,如果真的死了倒是莫大的幸福。我说虽然我不能埋怨代表大会的劝告,更不能埋怨它的朋友的催促,但是根据我自己微弱、荒谬的判断,如果它们能够对我稍加宽容也许不至于是违反理性吧。我泅不到一里格远,而离它们这儿最近的陆地也要在一百里格以上。要造一只小小的容器把我运走,它们这儿又没有应有的材料。不过,尽管我认为这件事是不可能的,而且也自忖必死无疑,我还是很感激主人,愿意服从它的命令尝试一下。我又说,如果我不得善终,那还是最小的不幸。要是我能经历一些艰险逃得性命,那么我又要跟"耶胡"在一起过一辈子,因为没有可以模仿的表率使我遵循道德的途径前进,就不免要再沾染上一些腐败的老习惯,我想到这些事怎么能够无动于衷。我十分明白聪明的"慧骃"做出的决定都是有可靠的理由的,像我这样一个可怜的"耶胡"无论提出什么论据都不可能动摇它们的决定,所以我感谢它对我的关怀,建议由它的仆人来帮我制造一只容器。我也要求它给我足够的时间去完成这件艰巨的工作。我对它说我一定要尽力保全自己的性命;万一我能回到英国,我希望我能对自己的同类有所贡献。我要向人类宣扬著名的"慧骃"的好处,鼓励人类学习它们的美德。

我的主人只简单地回答了我两句:限我在两个月的时间内完成造船工作,并且命令栗色马,我的伙计(我们相隔这么远,我可以冒昧地这样称呼它了)听我的指挥,因为我对主人说过,有它帮助也就很够了,而我知道它对我是很亲切的。

我要作的第一件事就是由它陪着到先前叛变了的水手逼我登陆的那一带海岸去。我爬上了一座高地,向四面的海上远眺;我仿佛看到东北方面有一座小岛。我拿出袖珍望远镜来,就看得清清楚楚了。根据我的估计这座岛离海岸大约有五里格。但是在栗色马的眼中那却只是一片蓝色的云彩,因为除了本国以外它并不知道还有别的国家存在,所以它辨别不出在辽阔的大海的远处有什么东西,当然不能像我们这些整天和海水打交道的人辨别得那么清楚了。

我发现了这个小岛以后,就不再多加考虑了。我马上决定,如果可能的话,这座岛就是我的第一个流放地,结果怎样就只有听天由命了。

我回到家里和栗色马商量了一番就一起到不很远的一座树林里去,我就用小刀,它就用一块尖利的燧石(按照它们的方法巧妙地把石头绑在一根木把上),砍了几根像手杖一样粗细的橡树枝子下来,另外还砍下了几根较大的木材。不过我不想详细叙述我的工作经过给读者们听了,总而言之,六个星期以后,多亏栗色马帮忙替我作了比较吃力的工作,我制造成功了一艘印第安式的小艇,不过比一般的要大得多,同时我还用亲手搓的麻线把几张"耶胡"皮密密地缝起来搭起凉棚。我利用我所能够找到的小"耶胡"皮缝制了一面帆,因为大"耶胡"的皮太粗太厚了。另外我还做了四把桨。我在船上带了一些熟兔肉、鸟肉,还带了两个容器,一个盛牛奶,一个盛水。

我在主人家旁边的一个大池塘试航了一次,把不妥当的地方改造了一番,用"耶胡"油把裂缝补好,把船修理得结结实实,可以装载我和货物了。我尽了最大努力把小船制造成功,把它放在一辆车上,栗色马和另一位仆人在一旁照料着,由"耶胡"慢慢地拖到了海边。

一切都准备好了,行期已定,我就向我的主人、主妇和它们一家老少告别。这时我眼里满含着泪水,感到非常沉痛。我的主人一方面因为好奇,一方面也许是为了表示对我的关怀(我是不是可以毫不浮夸地这样说),决定要到海边去送我上船,同时还邀了几位朋友同去。我在海岸边等了一个钟头潮水才上来,恰巧这时风正吹向我打算航行到那儿去的小岛,于是我重新又向主人道别。当我正要弯身趴在地上去吻它的蹄子的时候,它格外赏脸把蹄子轻轻地举到我的嘴边。我并不是不知道由于提到了这件事我曾受到很多的责难。诽谤我的人认为这样高贵的人物对像我这样的一个下等动物居然能够赐予这样隆重的恩典,事实上是不可能的。我也不曾忘记有些旅行家喜欢夸耀自己受到特殊恩典的事实。但是如果这些诽谤者对于"慧骃"的高贵、有礼的性格能有进一步的了解,他们一定会改变自己的看法。

我又向陪同我的主人前来的"慧骃"致敬;接着我上了小船,推船离开了岸边。

第十一章

　　作者的危险航程。他到达新荷兰①,打算在那儿定居。他被当地土人用箭射伤。他被葡萄牙人捉住,并被强掠到一艘船上。他受到船长的殷勤招待。作者回到英国。

　　一七一四至一七一五年二月十五日上午九点钟,我开始了这一次险恶的航行。海上刮着顺风,不过最初我还是只用桨划船;考虑到这样划下去不久就会疲倦,同时风向也许会转变,我就扯起了小帆。这样,依靠潮水的帮助,根据我当时可能做到的估计,我的船是在以每小时一里格半的速度行驶。我的主人和它的朋友一直停留在海岸上,差不多等到我走得看不见了才离开。我还时时听到栗色马在叫着(它总是爱我的):"赫奴伊·伊拉·尼哈·玛拉赫·耶胡(保重吧!温顺的耶胡)。"

　　我本来打算尽可能找到一座无人小岛,在那儿依靠自己劳动来生产一切必需的生活资料。我觉得这比在欧洲最有教养的宫廷里作首相大臣要来得快活。我想到将要回到"耶胡"统治下的社会中去生活,非常害怕。因为在我渴望的隐居生活中,我至少能够享受思想自由,愉快地思考着"慧骃"们的无与伦比的美德,不会再堕入我的同类的罪恶、腐化的渊薮之中。

----

① 新荷兰是澳大利亚的旧称。

读者也许还记得我前面说过我船上的水手怎样阴谋叛变,并把我囚禁在舱里,我在舱里被囚禁了几个星期,一点也不知道我们的航行路线。水手们把我押上了长舢板强迫我登陆时,他们还赌咒说(不管他们是真赌咒还是假赌咒),他们也不知道我们是在世界的哪一部分。不过当时根据我听到他们说的一些话,我想当时我们是在他们向马达加斯加岛行驶的航线的东南,所以我当时相信我们的所在地是在好望角以南大约十度,或者南纬四十五度。虽然,这不过是一种推测,但我决定向东方行驶,希望能到达新荷兰的西南岸,也许在新荷兰的西方可以找到一个我所期望的无人小岛。这时风向正西,到晚上六点钟,我估计我至少向东方行驶了十八里格。这时我发现半里格以外有一个很小的岛,一会儿工夫我就到了那里。这座岛是一片岩石,仅仅有一个多次受到暴风雨袭击、冲刷而成的小港湾。我把小船停在港内,爬上了岩石,这才清楚地看到东面是一片从北向南延展的陆地。我在小船上待了一夜,第二天清早继续向前行驶,过了七小时我到达新荷兰的东南角。这证明我长期以来的一贯看法是正确的:一般的地图和海图都把这个国家的方位弄错了,地图上它的方位至少比它的实际位置向东移了三度。许多年前我曾跟我的好友赫尔曼·毛尔先生①谈过我的看法,并且向他提出了我的理由,但是他却相信别的作家的说法。

　　我在登陆的地方没有发现居民,由于自己没有武器所以不敢深入内地。我在海滩上找到了一些蚌蛤,生吃了下去,我怕被土人发现,因此不敢举火,我一连吃了三天牡蛎和海蠘,把口粮节省了下来,我又侥幸找到了一溪清水,喝水解渴,使我大为欣慰。

　　第四天早上,我向境内走得稍远一点,发现在离开我不到五百码的一个高地上有二三十个土人。他们都赤条条的一丝不挂,男女老少围坐在那儿,大概他们中间有一个火堆,因为我发现有烟。其中一人发现了我,马上告诉了其余的人。有五个土人向我面前走来,只有女人、小孩还留在火堆旁边。我拼命向海滩奔驰,跳上了小船,划了开去。那些野人看见我

---

① 十八世纪著名地图绘制者。

要跑,就追了上来。我还没有划出好远,他们射了一箭深深地射入了我的左膝盖(我要带着这个疤痕进坟墓的)。我害怕那是一支毒箭,划出了他们的射程以外(那天风平浪静),就赶快用嘴吮吸伤口,并且尽快包扎好。

那时我不知所措,又不敢回到原来登陆的地方,只有划桨向北驶去。风虽然很小,但是风从西北正迎着我吹来。我正要找一个安全的登陆地点,却发现在东北方向有一艘帆船正在行驶,而且越来越看得清楚了。我迟疑了一下,拿不定主意是不是等他们一等,但是后来我对于"耶胡"的憎恨还是占了上风,我就掉转船头,张帆划桨向南驶去,又回到了早上离开的原来那个港湾,因为我宁愿把命舍给野蛮人,也不愿再和欧洲的"耶胡"住在一起。我把小船紧靠在海滩旁,自己却躲在小溪旁的一块石头后面。我在前面也说过这条小溪的水是非常好的。

那艘帆船驶到离小港湾有半里格的地方,就放下长舢板带着容器来取淡水(这地方的水似乎很出名)。舢板快靠岸的时候才被我发现,已经来不及另找一个躲藏的地方了。水手们一上岸就发现了我的小船,仔细检查了一下,很容易猜想到小船的主人就在近处。四个全副武装的水手搜遍了每一个岩洞和可以躲藏的地方,终于在那块石头后面找到了我,那时我正面孔朝下趴在地上。他们看到我穿着一身奇怪而不整齐的衣服——皮外衣、木底鞋和毛皮袜——不由惊得呆了。但是他们从我的衣服来判断,我并不是当地土人,因为他们总是赤身露体的。一个水手说葡萄牙话叫我起来,并且问我是什么人。我精通这种语言,所以站起身来就说:我是一个可怜的"耶胡",被"慧骃"们放逐到这里,并且要求他们把我放走。他们听到我用他们的本国话回答十分惊讶,从我的面孔来看我大概是一个欧洲人,但他们却不懂我说的"慧骃"、"耶胡"是什么意思,同时我说话怪腔怪调就像马嘶一样,他们听了不禁大笑起来。我一直在那儿发抖,又害怕又厌恶。我又请他们把我放走,一面却慢慢地向小船走去。但是他们却抓住了我问我是哪一国人?打哪儿来的?还问了我许多别的问题。我告诉他们我生在英国,大约五年以前我离开了祖国,那时候他们的国家和我的国家是和睦相处的,所以我希望他们不要把我看作敌人,我对他们并没有丝毫敌意,我只是一个可怜的"耶胡",想找一个荒僻的地方度过我这不幸的一生。

他们开始说话的时候,我觉得从来没有听见过或者看见过这样违反自然的事情,因为在我看来这就像英国的狗、牛或者"慧骃"国的"耶胡"会说话那样令人感到奇怪。那些坦率、纯朴的葡萄牙人对于我的奇怪装束和说起话来怪腔怪调也同样感到惊讶,但是我说的话他们都能听懂。他们非常仁慈地跟我说话,他们说,船长一定愿意免费把我带到里斯本,然后我从那儿就可以回到自己的祖国,他们要派两名水手回船向船长报告他们的发现,并请他下命令;同时他们还要使用暴力把我牢牢地绑起来,除非我赌咒决不逃走。当时我想最好还是接受他们建议为好。他们都非常好奇,想知道我的经历,但是我不能满足他们的要求,于是他们就瞎猜起来,以为我的不幸遭遇使我丧失了理性。两小时以后,那艘送淡水回大船去的小船又驶了回来,并且带回了船长的命令,要把我带上大船。我双膝跪倒,央求他们让我自由行动,但是无论怎么央求都是白搭,他们用绳索把我绑了起来,抬上了小船,又从小船抬到了大船上,最后才把我押解到船长的舱房里。

船长的姓名是彼得罗·德·孟戴斯,为人豪爽、有礼。他要我略谈一下自己的经历,并且问我要吃、喝什么。他说,我受到的待遇将跟他们一样,另外还说了一些令人感激的话,叫我奇怪的是一只"耶胡"居然也能这样有礼。然而我还是垂头丧气、一言不发。我被他和他的部下身上那股气味熏得几乎要昏晕过去。最后我要求从我的小船上拿出一些东西来吃,他却叫人给我拿了一只鸡和一些美酒来,接着又吩咐准备一间洁净的舱房让我去睡觉。我不愿意脱掉衣服,就和衣躺在被褥上。过了半个钟头,我想到水手们正在吃晚饭,就趁机溜了出来,跑到船边正准备跳到海里泅水逃命,无论如何我是不愿再和"耶胡"们在一起生活的。但是一位水手拦住了我。他向船长报告以后,我就在舱里被他们用链子锁了起来。

晚饭后彼得罗先生来到我的舱里,问我为什么要舍命逃走。他恳切地对我说:他并没有什么别的意思,只想尽量帮我的忙。他说话非常感人,所以我最后才把他当作一个略有几分理性的动物来看待。我简单地向他说明了一下我的航行经过;航行途中部下水手怎样叛变了我;他们怎样把我流放在一个国家里,以及我在那儿住了三年的情形。但是他却认为我说的这一切就像是一场梦或者是一时的幻想。我听了不禁大生其气。因为我差不多已经忘记了在"耶胡"统治的国家里,人们都具有撒谎这种特殊本领,他们对于别的同类说的实话也常常加以怀疑。我问他:在他的国家里有没有喜欢说"乌有之事"的风俗?我又对他说:我几乎已经忘记他所说的"虚妄"这个词是什么意思了。如果我在"慧骃"国中住上一千年,也不会听到最下等的仆人撒一个谎。信不信由他,我并不在乎;不过为了报答他的恩情,我可以原谅他天性上的腐朽本质,如果他提出任何不同看法我都可以回答,以后他自然会发现事实是怎样的。

船长是一位聪明人,他费了很大心思,却没有能够在我谈话中找到一个漏洞,最后也就渐渐觉得我的话是可靠的了,因为他说,他也遇到过一位荷兰水手,声称跟五位水手在新荷兰以南的某一岛屿或大陆登陆取淡水时,看到过一匹马赶着几只样子跟我描写的"耶胡"一模一样的动物,他还说过一些别的事,船长说他全忘记了,因为当时他认为那水手完全是在扯谎。但是他接着说:既然我宣称自己绝对服从真理,我必须答应跟他一起完成这一次航行,不要再起舍命逃走的念头,不然他就要把我囚禁起来,一直等到我们到了里斯本以后才放我出来。我答应了他的要求,但同时我也向他申明,我宁愿遭受最大的困苦,也不愿回去和"耶胡"们生活在一起了。

我们一路上没有遇到什么重大事件。有时为了报答船长的恩情,我也接受了他诚恳的请求陪他在一起坐坐,竭力掩饰我憎恨人类的那种情绪,尽管有时也不免要流露出一点来,而他也装着没有注意到让它过去了。但是一天里的大部分时间我都躲在舱里不愿看到任何水手。船长三番五次请求我把野蛮的衣服脱掉,并且要把他最好的一身衣服借给我。但是我无论如何不肯接受,因为我讨厌把"耶胡"穿过的衣服穿在自己身上。我只希望他能借给我两件干净的衬衫,因为他穿了一阵子以后总要洗过,所以我相信不会沾污我的身体。每隔一天我就换一件衬衫,换下来的衣服都由我自己去洗。

一七一五年十一月五日我们到了里斯本。上岸时船长硬要我穿上他的外套，免得受到群众的包围。他把我领到自己家里，并且在我的要求下把我领到房子后部最高的一个房间里去。我恳求他不要对任何人说起我对他谈过关于"慧骃"的事，因为如果泄露了一点风声，不但会吸引许多人都来看我，而且我也有被异教徒审判所监禁起来或者烧死的危险。船长劝我接受一身新做的衣服，但是我不肯让裁缝给我量尺寸；幸亏彼得罗先生身材跟我差不多，所以这身新衣服穿起来还算合适。他又给我置办了一些日用品，也都是新的，我把这些东西放在露天晾晒二十四小时后才用。

船长没有妻子，只有三个仆人，我们吃饭时也不用他们侍候，他一举一动都彬彬有礼，而且通情达理，所以我渐渐也就喜欢跟他在一起了。他给我的影响越来越大，我也渐渐喜欢他了，所以有时我也就有兴致从后窗往外看一看。到后来我就搬到另外一间房里，我探头向街上望一望，可是吓得赶快缩回头来。过了一个星期，他诱使我走到门口，我的恐怖才慢慢减轻，但是我对人类的憎恨和鄙视却日益加深。最后我也敢在他的陪伴下到街上去走走，但是我总是用芸香有时用烟草把鼻子塞住。

我也跟彼得罗先生谈起了我家里的事，过了十天他就劝我回家，为了名誉为了良心我都应该回到自己的祖国跟老婆孩子一起过活。他告诉我港口里有一艘英国船就要开航了。他可以替我准备一切。他提出了很多理由，我也作了辩驳，在这里就没有多说的必要了。总之，他说我想找一座孤岛在那儿定居下来，那种岛屿是根本找不到的。如果我住在家里，倒是可以自己做主，过一过自己希望过的隐士生活。

我没有什么更好的办法，最后还是听了他的话。十一月二十四日，我搭乘一艘英国商船离开了里斯本，那艘船的船长究竟是谁我根本没有问起过。彼得罗先生送我上船，并且借给了我二十镑钱。他亲切地向我告别，分手时他拥抱了我，我也只好尽量忍受。在这最后的一次航行中，我和船长、船员都毫无来往，上船以后就说自己有病，一直躲在自己的舱里。一七一五年十二月五日早上九点钟左右我们在唐兹抛锚，下午三点钟我平安到达罗则希斯（瑞赞夫的别名）我的家里。

我的妻子和家人又惊又喜地迎接我，因为他们都以为我早已死了；但是我必须坦白承认,我看到他们心里充满了憎恨、厌恶和鄙视;想到他们和我关系密切就越觉得他们可恨、可恶、可鄙。因为尽管自己遭逢不幸,从"慧骃"国被放逐了出来,我不得不和"耶胡"们见面,不得不跟彼得罗·德·孟戴斯先生谈话,但是我脑子里、想象中还时时刻刻记着高贵的"慧骃"们的美德和思想。我想到由于我自己曾和一个"耶胡"类交媾过,结果就成了几个"耶胡"的父亲,这真叫我感到无比惭愧、惶恐和恐怖。

  我一到家我的妻子就把我抱在怀里,并且跟我接吻。因为我多年没有接触过这个可厌的动物,所以她这样一来我就昏晕倒地,差不多过了一个钟头才苏醒过来。我写这部书的时候,我已经回到英国五年了。回家后第一年,我不准妻子和儿女到我跟前来,我受不了他们身上的那种气味,我更不允许他们跟我在一个房间里吃饭。直到现在他们还不敢动一动我的面包,也不敢用我的杯子喝水。我也不让他们中间任何一个抓住我的手。我第一次花钱就为的是买两匹年轻的种马。我把它们养在一所上好的马厩里,除了马以外,马夫是我最宠爱的人。我闻到他身上在马厩里沾染来的那种气味,精神就感到振作,我的马也颇能了解我,每天我至少要跟它们谈上四个钟头。它们从不带辔头和马鞍。它们都非常爱我,彼此也很友爱。

第 十 二 章

作者记事信实可靠。他计划出版这部著作。他谴责一些歪曲事实的旅行家。作者声明自己著书并没有什么坏心思。有人非难作者,他提出答辩。开拓殖民地的方法。作者对祖国的赞美。他认为国王对于作者所描述的几个国家有权占领。征服这些国家会遇到的困难。作者向读者告别。他谈到将来准备怎样过日子。他向读者提出忠告,并结束了这部游记。

敬爱的读者,我已经把十六年又七个多月以来的旅行经历老老实实地讲给你听了。我着重叙述的是事实,并不十分讲究文采。我也许可以像别人一样述说一些荒诞不经的故事使你吃惊,但我宁愿用最简单朴素的文笔把平凡的事实叙述出来,因为我写这本书主要是向你报导而不是供你消遣。

像我这样到过许多遥远的国度的人,而这些国家都是英国人或者欧洲其他国家的人很少去的地方,如果把海上或者陆地上的奇异动物描写一番那是很容易的。但是游记作者的主要目的是使人变得更为聪明、善良,举出一些异乡的事例,不管是好的还是坏的,来改善人们的思想。

我衷心希望能制定这样一条法律,那就是:每一位旅行家必须先向大法官宣誓,担保他要发表的东西都是绝对真实的,然后才可以得到许可出版他的游记。这样广大的读者才不会像平常一样受人欺骗,因为现在有些作家为了使自己的作品受到大众的欢迎,常常胡诌乱扯、制造弥天大谎来蒙混漫不经心的读者。我年轻时也曾读过几部游记,感到非常有趣;但是自从我走遍地球上大部分地区,并且根据个人观察发现许多记载纯属捏造以后,我对这种作品就十分厌恶了,同时我发现人类的信实可靠竟被他们作践到这步田地,不由有些生气。既然朋友们认为我这本书还可以为国内读者所接受,因此我为自己订立了一条终生恪守的信条:"我一定要忠实于事实。"事实上任何引诱都不能使我违背这个信条,因为我牢牢地记住了我的高贵的主人的言语、行动,我也记住了其他高贵的"慧骃"的言语、行动,我很荣幸长时期地常常听到它们的谈话。

> 命运虽然能使西农遭受不幸,
> 但它却不能强迫我诳语欺人。①

我很清楚写这种作品既不需要有什么天才,也不需要有什么学问,只要记忆力强、记录精确就能写出来的作品是不会享大名的。我也清楚游记作者,也像编辑字典的人一样,将来一定会湮没无闻,因为后来居上,以后的作者无论在分量和篇幅方面都会超过他们。同时也很有可能,日后的游记作者到我所描写的国家里去游历会发现我的错误(要是我还有什么错误的话),并且会加叙自己的许多新发现,这样就把我挤下文坛,取而代之,使世人忘记从前还有过我这样一位作家。如果我著书是为了求名,那的确会使我感到莫大苦恼。然而,我著书的唯一目的是为了大众的利益,所以不管怎样我也决不可能感到失望。因为既然你自命为统治本国的理性动物,当你读到我所列举的"慧骃"的美德时,怎么能对自己的罪过不感到惭愧呢?我用不着提那些由"耶胡"统治着的遥远国家了。就这些国家来说,布罗卜丁奈格人腐化的程度最轻,那么他们关于道德和政治的准则就应该是我们乐于遵从的了,但是我不想再多说了,就让贤明的读者自己去判断吧。

我这部作品大概不会受到什么责难,因此我感到十分高兴。一个作

---

① 引自维吉尔《埃涅阿斯纪》第 2 卷第 79、80 行。西农是希腊传说中欺骗特洛亚人把木马拖入城中的希腊人。特洛亚人中了木马计而被希腊人攻下了城池。

家所叙述的全是在几个遥远的国度里发生的平凡的事,而这些国家又跟我们毫无贸易往来或者外交关系,谁还能够反对这样的一位作家呢?我特别小心避免犯许多游记作者的毛病,他们因为这些毛病常常受到责难那是罪有应得的。同时,我和任何政党都没有什么关系,对于任何人并不怀恨在心,也不抱有偏见或者恶意。我著书的目的是极为高尚的,我向人类报导所见所闻,并且教导他们。我说这样的话并不能算是不客气,我可以说自己比一般人要高明一些,因为我在这样长的一个时期中和最有德行的"慧骃"们谈话得到了很多好处。我著书既不为名也不为利。我绝对不肯使用一个词儿使人疑惑我是在非难别人,也绝对不会开罪于最容易怪罪别人的人。因此我希望我能够公平地自认为是一个无疵可寻的作家,任何辩论家、思想家、观察家、沉思家、挑毛病专家、评论家对我都无计可施。

我承认有人曾经暗地里告诉过我,说有人认为我刚回国时,早就应该向国务大臣提出报告。作为一个英国的臣民,我有责任向政府报告,因为任何臣民所发现的土地都是属于国王的。不过我却怀疑我们要去征服这些国家是否会像斐迪南多·柯太兹[①]征服赤身露体的美洲人那样容易。我想,征服利立浦特人所得到的利益还抵不上派遣海陆军的消耗;我很怀疑对布罗卜丁奈格人有所企图是不是明智和安全的;飞岛正飞行在一支英国军队的头顶上时,他们是不是会感到不很自在。当然,"慧骃"们看来对于战争没有什么准备,它们对这门科学特别是抵挡枪炮的科学,完全外行。但是,如果我是国务大臣,我就绝不主张去冒犯它们。它们的贤明、团结、无畏、爱国等美德足以补偿在军事方面的缺陷。你想想看,两万"慧骃"冲进了一支欧洲军队,冲散了队伍,推翻了车辆,用后蹄猛踢把战士的脸踢瘪,因为它们都称得起具有奥古斯都的性格:踢来踢去,到处安全。[②] 我不主张去征服这个慷慨大度的民族,我倒希望它们能够或者愿意多派一些"慧骃"到欧洲来开导我们,教我们学习关于荣誉、正义、真

---

① 柯太兹(1485—1547)是西班牙的冒险家、殖民者。
② 见贺拉斯《讽刺诗集》第2卷第1篇第20行。

理、节制、公德、果敢、贞洁、友谊、仁慈和忠诚的基本原则,在我们大多数的语言中还都保留着代表这些道德的名词,在现代以及古代的作品中也还可以遇到这些名词;虽然我读书不多,这些名词我还可以说得出来。

此外,我还有一个理由使我对国王陛下因我的发现而扩张领土这件事不那么热心。老实说,我对于君王们威慑寰宇的方法发生怀疑。比方说,一帮海盗被风暴吹到了方位不明的地方。最后爬到主桅上去的水手发现了陆地;他们登陆劫杀;发现了一个于人无害的民族;他们受到优待;他们为这个国家起了一个新国名,正式为国王占领这个地方,树了一块烂木板或者石头当作纪念碑,杀了二三十名土人,劫走了两三名土人当作样品,回国请求国王赦免他们。于是这就开辟了一块天赐的领土。国王赶紧派船到那地方去;把土人赶尽杀绝;为了搜刮黄金折磨土人的国王下令准许进行一切不人道的、放荡的行为,于是遍地染满居民的鲜血。这一帮专做这种虔诚的冒险事业的可恶屠夫,也就是派去开导感化那些崇拜偶像的野蛮人的现代殖民者。

但是,老实说,这一段描写跟不列颠民族毫无关系。英国人在开辟殖民地这件事上所表现的智慧、小心和正义;在促进宗教、学术的发展方面所表现的充分才能都可以成为全世界的典范。他们选派虔诚、干练的教士传布基督教义;他们审慎地把本国的生活正派、谈吐清楚的人民移居各地;他们派出最能干、廉洁的官员去担任各殖民地的行政官吏,苦心孤诣在各地施行仁政,尤为重要的是他们委派的总督都是精力充沛、极为有德的人物,一心一意只考虑到治下人民的幸福和他们国王的荣誉。

但是我所谈到的那几个国家似乎都不愿意被殖民者征服、奴役或者赶尽杀绝。他们那里也不出产大量的黄金、白银、食糖和烟草。根据我个人的愚见,他们并不是我们可以表现热情、发扬勇敢精神或者占什么便宜的适当对象。如果对这事更加熟悉的人和我的意见不同,那么在我依法受召见时,我一定要向主上陈奏:在我以前从来没有一个欧洲人到过这几个国家。我的意思是说在这一点上我们应该相信当地居民的话。我的话是不容置辩的,除非你提起许多年前在"慧骃"国的一座山上也发现过两只"耶胡",据说后来的"耶胡"种就是它们的后裔,这可能引起一场争论;

那两只"耶胡"也许就是两个英国人,从它们的后裔的面孔看来,虽然比英国人丑得多,却也使我不由不感到疑惑。但这件事是否可作为我们有权占领的依据,那只有让精通殖民法的人去考虑了。

但是我从来没有想到过怎样以国王陛下的名义正式占领这几个地方;即使我有过这种想法,就当时的情况来看,为了慎重和保全自己,我也会暂时把这种想法搁在一边,等日后有更好的机会时再说。

我作为一个游记的作者,可能受到的责难也许只有这个了,而现在我已经作了答辩。我谨向敬爱的读者最后告别,我就要回到瑞赘夫自己的小花园里去享受玄想的快乐,去实践我从"慧骃"们那儿学来的道德课程,并且教导自己家里的"耶胡"使他们成为驯良的动物。我要常常照一照镜子看看自己的形象,使自己渐渐养成习惯,看到人类的丑态不至于忍受不了。我很惋惜我国的"慧骃"有兽性的表现,不过看在我的主人、它的家属和朋友以及全体"慧骃"的面上,我对它们还是非常尊敬。我们国内的"慧骃"在形体上完全跟"慧骃"国的"慧骃"一样,但是它们的智力却大大退化了。

上星期我已经允许我的妻子和我在一起吃饭。我让她坐在一张长桌的另一头,并且要她回答(不过是非常简单地回答)几个问题。但是"耶胡"的气味还是非常难闻,我总是用芸香、熏衣草和烟草把鼻孔紧紧塞住。虽然一个老年人很难改变往日的习惯,但是这在我来说并不是毫无希望,我总有一天可以同我的邻居相聚,不再害怕他会用爪子或者牙齿来伤害我。

如果"耶胡"种仅仅有着生来就有的罪恶,我跟他们和睦相处也并不见得怎样困难。我看见律师、扒手、上校、傻子、贵族、赌棍、政客、老鸨、医生、证人、教唆者、讼师、卖国贼等也并不生气。这都是合乎自然的事情。但是当我看到一个丑陋不堪的家伙,身上有病心里也有病,却又骄傲不过,我马上就会失去耐心勃然大怒。我永远不会明白为什么这种动物和这种罪恶(骄傲)会搅在一起。聪明有德的"慧骃"们有着理性动物所能够具有的种种美德,可是在它们的语言中却没有表达这种罪恶概念的名词。在它们的语言中,除了它们用来表现"耶胡"的可恶性格的名词以外,没有任何可以表达罪恶的名词。它们在"耶胡"身上察觉不到有"骄傲"这种罪恶存在,因为它们对于人性缺乏透彻的理解,在被"耶胡"统治着的国家中,"骄傲"这一种特性是显而易见的,但是我却比较有经验,清楚地看到野"耶胡"身上还有几分"骄傲"的本性。

但是受理性支配的"慧骃"却不会因为自己具有许多优点而感到骄傲,就像我们不会因为自己并不缺少一条腿或者一只胳膊而感到骄傲一样,尽管有人会因为四肢不全而感到伤心,但是头脑清醒的人决不会因为自己四肢齐全而得意扬扬。我对这问题谈得较多,为的是希望自己跟英国"耶胡"相处时不至于感到不能忍受。所以我现在请求沾染着这种罪恶的人不要随便走到我的面前来。

—完—

"插图本名著名译丛书"书目

（按著者生年排序）

第 一 辑

书　　名	著　者	译　者
荷马史诗·伊利亚特	[古希腊]荷马	罗念生　王焕生
荷马史诗·奥德赛	[古希腊]荷马	王焕生
一千零一夜		纳　训
神曲（地狱篇、炼狱篇、天国篇）	[意大利]但丁	田德望
十日谈	[意大利]薄伽丘	王永年
堂吉诃德（上下）	[西班牙]塞万提斯	杨　绛
培根随笔集	[英]培根	曹明伦
罗密欧与朱丽叶——莎士比亚悲剧选	[英]威廉·莎士比亚	朱生豪
威尼斯商人——莎士比亚喜剧选	[英]威廉·莎士比亚	朱生豪
鲁滨孙飘流记	[英]丹尼尔·笛福	徐霞村
格列佛游记	[英]斯威夫特	张　健
忏悔录（上下）	[法]卢梭	范希衡 等
少年维特的烦恼	[德]歌德	杨武能
浮士德	[德]歌德	绿　原
傲慢与偏见	[英]简·奥斯丁	张　玲　张　扬
红与黑	[法]司汤达	张冠尧

希腊神话和传说(上下)	[德]古斯塔夫·施瓦布	楚图南
高老头 欧也妮·葛朗台	[法]巴尔扎克	傅 雷
普希金诗选	[俄]普希金	高 莽 等
巴黎圣母院	[法]雨果	陈敬容
悲惨世界(一二三四五)	[法]雨果	李 丹 方 于
基督山伯爵(一二三四)	[法]大仲马	李玉民
三个火枪手(上下)	[法]大仲马	李玉民
安徒生童话故事集	[丹麦]安徒生	叶君健
死魂灵	[俄]果戈理	满 涛 许庆道
汤姆叔叔的小屋	[美]斯陀夫人	王家湘
雾都孤儿	[英]查尔斯·狄更斯	黄雨石
双城记	[英]查尔斯·狄更斯	石永礼 赵文娟
简·爱	[英]夏洛蒂·勃朗特	吴钧燮
呼啸山庄	[英]爱米丽·勃朗特	张 玲 张 扬
猎人笔记	[俄]屠格涅夫	丰子恺
罪与罚	[俄]陀思妥耶夫斯基	朱海观 王 汶
包法利夫人	[法]福楼拜	李健吾
海底两万里	[法]儒勒·凡尔纳	赵克非
八十天环游地球	[法]儒勒·凡尔纳	赵克非
复活	[俄]列夫·托尔斯泰	汝 龙
战争与和平(一二三四)	[俄]列夫·托尔斯泰	刘辽逸
安娜·卡列宁娜(上下)	[俄]列夫·托尔斯泰	周 扬 谢素台
小妇人	[美]路易莎·梅·奥尔科特	贾辉丰
百万英镑——马克·吐温中短篇小说选	[美]马克·吐温	叶冬心
汤姆·索亚历险记	[美]马克·吐温	成 时
最后一课——都德中短篇小说选	[法]都德	刘 方 陆秉慧
羊脂球——莫泊桑短篇小说选	[法]莫泊桑	张英伦
一生	[法]莫泊桑	盛澄华
变色龙——契诃夫短篇小说选	[俄]契诃夫	汝 龙

泰戈尔诗选	[印度]泰戈尔	冰　心　等
麦琪的礼物——欧·亨利短篇小说选	[美]欧·亨利	王永年
名人传	[法]罗曼·罗兰	傅　雷
约翰-克利斯朵夫(一二三四)	[法]罗曼·罗兰	傅　雷
童年	[苏联]高尔基	刘辽逸
在人间	[苏联]高尔基	楼适夷
我的大学	[苏联]高尔基	陆　风
绿山墙的安妮	[加拿大]露西·蒙哥马利	马爱农
热爱生命——杰克·伦敦小说选	[美]杰克·伦敦	万　紫　等
一个陌生女人的来信 　　——斯·茨威格中短篇小说选	[奥地利]斯·茨威格	张玉书
变形记——卡夫卡中短篇小说全集	[奥地利]卡夫卡	叶廷芳 等
了不起的盖茨比	[美]菲茨杰拉德	姚乃强
老人与海	[美]欧内斯特·海明威	陈良廷 等
钢铁是怎样炼成的	[苏联]尼·奥斯特洛夫斯基	梅　益
静静的顿河(一二三四)	[苏联]米·肖洛霍夫	金　人